Jamie Carie

Ein Engel im Schnee

JAMIE CARIE

Ein Engel im Schnee

SCM Hänssler

SCM

Stiftung Christliche Medien

Bestell-Nr. 394.975
ISBN 978-3-7751-4975-4

Internet: www.scm-haenssler.de
E-Mail: info@scm-haenssler.de
Übersetzung: Ulrike Chuchra
Umschlaggestaltung: OHA werbeagentur gmbh, Grabs, Schweiz;
www.oha-werbeagentur.ch
Titelbild: shutterstock.com; istockphoto.com
Satz: Satz & Medien Wieser, Stolberg
Druck und Bindung: CPI – Ebner & Spiegel, Ulm
Printed in Germany

Meinem Vater Jim – als ich ihm von meinen Träumen erzählte, lächelte er, nickte und ließ dann sein Siegerlachen hören.

Meiner Mutter Donna – sie hat mir Christus gezeigt; von ihr weiß ich, was es kostet, ihm nachzufolgen.

Wenn ich etwas Schönes hervorgebracht habe …
dann wurde es in euch beiden geboren.

Und meinem Mann Tony, meinem Noah – was wäre ich ohne dich? Ich kann es mir nicht vorstellen. Dieses Buch ist dir gewidmet.

Dank

Meinem Lektor Thomas Walters: Danke, dass Sie so viel Vertrauen in mich gesetzt haben und dass Ihnen die Geschichte von Noah und Elizabeth gefallen hat. Sie haben dazu beigetragen, dass sie sich erfüllt hat!

Meinem wunderbaren Agenten Wes Yoder: Danke, dass Sie sich meiner angenommen haben, obwohl es für Sie keine Veranlassung dazu gab. Mit Ihren großartigen Ratschlägen und Ihrer unermüdlichen Freundlichkeit sind Sie ein wahrer Schatz.

Dem Team in der Abteilung für Fiktion, den tollen Verlagsmitarbeitern David Webb und Karen Wall: Für mich ist es ein Segen, mit Ihnen zusammen an den nächsten Büchern zu arbeiten.

Kim Overcash Stanford, Robin Patterson, Julie Gwinn, Diana Lawrence, David Schrader und Mary Beth Shaw: Euch verdanke ich es, dass alles so zusammengekommen ist, und ich bin für jeden von euch unglaublich dankbar!

Prolog

New York City, 1879

Mit einem Ruck richtete Jane sich auf, als es an der Kinderzimmertür polterte. Nervös huschte ihr Blick zum dunklen Lockenkopf ihrer Tochter, die zufrieden und so ahnungslos neben ihr saß und voll Entzücken Bauklötze zu schwankenden Türmen aufeinander stapelte. Sie unterdrückte das Verlangen, das Kind schützend an ihre schmale Brust zu ziehen und es festzuklammern, sie beide zu verstecken vor dem entsetzlichen Ereignis, das ihnen bevor stand. Sie sehnte sich nach einem Wunder, nach einem Zauber, der sie unsichtbar machen oder in ein fremdes Land versetzen würde. Ein Land, in dem es in Ordnung war, eine unverheiratete Mutter zu sein. Stattdessen glättete sie Elizabeths kindlich feines Haar, schloss kurz die Augen und fühlte, wie die Haarsträhnen durch ihre Finger glitten. *Vergiss diese seidene Beschaffenheit nicht. Behalte auch das im Gedächtnis.*

Wieder erklang das Hämmern, kurz, hart und wütend – wie immer wütend. Mühsam erhob sie sich. Ihre Beine zitterten. Sie war geschwächt, lebte schon so lange im angstvollen Warten auf genau dieses Hämmern. Von den wenigen Menschen, die man zu ihr gelassen hatte, hauptsächlich Bedienstete, hatte sie entsprechende Bemerkungen gehört: Von »Miss Jane, Sie sind so blass« über »Du musst etwas essen, Jane« bis hin zum zornigen Vorwurf: »Du machst dich nur selbst krank, Jane – und was soll das dem Kind nützen?« All diese Aussagen stürzten sie in bodenlose Schuldgefühle. Sie sah ja selbst jeden Morgen ihr aschfahles blasses Gesicht im Spiegel, die violette Färbung unter ihren Augen und die lose und elend an ihr herabhängenden Kleider. Sie erkannte sich kaum noch wieder in diesen Tagen.

Sie drückte die Türklinke. Die Tür schwang durch ihr Eigengewicht weit auf – es war eine schön gefertigte Tür mit kunstvollen Verzierungen und schräg geformten Kanten. Eins von Tausenden sorgfältig ausgewählten Details in ihrem Stadthaus, um das sie so sehr beneidet wurden. Sie zwang sich, ihrem Vater ins Gesicht zu sehen, ihm in die Augen zu blicken. Er kam sonst nie in dieses Zimmer, war seinem Enkelkind nie begegnet und hatte in den knapp zwei Jahren seit der Geburt von Elizabeth auch seine Tochter nur noch selten gesehen. Wie passend, dachte sie bitter, dass dieses Zimmer trotz der lustigen Tapeten und den fröhlichen Vorhängen eher an ein Grab erinnerte als an einen fröhlichen Lebensanfang. Die Farben waren kalt, das Licht wirkte hart, das leere Echo des Holzbodens war die Begleitmusik zum pochenden Schlag ihres Herzens. Heute brachte dieses Kinderzimmer den Tod in die Tiefen von Janes Seele. Sie war davon überzeugt, dass sie am Ende dieses Tages nur noch körperlich existieren würde.

»Die Leute vom Waisenhaus sind hier, Jane. Bring das Kind und seine Sachen. Ich gebe dir zehn Minuten.« Die Stimme ihres Vaters klang flach, seine Augen waren hart.

Sie starrte ihn einfach nur an, als wäre ihr Verstand von Nebel umfangen. Doch sein Gesicht war Realität – unerschütterliche, unüberwindbare Realität. Sein Blick durchdrang ihre Benommenheit, bis sie nichts mehr hören konnte als das pochende Blut in ihrem Kopf. Wie könnte sie das tun? Ihre einzige Freude – geraubt! Es war unmöglich. Ihr Körper weigerte sich, dem Wort des Vaters zu gehorchen, und blieb wie angewurzelt stehen, wie ein Posten auf seiner Wache.

»Hast du mich verstanden, Jane?« Er redete mit ihr wie mit einer Fünfjährigen, das Kinn nach vorne gereckt, die Augen schmal vor Zorn, in diesem strengen, höhnischen Ton, der sie schon immer eingeschüchtert und zu sofortigem Gehorsam gezwungen hatte. Sie spürte die vertraute Angst vor ihm und trat einen Schritt zurück, was einer Niederlage gleich kam. Sie hasste sich selbst, als sie sich in Bewegung setzte, aber sie wusste, dass nichts und niemand Howard Greyson stoppen konnte, wenn er sich etwas vorgenommen hatte.

Jane gab auf und sank auf die Knie. Es hatte keinen Sinn. Die Zeit war vorbei, in der sie Stolz zeigen und sich hinter einer Fassade von Selbstständigkeit und Tapferkeit verstecken konnte.

Tränen füllten ihre Augen und flossen über ihr Gesicht. »Bitte, ich flehe dich an, nimm sie mir nicht weg.« Ihre Stimme bebte so sehr, dass sie fast nicht weitersprechen konnte. »Bitte, ich tue alles, was du willst.«

Angewidert verzog der Richter Howard Greyson seine Lippen. »Erspar mir deine Szenen, Jane. Du kannst und du wirst tun, was ich dir gesagt habe. Wir haben das besprochen. Steh auf und sieh zu, dass das Kind fertig wird. Wenn du es nicht tust, beauftrage ich ein Dienstmädchen damit, und du wirst dich nicht einmal verabschieden können.«

Er wandte sich zum Gehen und wollte ihr den Rücken zukehren wie sonst auch. Aber dieses Mal hielt Jane ihn zurück, indem sie kräftig am Saum seiner grauen Hose zog.

Sie fühlte, wie eine ohnmächtige Wut in ihr aufstieg und ihre Brust erfüllte. Ihr standen nur so wenige Waffen zur Verfügung und sie waren so wirkungslos. Trotzdem versuchte sie, seinen teilnahmslosen Willen zu durchdringen. »Ich werde dir niemals verzeihen! Hörst du?« Sie wich vor ihm zurück, als wäre seine Gegenwart in diesem Zimmer etwas Widerwärtiges. »Sobald ich von hier wegkomme, werde ich sie finden. Ich werde sie zurückbekommen.«

Unbeeindruckt warf ihr Vater einen zornigen, angewiderten Blick auf die Szene. »Du hast kein Rückgrat, Jane, und du bist eine Närrin. Ich tue dies nur zu deinem Besten. Weil du offenbar nicht in der Verfassung bist, sie nach unten zu bringen, werde ich Mary hochschicken, damit sie sie holt.« Er machte auf dem Absatz kehrt und schritt hinunter in die Eingangshalle.

Dieses Mal war sie froh, nur noch seinen Rücken zu sehen. Sie würde ihm nie wieder in die Augen blicken.

Die kleine Elizabeth hatte die Auseinandersetzung in ahnungsloser Verwirrung verfolgt. Als die Tür mit einem Knall zuschlug, fing sie an zu weinen. Jane eilte zu ihrer Tochter und nahm sie hoch. Fest drückte sie sie an ihre Brust und wiegte sie leicht hin und her. Tränen liefen über ihre Wangen und benetzten die schwarzen Haare des Kindes.

Wenn es nur irgendeinen Ausweg gäbe! Aber ihr Vater hatte sich um alles gekümmert. Seit er Jane von seinen Plänen erzählt hatte, dass sie in eine wohlhabende Familie aus seiner Welt der Politik und des Gesetzes einheiraten sollte, war Jane ins Haus eingeschlossen worden. Eine steife Haushälterin beaufsichtigte sie, ihrem Blick entging nichts. Die unerwünschte uneheliche Enkelin sollte heimlich verbannt werden, als hätte *sie* Janes Unschuld geraubt. Es fiel Jane immer noch schwer zu glauben, dass sie es geschafft hatten, ihre Schwangerschaft und später das Kind fast zwei Jahre lang vor der Gesellschaft zu verbergen.

Verzweifelt warf Jane einen Blick auf das Kinderzimmerfenster. Sie hielt Elizabeth dicht an sich gedrückt und ging zum Fenster hinüber, schob die gelb karierten Vorhänge zur Seite und schaute nach unten. Sie waren drei Stockwerke hoch – aus dieser Höhe konnte sie nicht entkommen. Sie sah in das kleine runde Gesicht und die tiefbraunen Augen ihrer geliebten Tochter und ihr war klar, dass sie es nicht riskieren konnte.

Elizabeth streckte eine Hand aus, zog die Spur einer Träne im Gesicht ihrer Mutter mit einem plumpen Finger nach und sagte: »Mama?«

»Ja, Mama«, flüsterte Jane zurück und wusste, dass sie es zum letzten Mal hörte. »Für immer deine Mama.«

Die Nachmittagssonne fiel ins Gesicht des Kindes und beleuchtete die helle Haut und das glänzende schwarze Haar. Jane streichelte das weiche Haar mit zitternden Händen. Sie zeichnete mit den Fingern die kleinen dunklen Brauen nach, die weich gerundeten Wangen, das winzige Kinn, das sich in trotziger Entschlossenheit recken konnte. Schließlich, das war ihre größte Freude, umkreiste sie die tiefbraunen Augen, die Entrüstung, Entzücken und Hunderte bisher unentdeckter Gefühle ausdrücken konnten – aber Jane würde sie niemals sehen. Entschlossen blinzelte sich Jane jetzt die Tränen aus den Augen und ließ den Blick auf ihrem Kind ruhen. Jede Linie und jede Rundung prägte sie sich für die bevorstehenden Jahre ein.

»Mama hat dich lieb, Elizabeth. Ich möchte, dass du dich immer daran erinnerst«, brachte sie leise mit zugeschnürter Kehle hervor, bevor sie das Kind wieder an ihre Brust zog. »Ich werde dich immer lieben und ich werde dich finden. Eines Tages werde ich dich holen.« Mit mehr Nachdruck und etwas leiser wiederholte sie: »Ich *werde* dich holen.«

Die Tür öffnete sich leise und Mary betrat das Zimmer. Sie warf Jane einen mitfühlenden Blick zu und nahm ihr das Kind aus dem Arm. Sofort fing Elizabeth an zu weinen und streckte die Arme nach ihrer Mutter aus. Sie strampelte mit den Beinen und fing an, trotzig zu werden. Das Dienstmädchen packte fester zu, Elizabeth setzte sich daraufhin ernsthaft zur Wehr, doch Mary trug sie aus dem Zimmer und schloss die Tür hinter sich.

Das Letzte, was Jane von ihrer Tochter sah, war der verständnislose Kummer in den dunkelbraunen Augen, der sich in ärgerliches Geschrei verwandelte.

Das Letzte, was Jane von ihrer Tochter hörte, war dieses Schreien, das in Richtung Eingangshalle verklang. Nun gab Jane selbst einen Klagelaut von sich und brach in einer Welle der Verzweiflung auf dem Boden zusammen. Sie bedeckte die Ohren mit ihren Händen und kniff die Augen fest zu. So fingen für Jane die Jahre der Trauer an.

1

Alaska, 1897

Es war kalt. Heftig und unablässig wirbelten eisige Brocken aus Schnee und Eis durch die Luft und tanzten tobend um die schlanke junge Frau herum. Der heulende Wind um sie her machte eine gespenstische Musik, deren unheimliche Melodie sich hob und senkte, als wäre der Dirigent geflohen und das Orchester verrückt geworden. Und die junge Frau, die wie die Hauptdarstellerin eines Bühnenstücks im Mittelpunkt der Öde um sie herum stand, stolperte durch den Schnee, der ihr bis zu den Knien reichte und ein einfaches Vorwärtskommen unmöglich machte. Immer wieder erfasste sie ein tiefes Schütteln von innen her, und Wellen des eiskalten Elends schlugen über ihr zusammen.

Nicht stehen bleiben, sagte sie sich selbst immer wieder in Gedanken, die wie betäubt und schwerfällig waren. *Nicht stehen bleiben … nicht … stehen … bleiben.* Ihr Atem wurde so schnell fortgeweht, dass sie es nicht laut sagen konnte, aber sie wollte es, sie musste es. Ein Zittern durchlief sie und endete in einem Schluchzen, das in ein halb verrücktes Lachen überging. *Ich werde nicht stehen bleiben … nein … bei Gott, ich werde nicht stehen bleiben.* Sie hielt an, als ein weiteres überwältigendes Schütteln und Schluchzen sie erfasste und die eisige Luft tief in ihre Lungen eindrang, sodass sie schmerzten und sich zusammenkrampften. *So kalt … so ganz und gar durchgefroren … ich kann nicht weiter … ich darf nicht stehen bleiben.* Verirrte Gedanken huschten ihr durch den Sinn und verflüchtigten sich wieder. Selbstmitleid kämpfte gegen Entschlossenheit. Sie beugte ihren Kopf gegen den Sturm und machte einen weiteren kleinen Schritt vorwärts, ohne zu wissen, ob sie sich wirklich fortbewegte oder nur gegen den Wind aushielt. Sie wurde vom Verlangen erfasst, sich hinzulegen und aufzugeben – wie ein Süchtiger, der zitternd und schwitzend einen harten Drink begehrt, so stand sie vor der großen Verlockung, die sie sanft, freundlich lächelnd, verheißungsvoll und verführerisch zu sich einlud.

Sterben dauert nicht lang. Schlafen … Ruhe und Wärme. Für immer und ewig in der Wärme.

Durch diese Gedanken gestärkt wurde das Verlangen heimtückisch, das Lächeln verwandelte sich in ein höhnisches Grinsen, und nun erwachte der reglose, eingefrorene Teil ihres Gehirns und erkannte die Gefahr.

Nicht stehen bleiben ... nicht stehen bleiben ... Sie nahm ihren Singsang wieder auf, ohne wirklich zu wissen, ob sie aufgehört hatte, sich zu bewegen oder nicht. Diese Unfähigkeit zu sagen, was ihr Körper gerade tat, war sicher etwas Schlechtes, aber sie war nicht in der Verfassung, weiter darüber nachzudenken. Mit steif gefrorenen Händen rieb sie sich die Augen. Das dünne Leder ihrer Handschuhe nützte ihr kaum. Sie hob den Kopf mit neuer Entschlossenheit und kämpfte sich weiter vorwärts.

War das ein Licht? Ein Flackern ... ein Licht vielleicht ... ja ... ja. Die wirbelnde weiße Masse verschob sich lang genug, damit sie erkennen konnte, dass dort etwas war.

Licht ... Leben, ja, wähle das Licht und das Leben!

Sie blinzelte in schneller Folge. Sie wollte versuchen, mehr zu erkennen, den dicken, weißen Vorhang mit ihrem Blinzeln zu durchdringen, während ihr Herz voll Hoffnung heftig klopfte und dann voll Angst, dies könnte nichts weiter sein als der Traum eines Blinden. Sie sah es wieder, es flackerte, aber es war deutlich sichtbar, und da war noch etwas anderes: Etwas Festes, Sicheres und Großes umgab das Licht. Ein Haus. Mit plötzlicher Energie stürzte sie vorwärts, auf den gelben Schein zu. Sie konnte ihre Füße nicht mehr spüren und auch ihre Beine und Hände nicht, aber die Rettung war nur ein paar Schritte entfernt. Nur ein paar weitere Schritte.

In ihrer Eile stolperte sie, fiel auf alle viere und wurde schnell halb lebendig begraben. Sie versuchte aufzustehen und ertrank im Schnee. Sie dachte, ihre Arme und Beine würden strampeln, aber sie sah, dass sie einfach nur dalagen. Benommen wurde ihr bewusst, dass sie ihre Knie nicht beugen konnte und dass ihre Beine sich in hölzerne Pflöcke verwandelt hatten, die ihrem Gehirn nicht mehr gehorchten.

Steh auf, heulte alles in ihr. Angestrengt arbeitete ihre Kehle in dem Versuch, es laut herauszuschreien, doch sie brachte nur unzusammenhängende, gequälte Laute hervor – es war ein verzweifelter, misstönender Akkord in einer Geschichte, die zunehmend zur Tragödie wurde. Panik überfiel sie. Sie musste sich konzentrieren. Sie musste ihren schwerfälligen Verstand dazu bringen, dass er ihren Beinen befahl, sie aufzurichten. Sie kämpfte, krallte und kletterte und grub sich dabei immer tiefer ein. Sie versuchte aufzustehen, aber ihre Beine konnten ihr Gewicht nicht tragen. *Steh auf!*

Plötzlich gab sie ihre Bemühungen auf. Ihr Atem ging keuchend und flach nach dieser Anstrengung, und sie ließ sich mutlos in den Schnee zurückfallen. Sie schaffte es nicht. Sie konnte nicht aufstehen. Sie schaute zum Himmel hoch, wo die schwarze Dunkelheit der Nacht durch das wirbelnde Weiß zu sehen war. Sie fühlte sich merkwürdig warm und wohl. Jetzt würde der Schnee sie begraben. Aus weiter Ferne wurde ihr bewusst, dass die eisige Empfindung auf ihren Wangen von ihren Tränen herrührte, die beim Herabrinnen gefroren. Schnell wurde ihr Gesicht von Schneeflocken bedeckt – bald würde sie nicht mehr atmen können. Es gab keinen Grund mehr, die Tränen wegzuwischen. Eine Stimme, die sie seit Langem als ihr starkes Ich kannte, schalt sie: *Du solltest nicht weinen. Du weinst nie.* Jeder starb eines Tages, und jetzt war sie an der Reihe. Doch ein anderer Teil von ihr, der mit bloßer Willenskraft so lange unterdrückt worden war, dass die Stimme nur noch schwach erklang, sprach leise und traurig. Sie würde ersticken, jetzt, wo das Licht direkt vor ihr war, wo die Rettung so nah war. Wie vieles in ihrem Leben kam das alles ein klein wenig zu spät. Sie würde nie stark, mutig oder gut genug sein. Es zu versuchen war hoffnungslos.

Krieche.

Der Gedanke war erstaunlich klar, als hätte der Himmel beschlossen, sich zu ihr herabzuneigen und sie bei der Hand zu nehmen. Aber sie fühlte sich jetzt wärmer und sie war sehr müde.

Du hast noch Leben in dir. Du könntest kriechen.

Ja … vielleicht. Sie konnte ihre Arme immer noch ein bisschen spüren. Sie hob die Arme, und sie fühlten sich komisch an, als würden sie herumwedeln, statt den Schnee von ihrem Gesicht zu wischen, wie sie es wollte. Sie holte ein paar Mal tief Luft und schaffte es, sich hinzusetzen und sich dann auf den Bauch zu legen. Sie lachte. Sie hatte tatsächlich noch ein wenig Kraft übrig. Sie stützte sich auf die Hände und schaukelte vor und zurück. Sie sah, dass sie auf den Knien war, obwohl sie ihre Beine nicht spüren konnte. Sie schaute nach vorn und fühlte noch einmal einen Hoffnungsschimmer aufsteigen. Der Wind änderte seine Richtung und wurde ihr Verbündeter, der Sturm verlagerte sich, und sie konnte einen weiteren

Blick auf das Licht erhaschen. Mit gebeugtem Kopf arbeitete sie sich langsam voran. Zwischendurch schaute sie nach oben und konnte dann und wann das Licht aufleuchten sehen. Halb kriechend, halb schleifend kämpfte sie sich weiter durch den Schnee, der ihr bis ans Kinn reichte. Sie schwamm im Schnee, immer auf ihr rettendes Ufer zu. Sie würde nicht aufgeben. Nein, dieses Mal würde sie nicht aufgeben.

Sie konzentrierte sich ganz auf ihr Ziel, jeder einzelne Muskel war angespannt, als sie sich auf das Licht zu bewegte. Ihr Herz schlug immer lauter und immer schneller, ihre innere Musik bewegte sich auf den Höhepunkt zu. *Wo ist das Licht?*

Plötzlich prallte ihr Kopf hart gegen einen massiven Gegenstand. Sie fasste nach oben und spürte festes Holz. *Eine Wand.* Sie atmete tief und schwer, während sie die Oberfläche mit den Händen befühlte und eiskalte Tränen der Erleichterung ihr völlig die Sicht raubten. *Die Tür. Ich muss die Tür finden.* Mit tauben Händen und blinden Augen tastete sie sich vor und schob sich um eine Ecke. Schließlich veränderte sich das Holz, sie fühlte eine lange, rechteckige Einbuchtung. Sie musste an einer Tür sein. Sie versuchte aufzustehen, doch die Knie gaben unter ihr nach. Sie sog die eiskalte Luft ein, die ihre Lungen innerlich durchschüttelte, und klopfte, klopfte, klopfte, mit der letzten Lebenskraft, die sie noch besaß.

»Bitte … Gott …«, flüsterte sie, bevor sie zusammenbrach.

Noah Wesley saß lesend am prasselnden Feuer. Er trank einen heißen Kaffee, der ihm helfen sollte, die bittere Kälte auszusperren. Er sah auf, als er das gedämpfte Geräusch an seiner Tür hörte. *Nur der Wind*, dachte er. Er hatte keine Lust nachzusehen und dafür sein warmes Feuer zu verlassen und einem eiskalten Windstoß die Tür zu öffnen. Jeder, den er kannte, würde bei diesem Wetter einfach hereinpoltern. Niemand, der ganz bei Verstand war, würde anklopfen. Mit seinem breiten Finger strich er gedankenverloren an den Wörtern in seinem Buch entlang, bis er die Stelle erreicht hatte, an der er gewesen war, und er las weiter. Kaum war er wieder darin vertieft, rüttelte ihn eine innere Stimme auf, die laut und deutlich sagte: *Noah, geh und öffne die Tür.*

Noah warf einen Blick zur Tür und eine steile Falte bildete sich zwischen seinen dunklen buschigen Augenbrauen. Ein plötzliches und unerklärliches Gefühl von Dringlichkeit erfasste ihn – jemand war in Not. Er eilte zur Tür. Er zog das Brett von unten weg, drehte den neuen Porzellanknopf, den er vor Kurzem angebracht hatte, und zog die Tür weit auf. Alles, was er sehen konnte, war Schnee, der schnell tiefer wurde. Er streckte seinen Kopf nach draußen und versuchte, durch das Wirbeln des stürmischen Windes hindurch zu sehen, während ihm Eis ins Gesicht wehte. Er rief in die Dunkelheit. Nur das Heulen des Windes antwortete ihm, und der blies so scharf, dass er ihm den Atem nahm. Er rief noch einmal und schließlich ein weiteres Mal und versuchte angestrengt, eine Gestalt in dem unaufhörlich fallenden Schnee auszumachen, irgendetwas, das dort sein könnte. Schließlich trat er mit einem Kopfschütteln zurück, um die Kälte auszusperren, die schnell durch sein dickes Wollhemd drang. Da hörte er die Stimme wieder.

Noah, öffne die Tür!

»Hier ist nichts außer dem Wind«, antwortete er laut mit verwirrter Stimme, doch trotzdem öffnete er die Tür noch einmal. Er holte tief Luft und rief: »Hallo! Ist da jemand?«

Es war nichts zu sehen und zu hören, deshalb trat er einen Schritt vor. Etwas Weiches und gleichzeitig Festes bewegte sich unter seinem Fuß. Er sprang zurück, kniete sich hin und fing eilig an, die reglose Gestalt an seiner Türschwelle auszugraben. »Mein Gott …«

Als er sie aufhob, fiel ihm auf, wie leicht sie war und wie dünn sich ihr Körper anfühlte, als wäre sie zum Fliegen geschaffen und nicht für diese Erdschwere. Er brachte sie ins Innere des Hauses und schlug die Tür mit einer Hand zu. Vorsichtig trug er das scheinbar leblose Bündel zum Sofa, dem einzigen Möbelstück, das er in einem Laden gekauft hatte, und legte sie darauf. Er wischte den Schnee von ihrer Brust, und darunter kam ein eisverkrusteter Umhang zum Vorschein. Der Schlaufenverschluss war steif gefroren und ließ sich nicht bewegen. Noah schob die Falten des Umhangs auseinander und hielt sein Ohr an ihr Herz. Es dauerte einen Moment, bis er es fand – ja, er hörte ein schwaches, aber stetiges Pochen. Er nahm ein Taschenmesser und schnitt den Verschluss des Umhangs auf, zog ihn unter ihr hervor und warf ihn beiseite.

Sie war so blass wie der Schnee, aus dem er sie befreit hatte – ein aus dem Sturm geborener Engel. Dunkles schulterlanges Haar lockte sich wild um ihren Kopf. Ihr zart geschnittenes Gesicht war klein und lieblich. Die nach oben geschwungenen Brauen und die langen geschlossenen Wimpern standen als dunkle Farbtupfer in starkem Gegensatz zu der weißen Haut, ein Bild von tödlicher Schönheit. Ihre blutleeren Lippen erinnerten ihn daran, wie unterkühlt sie war. Er berührte ihre eisige Wange mit den Fingerrücken, bemerkte ihre nassen Kleider, und da wurde ihm plötzlich bewusst, welche entsetzlichen Nöte eine einsame Frau in einem Schneesturm durchmachte, die nichts besaß als die dünnen Kleider an ihrem Leib. Sie war ein lebendiges, atmendes Wunder – im Moment jedenfalls.

Noah hastete zu seinem selbst geschreinerten Bett und griff nach einer gesteppten Decke. Als Nächstes ging er zu seiner Kommode und durchwühlte sie auf der Suche nach einem warmen Hemd und einem Paar Wollsocken. Das Hemd würde ihr viel zu groß sein, aber etwas Besseres konnte er gegenwärtig nicht beschaffen.

Er kniete sich neben sie, legte die Decke vorsichtig über sie und fing an, ihr die eisverkrusteten Kleider darunter abzunehmen. Er sah sich die Kleidungsstücke nicht genauer an, machte jedoch fast unbewusst die Beobachtung, dass sie sehr abgenutzt wirkten, als wären sie zu oft und zu heftig geschrubbt worden. Eine dünne weiße Bluse mit feinen grauen Streifen und viel zu vielen Knöpfen – *verflixt noch mal* –, ein grauer Rock, ein einfacher weißer Unterrock, graue Strümpfe und sehr abgenutzte halbhohe Stiefel vervollständigten die Garderobe – und ließen ihre Unerfahrenheit erkennen. Noah konnte über ihre Torheit nur verwundert den Kopf schütteln. Wie sie es in dieser Aufmachung geschafft hatte, in einem Schneesturm seine Hütte zu erreichen, die meilenweit von Juneau entfernt auf halber Höhe an einem Berghang lag, grenzte an ein Wunder. Wer sie war und woher sie kam, waren brennende Fragen, aber Noah wusste nicht, ob er die Antwort darauf jemals erhalten würde. Sie wirkte so zerbrechlich wie eine Frühlingsblume, die plötzlich vom beißenden Frost erfasst wird.

Noah trocknete sie ab und zog ihr seine warmen Kleider an. Seine Hände waren unbeholfen bei dieser Aufgabe, und durch die ungewohnte körperliche Nähe wurde ihm ganz heiß. Dann bedeckte er sie mit der Steppdecke. In seinem roten Flanellhemd sah sie verloren und klein aus, die Farbe wirkte zu grell neben ihrer weißen Kehle. Er fand, das Hemd passte nicht zu ihrer zarten Schönheit, aber es war das wärmste Stück, das er besaß, und er wollte es ihr auf keinen Fall wieder ausziehen. Er streckte die Hand nach ihr aus, berührte erst ihre Wange mit seinen Fingerrücken und streifte dann sanft etwas Eis aus ihrem Haar.

Sie war völlig bewusstlos und Noah wusste genug vom Auftauen, um froh darüber zu sein. Es war ein schmerzhafter Prozess. Er konnte nur hoffen, dass es noch rechtzeitig geschah. Aus Gründen, denen er nicht genauer nachgehen wollte, entsetzte ihn der Gedanke, sie könne durch diese Erfahrung irgendwelche Schäden davontragen. Schwarze Füße, auf denen man den Rest des Lebens nur noch humpeln konnte, würden nicht gut zu dieser Frau passen. So etwas brachte man eher in Zusammenhang mit ergrauten Bergarbeitern mit zahnlückenhaftem Grinsen und gierigen Augen, nicht mit frisch geretteten Eisprinzessinnen.

Der Teekessel fing an zu pfeifen und brachte seine Aufmerksamkeit zurück in die Küche. Es war dringend notwendig, ihre Arme und Beine zu wärmen. Am Herd goss er das dampfende Wasser in eine tiefe Porzellanschüssel, füllte den Kessel mit Wasser aus einem Eimer auf und setzte ihn wieder auf den Herd. Er würde sehr viel heißes Wasser benötigen, wenn er eine Chance haben wollte, ihre Füße zu retten. Mit einem weichen Lappen in der Hand eilte er zu ihr zurück, kniete am Ende des Sofas nieder und hob das untere Ende der Decke hoch. Er schob seinen Arm unter ihre Knie und hob ihre Beine an, sodass ihre Füße halb überkreuzt in der Luft hingen. Behutsam senkte er sie ab, bis sie ins warme Wasser eintauchten. Ihm fiel ins Auge, wie zierlich ihre Zehen und ihr Fußrücken waren, und sein Blick wanderte über ihre Knöchel hoch zu den schlanken, wohlgeformten Beinen. Erneut wunderte er sich darüber, wie eine so dünne und elegante Frau genug Kraft besitzen konnte, um bei solchem Wetter zu Fuß zu seiner Hütte zu finden.

Sobald das Wasser abkühlte, hob er die Füße an, trocknete sie sorgfältig und wickelte sie in eine weitere Decke ein. Sie hatten durch die Behandlung eine rötliche Färbung angenommen, aber er war nicht sicher, ob dies ein gutes oder ein schlechtes Zeichen war. Auf jeden Fall hatte sie schlimme Erfrierungen.

Nachdem er ein paar zusätzliche Scheite ins Feuer gelegt hatte, damit der Raum warm blieb, konzentrierte er sich auf die nächste große Aufgabe – ihre Hände. Er kniete sich neben sie und fing an, die geröteten, aufgesprungenen Hände ins Wasser einzutauchen. Es waren Hände, die ganz sicher schwere Arbeit kannten, aber da war noch mehr. An einem Handgelenk befand sich rundherum eine lange Verletzung. Er starrte auf ein besonders hässliches Wundmal an der Innenseite des anderen Handgelenks. Es erinnerte ihn an eine Verbrennung, die er einmal gehabt hatte, aber dies hier war wesentlich schlimmer. Es sah aus wie eine jüngere Verletzung. Er fragte sich, was die Ursache gewesen sein könnte, und Empörung und Beschützerinstinkt wurden in ihm wach. Diese Wunde war nicht durch körperliche Arbeit entstanden; jemand hatte diese Frau misshandelt, davon war er überzeugt. Eine tiefe Unruhe machte sich in ihm breit, als er die Hände abwechselnd ins Wasser tauchte und sie darin erwärmte. Als Nächstes rieb er eine wohlriechende Salbe in ihre Handgelenke. Seine Daumen beschrieben kleine sanfte Kreise, wo die Spuren ihrer Vergangenheit verletzlich vor seinen Augen lagen. Dank seiner Pflege nahm ihre Haut eine rosige Farbe an, wodurch er sich ein klein wenig besser fühlte.

Müde zog Noah den Schaukelstuhl in die Nähe des Sofas, ließ sich hineinfallen und hielt den Blick unverwandt auf die Frau gerichtet. Wenn sie nur nicht so reglos wäre. Wenn sie doch irgendein Lebenszeichen außer dem schwachen Heben und Senken ihrer Brust zeigen würde, ein Zittern, eine Bewegung, dann könnte er etwas aufatmen und selbst zur Ruhe kommen.

Die Minuten, die darüber entscheiden würden, ob sie leben oder sterben würde, tickten laut auf der Kaminuhr dahin. *Kommt Zeit, kommt Rat!* Sonst sagte sich das so leicht. Jetzt war das Warten alles andere als leicht. Aber er hatte alles getan, was in seiner Macht stand. Nun brauchte er mehr als die Überlebensregeln für die raue Wildnis. Er brauchte Hilfe. Sein Kopf fiel gegen den Stuhl zurück, als er anfing, für die Frau zu beten – er betete, dass ihr Leben gerettet würde und dass sich ihre Füße erholen würden. Seine Gebete waren flehende Wiederholungen; ihm fiel nichts Besseres ein, als Gott an die vielen Wunder zu erinnern, die er bisher getan hatte, und ein weiteres Wunder von ihm zu erbitten.

Er kämpfte darum, wach zu bleiben. Die Augen fielen ihm zu. Wie gut es war, sie für einen Moment zu schließen, ihnen etwas Ruhe zu gönnen. Es war ein langer Tag gewesen.

Er musste eingeschlafen sein, denn das Nächste, was ihm zu Bewusstsein kam, war, dass er in seinem Stuhl aufschreckte und Träume von Schnee-Engeln langsam in seinem Kopf verblassten. Es schaute zu der jungen Frau hin.

Sie war so reglos – viel zu reglos. Die einsetzende Panik machte ihn vollends wach und er merkte, dass ihre Brust sich nicht mehr in der leichten stetigen Auf-und-ab-Bewegung befand wie in den vergangenen Stunden. Er ließ sich neben ihr auf die Knie fallen und legte sein Ohr an ihren Brustkorb. Selbst durch das dicke Hemd hindurch konnte er fühlen, wie kalt sie war. Eine jähe Angst durchjagte ihn. Da stimmte etwas nicht. Es schien ihr *schlechter* zu gehen als vor einer Stunde. Das Ticken der Uhr war lauter als ihr Herzschlag. Am liebsten wollte er etwas nach der Uhr werfen, um ihre Beharrlichkeit zum Schweigen zu bringen. Mit einer Hand an der Kante des Sofas beugte er sich über die Frau und presste sein Ohr stärker an ihre Brust. Gerade als er sich abwenden und aufgeben wollte, hörte er es. Der Herzschlag war so schwach und unregelmäßig, dass man förmlich hören konnte, wie sehr ihr Herz fror. Hinter seinen geschlossenen Augen hatte er das Bild im Kopf, wie es sich verkrampfte und zu Eis erstarrte.

»Nein!«, schrie er auf. Er lehnte sich über sie und nahm sie ungestüm in seine Arme, um seine eigene Wärme in ihren Körper eindringen zu lassen. »Gott, nein! Lass sie nicht sterben!«

Mit einer plötzlichen Bewegung riss er erst ihr Hemd und dann sein eigenes auf und drehte ihren Körper zu sich hin, während er sich neben sie aufs Sofa legte. So lagen sie dicht an dicht beieinander und er drückte seine warme Brust an ihren entsetzlich kalten Oberkörper. Er zog die Steppdecke über ihre Köpfe und griff mit seinen Händen an ihren Hinterkopf. Diese Hände hatten die gefrorene Wildnis bearbeitet, um Leben hervorzubringen, sie hatten erfolglos mit dem Pflug gearbeitet und waren dann zum vertrauten Umgang mit dem glatten Lauf seines Jagdgewehrs zurückgekehrt, sie hatten sich anbetend nach oben gereckt und hatten dem Himmel in Verzweiflung die Faust gezeigt, sie hatten den Kampf auf Leben und Tod im harten Alaska kennengelernt. Mit diesen Händen fasste er in ihr seidiges Haar und zog ihren Kopf dicht zu sich heran, bis ihre Lippen seine berührten und er seinen eigenen warmen lebendigen Atem in sie hineinatmen konnte. Er wusste nicht, was er tat. Es war verrückt, es war falsch ... aber es kam ihm richtig vor.

Rufe sie.

»Sie rufen? Ich kenne doch ihren Namen nicht!«, schrie er auf.

Dann erfasste ihn eine gewisse Ruhe und er fand zu einem Rhythmus: Ein tiefer Atemstoß in ihren Mund, dann in tiefem Befehlston: »Wach auf.« Wieder ein Atemstoß. »Wach auf, los, wach auf!« Wieder ein Atemstoß. »Komm zurück. Komm zurück.« So ging es immer weiter, bis er anfing, rote Punkte am Rand seines Gesichtsfeldes zu sehen. Es war dunkel und heiß unter der Decke. Er fühlte, wie der Schweiß seinen Rücken hinunterrann. Zweifel stürmten auf ihn ein und wollten ihm einreden, er sei ein Narr. Aber er atmete und redete weiter, atmete und redete, bis er so dringend frische Luft brauchte, dass er die Decke anheben musste, um etwas Licht und Luft in ihren Kokon zu lassen.

Als das Licht hereinfiel, kam ihr Gesicht aus der Dunkelheit in den Schatten. Es war hell genug, um zu sehen, dass ihre Haut rot war und schimmernder Schweiß auf ihrer Stirn stand. Als Folge seiner Bemühungen war ihre Oberlippe feucht. Er hob die Decke noch ein Stück weiter hoch und sah, dass ihre Brust sich leicht hob und senkte. Sie atmete wieder aus eigener Kraft.

Die Hoffnung, die sich zaghaft bei ihm eingenistet hatte, entfaltete sich zu voller Größe. »Danke!«, rief er. Seine Stimme war heiser von der Mühe, ihr sein Leben einzuhauchen. *Danke.* Er legte sich wieder zu ihr hin, zog sie fest in seine Arme und seufzte tief in ihr Haar hinein. *Danke.* Sein Kinn lag auf ihrem Kopf. Sie würde leben. Er wusste nicht, wie, aber er war sich jetzt sicher. Sie würde leben.

Dies war der letzte Gedanke, an den er sich erinnern konnte, bevor er in einen tiefen Schlaf fiel.

* * *

7. Juli 1880

Verehrte Miss Greyson,

Ihre Anfrage, Ihnen meine Dienste zur Auffindung Ihrer Tochter Elizabeth zur Verfügung zu stellen, habe ich erhalten. Gern sichere ich Ihnen meine Ergebenheit für Ihr Anliegen zu. Lassen Sie mich beteuern, dass mir die Notwendigkeit eines diskreten Vorgehens bewusst ist. Da wir uns möglicherweise nie persönlich begegnen werden, werde ich Sie brieflich über meine Nachforschungen und geplante Vorgehensweisen auf dem Laufenden halten.

Ich habe meine Ermittlung mit den Namen der örtlichen Waisenhäuser und Schulen begonnen, die Sie in Ihrem Brief genannt haben. Sie sollen wissen, dass

Ihre Bitte das Herz dieses untertänigen Detektivs berührt hat und dass ich mein Äußerstes tun werde, um Sie wieder mit Ihrer Tochter zu vereinigen.

Hochachtungsvoll,
Jeremiah Hoglesby
Privatdetektiv zu Ihren Diensten

2

Weiße Helligkeit blendete ihre Augen. Ihr Bewusstsein meldete sich zurück und wollte wieder die Kontrolle übernehmen, aber sie entschied sich sofort dagegen und glaubte, noch immer zu träumen. Das seltsame Geräusch, das aus dem Bereich ihrer Brust zu kommen schien, konnte unmöglich das Schnarchen eines Mannes sein. Sie war sich nur einer Sache gewiss, und das war eine einladende und gemütliche Wärme. Sie drückte Gesicht und Körper tiefer in das große Kissen an ihrer Seite, und mit einem lauten Seufzer warf sie einen Arm darüber und ließ sich wieder in den Schlaf gleiten.

Die nächste Empfindung, die sie wahrnahm, war ein Brennen in ihren Füßen. Sie kniff die Augen fest zusammen und fragte sich vage, was sie mit ihnen angestellt hatte. In was für eine Verlegenheit hatte sie sich dieses Mal gebracht? Elizabeth öffnete ihre Augen ein winziges Stück, sah weißes Licht, stöhnte, überlegte es sich anders und kniff sie wieder fest zu. Ihre Füße fühlten sich an, als stünden sie in Flammen. Als sie aus einem Schlaf auftauchte, der so tief und schwer gewesen war, wie sie es bisher selten erlebt hatte, wurde ihr bewusst, dass dieser Schmerz der Grund für ihr raues Erwachen war. Was hatte sie nur getan? Innerlich seufzend gab sie sich geschlagen und versuchte noch einmal, die Augen zu öffnen.

Bruchstückhafte Erinnerungen überfielen sie. Berge … ein Schneesturm … so viel Schnee … so viel Kälte. Hatte sie das tatsächlich überlebt? Ihr Herz pochte vor Angst, sie könnte womöglich gar nicht mehr richtig am Leben sein und diese Wärme und dieses Brennen wären nichts weiter als Erlebnisse im Jenseits. Dann hörte sie es – ein Stöhnen und eine plötzliche Bewegung … ihres Kissens!

Mit einem Ruck wandte sie ihren Kopf dem Geräusch zu und hatte plötzlich einen schnarchenden Mund vor sich!

Sie versuchte zu schreien. Sie gab sich Mühe. Sie wollte es ganz dringend, aber alles, was sie hervorbrachte, war ein krächzendes Quieken. Sie stemmte sich gegen die riesige Brust und schubste den Mann vom Bett … nein, vom Sofa, wie sie feststellte, als sie sich in sprachlosem Schock halb aufrichtete und einen Blick auf ihre Umgebung warf. *Du liebe Güte, wo bin ich nur?*

Der Mann setzte sich plötzlich auf und schaute sie an. Er wirkte hektisch und gleichzeitig orientierungslos, als hätte sie irgendwie eine Krise ausgelöst. Er hatte verschlafene Augen, zerzauste goldblonde Haare und tiefe Grübchen in seinen mageren Wangen. Dann warf er ihr einen finsteren Blick zu. Panik ergriff Besitz von ihr. Wer war er? Wo war sie?

Ihre Augen wanderten zu seiner Brust, über der das Hemd offen stand und den Blick auf gebräunte Haut freigab. Dann fielen ihr seine breiten Schultern, die starken Arme und die großen Hände auf. Sie versuchte verzweifelt, sich an irgendetwas zu erinnern. Er könnte ihr mühelos die Knochen brechen. Sie würde sich allerdings wehren. Sie wusste, wohin man treten musste, wenn man jemanden richtig verletzen wollte, und sie hatte Erfahrung damit, davonzulaufen und sich zu verstecken und notfalls stundenlang ohne Bewegung auszuharren. Sie würde mit ihm fertig werden, wenn es nötig wäre. Plötzlich wurde ihr schwindelig und in ihrem Kopf pochte es, als würde der Fremde einen Hammer schwingen. Sie lehnte sich gegen die Polster zurück und gab unwillkürlich einen klagenden Laut von sich.

Der Mann rieb sich das Gesicht, fuhr sich durchs Haar und schaute sie dann so eindringlich an, dass sie auf einmal dachte, sie sei vielleicht krank.

Er machte eine plötzliche Bewegung in ihre Richtung, woraufhin sie sich noch tiefer in die Sofapolster drückte. Seine Hand war ausgestreckt, als wolle er sie berühren … Sie schlug sie weg, bevor er sie anfassen konnte. Nun schmerzte ihre Hand fast so stark wie ihre Füße.

»Was soll das?«, krächzte sie.

Er machte einen verwirrten Eindruck, als wäre es unmöglich, dass sie mit ihm redete.

Sie war entschlossen, diese seltsame Situation in den Griff zu bekommen, und setzte sich abrupt auf. Aber diese Bewegung war schon Herausforderung genug. Sie wurde vom Schwindelgefühl übermannt und vor ihren Augen tanzten verschwommene schwarze Flecken. Schnell beugte sie den Kopf bis zu den Knien vor. Aus Erfahrung wusste sie, dass das half, und sie wartete, bis die Beschwerden nachließen. Als sie sich bereit fühlte, versuchte sie es vorsichtig noch einmal und blieb einige Augenblicke ruhig sitzen, damit ihre Sinne sich beruhigen konnten. Der Mann verhielt sich still und aufmerksam.

Die Decke rutschte herab. Elizabeth spürte einen kalten Luftzug und blickte an sich herunter. Schockiert rang sie nach Luft. Sie trug nichts als ein Hemd und es war nicht einmal zugeknöpft – ganz und gar nicht. Empörung stieg in ihr auf, und als ein Gedanke zum nächsten führte, wurde ihr heiß vor Scham. Sie sah zu ihm hoch und zog die zwei Seiten des Hemds so dicht an ihrem Körper zusammen, dass ihr fast die Luft wegblieb.

»Sie! Sie Tier!« Sie wollte ihm jedes Schimpfwort um die Ohren schlagen, das sie kannte oder jemals gehört hatte, aber Ärger und Übelkeit raubten ihr den Atem. Und ihre Füße – sie fühlten sich an, als hätte sie sie ins Feuer gesteckt und dort vergessen. Sie versuchte, die Situation zu begreifen und den Mann gleichzeitig mit gekränktem Hass anzustarren. Der Sturm hatte sie überrascht. Zu dumm! Stundenlang war sie marschiert und hatte nach einer Rettung gesucht. Und dann hatte sie ein Licht gesehen. Und als Nächstes ein Haus. Sie erinnerte sich nicht, was passiert war, nachdem sie mit dem Kopf an die Wand gestoßen war. Aber die Anzeichen waren eindeutig. Dieser Mann hatte … nun, sie wusste nicht genau, was er getan hatte, aber dass er ihre Bewusstlosigkeit ausgenutzt hatte, war eine Schande. Verzweifelt schaute sie sich in der Hütte um. Sie registrierte die Tür, die Fenster mit den Rahmen, die sich öffnen ließen, und die Stellen, die sie vermeiden musste, weil sie dort leicht in die Enge getrieben und geschnappt werden konnte. Es war alles ganz ordentlich und sauber. Ihr Blick huschte über den Küchenbereich. Was sie wirklich brauchte, war eine Waffe. Sie musste sich eine Waffe besorgen.

Der Mann beobachtete sie genau. Sein Blick fiel auf das Hemd, das sie anhatte – sein Hemd –, und wanderte zurück zu ihrem Gesicht. Ein verräterisches Rot überzog seine Wangen, als er in ihre Augen schaute.

»Wo sind meine Kleider?«, fragte sie ungehalten. »Was haben Sie getan? Sagen Sie mir, was Sie gemacht haben, als ich schlief!«

Er verlagerte sein Gewicht von einem Fuß auf den anderen, sah zu ihr hin und fixierte dann einen Punkt an der Wand über ihrem Kopf, als könne er ihr nicht in die Augen sehen. »Äh … ich musste Ihnen die nassen Kleider ausziehen … das heißt … Sie sind fast gestorben vor Kälte. Ich musste … Ihnen trockene Kleider anziehen … mein Hemd war das Beste, was ich finden konnte.«

Sie starrte ihn wütend an. »Warum haben Sie dann die Knöpfe nicht zugemacht? So konnte es mich wohl kaum warm halten, oder?« Sie knöpfte das Hemd mit zitternden Fingern zu, während sie sprach. Da musste noch mehr gewesen sein, und sie würde es erfahren oder dafür sorgen, dass er einen langsamen qualvollen Tod starb, das schwor sie sich. »Was war jetzt mit Ihrem Hemd? Was sollte das, dass Sie so bei mir geschlafen haben?« Seine Brust und sein Bauch waren völlig unbedeckt. Sie zwang sich, wieder in sein Gesicht zu sehen, als er versuchte, die Sache zu erklären.

»Es war zugeknöpft. Aber ich … das heißt, Sie waren so durchgefroren und Sie … in der Nacht hörten Sie auf zu atmen. Ich konnte Ihren Herzschlag nicht mehr finden. Es tut mir leid. Ich habe ganz spontan reagiert. Ich dachte … na ja, ich dachte, die einzige Art, wie ich Sie wärmen könnte, wäre … mit meiner Körperwärme, dicht bei Ihnen.« Er sah auf seine eigene nackte Brust hinunter, zog sein Hemd schnell um sich zusammen und fasste nach dem obersten Knopf. »Es tut mir leid.« Er sah sie an, sah ihr richtig in die Augen und sagte: »Etwas Besseres ist mir nicht eingefallen.«

Sie wusste nicht, was sie glauben sollte. Hatte er ihr das Leben gerettet? War es wirklich so harmlos zugegangen? »Warum haben Sie es nicht hinterher zugeknöpft, als Sie sahen, dass ich wieder atmete? Warum sind Sie so bei mir liegen geblieben?«, hakte sie nach. Sie war den Tränen nahe und verachtete sich selbst dafür.

»Ich bin eingeschlafen. Ich war seit dem Morgengrauen auf gewesen und hatte Holz gehackt, und es war weit nach Mitternacht.«

»Wo sind meine Kleider?«

Er holte tief Luft und zeigte auf einen Wäscheständer neben dem Himmelbett. Die Hütte war klein. Ein großer Raum diente als Wohnzimmer, Küche und Schlafzimmer. Elizabeth blickte zum Bett, auf dem eine Patchworkdecke lag, und sah, dass ihre Kleider daneben hingen. Wasser tropfte von ihnen herab und bestätigte seine Aussage. »Sie hängen dort drüben zum Trocknen. In dieser Kälte kann das eine Weile dauern, aber ich denke, bis morgen werden sie trocken sein. Vorher sollten Sie auch gar nicht aufstehen, wissen Sie.«

»Und warum sollte ich das nicht?«, wollte sie wissen und gab dem so leicht und heftig in ihr aufflammenden Zorn Raum. »Sie können mir nicht vorschreiben, was ich zu tun und zu lassen habe. Ich werde aufstehen, wann es mir gefällt.« Sie war so fest entschlossen und so sehr darauf bedacht, ihm gegenüber keine Schwäche zu zeigen, dass sie sogar versuchte aufzustehen, doch mit einem Schmerzensschrei fiel sie aufs Sofa zurück.

Der Mann räusperte sich, kämmte sich mit den Fingern durch sein von der Sonne gebleichtes Haar und startete einen neuen Versuch. »Es tut mir wirklich leid, Miss. Ich wollte damit nur sagen, dass Sie da draußen im Sturm fast gestorben sind. Sie werden wahrscheinlich etwas Zeit brauchen, um Ihre Kräfte zurückzugewinnen.« Er sah demonstrativ auf ihre Füße und setzte hinzu: »Und Sie sollten Ihre Füße nicht belasten.«

Ihre Füße taten wirklich weh, sie fühlten sich gleichzeitig feurig und taub an, und am ganzen restlichen Körper hatte sie Schmerzen, als hätte sie im Sturm mit einem Bären gerungen und nicht mit Eis und Schnee. Aber sie fühlte sich zu sehr in der Falle, um das zuzugeben.

Er beugte sich ein Stück zu ihr vor und fragte: »Wie geht es Ihnen?«

Sie rutschte auf dem Sofa hin und her und zog sich die Decke dabei bis zum Hals hoch. »Gut«, räumte sie ein, »abgesehen davon, dass meine Füße weh tun.«

»Gut … ich meine, das ist ein gutes Zeichen. Wenn sie weh tun, heilen sie, und das heißt, sie waren nicht erfroren. Sie werden wahrscheinlich noch ein oder zwei Tage schmerzen.«

Er wandte sich um und streckte sich, wobei er die breiten Schultern und das kräftige Kreuz dehnte. Dann ging er zum hinuntergebrannten Feuer und legte etwas Holz nach. Elizabeth konnte hören, wie der Sturm draußen noch immer tobte. Er pfiff durch unsichtbare Ritzen in der Hütte dieses Mannes, heulte ums Haus und ließ die Fensterscheiben klirren.

Sie hätte gern gefragt, wo sie war und wer er war, aber sie wollte nicht diejenige sein, die anfing, Fragen zu stellen. Als habe er ihre Gedanken gelesen, kehrte er zu ihr zurück, streckte ihr die Hand hin und sagte: »Ich bin Noah Wesley. Ich würde wirklich gern hören, wie Sie es geschafft haben, in einem Schneesturm den halben Berg hoch bis zu meiner Hütte zu kommen.« Er schwieg einen Moment und lächelte, als bewundere er sie dafür. »Und Ihren Namen … ich wüsste wirklich gern, wie Sie heißen.«

Noah. Sie war noch niemand mit einem solchen Namen begegnet. Er klang so … altertümlich. Aber er sah überhaupt nicht alt aus, im Gegenteil, er schien im besten Alter zu sein. Sie überlegte kurz, ob sie ihn wegen ihres Vornamens anlügen sollte, aber sie entschied sich dagegen – es war zu kompliziert.

»Elizabeth«, antwortete sie kurz und knapp. Sie war nicht bereit, weitere Angaben zu machen.

Er stand vor ihr und war so groß, dass sie ihren Kopf in den Nacken legen musste, um sein Gesicht zu sehen. »Ich würde jetzt etwas zum Frühstück machen«, sagte er. »Meinen Sie, Sie können eine Kleinigkeit essen?«

Ihre Gedanken wanderten zurück zu ihrer letzten Mahlzeit. Auf der Suche nach Informationen war sie durch die Saloons in Juneau gezogen, eigentlich eher umhergeschweift. Sie hatte die Hauptgruppe verlassen, nachdem sie alle erfahren hatten, dass der Frost in den Nebenflüssen des Yukon Einzug gehalten hatte und dass sie den Treck nach Dawson City erst im Frühling würden fortsetzen können. Sie hatte nicht gewusst, wohin sie gehen und was sie jetzt tun sollte, aber sie hatte beschlossen, eine Gruppe von Goldsuchern zu finden und sich ihnen anzuschließen. Ihre Mitreisenden hatten vielleicht die Mittel, um in Sitka oder Juneau zu überwintern, aber für sie galt das nicht. Sie musste an das Gold herankommen.

Es durfte nicht zu spät sein, nein, das durfte einfach nicht sein. Nicht nach alledem, was sie durchgemacht hatte, um es bis hierher zu schaffen. Es musste jemand in dieser Stadt geben, der zum Klondike reiste, wo Goldklumpen herumlagen, die so groß waren wie ihre Hand. Ein Wirt hatte ihre eingefallenen Wangen gesehen und ihr aus Mitleid ein Steak gebraten. Als er hörte, was sie vorhatte, lächelte er. Nicht unfreundlich, aber unverkennbar zweifelnd. Er führte sie ans Fenster und zeigte auf einen Berg, diesen Berg, den sie irgendwie bezwungen hatte. Auf halber Höhe sollte es einen versierten Bergkundigen geben, einen Führer. Wenn irgendjemand es zu dieser Jahreszeit ins Hinterland schaffen konnte, dann war er es, wurde ihr gesagt. Das war gestern Mittag gewesen. Es kam ihr vor, als wäre es eine halbe Ewigkeit her. War sie überhaupt noch derselbe Mensch?

»Ja, ein Frühstück klingt gut.« Ihre Gedanken waren irgendwie schwerfällig, als wären sie immer noch gefroren.

Als sie aufzustehen versuchte, schüttelte Noah den Kopf. »Bleiben Sie ruhig sitzen. Ich bringe Ihnen etwas zu essen. Und nachher werde ich mir Ihre Füße noch einmal anschauen müssen, also können Sie sich langsam an den Gedanken gewöhnen.« Er grinste sie an.

Dies war etwas völlig anderes als das Grinsen, das sie sonst von den Leuten zu sehen bekam. Es war freundlich, als könne er verstehen, wie verletzlich sie sich fühlte, und wolle sie beruhigen. Als könne er ihre Ängste und ihren Mut sehen und ihren Willen, beides in ihrer Person zu vereinen … und als hätte er sie trotzdem gern und bewundere sie sogar. Ja, das war es – es war ein freundliches, beruhigendes Grinsen und es brachte sie beinahe zum Weinen. Sie wollte weinen, weil sie lebte, weil sie diesen Ort und auch diesen Mann mit seinen freundlichen blauen Augen gefunden hatte. Aber sie würde nicht weinen, nein, das würde sie nicht.

Erschöpft von der gewaltigen Anstrengung, sich aufzurichten, von Noah Wesleys scherzendem Ton aus der Fassung gebracht und durch sein Lächeln von einem Gefühl der Atemlosigkeit überwältigt, lehnte sie sich zurück und schaute aufmerksam zu, wie er sich in der Küche hin und her bewegte. Sie bekam das Bild nicht mehr aus dem Kopf, wie er neben ihr lag, dicht an sie gedrückt. Nie zuvor hatte sie die ganze Nacht hindurch neben einem Mann gelegen. Hatte er sich wirklich so anständig verhalten? Ihr gefiel die Sache nicht. Und er wirkte viel zu zufrieden, wie er da vor dem Herd stand, mit seinen Töpfen und Pfannen hantierte und ein Lied summte, das ihr vage bekannt vorkam.

Bald stand zischender Dampf über der Pfanne und der Geruch von gebratenem Fleisch stieg ihr in die Nase. Sie schloss vor Erschöpfung die Augen und spürte, dass der Frieden in diesem Raum einen verborgenen Teil von ihr ansprach. Ein ungebetenes Gefühl der Sehnsucht überwältigte sie und in irgendeinem Winkel ihres Gehirns nagte eine verschwommene Erinnerung, wie jemand sie auf den Knien schaukelte und ihr vorsang. Niemand hatte ihr jemals so ein Lied vorgesungen, schalt sie sich selbst … doch es war schmerzhaft vertraut. Sie dachte an die »Mütter« in ihrem Leben zurück. Margaret hatte sie sicher niemals auf den Knien geschaukelt. Davon abgesehen, dass sie viel zu alt für solche Dinge gewesen war, als sie adoptiert wurde, hatte Margaret auch kein Fünkchen Mütterlichkeit besessen. Und das Waisenhaus … es konnte sein, dass sie das Lied dort gehört hatte, aber irgendwie kam ihr das unwahrscheinlich vor. Ihre Erinnerungen waren so grau, so verhangen … Sie hatte weder die Kraft noch den Willen, sie wiederzubeleben. Aber der Wunsch, mehr über dieses Lied zu wissen, wurde immer stärker, bis sie ganz unwillkürlich mit der Frage herausplatzte: »Was ist das für ein Lied?«

Der Mann drehte ihr seinen Kopf zu. »Ein Lied?«

»Ist nicht so wichtig«, sagte sie leise. Es war ihr peinlich.

»Das Lied, das ich gerade gesummt habe? Nur ein altes Kirchenlied, glaube ich. Kennen Sie es?«

Elizabeth schüttelte langsam den Kopf. »Ich weiß es nicht. Ich dachte, ich hätte es schon einmal gehört, aber ich bin nicht sicher, wo ...« Sie verstummte und ärgerte sich, dass sie ihre Gedanken laut ausgesprochen hatte. Nun konnte man nachfragen ... prüfen.

Noah bedachte sie mit einem verhaltenen Lächeln und einem verständnisvollen Blick, bevor er sich wieder seiner Essenszubereitung widmete, als wäre dieser Blick nichts Besonderes. Er rührte etwas in der schwarzen Eisenpfanne. »Wenn mein Singen Sie stört, lasse ich es bleiben.«

Elizabeth konnte nur den Kopf schütteln und zurück in die Polster sinken. Sie wollte sich verstecken, wollte sich unter den Decken vergraben und diesen Mann ausschließen, der es schaffte, ihr seine Wärme zu geben und dann so eine Erinnerung wachzurufen. War er echt?

Er war bald fertig und brachte ihr einen randvollen Teller mit Fleisch, zwei riesigen Sauerteigbrötchen und dicker brauner Bratensoße, die über dem ganzen Teller verteilt war.

Elizabeth traute ihren Augen nicht, als sie diese Unmengen von Essen sah, und ihr wurde beinahe übel. Es war genug auf dem Teller, um sie ein paar Tage lang satt zu machen. Als sie an Noahs gewaltiger Körpergröße hochsah, konnte sie nicht anders – sie lächelte und fragte: »Ich bin ja wirklich hungrig, Mr. Wesley, aber glauben Sie, ich schaffe es, diesen Teller hochzuheben?«

Sprachlos schaute er auf den Teller und dann hinunter zu ihr. Als sein Blick wieder zum Teller zurückkehrte, fing er an zu lachen. Er war ein Mann, der über sich selbst lachen konnte, stellte sie fest und war wieder überrascht. »Sie haben natürlich recht. Wo war ich nur mit meinen Gedanken? Vermutlich bin ich einfach gewöhnt, für Männer zu kochen. In diesem Teil des Landes haben wir nicht oft Besuch von jungen Damen.«

Eine feine, aufrechte junge Dame – natürlich, das war es, was er erwartete. Sie versuchte, sich innerlich auf diese Rolle einzustellen.

Noah trug den Teller zurück zum Tisch und schob die Hälfte seines Inhalts auf einen anderen Teller. Er kam wieder zu ihr, hielt ihr den Teller hin und fragte grinsend: »Ist es so besser?«

Sie nickte. »Danke.«

Noah machte es sich mit seinem eigenen Essen auf einem Stuhl bequem und sagte zwischen einzelnen Happen: »Wenn Sie dazu in der Lage sind, würde ich Ihnen gern ein paar Fragen stellen und vielleicht könnte ich Ihnen auch ein paar beantworten.«

Elizabeth ließ die Gabel auf halbem Weg zwischen Teller und Mund in der Luft hängen. Innerlich erstarrte sie, aber sie stellte sich der Herausforderung, indem sie tief einatmete und nickte. Er würde es nicht herausfinden. Er konnte unmöglich wissen, dass sie vor einem Detektiv namens Ross Brandon davonrannte, weil sich herausgestellt hatte, dass dieser Furchtbares mit ihr vorhatte. Er konnte auf keinen Fall in Erfahrung bringen, dass ihre Adoptiveltern nach ihr suchten, vermutlich, um ihr einen Mord wegen eines gestohlenen Claims* anzuhängen. Was sollten sie sonst für einen Grund haben, dass sie Ross tatsächlich bezahlten, um sie zu finden? Sie war jetzt erwachsen; sie hatten kein elterliches Bestimmungsrecht mehr über sie. Beim Gedanken, zu ihnen zurückzukehren oder diesen boshaften Detektiv wiederzusehen, krampfte sich ihr Magen vor Angst zusammen. Nein, dieser Noah würde nichts erfahren, was ihm einen Grund geben könnte, sie wieder in den Schneesturm hinauszuwerfen.

Noah hatte wieder angefangen zu sprechen, also konzentrierte sie sich darauf, ihm zuzuhören.

»Ich lebe hier nun schon seit sieben Jahren, und Sie sind der erste Besucher, der mitten in einem Schneesturm zu mir gekommen ist. Ich würde wirklich gern hören, wie Sie mich in diesem Sturm gefunden haben.«

Elizabeth suchte einen Weg durch die Schatten von Wahrheit und Täuschung, während die Erinnerung an die Kälte sie erschaudern ließ. »Ich kann mich wirklich nicht mehr genau erinnern. Ich glaube, es war Ihr Licht.« Sie zeigte zum Fenster. »Ich sah durch den Schnee ein Licht, das aus diesem Fenster fiel, und ich folgte ihm hierher.«

Noah schüttelte den Kopf. »Es ist ein Wunder, dass Sie bei diesen Wet-

---

* *engl. Claim*, abgestecktes Schürfgebiet.

terverhältnissen überhaupt etwas gesehen haben. Erfahrene Männer, die zehnmal so stark waren wie Sie, wurden nach solchen Schneestürmen zusammengekrümmt und steif gefroren unter schimmligen Heuballen gefunden. Haben Sie eine Ahnung, wie viel Glück Sie hatten?«

Elizabeth hatte tatsächlich eine Ahnung, und als sie den sympathisch zerzausten Mann anschaute, der ihr gegenübersaß, wurde sie von Dankbarkeit überflutet. »Ich glaube schon. Danke, dass Sie Ihr Licht aus dem Fenster leuchten ließen.« Sie lächelte ihn an. »Und dass Sie Ihre Hütte an diese Stelle gebaut haben.«

Einen Moment lang wirkte er betroffen, doch dann schallte sein Lachen durch den Raum und hüllte sie ein wie eine warme tröstende Decke. Sie suchte nach Boshaftigkeit hinter diesem Lachen, einem Zeichen von Sarkasmus, einem Stachel der Anklage, aber da war nichts. Sie konnte nichts Schlechtes in diesen tiefblauen Augen finden.

Er lächelte immer noch, aber gleichzeitig war seine Besorgnis zu spüren, als er fragte: »Sie waren allein? Wo ist Ihre Familie?«

Elizabeth stocherte in ihrem Essen herum und seufzte innerlich. Diese Frage war so alt wie sie selbst. Er würde hören wollen, dass sie aus einer wunderbar feinen Familie kam, und natürlich durfte sie ihn nicht enttäuschen. Sie schlüpfte so leicht in die Rolle des bedauernswerten Waisenkindes wie in einen oft getragenen Handschuh. »Ich war allein. Meine Familie lebt nicht mehr.«

Er studierte ihr Gesicht. »Wie kamen Sie in diesen Teil des Landes?«

»Zuletzt lebte ich in Seattle. Ich hörte, dass hier Gold gefunden worden war und beschloss, mit allen anderen zusammen nach Dawson City zu gehen.«

Noah beugte sich in seinem Stuhl vor. »Allein? Wissen Sie nicht, was mit einem einsamen Mädchen in einer Goldgräberstadt passieren kann?« Er schwieg einen Moment, dann hoben sich seine Augenbrauen. »Sie sind keine Prostituierte, oder?«

Elizabeth hob das Kinn. »Ganz sicher nicht! Ich bin auf den Goldfeldern aufgewachsen, Sir. Von Utah bis Kalifornien bin ich jedem Goldrausch gefolgt. Ich kann mich selbst versorgen und muss mich nicht auf den Rücken legen, um mir meinen Lebensunterhalt zu verdienen.« Das stimmte soweit. Sie hatte mit Margaret und Henry nach Gold gesucht, seit sie sie vor Jahren adoptiert hatten.

Noah setzte sich wieder in seinem Stuhl zurecht. »Es tut mir leid. Bitte erzählen Sie weiter.«

Entschlossen atmete sie tief ein. »Als ich in Sitka ankam, erfuhr ich zusammen mit allen anderen auf unserem Schiff, dass wir zu spät dran waren, um nach Dawson City weiterzureisen. Offenbar gefriert der Yukon im Oktober. Wir hatten keine Wahl, als bis zum Frühling zu warten.« Diese Neuigkeit hatte viele frustriert, aber für Elizabeth war sie entsetzlich gewesen. Die meisten hatten nicht den heißen Atem eines rachsüchtigen Verfolgers im Nacken.

Noah nickte. »Meistens gefriert er sogar schon im September, jedenfalls an manchen Stellen. Ich sah eine Gruppe, die im August auslief. Diese Dampfschiffe sind jetzt vermutlich im Eis eingeschlossen. Das ist eine kalte Art, den Winter zu verbringen. Gut, dass Sie gewartet haben. Sie verließen Sitka also?«

Elizabeth ballte ihre Hand zur Faust. »Ja, aber ich war immer noch entschlossen, eine Expedition zu finden, der ich mich anschließen konnte. Ich *bin* immer noch entschlossen. Als ich in Juneau ankam, fragte ich herum und man sagte mir, dass hier oben ein Mann lebt, der mir vielleicht helfen könnte. Sofern es an dieser Seite des Berghangs nicht noch eine weitere Hütte gibt, glaube ich, dass Sie gemeint waren.«

»Ich? Ich habe nicht die Absicht, zum Klondike zu gehen. Die meisten Menschen, die mich kennen, wissen, was ich vom Goldwaschen halte.«

Elizabeth spürte, wie ihre letzte Hoffnung schwand. Warum war alles immer so schwierig? »Aber ein Wirt in Juneau sagte, der Mann, der auf diesem Berg lebt, könnte mich vielleicht begleiten oder mir einen Führer von den Tlingit vermitteln.«

»Ich habe einige Freunde unter den Indianern, und es stimmt, man könnte einen Führer anheuern. Aber ich möchte nichts damit zu tun haben, eine Frau im Winter ins tückische Landesinnere von Alaska zu schicken. Ich glaube, Sie begreifen dieses Land nicht, Miss. Meiner Ansicht nach sind diese Trails nichts für eine Frau, und das gilt schon für die guten Monate.«

»Mr. Wesley, Sie haben keine Vorstellung davon, wie fest entschlossen ich bin.«

Noah bedachte sie mit seinem entwaffnenden zurückhaltenden Lächeln. »Wenn Ihr Marsch zu meiner Hütte mitten in einem Schneesturm ein Ausdruck dieser Entschlossenheit ist, würde ich sagen, ich habe eine gewisse Vorstellung davon, Elizabeth.«

Die Art, wie er mit seiner tiefen Stimme ihren Namen sagte, brachte trotz ihres Zorns etwas in ihrem Inneren zum Schmelzen. Ihre nächsten Worte klangen sanfter, als sie beabsichtigt hatte. »Als ich mich auf den Weg machte, war keine Wolke in Sicht. Ich bin vielleicht nur eine Frau, Sir, aber kein Narr.«

»Ich bin froh, das zu hören.« Noah runzelte die Stirn. »Die Weigerung, auf das Tauwetter im Frühling zu warten, wäre aber ein gefährlicher Fehler, ja, er könnte sogar tödlich sein. Alle anderen sitzen hier fest, warum haben Sie solche Eile?«

Hundert Antworten lagen ihr auf der Zunge, aber sie behielt sie alle für sich und sagte: »Ich will meinen Anteil von diesem Gold.«

Noah sah ihr in die Augen und sie wusste, dass er nach etwas suchte, was hinter ihren Worten lag. Dieser Mann wollte die Wahrheit – die ganze Wahrheit –, und genau das konnte sie ihm nicht geben. Sie spürte, wie sich ein streitsüchtiges Feuer in ihr regte, und sie wusste, dass es aus ihren tiefbraunen Augen loderte. Mit einem trotzigen Blick forderte sie ihn heraus, aber etwas Seltsames geschah. Statt Nahrung für ihren Zorn zu finden, bemerkte sie seine Augen und stellte fest, wie blau sie waren ... und dass in ihnen nichts zu lesen war außer Sorge und Ruhe. Ein unerwartetes Gefühl der Verbundenheit zwischen ihnen erschreckte sie. Sie richtete sich auf dem Sofa auf und verschränkte die Arme vor der Brust. Seine Stimme war leise und beruhigend und sie spürte sie bis in die Zehen, als er sprach.

»Im Frühling wird immer noch Gold da sein. Und dann werden Sie problemlos eine Gruppe finden, der Sie sich anschließen können. Im Moment müssen Sie sich jedoch ausruhen.«

Er stand auf und war so hochgewachsen, dass sie sich wunderte, warum sein Kopf nicht an die hellbraune Holzdecke stieß. Sanft nahm er ihr den Teller ab.

»Legen Sie sich wieder hin, Elizabeth. Sie sind jetzt in Sicherheit. Wir werden später noch viel Zeit zum Reden haben.«

Verblüfft tat sie, was er sagte.

17. September 1881

Verehrte Mrs. Rhodes,

Ihren Brief habe ich erhalten und gestatte mir, Ihnen zu Ihrer kürzlich erfolgten Vermählung zu gratulieren. Nach monatelangen Nachforschungen hatte ich die Hoffnung fast aufgegeben, aber ich freue mich, Ihnen berichten zu können, dass ich eine Hausangestellte namens Mary ausfindig machen konnte, die vor Kurzem aus dem Dienst Ihres Vaters entlassen wurde. Als ich die Frau befragte, die ziemlich Angst hatte, mit mir zu reden, gab sie zu, gehört zu haben, dass Elizabeth in ein Waisenhaus im Staat New York gebracht worden war.

Ich nahm sofort Kontakt zu den Waisenhäusern in unserem Staat auf und erhielt neulich Antwort von einer Lehrerin des New York Waisenheims, die um weitere Informationen bat. Ich schrieb ihr umgehend von unserer Situation und warte nun auf ihre Antwort. Mein Instinkt sagt mir, dass wir sehr nahe dran sind, Madam. Ich werde mich unverzüglich melden, wenn ich auf weitere Hinweise stoße, und werde das Waisenhaus besuchen, wenn ich erfahre, dass Ihre Tochter sich möglicherweise dort aufhält.

Sie erwähnten dunkelbraune Haare und Augen? Besitzen Sie vielleicht eine Fotografie von ihr?

Hochachtungsvoll,
Jeremiah Hoglesby
Privatdetektiv zu Ihren Diensten

3

Schneestürme in Alaska waren alles andere als berechenbar. Sie konnten aus heiterem Himmel hereinbrechen und die Menschen unvorbereitet treffen, die ihren alltäglichen Geschäften nachgingen – sei es, dass sie beim Fischen oder Jagen waren oder dass sie in der Stadt die Straße überquerten, um an der Handelsstation den neusten Klatsch zu erfahren. Andere Stürme schlichen sich langsam heran, wirkten erst harmlos und weich mit glitzernden Flocken in millionenfacher Form und Größe, bevor sie mit bitterer Kälte und wirbelndem Sturmwind angriffen, Dächer von den Häusern rissen und Eis in die Kamine hinabfegten. Und dann gab es da noch die Stürme, die loslegten, ins Stottern gerieten und nachließen, nur um erneut zu beginnen und tagelang anzudauern, sodass die Stadtbewohner sich fragten, ob der Wind wusste, was er wollte. Immer jedoch wirkte der Sturm wie ein lebendiges Wesen, kraftvoll, brutal und zu beinahe allem fähig.

Elizabeth hatte bereits einige Schneestürme erlebt und war deshalb nicht vollkommen unvorbereitet für Alaska. Es war jedoch nicht das Gleiche hier. In Alaska regierte die Natur und der Winter war ihr König. Ihm genügte es nicht, Eis und Schnee für einige Wochen oder Monate im Jahr auszuleihen, nein, hier regierte der Winter mit einer Wildheit, wie man sie nur in den Ländern des nördlichen Polarkreises findet. Diese Wildheit, die sie vor Kurzem selbst erlebt hatte, schien irgendwie gegen sie gerichtet zu sein. Der Sturm draußen verfolgte sie bis in ihre Träume, er jagte sie mit seinen trostlosen Seufzern, sodass sie sich nachts ganz klein zusammenrollte, die Arme fest auf die Ohren gepresst, und sich dicht an den Rand des schmalen Sofas drückte. Wie eine Mutter, die die feinen Untertöne im Schreien ihres Babys heraushört, entwickelte Elizabeth ein Gespür für den Wind. Er klang einmal traurig, einmal wütend, einmal klagend und dann wieder rachsüchtig – auch seine Heftigkeit schwankte, ähnlich wie ihre Gefühle in den vergangenen Tagen. Sie sprangen zwischen friedlicher Gelassenheit und rastloser Unruhe hin und her, seit sie mit diesem seltsam-wunderbaren Mann in dieser Hütte feststeckte. Er verzog sich nicht, dieser Sturm, und es kümmerte ihn nicht, dass er sie hier einschloss. Dieser liebevolle Ort löste einen Fluchtimpuls bei ihr aus. Am liebsten wäre sie mit der Kraft, der Geschwindigkeit und dem Schwung eines solchen Windes geflohen. Würde er nie ein Ende nehmen?

Als der fünfte Morgen anbrach, legte sich der Sturm so plötzlich, wie er aufgekommen war. Er ließ mehr Schnee zurück, als Elizabeth je gesehen hatte, und eine Stille, die ein seltsames Rauschen in ihren Ohren auslöste, sodass sie sich fragte, ob mit ihrem Hörvermögen etwas nicht in Ordnung war. Die Verwehungen hatten die Hütte fast unter sich begraben und Noah, ein Mann, der sich vor nichts zu fürchten schien, war tagelang damit beschäftigt, zwischen ihnen und den Tieren in der Scheune einen Pfad freizuschaufeln und sich um alles zu kümmern, was sie brauchten.

Elizabeth lag auf dem Sofa und tauchte langsam aus dem Schlaf auf. Sie schaute in den hellen Raum und hörte ein leises Plätschern. Sie war besorgt, ohne zu wissen warum, und ihre Gedanken suchten nach einem Anhaltspunkt. Sie setzte sich auf und blickte im Raum umher. Da war er, an der Kommode neben dem Bett. Er rasierte sich mit sicheren und gleichmäßigen Bewegungen und stand da wie ein Fels. Sobald sie sein mit Rasierschaum eingepinseltes Gesicht in dem kleinen runden Spiegel neben seinem Bett sah, verflüchtigten sich ihre Ängste, als wäre ihr inneres Gleichgewicht wiederhergestellt.

Einen Moment später drang die Erkenntnis, dass *er* der Grund für ihre plötzliche Ruhe war, durch die dämpfenden Schichten der Verdrängung in ihr Bewusstsein. Ein tiefes Unbehagen setzte sich in ihrer Magengegend fest. Sie hatte sich erlaubt, von diesem Mann abhängig zu werden. Sie hatte ihre Abwehr gelockert und zugelassen, dass sie etwas für ihn empfand. Sie ließ sich in die warmen Decken zurücksinken und rief sich selbst zur Vernunft, indem sie sich vor Augen führte, von wem und auf welche Weise sie bereits im Stich gelassen worden war. Sie dachte an Ross Brandon, an Margaret und Henry Dunning, dann gingen ihre Gedanken immer weiter zurück in die Vergangenheit, Gesicht um Gesicht, bis sie die geisterhafte Gestalt ihrer eigenen Mutter vor sich hatte, ein Bild, dessen Anblick sie sich nie gestattete. Sie zwang sich zu der Einsicht, dass hier in dieser Hütte und mit diesem Mann eine neue Art von Bedrohung auf sie lauerte, eine Bedrohung, die ihr weit mehr schaden konnte als alles andere, was sie bisher erlebt hatte. Sie musste von ihm wegkommen, bevor sie gar nicht mehr weg wollte.

Mit neuer Entschlossenheit richtete sie sich auf dem Sofa auf und prüfte ihre Füße. Es ging ihnen viel besser, aber für den langen Marsch zurück nach Juneau waren sie noch nicht gut genug verheilt. Nie wieder wollte sie in hüfthohem Schnee versinken, aber sie würde sich etwas einfallen lassen. Sie *musste* sich etwas einfallen lassen. Sie warf einen Blick nach hinten und sah, dass Noah sich die Seife aus dem Gesicht wischte und sie anschaute.

»Guten Morgen«, sagte er. Viele kleine Fältchen zeigten sich in seinem Gesicht, als er ihr ein Lächeln schenkte. Er freute sich wirklich, sie zu sehen.

Sein Gruß klang so häuslich. War sie jemals so von einem Menschen begrüßt worden? Sie spürte, wie sich Zorn in ihr breitmachte. Schnell wandte sie sich ab und antwortete in distanziertem Tonfall: »Bevor Sie gleich fragen, wie es mir geht, will ich es Ihnen verraten. Ich bin steif und wund vom vielen Liegen und außerdem rieche ich nicht sehr gut. Ich bin hungrig und habe ein Bad nötig. Besteht irgendeine Möglichkeit, dass ich ein Bad nehmen kann?«

Noah runzelte die Stirn und sagte mit einem unentschlossenen Lächeln: »Natürlich, ich habe eine Wanne. Ich fülle sie für Sie und stelle sie vors Feuer. Es wird allerdings eine Weile dauern, bis das ganze Wasser warm ist. Wenn Sie also zum Tisch hinübergehen, mache ich Ihnen ein Frühstück, während Sie warten.«

Entnervt biss sie die Zähne zusammen. Er war so *gut*! Er verstand überhaupt nicht, was in ihr vorging. Am liebsten hätte sie einen Schrei losgelassen. Warum konnte er nicht wie alle anderen sein und sie anschreien? Damit könnte sie umgehen. Stattdessen gab er ihr durch seine Geduld das Gefühl, sie verhalte sich launisch und vorwurfsvoll.

»Danke«, sagte sie stattdessen leise.

Noah nickte nur und fing an, Sauerteigbrötchen und Bratensoße für ihr Frühstück auf den Tisch zu stellen. Die ganze Zeit über sprach er mit ihr, als wäre sie … eine Freundin und ihm ebenbürtig.

»Ich werde heute noch einmal zur Räucherkammer hinausgehen müssen, um mehr Fleisch zu holen. Wie gut, dass der Sturm sich endlich verzogen hat. Wir haben auch nur noch wenig Holz.«

Elizabeth fühlte sich schuldig, als sie hörte, wie viel er zu erledigen hatte. Ihr Bad würde ihn sicher viel zusätzliche Zeit kosten, aber er beklagte sich nicht darüber. Er schien sich nie gegen die Wechselfälle des Lebens aufzulehnen.

»Ich sollte zurück nach Juneau gehen.« Angesichts seiner Freundlichkeit klang das harsch, aber sie konnte es nicht ändern, dass sie sein Leben durcheinanderbrachte.

Er war gerade damit beschäftigt, Sauerteigbrötchen zu machen – was eigentlich ihre Aufgabe sein sollte, dachte sie unwillkürlich – und hielt für einen Moment inne.

»Darüber habe ich bereits nachgedacht.« Es klang zögerlich, als wüsste er, dass sie Einwände haben würde. »Ich bin nicht sicher, ob Sie schon wieder in der Lage sind zu reisen.«

»Nein, jetzt vielleicht noch nicht. Aber bald.«

Er nickte. »Richten wir erst einmal das Bad. Über Ihre Pläne können wir später sprechen.«

Es war eindeutig, dass er sie nicht gehen lassen wollte. Sie grübelte darüber nach und fragte sich, was er wohl mit ihr anfangen wollte. Was konnte ein Mann, der alles hatte, von einer Frau wie ihr wollen? Aber sie hielt den Mund und beobachtete ihn, wie er eilig sein Frühstück verzehrte und dann nach draußen hastete, um eine große Metallwanne zu holen, die er unter seinem Scheunendach aufbewahrte. Er schleifte die Wanne durch die Tür, stellte sie vor dem Feuer auf und machte sich als Nächstes daran, eimerweise Schnee herbeizuschleppen. Der hoch aufgetürmte Schnee in der Wanne ließ Elizabeth erschaudern. Es würde wohl eine Weile dauern, bis er vollständig geschmolzen war.

Sie nahm ein weiteres Stück von dem locker gebackenen Brötchen auf die Gabel, drehte es in der Soße und führte es zum Mund, während sie Noah von ihrem bequemen Platz am Küchentisch aus zusah. Er kochte wirklich gut, die Salzmenge war genau richtig und Klümpchen gab es keine. Sie hatte zugeschaut, wie er den Sauerteig für die Brötchen zubereitete, indem er etwas von dem Sauerteig aus einem Tontopf verwendete, damit das Brot aufging. Jeden Morgen knetete er den Teig zusammen, ließ ihn gehen, rollte ihn dann aus und schnitt ihn für die Brötchen in Stücke. Wenn sie beim Frühstück frisch aus dem Ofen kamen, schmeckten sie wunderbar, sie waren locker und blättrig und trieften von Butter. Sie wusste, wie wichtig ein guter Ansatz Sauerteig war; er reichte endlos aus und konnte einen Menschen unterwegs am Leben halten. Noahs Brötchen waren fast die besten, die sie jemals gegessen hatte, und das rief ihr wieder das Rätsel um seine Person ins Gedächtnis – er war einfach zu perfekt. Irgendwo musste er doch eine Schwachstelle haben – und sie würde sie finden. Sie würde sie entdecken und dann darauf herumhacken, bis er sie selbst aus seiner Hütte warf und sie zurück in die Sicherheit der Fremden in Juneau schickte.

Nachdem er die Wanne randvoll mit Schnee gefüllt hatte, ging Noah zum Herd und holte einen großen Topf mit kochendem Wasser. Ab und zu warf er einen Blick zu Elizabeth hinüber. Er lächelte oder machte eine kleine Bemerkung, aber was sie in seinen Augen las, sandte neue Schauer durch ihren Körper. Aus Gründen, die ihr unbegreiflich waren, schien dieser Mann sie zu mögen.

Aus der Wanne drang ein lautes zischendes Geräusch, als das dampfende Wasser auf den Schnee traf. Er schmolz zu matschigen Haufen, die sich schnell in lauwarmes Wasser verwandelten. Eine Viertelstunde später hatte Noah den nächsten Topf fertig und leerte ihn in die Wanne. Nach zwei weiteren Töpfen mit heißem Wasser war aus dem kalten, harten, tödlichen Schnee etwas Einladendes und Verlockendes geworden. Elizabeth konnte es kaum erwarten, in die Wanne zu steigen.

Noah räusperte sich und sagte: »Ich habe einiges in der Scheune zu tun und dann möchte ich noch etwas Holz hacken, ich werde also eine Weile weg sein. Die Seife und ein Handtuch sind in der obersten Schublade der Kommode. Brauchen Sie sonst noch etwas?«

Elizabeth sah an dem Hemd herunter, das sie immer noch anhatte – sein Hemd – und fragte schnell: »Sind meine Kleider noch da?« Seit Tagen hatte sie sie nicht mehr zum Trocknen aufgehängt gesehen.

»Natürlich. Sie sind in der unteren Schublade.« Er deutete auf die Kommode und zog sich beim Sprechen seinen dicken Mantel und die Winterschuhe an. »Also, ich werde dann gegen Mittag wieder da sein.«

Und schon war er zur Tür hinaus.

Elizabeth holte tief Luft. Sie zwang sich zum Aufstehen und ging mit unsicheren Schritten zur Kommode, um nach ihren Kleidern zu suchen. Sie waren praktisch alles, was sie in dieser Welt besaß. Da lagen sie, fein säuberlich zu Rechtecken gefaltet, ganz oben auf einem Stapel Hemden, die ihrer derzeitigen Bekleidung sehr ähnlich sahen. Nachdem sie die Schublade geschlossen hatte, suchte sie in der schmalen oberen Schublade nach Seife. Sie entdeckte schließlich, dass es ein großer, aus vielen Schichten bestehender Block war, der nach Lauge roch und den sie fast nicht mit einer Hand fassen konnte. Der Waschlappen war leicht zu finden, er lag direkt neben der Seife, aber ein Handtuch … hatte er nicht gesagt, dass dort auch ein Handtuch war?

Sie durchstöberte seine Sachen und fand ein Taschenmesser mit einer scharfen Klinge. Sie starrte einen Augenblick darauf, fasste dann einen Entschluss und ließ es auf ihren Stapel fallen. Nach dem Baden konnte sie es irgendwo an ihrem Körper verstecken. Vielleicht brauchte sie es in dieser Hütte nicht, aber sie würde nicht immer hier bleiben. Eines Tages würde es ihr nützlich sein.

Sie blickte umher und sah das Handtuch über der Waschschüssel liegen. Vermutlich hatte er vergessen, dass er es heute Morgen nach dem Rasieren verwendet hatte. Er besaß wohl nur dieses eine. Sie griff danach, bemerkte, dass es noch feucht war, und hielt es sich an die Nase. Es roch nach ihm. Sie schloss die Augen und atmete den Geruch ein … männlich, waldig, als wären das Land und der Mann miteinander verschmolzen. In ihrem Inneren wurde etwas angerührt, sie spürte, wie eine Wärme in ihr aufstieg, und sie erschrak.

Hastig ließ sie das Handtuch sinken und wünschte sich, er hätte ein zweites, steriles, frei von … allem. Sie hatte jedoch kein anderes zur Auswahl, also legte sie es zu ihren übrigen Sachen und humpelte zur Wanne, in der der geschmolzene Schnee dampfte.

Sie stapelte alles auf einen Stuhl in der Nähe und tauchte einen Finger ins Wasser. Perfekt. Sie konnte es kaum erwarten. Wie lang war es her, seit sie ein echtes Bad genommen hatte? Es gehörte zu den wenigen wirklichen Freuden ihres Lebens. Sie fummelte die großen Knöpfe aus den Löchern, um das karierte Hemd loszuwerden. *Igitt!* Es klebte praktisch an ihrem Rücken, nachdem sie es so lang getragen und so fest darin geschlafen hatte. Sie zog die kratzenden Socken aus, die er ihr gegeben hatte, und als sie auf ihre Füße blickte, wurde sie von Dankbarkeit überwältigt, dass sie nicht ruiniert waren. Dann stieg sie vorsichtig und erwartungsvoll ins Wasser. Mit einem lauten Seufzer des Vergnügens sank sie tief in die Wanne. Sie war überrascht und erfreut, dass sie sich fast vollkommen ausstrecken konnte, wenn sie den Kopf an das geschwungene Ende lehnte. Sie schloss die Augen und ließ ihre Gedanken wandern – hinaus aus dem kleinen

Raum zu Noah, der draußen Holz hackte. Wie stark er war, stark und gut. War sie über die Türschwelle eines Heiligen gestolpert?

* * *

Als es Mittag wurde, taten Noah die Arme weh und sein Magen knurrte. Inzwischen war sie wohl fertig mit Baden. Nachdem er das Holz an der Hüttenwand aufgeschichtet hatte und das letzte Hirschfleisch aus seiner kleinen Räucherkammer geholt hatte, machte er sich auf den Heimweg.

Er kam sich vor wie ein Fremder im eigenen Haus, als er vorsichtig die Tür öffnete, sein Gesicht verdeckt durch eine Ladung Holz, auf der ganz oben das eingewickelte Fleisch lag.

»Ich bin wieder da«, rief er zögernd.

Er war auf dem Weg in die Küche, um das Fleisch auf den Tisch zu legen, als Elizabeth ihn überraschte, indem sie vergnügt und mit viel sanfterer Stimme, als er es von ihr kannte, zu ihm sagte: »Wenn Sie das Holz ein bisschen absenken, nehme ich Ihnen das Bündel ab, das oben drauf liegt.«

Er gehorchte ihr automatisch und ärgerte sich gleichzeitig darüber, dass sein Verstand offenbar aufgehört hatte zu funktionieren. Als er spürte, dass seine Last leichter wurde, drehte er sich um, trug das Holz zur Feuerstelle und machte sich daran, es aufzuschichten und das Feuer wieder in Gang zu bringen. Nach einer Weile siegte seine Neugier und er wandte sich um. Statt eines mürrischen Mädchens, das in seinem viel zu großen Hemd auf dem Sofa lag, sah er eine strahlende junge Frau, die ihre trockenen und sehr viel vorteilhafteren eigenen Kleider trug und die in der Küche eifrig kochte.

Na gut, verbesserte er sich, nachdem der Geruch seine Nase erreicht hatte, die zu kochen *versuchte*. Während er dastand und sie anstarrte, verbrannte sie sich den Finger am Griff einer Eisenpfanne und schrie auf. Erschrocken setzte er sich in Bewegung. Voller guter Absichten ging er zu ihr hinüber und wollte ihr helfen. Er streckte seine Hand aus. »Lassen Sie mich das anschauen«, sagte er sanft.

Entgegen seine Erwartung hielt sie ihm die Hand nicht hin. Stattdessen drückte sie sie fest an ihren Körper und schüttelte den Kopf. »Es ist nichts. Es war mein Fehler.«

Er fasste ihre Hand mit festem, sicherem Griff und öffnete sie, damit er den verletzten Finger untersuchen konnte. Es war eine rote Stelle zu sehen, aber keine Brandblase. Noah kannte solche Verletzungen gut genug aus seinen ersten Junggesellentagen, um zu wissen, was zu tun war. Wortlos schob er sie zu einem Holzstuhl am Tisch, nahm ein Tuch und ging zur Eingangstür, um es mit Schnee zu füllen.

Dieses Mal wehrte sie sich nicht, sondern schaute ihn nur aus großen, braunen Augen an. Sie war sich keineswegs sicher, dass sie von ihm verarztet werden wollte, aber trotzdem streckte sie den verletzten Finger für ihn aus.

Innerlich lächelte er über dieses kleine Zeichen des Vertrauens und hoffte, seiner wert zu sein. »Lassen Sie ihn einen Moment lang im Eis«, sagte er. Sanft wickelte er das Tuch um ihren Finger, den Blick auf die Verbrennung gerichtet. Dann hob er seine Augen zu ihren und hatte das Gefühl, in ihren Tiefen zu ertrinken. Er sah sein eigenes Spiegelbild und dann für einen kurzen Moment tiefer hinab in ihre Seele, bevor sie rasch den Blick senkte.

»Bleiben Sie einfach eine Weile sitzen. Ich koche das Essen fertig.«

Er konnte Elizabeths Blick auf sich spüren, während er versuchte, das Essen zu retten.

»Ich kann nicht sonderlich gut kochen«, sagte sie überflüssigerweise.

Noah nickte in stummer Zustimmung, als er das versengte Fleisch aus der Pfanne nahm. Die Kartoffeln, die neben dem Fleisch lagen, waren an manchen Stellen schwarz, aber innen noch roh und die Brötchen … nun, er nahm an, dass es Brötchen sein sollten. Er traute sich nicht zu fragen.

* * *

Elizabeth hielt sein Schweigen für ein Zeichen der Verärgerung. Aha, ein wunder Punkt. Er mochte es nicht, wenn jemand seine Küche durcheinanderbrachte. Eine seltsame Schwachstelle, aber vielleicht würde sie ausreichen. Mit einem Seufzer fragte sie: »Ich nehme an, Sie waren schon von Geburt an ein guter Koch?«

Noah sah sie an, als könne er diese neue Seite an ihr nicht richtig einordnen. Er räusperte sich und antwortete zögernd: »Nein, ich lebe schon sehr lange allein. Man lernt das Kochen, wenn man es jahrelang macht.« Er hatte rote Ohren.

»Ich habe noch nie viel Zeit in der Küche verbracht, aber ich bin sicher, dass ich es eines Tages, nach Jahren der Übung, auch so gut kann wie Sie.«

»Sicher, aber in der Zwischenzeit kann ich Ihnen gern ein paar Grundkenntnisse beibringen, wenn Sie möchten.«

»In Ordnung.« Sie zuckte die Achseln und lächelte ihn an. »Wie lang leben Sie schon hier oben?«

»Es sind jetzt sieben Jahre. 1890 kam ich von Montana hoch, um eine Handelsstation mit meinem Freund Will anzufangen.« Sein glänzender Blick war in weite Ferne gerichtet. »Mein Vater war Händler, bevor er mit der Viehhaltung anfing. Er brachte mir alles bei, was er konnte.«

»Warum haben Sie sich entschlossen, nach Alaska zu kommen?« Plötzlich wollte sie alles über ihn wissen.

Er warf ein paar neue Steaks in die Pfanne, während er sprach und geriet langsam in Fahrt. »Will Collins, ein Freund von mir, zog zuerst hoch. Wir sind zusammen aufgewachsen. Als er nach Montana zurückkam, saßen wir immer zusammen und sprachen über Alaska. Will konnte es nicht abwarten, wieder zurückzugehen. Er sagte, mir würde es genauso gehen, wenn ich erst einmal da wäre, und er hatte recht. Ich erkundete sechs Monate lang die Gegend um Juneau herum, bevor ich diesen Platz fand. Es war im Sommer. Sie würden dieses Tal im Sommer nicht wiedererkennen, es ist so ganz anders. Auf jeden Fall folgte ich dem Gold Creek. Normalerweise hielt ich mich südlich und folgte der Straße ganz bis zum Silver Bow Basin und der Mine dort unten, sie heißt Jumbo. Aber an dem Tag ging ich nach Osten und fand den Granite Creek. Ich kam an einem wunderschönen Wasserfall vorbei und erreichte dann dieses tiefer gelegene Becken. Da steht jetzt die Hütte. Das Tal und der untere Hang sind im Sommer voller Wildblumen und Beeren. Es war perfekt. Ich wusste, es war der Ort, nach dem ich gesucht hatte. Ich kann mir nicht vorstellen, jemals von hier wegzugehen. Die Gegend ist wild und unberührt. Sie ist mein Zuhause.« Er verstummte und blickte durch das offene Fenster zu den Bergen, und Elizabeth verstand plötzlich, warum die Fenster keine Vorhänge hatten.

»Ich glaube, das Land ist ein Teil von mir geworden. Ich habe es in meinem Blut.« Plötzlich wurde Noah verlegen und wandte seine Aufmerksamkeit abrupt wieder der Pfanne auf dem Herd zu.

Elizabeth fühlte sich noch stärker zu ihm hingezogen. Ihr war noch nie jemand mit einer solchen Ernsthaftigkeit und Leidenschaft für etwas begegnet.

»Mir gefällt es hier auch«, sagte sie leise.

Noah drehte sich zu ihr und richtete seine durchdringenden blauen Augen auf sie. »Aber Ihnen gefällt es, weil es hier Gold gibt.«

Elizabeth war wie hypnotisiert von seinem Blick. Lächelnd schaute sie ihm tief in die Augen und sagte mit weicher Stimme: »Man nennt es ›Goldfieber‹, und ich habe es seit Jahren. Das ist es, was ich im Blut habe: das Goldfieber.«

* * *

29. November 1881

Verehrte Mrs. Rhodes,

gerade habe ich eine Nachricht von meiner Korrespondentin im New Yorker Waisenheim erhalten. Sie schreibt von einem Kind, ungefähr vier Jahre alt, auf das die Beschreibung Ihrer Tochter passt. Ich werde morgen dorthin reisen, mit der großen Hoffnung, dass wir sie gefunden haben. Natürlich werde ich Ihnen sofort schreiben, wenn ich sie ausfindig machen sollte. In Ihrem Brief erwähnten Sie das Foto nicht. Bedeutet das, dass Sie keines besitzen?

Ich danke Ihnen für die zusätzlichen Geldmittel, die durch einen persönlichen Boten überbracht wurden. Es ist mir ein Vergnügen, Ihnen zu helfen.

Hochachtungsvoll,
Jeremiah Hoglesby
Privatdetektiv zu Ihren Diensten

4

»Und Sie sind wirklich Goldgräberin?«

»Aber ja. Seit meinem vierzehnten Lebensjahr suche ich Gold.« Sie schwieg einen Moment. Ein stählerner Unterton schlich sich in ihre Stimme, als sie fortfuhr: »Ich weiß, dass ich es schaffen kann, wenn es mir nur gelingt, ein Claim zu bekommen.«

»Und Sie haben vor, zum Klondike zu gehen?«, fragte Noah mit erhobenen Augenbrauen.

»Ja. Ich gebe zu, ich habe bisher noch nicht allein gearbeitet, aber ich hab meinen Teil zur Arbeit beigetragen. Ich kann mit der Pfanne, der Waschrinne und der Wiege umgehen. Ich weiß, wie hart die Arbeit ist. Wenn ich an ein ordentliches Claim gelange, werde ich Erfolg haben, davon bin ich überzeugt.«

Noah seufzte und grinste sie gönnerhaft an. »Na gut, Sie sind eine Goldgräberin. Aber haben Sie eine Vorstellung davon, welche Mühsalen Sie auf einem solchen Trail erwarten? Berge und Seen müssen überquert und Stromschnellen überwunden werden. Die berittenen kanadischen Polizisten werden Sie nicht ohne eine Tonne Ausrüstung und Vorräte ins Yukon-Territorium lassen, und die müssen Sie auf Ihrem eigenen Rücken tragen. Pferde und Hunde können Ihnen nur einen Teil des Weges helfen und auch nur dann, wenn das Wetter geeignet für sie ist. Ich habe gehört, dass einer der Trails ein regelrechter Pferdefriedhof geworden ist, weil so viele Tiere ausgerutscht, vom Weg abgekommen und in eine Schlucht gestürzt sind. Der Trail ist im Frühling ein schlammiger, eisiger Sumpf, und durch die Schneeschmelze sind die Stromschnellen so reißend, dass man kaum ein Gefährt hindurchbringt, ohne das eigene Leben und die Vorräte aufs Spiel zu setzen. Es ist kein Ort für eine Frau.«

Elizabeth presste trotzig die Lippen zusammen. »Ich kann Ihnen sagen, dass ich von einem Ende des Westens bis zum anderen gereist bin. Ich habe Berge, Ströme und Flüsse überquert und bin genauso fähig wie jeder Mann. Sie werden schon sehen, wie ich diesen Trail in Angriff nehme. Sie werden schon sehen!«

Noah ergab sich mit erhobenen Händen. »Nun geraten Sie mal nicht aus dem Häuschen. Wenn Sie so verrückt sind und Kopf und Kragen riskieren wollen, kann ich vermutlich nichts dagegen tun. Trotzdem scheint mir, dass Sie immer noch ein großes Problem haben: Was wollen Sie tun, bis es im Frühling taut?«

Elizabeth wusste es noch nicht ganz genau, aber das wollte sie ihm nicht verraten. »Ich besorge mir einen Job in Juneau. Ich warte, wenn es sein muss.« Sie zuckte die Achseln. »Es dauert nur etwas länger, als ich ursprünglich geplant habe.«

Noah brummte entmutigend. »Sie brauchen Glück, um einen Job zu finden, wenn so viele Goldgräber in der gleichen Situation sind wie Sie. Haben Sie genug Geld, um die Zeit zu überbrücken und die Ausrüstung zu kaufen, die Sie für die Reise brauchen?«

Das hatte Elizabeth nicht. Sie besaß nur die kleine Summe, die sie Ross hatte abnehmen können, dem Detektiv, der jetzt vielleicht schon in Alaska war und nach ihr suchte. Nachdem sie die Überfahrt nach Sitka bezahlt hatte, war nicht mehr viel übrig geblieben für eine teure Ausrüstung. Sie brauchte einen Job und sie würde jeden Cent sparen müssen, den sie verdiente. Aber ihr gefiel die Richtung seiner Fragen nicht besonders. Sie versuchte, das Thema zu wechseln, indem sie zum Herd hinübernickte. »Ich bin vielleicht keine große Köchin, aber ist der Rauch, der da aus der Pfanne kommt, nicht ein Zeichen, dass das Fleisch durch ist?« Sie hob fragend ihre Augenbrauen, so wie er es vorher getan hatte.

Schnell rettete Noah die zweite Portion Hirschsteaks. Er schnitt ein kleines Stück für Elizabeth ab und legte es zusammen mit einigen Bohnen und ein paar vom Frühstück übrig gebliebenen Sauerteigbrötchen auf einen Teller. Er schien sich ganz darauf zu konzentrieren und Elizabeth schwieg. Sie sah zu, wie er ihr den Teller mit den sorgfältig zusammengestellten kleinen Portionen reichte und sich dann ihr gegenüber hinsetzte.

* * *

Noah sprach ein Dankgebet, hob seinen Kopf und fing an zu essen. Er kaute nachdenklich und beobachtete Elizabeth, deren große dunkle Augen noch immer auf ihren Teller gerichtet waren. Sie war die hübscheste Frau, die er je gesehen hatte, und sie schien jeden Tag noch hübscher zu werden. Was sollte er nur mit ihr machen?

Elizabeth unterbrach seine Grübeleien mit einer Frage: »Wie viel Land gehört Ihnen hier in der Gegend, Noah?«

Noah zuckte mit den Schultern und antwortete: »Ungefähr 650 Quadratkilometer.«

»Ihnen gehört also auch Land, das nahe an dieser Goldmine von Juneau liegt?«

Noah nickte. »Ja, es liegt sehr nahe dran. Mein Land beginnt oben am Granite Creek und verläuft östlich und nördlich an den Hängen von Mount Juneau entlang. Mir gehört auch ein großer Teil der Felsen von Mount Olds. Warum fragen Sie?«

Sie spielte einen Moment mit ihrem Essen und schaute ihn dann nachdenklich an. »Haben Sie auf Ihrem Land jemals nach Gold geschürft? Soweit ich weiß, hatte Juneau vor ein paar Jahren einen eigenen Goldrausch.«

Noah nickte kauend. »Ja, das stimmt. Zwei Männer, Richard Harris und Joe Juneau, fanden 1880 Gold am Gold Creek. Meines Wissens verdankten sie ihren Erfolg aber einem Tlingit-Häuptling namens Kowee. Den Goldrausch, der darauf folgte, habe ich verpasst. Aber ich glaube, es dauerte nicht lang, da war das Goldwaschen vorbei und man begann mit dem Abbau von Goldadern. Das meiste Gold in der Gegend steckte in hartem Fels. Die großen Gesellschaften rückten mit schwerer Ausrüstung an und errichteten Bergbaulager wie das Jumbo. Es wurde 1895 von einer Schneelawine zerstört. Man sagt, dass es wieder aufgebaut werden soll, aber ich bin nicht sicher, ob das stimmt.« Noah zuckte mit den Schultern. »Will wollte eine Handelsstation für die Goldgräber anfangen und er konnte mich leicht überreden, bei diesem Unternehmen mitzumachen. Aber um Ihre Frage zu beantworten, nein, ich habe auf meinem Land nicht geschürft. Ich hatte nicht viel Zeit und vermutlich auch keinen großen Glauben daran, dass es dort Gold geben könnte, darum habe ich nicht groß darüber nachgedacht.« Er runzelte die Stirn und nahm einen weiteren Bissen. »Ich muss aber zugeben, nachdem dieser neue Rausch so viel Wind macht, dass ich mich manchmal frage …«

»Noah, vielleicht sitzen Sie auf einem Vermögen! Gibt es viele Bäche und Ströme auf Ihrem Land?«

Noah nickte. »Einige. Granite Creek ist der größte.«

Elizabeth schüttelte ungläubig den Kopf. »Und Sie haben sich nie die Mühe gemacht, sie wenigstens einmal zu überprüfen?«

Mit einem Achselzucken antwortete er: »Es wurde wahrscheinlich während des Rauschs schon alles herausgeholt. Außerdem habe ich keine Ahnung von der Goldgräberei.«

Elizabeth schnaubte. »Die meisten Grünschnäbel, die mit der Masse mitrennen, haben das auch nicht. Man kann es aber schnell lernen.« Sie legte den Kopf zur Seite und lächelte ihn an. »Ich könnte Ihnen helfen.«

Die Idee, sie als Goldgräberin anzuheuern, hatte er selbst schon gehabt, aber er sah auch einige Probleme. Zum einen wusste er nicht, ob es stimmte, dass sie sich mit dem Abbau von Gold auskannte. Er brauchte wirklich einen Fachmann, denn er selbst hatte so gut wie keine Ahnung davon. Außerdem war er unsicher, ob er ihr vertrauen konnte. Es wäre dumm, jemanden anzuheuern, dem er nicht vertraute … und trotzdem erschien ihm diese Idee attraktiv.

Er versuchte, seine Erregung zu verbergen, und sagte: »Wir müssten im Frühling anfangen, wenn die Flüsse auftauen.«

Elizabeth schüttelte den Kopf. »So lange kann ich nicht warten. Alle guten Claims werden weg sein, wenn ich hier bleibe. Ich muss beim ersten Tauwetter nach Dawson aufbrechen.«

»Elizabeth, es tut mir leid, Ihnen das sagen zu müssen, aber alle guten Claims sind bereits weg. Sie waren schon vor einem Jahr weg.«

Sie reagierte trotzig, wie er es erwartet hatte. »Und warum steigen dann immer noch all diese Millionäre in Seattle von den Schiffen?«

»Diese Männer haben das Gold vor einem Jahr herausgewaschen. Letztes Jahr im August fanden drei Männer Gold am Rabbit Creek. Sie tauften den Bach in Bonanza Creek um und beanspruchten ihre Rechte daran. Die Nachricht von dem Fund ist zwar hier in der Gegend durchgesickert, aber der Winter stand dicht vor der Tür. Als der Yukon gefror, saßen die Goldgräber dort oben in der Nähe von Dawson fest. Deshalb dauerte es so lang, bis die Nachricht sich weiter verbreitete. Als die Goldsucher dann schließlich nach Alaska strömten, waren die meisten guten Claims schon vergeben.«

Elizabeth stand abrupt auf und ging vom Tisch weg. Den Rücken ihm zugewandt, sagte sie: »Ich werde einen Weg finden. Ich finde immer einen Weg.«

Noah seufzte. Er wusste, dass er ihr weh tat, aber die Vorstellung, wie diese zerbrechlich wirkende Frau es mit den tödlichen Trails nach Norden und mit dem Yukon River aufnahm, drehte ihm den Magen um. Sanft sagte er: »Elizabeth, Sie wissen vielleicht viel über das Goldwaschen, aber dies hier ist Alaska. Der Boden dort oben ist gefroren – nicht zentimeter-, sondern metertief. Vielleicht sogar kilometertief. Wie ich gehört habe, errichten die Männer in Dawson jede Nacht ein Feuer, um dadurch ein Stück Erde aufzutauen. Sie müssen die Erde aufgraben, sie mit Eimern hochziehen und dann wieder ein Feuer in dem Loch machen, und dann geht das Ganze von vorne los. Im Frühling haben sie eine Tonne Erde zu waschen. Eine Tonne. Sie haben nichts Besseres zu tun im Winter, da sie ohnehin dort festsitzen. Aber bei mir ist das anders. Wenn wir bis zur Schneeschmelze im Frühling warten, können wir alle Flüsse auf meinem Land genau untersuchen. Es kann eine Weile dauern, aber wer weiß? Vielleicht finden wir Gold.«

Sie wandte sich mit flammendem Blick um. »Ja, auf *Ihrem* Land. Was für eine Zukunft kann mir das bieten, wenn ich für jemand anderes Gold suche? Ich will selbst reich werden!«

Noah deutete auf den Stuhl. »Elizabeth, bitte setzen Sie sich und hören Sie mir zu. Sie wären natürlich meine Partnerin und nicht jemand, der nur für mich arbeitet.«

Sie ignorierte den Stuhl. »Was *genau* würde es bedeuten, Ihre Partnerin zu sein?«

Worte und Pläne, die er bisher unter Verschluss gehalten und nicht genauer durchdacht hatte, sprudelten aus ihm hervor. »Wenn der Frühling kommt, entscheiden wir uns für eine Stelle und Sie helfen mir, Gold zu suchen. Was wir finden, teilen wir, ich würde sagen, im Verhältnis 40 zu 60.«

»40 zu 60? Warum nicht 50 zu 50?«

»Ich werde für Nahrung und Unterkunft aufkommen. Das sollte als zehn Prozent gelten. Es ist ein Glücksspiel, verstehen Sie? Vielleicht zahlen Sie am Ende sehr viel für Ihr Essen und Ihre Unterkunft oder vielleicht auch fast nichts, das hängt davon ab, was wir finden. Was meinen Sie?« Noah lächelte breit, denn er wusste, dass es ein vernünftiger Vorschlag war.

»Und was mache ich bis zum Frühling? Sie scheinen meine Zukunft ja schon genau ausgetüftelt zu haben.«

Sie klang so gereizt, dass Noah ein Lächeln unterdrücken musste. Es brachte sie beinahe um, sein Angebot anzunehmen. »Ich habe tatsächlich eine Idee, aber nur, wenn Ihnen das gefällt.«

»Ja und?«

»In ungefähr einer Woche, wenn Sie wieder reisen können, bringe ich Sie hinunter nach Juneau zum Handelsposten. Ich weiß, dass Will und seine Frau dieses Jahr Hilfe gebrauchen können. Wenn dann im Frühling die Schneeschmelze einsetzt, suchen wir uns eine Stelle aus, errichten ein Lager und heuern vielleicht ein oder zwei Männer zum Helfen an, wenn alles gut geht.«

Elizabeth schloss kurz die Augen. Als sie Noah wieder anschaute, war sie offensichtlich bereit, sich zu fügen, wenn auch widerwillig. »Nachdem ich nicht in der Position bin, um mit Ihnen zu verhandeln, Mr. Wesley, werde ich Ihr Angebot annehmen, aber eines möchte ich vollkommen klarstellen. Dies ist nur eine geschäftliche Partnerschaft, weiter nichts.« Sie wandte sich von ihm ab und sprach in Richtung Küche. »Ich will meinen eigenen Unterschlupf haben.«

Noah schlug mit der Faust auf den Tisch, dass die Teller klappernd in die Höhe sprangen. »Verflixt noch mal, Frau! Ich – ich würde Ihnen niemals etwas in der Art anbieten. Natürlich hätten Sie Ihren eigenen, na, Sie wissen schon, Ihren eigenen Unterschlupf. Sie haben doch nicht wirklich geglaubt, dass ich … also, ich meine, ich könnte schon, aber nur, wenn wir verheiratet wären … das heißt … also, Sie wissen doch, was ich meine.« Er unterbrach sich frustriert. »Und nennen Sie mich nicht Mr. Wesley. Ich bin einfach nur Noah.«

Elizabeth hatte sich erschrocken umgedreht, als er seinen Wortschwall begann. Mit offenem Mund hatte sie ihm zugehört. Nun erwiderte sie: »Ja, gut. Ich wollte das nur klarstellen.« Ihr Blick fiel auf seinen leeren Teller und sie sagte vorsichtig: »Ich bin gern bereit, das Geschirr abzuwaschen oder andere Aufgaben im Haushalt zu übernehmen, solange ich hier bin.«

Noah war immer noch aufgebracht und es dauerte einen Moment, bis er begriff, in welche Richtung ihr Gespräch sich bewegte. Schroff fragte er: »Sind Sie sicher, dass Sie schon wieder auf den Füßen sein können? Meine Füße sind mir schon ein paar Mal fast erfroren und ich weiß, dass es eine Weile braucht, bis sie geheilt sind.«

»Ach, und sicher lagen Sie dann tagelang in Ihrer Hütte herum und haben gewartet, bis Ihre Füße aufgetaut waren, oder?«, fragte sie, den

Kopf zur Seite geneigt. Ihr Haar fiel ihr wie ein dunkler Vorhang über die Schulter.

Noah antwortete mit einem Achselzucken. »Nein, wahrscheinlich nicht, aber Sie sind eine Frau.«

Elizabeth schürzte die Lippen. »Und zäher, als Sie denken, wie ich Ihnen sehr bald beweisen werde. Aber jetzt fange ich erst einmal mit dem Abwasch an. Erlauben Sie mir wenigstens, Ihnen zu helfen, während ich hier bin.«

Plötzlich verstand Noah, um was es ging. Ihr Stolz stand auf dem Spiel, und an ihrer Stelle wäre es ihm wahrscheinlich ebenso ergangen. Er sah sich in der ordentlichen Hütte um und sein Blick fiel auf einen Korb unter dem Bett. Er lächelte. Es gab eine Tätigkeit im Haushalt, zu der seine Hände einfach zu ungeschickt waren. »Wenn es ums Flicken geht, muss ich passen. Können Sie nähen?«

Elizabeth nickte. »Ja, ich kann nähen. Was soll ich für Sie machen?«

Noah stand auf und ging zum Bett hinüber. Er bückte sich, griff unter den Rahmen und zog einen Weidenkorb hervor, der randvoll mit allen möglichen Kleidungsstücken war. Während er den Stapel durchsah, erklärte er: »Es sind nur ein paar Sachen zu flicken. Irgendwie kann ich keine Löcher stopfen, und da hat sich in den letzten paar Jahren manches angesammelt.« Er warf ihr über die Schulter einen Blick zu und senkte seine Stimme ein wenig, um ihre Gefühle nicht zu verletzen. »Sie werden selbst ein paar wärmere Kleider brauchen, damit Sie bis zum Frühling zurechtkommen.« Er sah wieder hinunter zum Bett. »Ich habe ein paar schöne Pelze, die Sie benutzen könnten. Sie werden sie für die Reise zurück nach Juneau brauchen.«

In der darauffolgenden Stille hielt er die Luft an und war erleichtert, als ihre Antwort kam: »Das ist sehr freundlich von Ihnen, vielen Dank.« Als er sich umdrehte, hatte sie angefangen, Wasser aus einem Porzellankrug in einen Topf zu gießen, um es für den Abwasch zu erhitzen.

Noah legte den Stapel mit der langen Unterwäsche und anderen persönlicheren Teilen zurück in den Korb und schob ihn unters Bett. Die anderen Kleidungsstücke ließ er auf dem Bett liegen. »Lassen Sie sich ruhig Zeit mit diesen Sachen. Ich muss schauen, dass ich etwas zum Essen herbeischaffe. Ich werde ungefähr eine Stunde weg sein und im Umkreis der Hütte nach Spuren suchen. Morgen werde ich wohl den größten Teil des

Tages weiter entfernt unterwegs sein, wenn das Wetter sich hält.« Er lächelte sie an und versuchte, ihr Unbehagen zu zerstreuen. Er stellte fest, dass es ihm angenehmer war, sie fauchend und tobend zu erleben als so demütig. Es war gut, sie eine Weile allein zu lassen, damit sie wieder aufatmen konnte. Als er seinen Mantel überzog, musste er den plötzlichen Impuls unterdrücken, sie auf die Stirn zu küssen, bevor er ging. Mit einem leichten Kopfschütteln beugte er sich herunter, um seine Schneeschuhe zu schnüren. »Ich bin bald wieder da.«

Auf dem Weg zur Scheune lächelte Noah. Elizabeth war wirklich eine besondere Frau. Ihm wurde plötzlich bewusst, wie sehr er sie vermissen würde, wenn sie ihn verließ. Er wollte nicht, dass sie abreiste. Er wollte nicht, dass sein Leben so weiterging wie vorher. Es kam ihm nun einsam und fast trostlos vor. Mit einem Blick zur Balkendecke der Scheune flüsterte Noah: »Ich hätte nie gedacht, dass ich einmal so einen Wunsch hätte, aber … könntest du bitte noch einmal einen Schneesturm schicken?«

* * *

14. Januar 1882

Verehrte Mrs. Rhodes,

zu meinem Bedauern muss ich Ihnen mitteilen, dass die Frau, mit der ich korrespondiert habe, nicht länger im Waisenheim angestellt war, als ich dort eintraf. Die anderen Lehrerinnen geben an, sie nie gekannt zu haben. Ich glaube, dass sie die Unwahrheit sagen und dass Elizabeth hier war. Jemand muss von unseren Nachforschungen gehört und sie an einen anderen Ort gebracht haben. Niemand ist bereit, mit mir zu sprechen, außer um zu behaupten, er habe von einer Elizabeth Greyson, die dem Alter und Aussehen nach Ihrer Beschreibung entspricht, weder etwas gehört noch gesehen. Ich habe die Gegend sorgfältig sowohl nach der Lehrerin als auch nach Elizabeth abgesucht, aber es ist mir nicht gelungen, etwas über sie in Erfahrung zu bringen. Ich muss Ihnen sagen, Madam, dass dies unmöglich ein Zufall sein kann. Haben Sie irgendwelche Feinde, über die ich etwas wissen sollte?

Hochachtungsvoll,
Jeremiah Hoglesby
Privatdetektiv zu Ihren Diensten

5

Als Noah zurückkehrte, überraschte es ihn, Elizabeth wieder in der Küche zu finden.

Sie drehte sich zu ihm um, als er hereinkam, und schob sich mit dem Handrücken die widerspenstigen Haare aus dem Gesicht. In der Hand hielt sie einen langstieligen Holzlöffel. »Gut, dass Sie wieder da sind«, sagte sie. »Ich habe mir fast schon Sorgen gemacht.«

Nach dieser Erklärung wandte sie sich wieder dem Herd zu, als hätte sie etwas ganz Alltägliches gesagt. Während sie mit dem Löffel kräftig rührte, warf sie ihm über die Schulter ein Lächeln zu – ein Lächeln, das ihn veranlasste, wie angewurzelt stehen zu bleiben.

»Ich koche Reis. Ich dachte, ich könnte ihn nicht zu sehr vermurksen, oder?«

Gegen seinen Willen war Noah entzückt. Noch vor ein paar Tagen war sie ein blasses lebloses Mädchen für ihn gewesen. Jetzt war sie eine temperamentvolle lebendige Frau. Es gefiel ihm, wie sie sich in seiner Küche bewegte, mit weiblichen Gesten und anmutigem Senken und Heben ihrer Arme. Sie war so verändert. Er erkannte, dass er viel zu lang keinen Umgang mehr mit Frauen gehabt hatte. Er konnte nur den Kopf schütteln und sich langsam aus seinem Mantel schälen, während er zusah, wie sie leichtfüßig in der Küche umhereilte. Schließlich trat er zu ihr und stellte sich hinter sie, um über ihre Schulter in den Topf zu schauen. Sie roch auf jeden Fall besser als der Reis.

»Das sieht gut aus«, sagte er. »Wie lange kocht er schon?«

Elizabeth zuckte die Achseln und streifte dabei seine Brust. »Nur ein paar Minuten«, antwortete sie leise.

Sie hatte sich etwas versteift, aufgrund seiner Nähe, vermutete er, aber er war im Moment nicht bereit, einen Schritt zurückzutreten. Ein Stück über ihr stand ein Salzstreuer. Er streckte die Hand danach aus und sagte: »Sie werden etwas davon brauchen.« Seine Stimme klang rauer, als er beabsichtigt hatte, und er räusperte sich. Es war lang her, seit er sich in der Gegenwart einer Frau so unbeholfen gefühlt hatte. Mit 16 hatte er sich das erste Mal verliebt, in die Tochter eines Nachbarn. Sie war von der unbeständigen Sorte gewesen und hatte sich nur für ihn interessiert, solange er sie ignoriert hatte.

In jenem Sommer hatte sie plötzlich weibliche Formen bekommen und ihm aufreizende Blicke zugeworfen. Sobald er auf sie aufmerksam geworden war und sie merkte, dass sie sein Interesse geweckt hatte, gab sie sich plötzlich hochnäsig und unerreichbar und ließ ihn mit seinen begehrlichen Träumen sitzen. Er hatte jedoch viel dadurch gelernt und hatte später immer darauf geachtet, nicht zu interessiert zu wirken. Seit damals hatte es ein paar andere Frauen gegeben. Einmal hatte ihm eine Frau in Montana gefallen. Da er inzwischen älter und weiser gewesen war, hatte er ihr mit einer gewissen Fertigkeit den Hof gemacht. Aber am Ende hatte er den Eindruck gewonnen, dass sie einfach nicht die Richtige für ihn war.

Rein praktisch gesehen wäre sie eine gute Wahl gewesen, aber er konnte sich nicht vorstellen, die Nächte mit ihr zu verbringen. Er hatte sich von ihr getrennt und war sich angesichts ihrer Tränen erbärmlich vorgekommen. In Alaska hatten wohlmeinende Freunde mehrmals versucht, ihn zu verkuppeln. Er hatte sich mit den infrage kommenden Frauen getroffen, aber keine hatte sein Herz erobert oder, um ehrlich zu sein, ihn anderweitig gereizt.

Er schaute auf die Frau hinunter, die vor ihm stand, und holte leise tief Luft. *Diese* Frau jedoch … diese Frau fesselte seine Phantasie. Er konnte nicht genug davon bekommen, sie anzusehen und die eigenwilligen Dinge zu hören, die sie sagte. Nachts, wenn er ihr leises Atmen hörte, nur ein paar Schritte entfernt, lag er wach und sehnte sich danach, zu ihr zu gehen. Wenn er schlief, war es nicht besser, denn dann träumte er von ihr. Er träumte sogar von ihrem Geruch, als ihre Kleider neben seinem Bett trockneten. Er lag nachts voll Verlangen da und träumte davon, sie zu berühren, sie so zu berühren, dass sie wieder lebendig wurde … aber auf andere Weise. Alle seine Gedanken drehten sich um sie.

Elizabeth stand steif da und wartete angespannt, während sie die herumwirbelnden Reiskörner umrührte. Schließlich stellte sie leise und brutal fest: »Sie denken vielleicht, dass Sie mich haben wollen, Noah, aber glauben Sie mir, das tun Sie nicht.«

Ihr Ton schockierte ihn viel mehr als ihre Worte. Er war so vor den Kopf gestoßen, dass er erst einen Schritt und dann einen weiteren zurücktrat. »Wie meinen Sie das?«

Sie drehte sich um und schaute ihn an. Ihre Augen sahen plötzlich sehr alt aus.

»Sie kennen mich nicht.«

Bei diesem Blick kostete es ihn einigen Mut, aber er ging zu ihr zurück und nahm ihre Hände in seine. »Ich möchte Sie kennenlernen.«

Sie lachte. Es klang schrill und ihm sank das Herz. Wodurch war diese Frau so bitter geworden, so unerreichbar?

Sie lachte wieder, diesmal scheinbar unbekümmert, als hätte sie es nicht so ernst gemeint. Mit einem Achselzucken widmete sie sich wieder dem Reis und fragte: »Was wollen Sie denn wissen?«

Noahs Kehle war wie zugeschnürt. Wie konnte sie sich von einem Moment zum nächsten in jemand anderes verwandeln? Er kämpfte mit hundert Fragen und wäre am liebsten hinaus in das gefrorene Land geflohen, das ihm vertraut war. Aber er konnte nicht aufgeben. Es musste einen Schlüssel geben, irgendetwas, das ihre Barrieren überwand. »Was für eine Familie hatten Sie?«

Sie verspannte sich fast unmerklich. Hätte er sich nicht auf jede Einzelheit ihrer Haltung konzentriert, wäre es ihm entgangen.

»Ach, Sie wissen schon. Eine ganze normale Familie.«

Noah hakte weiter nach. »Wie alt waren Sie, als Sie Ihre Eltern verloren?«

Ihr Kopf war über den Topf gebeugt, als beanspruche er ihre ganze Aufmerksamkeit. Sie hatte ihr dunkles Haar hochgesteckt und einige Locken hatten sich aus dem Knoten gelöst. In seiner anmutigen Schönheit sah ihr Hals von hinten sehr verletzlich aus. Der Wunsch, sie dort zu küssen, war stärker als jedes andere Verlangen, an das er sich erinnern konnte. Jede Faser seines Körpers sehnte sich danach, sie im Arm zu halten und zu küssen.

»Ich erinnere mich nicht daran. Ich wuchs bei meinen Großeltern auf. Wir lebten auf einer Farm in Illinois.«

»Ich dachte, Sie wären von Seattle?«, brachte er aus seiner zugeschnürten Kehle hervor.

Elizabeth wandte sich vom Herd ab, streifte an ihm vorbei und fing an, den Tisch zu decken. »Ich bin auch aus Seattle. Ich zog nach Westen, als meine Großeltern starben.«

»Ganz allein?«

»Na ja, ich hatte Freunde. Und ich verdiente genug Geld, um davon zu leben.«

»Mit der Goldwäscherei?«, fragte er hitziger als beabsichtigt.

»Ja, und mit Gelegenheitsarbeiten. Ich war Näherin in einem Bekleidungsgeschäft in Seattle.«

»Das war wenigstens eine anständige Arbeit.«

»Tut mir leid, wenn ich Ihre hohen moralischen Maßstäbe verletze, aber ich habe getan, was nötig war«, sagte sie verärgert. »Ich arbeitete 14 Stunden täglich und nähte, bis meine Augen so überanstrengt waren, dass ich nachts meinen Heimweg fast nicht mehr fand. Trotzdem reichte der Lohn, der mir bezahlt wurde, nicht für ein Zimmer und mein Essen. Als ich von diesem Goldrausch hörte, riss ich mich um die Chance, mir eine echte Zukunft zu erarbeiten.«

»Und dabei Ihr Leben zu riskieren!« Er schrie es fast. Er schrie, weil es so ungerecht war, dass sie die ganze Zeit so stark sein musste … dass sie ihn nicht wollte … dass er es vielleicht nie schaffen würde, die Mauern zu erklimmen, die sie um ihr Herz errichtet hatte. Aber das wusste sie nicht.

»*Weil* ich mein Leben dabei riskieren musste«, zischte sie leise und wütend. »Ich hatte nichts anderes mehr zu verlieren.«

Noah stieß sich vom Tisch ab, und ihm fiel keine andere Antwort ein außer: »Wer tot ist, hat keine Zukunft mehr, Elizabeth.«

Was ging es ihn überhaupt an, was sie aus ihrem Leben machte? Er konnte ja doch nichts daran ändern. Er marschierte zum Haken an der Wand, riss seinen Mantel herunter und schlüpfte hastig hinein.

»Ich gehe und füttere die Hunde.«

Elizabeth beobachtete seinen Abgang und starrte ihm wütend hinterher. Wie konnte er es wagen, ihr vorzuschreiben, wie sie zu leben hatte! Wenn er wüsste, was sie getan hatte, wäre er mit ihr fertig. Sie stellte sich vor, wie entsetzt und sogar angewidert er gewesen wäre, wenn sie ihm von ihrer Vereinbarung mit Ross erzählt hätte. Sie wiegte den Kopf. Sie durfte gar nicht daran denken.

Darüber hinaus gab es viele kleinere Verfehlungen, die ihn schockieren würden. Sie kannte sie alle auswendig wie ein Glaubensbekenntnis, wie ein Motto, das über ihrer Existenz stand: die raffinierten Lügen, die kleinen Diebstähle, die berechnenden Schachzüge, um sich zu verschaffen, was sie wollte und was sie brauchte, um den nächsten Tag zu überleben … einsame Männer, die so leicht auszunutzen waren. Sie war zu selbstsicher geworden und hatte gedacht, sie könnte dieses Spiel spielen, ohne etwas dafür zu bezahlen. Und sie war sehr erfolgreich gewesen, bis Ross gekommen war.

Nein, Noah konnte sie unmöglich verstehen, er kam aus einer anderen Welt. Er würde sie ganz sicher nicht als Geschäftspartnerin haben wollen, aber erst einmal musste sie ihm vortäuschen, sie wäre mit seinem Plan einverstanden. Sie brauchte die Hilfe seiner Freunde, um den Winter zu überstehen. Dass sie zum ersten Mal emotional beteiligt war, einen dumpfen Schmerz in der Brust spürte und große Schuldgefühle hatte, wenn sie in seine klaren blauen Augen sah und daran dachte, wie er voll Hoffnung und Aufregung über ihre Partnerschaft im nächsten Frühling gesprochen hatte, durfte nicht ins Gewicht fallen. Sie unterdrückte diese Gefühle. Nur die Reichen konnten es sich leisten, ein Gewissen zu haben.

Sie warf Elchsteaks in die heiße Pfanne und versuchte, das Fleisch zu braten. Es dampfte und zischte in der geschwärzten Pfanne, und das Geräusch passte genau zu ihren Empfindungen. Warum musste er solche bohrenden Fragen stellen und in ihrem Leben herumstochern? Er wusste nichts von der schwarzen Leere, die in ihr klaffte und in der seine Fragen sich verfangen hatten. Was war aus ihren Eltern geworden? Als hätte sie sich das nicht selbst schon tausend Mal gefragt und dann beschlossen, nicht mehr darüber nachzugrübeln. Warum musste er sie wieder daran erinnern? Aber sie konnte sich nicht dagegen wehren. Diese eine Erinnerung, die tief im verborgensten Schlupfwinkel ihrer Seele eingeschlossen war, an einem Ort, den sie schon jahrelang nicht mehr besucht hatte, kehrte unbarmherzig an die Oberfläche zurück. Eine Frau … eine weiche, warme, tröstende mütterliche Umarmung. Ein Lächeln, das sie anstrahlte. Augen voller Liebe. Entsprang das alles nur ihrer Fantasie? Sie hatte Angst, sich auf diese Erinnerung einzulassen, weil es am Ende vielleicht nur ein sehnsüchtiger Tagtraum war. Aber nein, diese Frau musste ihre Mutter gewesen sein. Ihre wirkliche Mutter.

Dann war da die Erinnerung an Einsamkeit – an das Gefühl, so völlig allein und verängstigt zu sein, weil niemand kam, als sie rief. Dunkle Räume, laute Stimmen und weinende Kinder verschwommen miteinander. In diesen Jahren hatte sie gelernt, wie wertvoll es war, sich in der Stille zu verstecken.

Um das Alter von fünf Jahren herum wurden die Erinnerungen klarer. Sie schloss daraus, dass man sie damals in ein anderes Waisenhaus gebracht hatte. Sie erhielt eine gute Erziehung und reichlich zu essen, auch wenn es einfache Gerichte waren, die sich oft wiederholten. Die Mädchen waren so, wie Mädchen vermutlich überall waren – manche waren freundlich und loyal, andere boshaft und gemein. Es war dort eigentlich nicht so schlimm gewesen, aber es war mehr Demut nötig, als sie besaß, um Noah davon zu erzählen. Sie wollte und brauchte seinen mitleidvollen Blick nicht.

Die echten Probleme hatten später angefangen, als sie adoptiert wurde. Sie biss die Zähne zusammen, wendete das Fleisch in der Pfanne und stach mit einer spitzen Gabel hinein, als sie an Margaret Dunning mit ihrem verkniffenen Gesicht und ihrem bösen Blick und an ihren erbärmlichen Mann dachte. Mit unterdrücktem Schaudern erinnerte sie sich daran, wie die beiden sie begutachtet hatten. Sie hatten ihr befohlen, aufzustehen und sich umzudrehen, sie hatten ihre Zähne und ihren Körper inspiziert, bevor sie sie zu sich nach Hause mitnahmen. Es dauerte nicht lange, bis Elizabeth herausfand, was die Dunnings wirklich wollten. Bei ihnen lernte sie, wie viele Farben Erde haben konnte und wie hart Lehm war und mit wie vielen Steinen vermischt. Und sie erfuhr, wie selbst ein dürres Mädchen nach und nach Berge von Erde und Gestein bewegen konnte. Sie lernte, Lebensmittel erst in ihren Taschen und, als das herauskam, in der Unterwäsche und in abgewetzten Stiefeln zu verstecken. Sie lernte den brennenden Schmerz der Rute kennen, sie kannte das Geräusch, das die Gerte je nach Dicke machte, wenn sie die Luft durchschnitt, und sie erfuhr, wie willkürlich sich blinder Zorn ein Ziel suchte.

Es dauerte sechs lange Jahre, bis die Dunnings schließlich erkannten, dass sie selbst mit Elizabeths Arbeitskraft keinen Gewinn aus der Erde schlagen konnten. Henry kam eines Tages betrunkener nach Hause als sonst und war nicht nur vom Whiskey berauscht. Das Goldfieber hatte ihn erfasst. Er hatte von einem Fund in San Juan in Utah gehört. Im nächsten Moment, so schien es, waren sie schon unterwegs Richtung Westen. Es war Elizabeths erster Hoffnungsschimmer gewesen. Dort im Westen würde eine Flucht möglich sein. Es würde Gelegenheiten geben, und sie hatte die Absicht, die erstbeste zu nutzen und sich auf die Reise zu machen wie die Präriewagen, die sie vorbeifahren sah. Aber da geschah das Unerwartete: Elizabeth wurde vom Goldfieber gepackt. Gold war das Einzige, woran sie denken konnte. Der nächste große Fund schien immer zum Greifen nah und die Hoffnung war wie eine Droge. Und sie war ansteckend. Alle drei arbeiteten verbissen daran, die Hauptgoldader zu finden. Elizabeth war davon überzeugt, dass Gold alle ihre Probleme lösen würde.

Eines Tages tauchte Henry nach längerer Abwesenheit im Lager auf. Er grinste übers ganze Gesicht, sodass all seine Zahnlücken sichtbar wurden. So aufgeregt hatte Elizabeth ihn noch nie gesehen.

»Wo warst du? Was hast du angestellt?«, fragte Margaret voll Misstrauen und mit zusammengekniffenen Augen. »Du verheimlichst was, ich kenne dich doch.«

Henry schüttelte den Kopf und grinste weiter, was er wegen seiner schwarzen verfaulten Zähne nur selten tat. Er griff in die Tasche seiner verblichenen braunen Hose. Was er daraus hervorzog, raubte ihnen beiden die Sprache: Der größte Klumpen Gold, den sie je gesehen hatten, lag auf seiner schmutzigen Handfläche.

Zischend stieß Margaret die Luft aus und riss ihm das Gold aus der Hand. »Woher hast du das?«, fragte sie im Befehlston und sah den Klumpen mit staunendem Entzücken an.

Stolz reckte Henry das Kinn und richtete sich hoch auf. »Ich hab ein neues Claim für mich entdeckt, Frau. Man sieht das Gold an der Oberfläche, so dick wie mein Handgelenk.«

Elizabeth war entsetzt. Henry sprach nie so Respekt heischend mit seiner Frau. Margaret brachte seine Seifenblase schnell zum Platzen.

»Du? Ein neues Claim?«, kreischte sie. »Du nichtsnutziger verlogener Dieb! Du hast das Gold gestohlen oder etwas Schlimmes angestellt, um es zu bekommen!«

Henry schüttelte den Kopf, aber er sah ihr nicht in die Augen. »N-nein«, stammelte er. »Ich hab nichts Böses getan. Und jetzt packt ihr beiden zusammen! Wir müssen zurück an dem Claim sein, bevor jemand anderes es sich nimmt. Ich hab das Gold zugedeckt, damit ich euch beide holen kann. Ich hätte das nicht tun müssen, oder? Ich hätte dich verlassen können, Frau. Hätte weggehen und allein reich werden können. Hab ich aber nicht. Ich bin gekommen, um dich zu holen.« Er drehte sich plötzlich zu Elizabeth und seine Augen waren kalt und hart. »Und dich, Mädchen. Wir haben jede Menge Arbeit für dich, also sieh zu, dass du dieses Lager schnell abbrichst.«

Elizabeth wandte sich ab, bevor er den rebellischen Ausdruck in ihren Augen sehen konnte, und fing an, ihre Besitztümer zusammenzusuchen. War Henry wirklich auf die Hauptgoldader gestoßen? Es schien unmöglich, dass er solches Glück gehabt haben sollte. Wie Margaret annahm, hatte er wahrscheinlich etwas Schlimmes, Furchtbares getan, um an diesen Goldklumpen zu kommen. Aber vielleicht, ganz vielleicht hatten sie endlich einmal das große Los gezogen.

An diesem Morgen packten sie alles zusammen und brachen Richtung Westen auf. Henry murmelte etwas von einem Feldweg, den er mit einem großen Stein markiert hatte. Nach drei anstrengenden Tagen erreichten sie das neue Claim. Elizabeth traute ihren Augen nicht. Unter einem überhängenden Felsen zeigte sich eine Goldader an der Gesteinsoberfläche, die in einer glänzenden Spur von ihren Füßen bis oberhalb von Henrys Kopf verlief. Sie verhieß ein Vermögen.

Elizabeth ließ sich jedoch nicht täuschen. Niemand konnte Ansprüche an ein Claim anmelden, auf dem schon Gold abgebaut worden war wie hier, besonders nicht, wenn das Gold an der Oberfläche sichtbar war. Nur ein Dummkopf würde ein solches Claim hergeben – oder ein Toter.

Margaret dachte offenbar das Gleiche, denn sie beschuldigte Henry, einen Menschen ermordet zu haben, um ihm das Claim wegzunehmen. Zuerst bestritt Henry diesen Vorwurf und beharrte vier Tage lang auf seiner Geschichte. Doch in betrunkenem Zustand gab er seine Tat schließlich heulend zu. Was Elizabeth später an diesem Abend belauschte, jagte ihr das erste Mal eiskalte Angst um ihr Leben ein: Henry und Margaret berieten sich lang und breit darüber, wie sie Elizabeth den Mord anhängen könnten, und dachten sich eine ausgeklügelte Geschichte aus, die diese Behauptung unterstützen sollte. Da wusste Elizabeth, dass sie fliehen musste. Sie würden ihren Reichtum ohnehin niemals mit ihr teilen. Sie zwang sich, der Wahrheit ins Gesicht zu sehen – sie würden sie ausnutzen, sie würden die geringe Kraft, die sie besaß, einsetzen, um das Gold auszugraben, und dann würden sie es für sich selbst horten und ihr den Mord anhängen.

Zu guter Letzt hörte sie, dass die Leiche eines Mannes flussabwärts vom Claim gefunden worden war. Die Leiche hatte eine Schusswunde und ein paar Männer erkannten den Goldgräber. Sie hielten Ausschau nach dem Mörder. Elizabeth merkte, dass Henry zu diesem Zeitpunkt plötzlich nervös wurde. Nun war das Ende gekommen. Elizabeth musste den Dunnings und dem Gesetz, das sie schließlich in irgendeiner Form erreichen würde, entkommen. Da ergriff sie die Flucht. Der Mann und die Frau waren durch das Gold so abgelenkt, dass es ein leichtes Unterfangen war.

Im Alter von 17 Jahren schlich sie mitten in der Nacht davon und schloss sich einer Familie an, die nach Nordkalifornien unterwegs war. Sie erzählte ihnen, ihre Eltern wären beide an Typhus gestorben. Ein solches Schicksal kam zu dieser Zeit häufig vor, und sie zweifelten nicht an Elizabeths Aussage.

Als sie in Kalifornien ankamen, ging Elizabeth ihre eigenen Wege. Sie schürfte hier und da, solange Gold zu finden war, und arbeitete abwechselnd als Goldgräberin und als Näherin, um sich zu ernähren. Nach und nach wanderte sie Richtung Seattle und ans Ende des Kontinents. Nachdem sie sich eine notdürftige Existenz als Näherin geschaffen hatte, traf sie Ross und erfuhr, dass die Dunnings auf der Suche nach ihr waren. Diese Neuigkeit versetzte sie in Angst und Schrecken und die Furcht wurde ihr ständiger Begleiter. Versuchten sie das Gesetz womöglich immer noch davon zu überzeugen, dass sie für den Mord verantwortlich war? Die Goldgräber hängten jemand schon für Diebstahl auf und erst recht für einen Mord. Dass sie eine Frau war, würde keine Rolle spielen. Henry und Margaret waren beide routinierte Lügner und Schwindler. Wenn sie es so dargestellt hatten, als wäre Elizabeth die Mörderin, bestand ihre einzige Chance darin, möglichst weit weg zu gelangen. Und sie durfte Ross nie wieder treffen. Was er mit ihr gemacht hatte … nein, daran wollte sie nicht denken.

Mitte Juli, kurz vor ihrem zwanzigsten Geburtstag, kam schließlich ihre Rettung. Die Nachricht, dass im Yukon-Territorium in Kanada Gold gefunden worden war, erreichte Seattle. Gold wartete auf sie, verborgen in den Flussbetten eines so riesigen, tückischen, abschreckenden Gebiets, dass sie sich dort verlieren konnte. Sie hatte so eine Ahnung, dass sie dort finden würde, was sie suchte, in dieser eisigen, von Goldflüssen durchzogenen Wildnis.

5. Januar 1884

Verehrte Mrs. Rhodes,

bitte entschuldigen Sie den großen Abstand zwischen meinen Briefen. Ich habe die Hoffnung nicht aufgegeben, aber bis jetzt konnte ich keine weiteren Anhaltspunkte für den Aufenthaltsort Ihrer Tochter finden. Seien Sie versichert, dass ich in meinen Bemühungen nicht nachlassen werde.

Danke für die zusätzliche Zahlung. Ich denke daran, eine weitere Reise zum New York Waisenheim zu machen. Manchmal fangen die Menschen wieder an zu reden, wenn etwas Zeit vergangen ist.

Hochachtungsvoll,
Jeremiah Hoglesby
Privatdetektiv zu Ihren Diensten

6

Elizabeths Rückblick wurde unterbrochen, als plötzlich an der Tür ein Geräusch zu hören war. Es folgte ein ausgelassener Ruf: »Noah, komm schon, Mann, mach die Tür auf!«

Die Tür wurde schwungvoll nach innen gedrückt und Noah erschien zusammen mit einem ebenfalls hochgewachsenen Mann in der Hütte. Ein großer, wunderschöner weißer Hund folgte ihnen dicht auf den Fersen.

»Wesley, alter Knabe, wie geht es dir hier oben auf diesem Eisblock?«

Bevor Noah eine Antwort geben konnte, sprach der Mann weiter. Er besaß einen Akzent, den Elizabeth nicht einordnen konnte. »Ich komme gerade von Seattle. Ist es zu glauben, wie das kleine Juneau sich entwickelt? Die Stadt floriert!« Er verstummte, als er Elizabeth neben dem Tisch stehen sah. »Ich wusste nicht, dass du vor Anker gegangen bist.« Er grinste anzüglich in Noahs Richtung. »Kann's dir aber nicht verübeln. Sie ist wirklich hübsch.« Er zog sich den braunen Schlapphut vom Kopf, nickte und sagte: »Hallo, Madam.«

Elizabeth nickte ihm nur zu und schaute Noah fragend an.

Noah räusperte sich. »Äh, sie ist nicht meine Frau, Jacko. Sie ist … eine Freundin.« Er trat zu Elizabeth, fasste ihre Hand und führte sie zu Jacko hinüber. »Das ist Elizabeth. Und das ist ein alter Jagdkumpel von mir, Jacko Cherosky. Und dieser Kerl hier«, er kraulte das dicke Fell am Hals des Hundes, »ist ein Semoya mit Namen Kodiak. Durch und durch Russen, alle beide.«

Der blonde Mann lachte und zeigte dabei blendend weiße Zähne. Sein Hund war mit dem schneeweißen Fell, der dicken Halskrause und dem lockigen Schwanz ein bildschönes Tier. Kodiak tollte durch den Raum und vor seiner schnüffelnden Schnauze war nichts sicher, nicht einmal Elizabeths Rock. Jacko streckte seine Hand aus. »Sehr erfreut, Madam.«

Mit einem Blick zu Noah bemerkte er dröhnend: »Am besten schnappst du sie dir, solange es noch geht. Sie ist vermutlich die hübscheste allein stehende Frau in ganz Alaska. Hier wimmelt es von Männern und sie wird nicht lang allein bleiben.«

Elizabeth gefiel es nicht, dass er über sie sprach, als wäre sie nicht anwesend. »Ich bin nicht hergekommen, um mir einen Ehemann zu suchen«, sagte sie kühl.

»Na, und warum sind Sie dann hergekommen?« Das belustigte Zwinkern in seinen Augen ließ sein ganzes Gesicht aufleuchten.

Sie spürte Noahs Blick auf sich, als sie ihre Schultern aufrichtete und ihr Kinn hob. »Wegen des Goldes natürlich. Eine Frau hat genauso viel Recht auf dieses Gold wie ein Mann, oder nicht?«

Jacko lachte und griff sich mit einer dramatischen Geste ans Herz. »Sie hat mich getroffen, Wesley!« Er wurde ernst und sah sie mit einem leichten Lächeln an. »Aber um Ihre Frage zu beantworten, Madam: Jede Frau, die den Mut hat, nach Gold zu schürfen, verdient es, auf die Hauptader zu treffen.«

Steif erwiderte Elizabeth sein Lächeln. »Es freut mich, das zu hören, denn genau das habe ich vor.« Sie wandte sich an Noah. »Soll ich das Essen auftragen? Ihr Freund ist wahrscheinlich hungrig nach seiner langen Reise.«

Noah nickte, ging mit großen Schritten zu seiner Kommode und zog die Flasche hervor, die er für seinen Freund aufbewahrte. »Etwas Whiskey zum Aufwärmen, Jacko?«

Jacko warf seinen riesigen Parka über die Sofalehne und machte es sich auf einem Stuhl bequem. »Na klar, na klar. Es ist kalt genug, um sich den Hin...«, er warf einen Blick auf Elizabeth und fuhr fort: »...äh, ich meine, um Kodiaks Schwanz zum Gefrieren zu bringen.« Er grinste breit und zuckte die Achseln. »Das Übliche.«

Elizabeth schaute aus der Küche herüber und betrachtete stirnrunzelnd die matschigen Spuren, die der große Fremde hinterlassen hatte. Wieder staunte sie darüber, wie bemerkenswert sauber und ordentlich Noah im Vergleich zu den meisten Männern ihrer Bekanntschaft war. Es würde interessant sein zu beobachten, wie stark sich sein Verhalten änderte, wenn er mit seinesgleichen zusammen war. Ihr Blick wanderte zu Noahs Freund, der in einem niedrigen Holzstuhl am Feuer saß, die langen Beine vor sich ausgestreckt und an den Knöcheln überkreuzt. Er war ein gutaussehender Mann, so groß wie Noah, aber seine Brust war etwas schmäler. Jacko. Hm, ja, der Name passte zu ihm. Von seiner Stimme und seiner Art her hatte er etwas Ungestümes an sich. Er machte weit ausholende Gesten, während er mit Noah sprach. Dann erzählte Noah die Geschichte, wie er Elizabeth halbtot auf seiner Türschwelle gefunden hatte.

Noah merkte, wie seine Gedanken immer wieder zu Elizabeth wanderten. Er konnte sich einfach nicht auf Jackos lange Beschreibung des Aufschwungs in Juneau konzentrieren. *Verflixt noch mal.* Normalerweise freute es ihn, seinen Freund zu treffen. Während der Wintermonate sahen sie sich nur ein oder zwei Mal. Und wenn Jacko zu Besuch kam, blieb er normalerweise mindestens ein paar Wochen.

Noah wandte sich wieder seinem Freund zu und spürte, wie sein Gesicht heiß wurde. Soweit er sich erinnern konnte, erlebte er dies erst das dritte Mal, und zwei Mal davon in den letzten Tagen. Jacko warf ihm einen wissenden Blick zu und grinste spöttisch. Noah kam sich langsam wie ein liebeskranker Schuljunge vor und fragte sich, ob man ihm das ansah. Offenbar war es nicht zu übersehen. Er rutschte auf seinem Stuhl hin und her und nahm sich vor, sich ganz auf seinen Freund zu konzentrieren. In diesem Moment rief Elizabeth mit liebreizender Stimme: »Essen ist fertig!«

Jacko lachte herzhaft, als Noah vom Stuhl aufsprang. »Sieht so aus, als wären deine Junggesellentage gezählt, mein Freund. Vorausgesetzt, sie nimmt dich. Sie könnte sicher eine bessere Partie machen.«

Noah war nahe dran, seinem Freund diese Bemerkung übel zu nehmen, doch er sah das Glitzern in Jackos hellblauen Augen. Jacko würde sich das Vergnügen gönnen, ihn nach Herzenslust aufzuziehen, das stand fest.

»Du meinst aber nicht zufällig, ein alter Halunke wie du würde eine bessere Partie abgeben, oder?«, fragte Noah ein klein wenig aggressiver als beabsichtigt. Sie waren auf dem besten Weg, ernsthaft aneinander zu geraten, als sie im Küchenbereich ankamen. Dort stand Elizabeth, die Hände auf die Hüften gestützt und mit finsterer Miene.

»Was veranlasst euch zwei Riesen zu der Annahme, ich würde einen von euch nehmen?«

Sie setzte die Platten mit dem Essen geräuschvoll auf dem Tisch ab, drehte sich wieder zum Herd und verkniff sich ein Lächeln. Sie nahm die schwere Schüssel mit Reis und brachte sie zum Tisch, zog ihren Stuhl hervor und setzte sich neben Noah. Sie faltete die Hände in ihrem Schoß, senkte den Kopf und wartete darauf, dass Noah das Dankgebet sprach.

Jacko räusperte sich und beugte rasch ebenfalls den Kopf.

Noah betete schneller als sonst und fing an zu essen.

»Also, Mr. Cherosky, was gibt es für Neuigkeiten über den Goldrausch aus Juneau?« Sie blickte Noah von der Seite an. »Noah interessiert das vielleicht nicht, aber ich würde gern alles hören, was Sie mir erzählen können.«

»Madam, ich war entsetzt, als ich wieder in die Gegend kam. Die Stadt wächst so, dass sie geradezu aus allen Nähten platzt, wie Sie vielleicht wissen. Ich war in Seattle, um etwas Handel zu betreiben und die Vorräte aufzufüllen. Ich hatte die größten Schwierigkeiten, einen Platz für die Rückreise zu bekommen. Die Schiffe sind überfüllt und die Fahrtpreise sind der reinste Diebstahl. Aber ich musste einiges für den Handelsposten besorgen, wenn diese Menschenmenge den Winter über in Juneau bleibt. Hat Noah Ihnen gesagt, dass wir Partner sind?«

Elizabeth schaute Noah an und hob die Augenbrauen. »Nein, das hat er offenbar verschwiegen.«

»Ja, uns und Will Collins als drittem Mann gehört die Handelsstation in Juneau. Als wir ankamen, waren außer uns nur die Einheimischen hier und ein paar Goldgräber von dem Fund in Juneau, der ungefähr zehn Jahre zurückliegt und seinen Ertrag schon gebracht hat, nicht wahr, Noah?« Er schaute seinen Freund kurz an und lächelte vielsagend.

Noah beschränkte sich darauf, zu nicken und weiterzukauen. Zu seinem eigenen Schutz hielt er es für das Beste, eine Weile lang den Mund zu halten.

»Auf jeden Fall wurde ich ausgewählt, um nach Süden zu reisen und eine gewaltige Fuhre Nachschub zu holen, hauptsächlich Ausrüstungsgegenstände für die Goldgräber und Nahrungsmittel, um uns alle durch den Winter zu bringen.« Er wandte sich an Noah und rief: »Du glaubst es nicht, was für Anwendungen und Geräte man diesen unerfahrenen Möchtegerngoldgräbern anzudrehen versucht. Es gibt ein Heilmittel gegen Skorbut, dampfbetriebene Schlitten, und ich hab sogar zum Spaß für Will ein Paar ›Klondike-Stiefel‹ mitgebracht.« Er brüllte vor Lachen. »Sie haben Spikes an der Unterseite und sind von außen gepanzert. Man würde keine Meile weit damit kommen! Du musst sie dir ansehen.«

Er drehte sich wieder zu Elizabeth und sagte: »Bei diesem Goldrausch gibt es mehr als eine Art, reich zu werden.« Er zwinkerte ihr zu und schnitt sich etwas von einem großen Stück Fleisch ab.

Dann blickte er zwischen Elizabeth und Noah hin und her und fragte mit erhobenen Augenbrauen: »Seid ihr zwei Partner?«

Noah zögerte. Ein Mann gab es nicht wirklich gern zu, dass er eine Frau als Geschäftspartnerin hatte. Er wusste, was Jacko denken würde – was er bereits dachte. »Ach, das ist keine große Sache. Sie will nach Gold suchen, also dachte ich, wir könnten im Frühling die Flüsse auf meinem Land genauer anschauen.« Er hoffte, es neutral genug ausgedrückt zu haben, um es beiden recht zu machen, doch als er sah, wie aufrecht und steif Elizabeth auf ihrem Stuhl saß und seinen Blick mied, wusste er, dass er einen Fehler gemacht hatte.

Noah spürte die Wut in sich aufsteigen. Der Gedanke, keine Ausrede mehr für ein Wiedersehen mit ihr zu haben, wenn er sie erst einmal nach Juneau gebracht hatte, gefiel ihm überhaupt nicht, aber so wie sich Jacko nach ihren Plänen erkundigte und ihn zwang, sie laut auszusprechen, waren sie leicht als Vorwand zu durchschauen. Er wollte einfach, dass Elizabeth zurückkam, er wollte nichts weiter als *sie*. Verflixt noch mal, was machte sie mit ihm? Sie war nicht die Richtige für ihn. Sie hatte keine der Qualitäten, die er von einer Ehefrau erwartete. Sie war launisch, unberechenbar, zu jung, zu zierlich, und das Schlimmste war, dass ihm in ihrer Nähe der Hals immer wie zugeschnürt war. Es wäre die Hölle auf Erden. Wie kam er überhaupt dazu, in diese Richtung zu denken? Er schüttelte den Kopf und schaute auf seinen leeren Teller. Er wünschte sich, es wäre mehr Essen da, damit er eine Beschäftigung für seine Hände hätte.

Elizabeth hatte seine Verwirrung offenbar bemerkt. Sie schaute ihn mit einem leisen Lächeln an. In ihren Augen las er Verständnis, und da war noch ein anderer Ausdruck, sie sah aus, als würde sie über etwas nachdenken und eine Sache abwägen. Das machte ihn nervös und er nahm an, dass er sie wirklich verärgert hatte.

Sie stand auf, nahm seinen Teller, ging zum Herd und legte noch ein Steak darauf. Als sie den Teller vor ihn hinstellte, erklärte sie: »Jetzt sind wir quitt. Sie haben mir einmal zu viel aufgefüllt, und jetzt habe ich Ihnen zu wenig gegeben.«

Noah nickte ihr zu und schnitt sich ein großes Stück Fleisch ab.

Sie wandte sich an Jacko. »Hätten Sie auch gern einen Nachschlag, Mr. Cherovsky?«

Der große Blonde nickte und zwinkerte ihr zu. »Nennen Sie mich Jacko, dann sage ich Liz zu Ihnen, einverstanden?«

Elizabeth lächelte ihn an. »Ich denke, das ist in Ordnung.«

Noah umklammerte den Griff seines Messers und säbelte an seinem Fleisch herum. Ihm war nicht entgangen, wie warm und einladend ihr Lächeln war. *Ihn* lächelte sie nie so an.

Elizabeth trug Jackos Teller zum Herd und häufte das restliche Fleisch darauf. Dann füllte sie die drei Kaffeebecher auf und setzte sich wieder.

Zwischen zwei Bissen erkundigte sich Jacko: »Also, Liz, Noah hat erzählt, dass er Sie mitten in einem Schneesturm an seiner Türschwelle gefunden hat. Ich muss sagen, der gute Herr im Himmel muss Ihnen in dieser Nacht einen Schutzengel zur Seite gestellt haben. Es ist ein Wunder, dass Sie diesen Ort gefunden haben.«

Elizabeth nickte und ließ den Kaffeebecher sinken. »Ja, ich hatte großes Glück. Ich glaube wirklich, Noah hat mir das Leben gerettet.«

»Nein, so war es auch wieder nicht«, hörte Noah sich sagen, während er daran dachte, was er alles getan hatte. Ach, du liebe Güte, er machte sich direkt vor ihren Augen und Ohren zum Idioten. Er kämpfte darum, sich wieder in den Griff zu bekommen. Bewusst lehnte er sich auf seinem Stuhl zurück, sagte nichts mehr und trank seinen Kaffee.

»Ich bin sicher, dass ich Ihnen mein Leben verdanke«, erklärte Elizabeth ernsthaft und sah ihm direkt in die Augen. »Ich werde immer in Ihrer Schuld stehen, Noah Wesley.« Ihre Stimme klang weich und fast verführerisch.

Für einen Moment herrschte Schweigen im Raum. Es war unmöglich, die unterschwelligen Emotionen zwischen ihnen nicht zu spüren.

»Noah erwähnte, dass Sie nach Juneau zurückkehren werden. Kann ich irgendetwas für Sie tun?«, fragte Jacko eifrig und grinste. Die Spannung war gebrochen.

»Das kannst du tatsächlich«, erwiderte Noah. »Es wäre eine riesige Hilfe, wenn du hier bleiben und dich um die Tiere kümmern könntest, während ich Elizabeth nach Juneau bringe. Ich würde gern zwei oder drei Tage in der Stadt bleiben, um einiges zu besorgen und ihr zu helfen, sich einzurichten.« Zu Elizabeth gewandt fügte er hinzu: »Wenn es Ihnen recht ist.«

Elizabeth nickte und warf ihm einen unergründlichen Blick zu.

»Alles klar, ich helfe gern. Ich hatte vor, mindestens eine Woche zu bleiben.« Jacko klopfte sich auf den flachen Bauch und sprach weiter: »Ich muss ohnehin wieder zurück in die Wildnis. Da bleibt man auf Zack, und mir würde ein bisschen Abhärtung nach einem Monat in Seattle nicht schaden. Verglichen mit hier ist das Klima dort geradezu lauwarm.«

Er schaute abwechselnd zu Noah und Elizabeth und fragte: »Wann wollt ihr euch auf den Weg machen, und wie sieht euer Plan aus, wenn ihr in Juneau angekommen seid?«

»Ich werde morgen die Sachen zusammenpacken. Wir können am Morgen danach früh aufbrechen. Die Tage sind jetzt so kurz, und ich würde gern bei Tageslicht ankommen. Und was den Plan betrifft – ich bringe Elizabeth zur Handelsstation in Juneau. Will und Cara haben alle Hände voll zu tun, jetzt, wo die Goldgräber dort überwintern. Ich denke, sie können Hilfe gut gebrauchen.«

»Wahrscheinlich hast du recht. Ich vergaß zu erwähnen, dass Cara in anderen Umständen ist. Sie wäre froh, wenn noch jemand mit anpacken könnte, vor allem nach der Geburt des Babys.«

»Wann soll es kommen?«, wollte Elizabeth wissen.

Jacko zuckte die Achseln und holte einen Tabakbeutel aus seiner vorderen Hemdtasche. »Ich hab nicht gefragt, aber ich konnte sehen, dass sie ein Kind erwartet, also dauert es vermutlich nicht mehr so lang.«

Elizabeth richtete ihren Blick auf Noah und erkundigte sich: »Was wird meine Aufgabe im Handelsposten sein?«

Noah zuckte mit den Schultern. »Sie würden wahrscheinlich lernen, Goldstaub auf der Waage zu wiegen und ihn gegen die Waren zu tauschen, die die Goldgräber brauchen. Mit Ihrer Erfahrung können Sie den Goldsuchern helfen, sich für ihre Reise auszurüsten.«

Jacko sah sie nachdenklich an und ergänzte: »Will wird Sie nicht im Hinterzimmer verstecken, das steht fest. Er versteht sich darauf, jede Gelegenheit für zusätzliche Einnahmen zu nutzen, und er wird sich ausrechnen, dass es gut fürs Geschäft ist, wenn eine hübsche Frau im Laden steht.«

Noah bemerkte den nervösen Ausdruck in ihrem Gesicht und griff nach ihrer Hand. »Es wird Ihnen gut gehen bei Will und Cara. Will ist wie ein Bruder für mich und Cara ist eine wunderbare Frau. Sie werden sich gut um Sie kümmern, das verspreche ich. Ich würde Sie nicht dorthin bringen, wenn ich nicht davon überzeugt wäre. Alles klar?«

»Ja, natürlich. Ich glaube, ich war nur überrascht, dass es schon so bald sein soll.« Sie schloss den Mund, zögerte und sagte: »Ich denke, ich werde Sie vermissen.«

Noah blickte zu Jacko und wieder zu Elizabeth und spürte, wie sein Hals rot wurde. Würde dieses Erröten niemals aufhören, nachdem es nun einmal angefangen hatte? »Ich werde Sie besuchen sooft ich kann«, versicherte er ihr.

Jacko lachte. »Und ich werde auch vorbeikommen. Ich lebe ja mitten in der Stadt. Ich kann jeden Tag vorbeischauen, wenn Sie sich einsam fühlen.«

Elizabeth kreischte auf, als Jacko einem Knochen auswich, der plötzlich von Noahs Teller geschleudert wurde und gegen Jackos Kopf gerichtet war.

Jacko brüllte vor Lachen. »Okay, okay, ich gehe nur jeden zweiten Tag hin!«

* * *

24. Mai 1885

Verehrte Mrs. Rhodes,

bitte glauben Sie mir, dass mein Wunsch, Ihnen zu Diensten zu sein, ungebrochen ist, doch leider ist es mir nicht gelungen, weitere Hinweise aufzuspüren. Das New York Waisenheim droht damit, mich verhaften zu lassen, falls ich noch einmal dort auftauchen sollte. Dies bestärkt mich natürlich nur in meiner Entschlossenheit. Ich bin davon überzeugt, dass sie die widerwärtigen Einzelheiten von Elizabeths Flucht vertuschen, und ich habe den Verdacht, dass sie für ihr Schweigen bezahlt werden, denn sie haben gerade einen zusätzlichen Anbau fertiggestellt, der von einem anonymen Wohltäter finanziert wurde. Je mehr ich in den Hintergründen für diesen Anbau herumstochere, desto bedrohlicher verhalten sich das Waisenheim und der Bauherr mir gegenüber. Ich habe angefangen, eine Waffe zu tragen. Auf die Gefahr hin, übergeschnappt zu klingen, muss ich Ihnen sagen, dass ich manchmal das Gefühl habe, etwas Dunkles lauere über meiner Schulter. Es ist wirklich sehr beunruhigend, aber es bestärkt mich noch mehr in meiner Entschlossenheit. Ich versichere Ihnen, dass wir nicht aufgeben werden, bis wir sie gefunden haben.

Hochachtungsvoll,
Jeremiah Hoglesby
Privatdetektiv zu Ihren Diensten

7

Sie konnte nicht schlafen. Der Raum war gemütlich warm, das Feuer knisterte und knackte und sie war bis zum Kinn zugedeckt. Morgen würden sie sich auf die Reise nach Juneau vorbereiten und am nächsten Tag würden sie aufbrechen. Es blieben ihr nur noch zwei Tage mit ihm.

Noah hatte Jacko das Bett überlassen. Er selbst schlief auf einem dicken Fell zwischen dem Feuer und dem Sofa, das ihr als Bett diente. Er war heute Abend sofort eingeschlafen. Das tiefe, gleichmäßige Heben und Senken seines breiten Brustkorbs war ein Ausdruck seiner selbstverständlichen Zufriedenheit und seines gutmütigen, beständigen Charakters. Er war mit einem weiteren langen, dicken Fell zugedeckt.

Unwillkürlich dachte Elizabeth darüber nach, wie es wohl wäre, zwischen diesen zwei weichen Oberflächen zu liegen. Sie drehte sich um und schloss die Augen. Sie wollte Noah nicht beobachten. Sie ermahnte sich selbst, dass mit Noah nur an eine oberflächliche Freundschaft und eine angebliche geschäftliche Partnerschaft zu denken war. Und trotzdem konnte sie nicht schlafen. Sie hörte, wie Jacko laut im Bett schnarchte. Eine Bewegung von Noah erregte ihre Aufmerksamkeit. Er hatte sich auf den Rücken gedreht und das Fell war ein paar Zentimeter weiter heruntergerutscht. Das flackernde Licht des Feuers tanzte über seine dunkle Gestalt, beleuchtete und verdunkelte, offenbarte und verbarg sie. Elizabeth war wie hypnotisiert. Sie richtete ihren Blick an die Decke und kniff die Augen zu. Was war los mit ihr? Nicht einmal Ross, der einzige Mann, den sie zu lieben *geglaubt* hatte, hatte solche Gefühle in ihr wachgerufen. Sie drehte sich wieder zur Seite und starrte Noah an, während sie versuchte, ihre Gedanken zu sortieren.

Seine Füße müssen kalt sein, wenn sie unten so unbedeckt sind. Sie schaute umher und sah das schwere Baumwollhemd, das sie nach dem Essen geflickt hatte, während die Männer sich unterhielten. Noah würde es vermutlich wegstrampeln, aber einen Versuch war es wert, dachte sie. Nachdem er sie so fürsorglich behandelt hatte, konnte sie ihm im Gegenzug nun auch einmal etwas Gutes tun, oder nicht? Sie schlüpfte aus ihrem provisorischen Bett und huschte zum Schaukelstuhl, über dem das Hemd lag. Sie zog es herunter, schlich zu der schlafenden Gestalt, breitete das Hemd aus und ließ es sanft auf Noahs Füße fallen.

Sie schrak zusammen, als ihr Handgelenk plötzlich fest umklammert wurde. »Elizabeth?«, fragte eine verschlafene tiefe Stimme. »Was machst du? Stimmt etwas nicht?«

Sie war ertappt. Elizabeth biss sich auf die Unterlippe. Sie stand nur in ihrer dünnen Nachtwäsche da und fing an zu zittern. Ihre Zähne schlugen aufeinander. »I-ich m-mache überhaupt n-nichts«, stammelte sie und versuchte sich aus Noahs Griff zu befreien.

Noah zog sie dichter zu sich heran, bis sie vor ihm kniete, und flüsterte: »Doch, du tust etwas. Warum bist du nicht im Bett? Ist alles in Ordnung mit dir?«

Elizabeth sah auf seine Brust hinunter und seufzte. Sie konnte ihm unmöglich die Wahrheit sagen. Es war lächerlich.

* * *

Noah war inzwischen hellwach und es wurde ihm immer unbehaglicher zumute. Sie saß vor ihm, und das Licht des Feuers warf tanzende Schatten auf ihre schöne Gestalt. Ihr Nachthemd hatte sich um ihre nackten Beine gewickelt. Er zwang sich, seine Augen auf ihr Gesicht zu richten, und konzentrierte sich darauf, dass sie dort blieben. Doch alles, was er sehen konnte, war ihr seidiges Haar. Er legte einen Daumen unter ihr Kinn und hob ihr Gesicht zu sich nach oben. Das war ein Fehler. Als er das tiefe Glühen in ihren Augen sah, wusste er Bescheid. Du liebe Güte … sie begehrte ihn.

Er focht einen kurzen inneren Kampf mit sich und verlor. Er war unfähig, ihrer stillen Aufforderung zu widerstehen – in einem verborgenen Teil seines Herzens hatte er sogar schon darauf gewartet und gehofft. Langsam zog er sie zu sich. Ihre Knie glitten auf der weichen Oberfläche des Fells zu ihm, bis ihr Körper ihm so nahe war, dass sie sich berührten. Er lehnte sich ihr entgegen, bis er ihren schnellen Atem in seinem Gesicht spüren konnte. Das Fell rutschte ihm bis zur Hüfte hinab und er fühlte die kalte Luft an der Brust; die Wärme des Feuers wärmte seinen Rücken. Das Blut rauschte in seinen Ohren, als er sich ihren Lippen näherte. Sie waren kalt und Elizabeth zitterte immer noch – ob vor Kälte oder aus einem anderen Grund wusste Noah nicht, aber er wollte, dass sie es warm und bequem hatte. Er legte seinen starken Arm um ihre Hüfte und zog sie noch näher zu sich heran, hinein in sein Fellnest. Ihr Bauch drückte sich dicht gegen seinen und er spürte die kleinen Hügel ihrer Brüste an seinem Oberkörper. Er zog das Fell über sie beide, um sie zu wärmen.

»Elizabeth«, flüsterte er dicht neben ihrem Ohr in ihr Haar, und ein Schauer durchlief ihren Körper.

Seine Lippen folgten sanft der Linie ihres zarten Kiefers, liebkosten ihre Halsbeuge und kehrten wieder dahin zurück, wo sich ihr Atem mit seinem vermischte. Seine Hand glitt an ihrem Rücken hoch, berührte zart ihren Hals, und sein Daumen streichelte ihre Wange. Sein und ihr Atem vereinigten sich, verschmolzen miteinander. Elizabeths Augen wirkten wie dunkle Teiche, ihre Tiefe war unergründlich, undurchdringlich. Ihre Lippen blieben reglos, als er sie berührte. Er wollte eine Reaktion, er wollte erleben, was ihre Augen ihm erst wenige Momente zuvor versprochen hatten.

Irgendwie fühlte er sich unheimlich. Hier stimmte etwas nicht. Er hob seinen Kopf und blickte noch einmal in ihre Augen. Plötzlich wusste Noah, dass sie innerlich weit weg war. Sie war nicht mehr bei ihm im Raum. Er berührte sanft ihre Wange. »Elizabeth?«

Als Elizabeth in die Wirklichkeit zurückkehrte, kam Leben in ihren Körper. Sie stützte ihre freie Hand gegen Noahs Brust und drückte dagegen. »Nein! Fass mich nicht an!«, flüsterte sie verzweifelt.

Er hielt ihren Blick, umfasste ihr Handgelenk und sah, dass die Leere aus ihren Augen verschwunden war. Stattdessen las er Angst in ihnen. Irgendetwas sagte ihm, dass diese Angst wichtig war. »Was ist los, Elizabeth? Ich will dir nicht wehtun.«

Sie schüttelte den Kopf und versuchte, sich loszureißen. »Nein, es tut mir leid … ich wollte nicht … du kannst nicht.«

Abrupt ließ er ihr Handgelenk los. »Elizabeth … was ist los?«

Sie antwortete nicht, sondern schaute nur verwirrt und verängstigt. Er streckte die Hand nach ihr aus, aber sie rutschte weiter von ihm weg. »Du weißt, dass du mir vertrauen kannst, Elizabeth. Ich würde dir niemals etwas tun.«

Sie schüttelte den Kopf und flüsterte mit Tränen in den Augen: »Gute

Nacht, Noah.« Sie huschte zurück zum Sofa, drehte das Gesicht von ihm weg und zog sich die Decke bis zum Hals.

Er starrte auf ihre schmale Gestalt unter der Decke und hätte am liebsten laut geflucht. Was war nur mit ihr los? Gerade, als er dachte, sie erwiderte seine Gefühle, verschloss sie sich wieder vor ihm. Würde er sie jemals richtig kennenlernen?

Warum, Herr? Warum musste ich mich in diese Frau verlieben?

* * *

Je mehr der Herbst sich durchsetzte, desto stärker durchdrang die Dunkelheit das Tageslicht. Es war Mitte November. Noah hoffte, sie würden morgen noch bei Tageslicht in Juneau ankommen, obwohl er und sein Leithund Shelby es auch schon in der Dunkelheit geschafft hatten. Er sah zur anderen Seite des Raumes. Elizabeth schlief immer noch. Er stand auf, faltete die Felle zusammen und ging leise zum Sofa hinüber. Er betrachtete ihre zarte helle Haut und ihr dunkles Haar, das sich über das Kopfkissen ergoss. Er wollte nicht, dass sie ihn verließ. Er wünschte, er hätte Zeit, sie zu umwerben und die Sehnsucht nach seiner Umarmung in ihr zu wecken. Er wünschte, er hätte Zeit, ihr bei der Überwindung der Dämonen zu helfen, von denen sie offenbar gejagt wurde. Sie brauchte ihn.

Der gesunde Menschenverstand sagte ihm jedoch, dass es gut war, dass Jacko genau zu diesem Zeitpunkt gekommen war. Nach dem, was letzte Nacht passiert war, war ihm klar, dass er keine Nacht mehr allein mit ihr verbringen konnte. Er hatte um einen Schneesturm gebetet, doch er hätte sich jede Menge Probleme eingehandelt, wenn er tagelang mit ihr zusammen eingeschlossen gewesen wäre. Stattdessen war Jacko aufgetaucht. Er war bereit, auf die Hütte und die Tiere aufzupassen, und so blieb Noah keine Ausrede mehr, um die Reise aufzuschieben. Elizabeths Füßen ging es viel besser, und es war Zeit, sie nach Juneau zurückzubringen. Aber er nahm sich vor, so oft in die Stadt zu kommen, wie der Winter es erlaubte. Er hatte nicht vor, sie entwischen zu lassen.

Der Tag schleppte sich dahin, als wären die Zeiger der Uhr mit Blei beschwert. Noah war den ganzen Morgen griesgrämig und gab Jacko und Elizabeth blaffend seine Anweisungen zum Packen. Elizabeth war still und traurig und befolgte seine schroffen Befehle widerstandslos. Jacko dagegen … der hatte großes Vergnügen an Noahs schlechter Laune.

Am Mittag versuchte Noah wieder einmal, Jacko von Elizabeth loszueisen. »Komm doch mal mit und schau dir die Hunde an, Jacko«, knurrte er. »Ich könnte deine Hilfe gebrauchen.«

Jacko zwinkerte Elizabeth zu und sagte fröhlich: »Ach nein, wir haben schon Pläne für heute Nachmittag, nicht wahr, Liz?«

Sie sah vom einen zum anderen und presste die Lippen zusammen.

Noah spürte den Drang, seine rechte Faust in Jackos lachendem Mund landen zu lassen. Mit ein paar fehlenden Vorderzähnen würde er nicht mehr so hübsch aussehen. Brummend stieß er sich vom Tisch ab. »Wie ihr wollt.« Er streifte sich wütend seinen Mantel über, stapfte zur Tür hinaus und stürmte zur Scheune. Dabei ballte er die Hände zu Fäusten und murrte: »Wer braucht die beiden schon!« Pläne! Er wusste ganz genau, was für Pläne Jacko gern mit Elizabeth hätte. Es spielte keine Rolle, dass seine eigenen Pläne sehr ähnlich aussahen. Der Mann hatte keine Skrupel; er würde die Geliebte seines besten Freundes verführen, wenn er die Gelegenheit dazu hätte.

Er stieß die Scheunentür auf, marschierte zu seinem Pferd und hob die Bürste auf. Mit mehr Energie als notwendig striegelte er das geschmeidige braune Fell und reagierte so seinen Frust ab. Die ständige Wiederholung der Bewegung beruhigte ihn.

Er war fast fertig, als Elizabeth durch die Tür gestürzt kam und schrie: »Noah, komm schnell, es brennt in der Hütte!«

»Es brennt?«, rief Noah aus, ließ die Bürste fallen und rannte los. Elizabeth folgte ihm dicht auf den Fersen. Feuer war in Alaska sehr gefürchtet. Ob man ein Dach über dem Kopf hatte oder nicht, konnte über Leben und Tod entscheiden, vor allem in den Wintermonaten. Noah warf seinen Parka beim Laufen von sich. Darunter trug er einen alten Arbeitsanzug. Er stürzte durch die offene Tür in die Hütte und versuchte die Situation zu erfassen.

Der Rauch war dick, aber Noah konnte schnell ausmachen, dass der Schwerpunkt des Feuers in der Nähe des Herdes war. Jacko trat mit den Füßen die Flammen auf dem Boden aus. Noah bemerkte, dass sich einige Flammen gefährlich seinem Regal mit den wertvollen Büchern näherten, und mit einem Ruck setzte er sich in Bewegung.

»Es gibt kein Wasser mehr in der Hütte!«, rief Jacko. Noah riss die Steppdecke vom Bett. Mit seinen Stiefeln und der Decke erstickte er das Feuer am Boden und wandte sich dem Herd zu. Elizabeth kam in die Hütte gerannt. Sie trug einen Wassereimer aus der Scheune, dessen Inhalt über ihre Ärmel schwappte. Noah konnte gerade noch zur Seite treten, bevor sie das Wasser über den Herd kippte. Es folgte ein langes Zischen, und Dampf und Rauch wurden ihnen ins Gesicht geweht.

Kurze Zeit später hatten sie das Feuer gelöscht. Nachdem die letzte Flamme erstickt war, prüften sie die Hütte sorgfältig, ob es irgendwo noch verborgene Reste des Feuers gab. Als sie nichts fanden, folgten Jacko und Noah Elizabeth nach draußen, wo sie die kalte Luft tief einatmeten.

»Ist alles in Ordnung bei dir?«, erkundigte sich Noah bei Elizabeth.

Sie nickte und verschränkte die Arme vor ihrem Körper.

»Was ist passiert?«, fragte Noah. Er schaute zuerst in Jackos geschwärztes Gesicht und dann in Elizabeths vom Rauch umschattete Augen.

Jacko hustete und hob die Hand. »Es war meine Schuld. Ich habe ein neues Rezept ausprobiert.«

Noah warf ihm einen finsteren Blick zu. »So so, ein neues Rezept? Was für ein Gesöff hast du da drinnen zusammengebraut, Jacko?«

Jacko grinste unbußfertig und Noah, der sich denken konnte, was Jackos Absicht gewesen war, starrte ihn böse an.

»Ich habe Liz nur gezeigt, wie man einen kleinen Goldgräberpunsch macht. Das Rezept könnte ihr in der Handelsstation nützlich sein. Du weißt doch, wie gern Will meinen Punsch trinkt.«

Noah schüttelte den Kopf und richtete seinen durchdringenden Blick auf Elizabeth.

Sie verzog das Gesicht. »Es tut mir leid, Noah. Er sagte, ich solle Pfeffersoße hineingeben, und als ich das tat, raubten mir die Dämpfe fast den Atem. Ich bewegte mich rückwärts gegen den Tisch und stieß die Lampe um. Das Kerosin fing sofort Feuer.«

Noah nickte. Er hatte das zerbrochene Glas der Laterne gesehen und ein Kerosinfeuer vermutet.

Jacko erzählte weiter: »Ich versuchte, ihr zu Hilfe zu kommen, und da fiel eine Flasche Kornschnaps um, die am Herd stand. Der Alkohol muss irgendwie mit dem Kerosin zusammengekommen sein, denn die Flamme erfasste ihn. Es gab eine nette kleine Explosion!« Jacko zuckte die Achseln.

»Es ist alles so schnell passiert. Wir standen wie unter Schock da und schauten zu. Dann fing ich an, die Flammen mit meinen Stiefeln auszutreten und Liz ist weggerannt, um dich zu holen. Den Rest kennst du.«

Noah seufzte tief auf. »Schauen wir uns den Schaden an.«

Sie betraten die Hütte und blieben alle drei an der Türöffnung stehen, um das Durcheinander zu betrachten. Auf dem Boden und dem Tisch waren Wasserpfützen. Überall lag zerbrochenes Glas. Die Steppdecken waren ruiniert und lagen auf einem rußverschmutzten Haufen. Alles roch nach Rauch. Die Wand hinter dem Herd war dauerhaft geschwärzt, aber eine genauere Prüfung ergab, dass keine Bretter ausgetauscht werden mussten. Noah war dankbar dafür. Nach einer gründlichen Reinigung würde die Hütte fast wieder so schön aussehen wie vorher. Langsam fragte er sich, ob seine Hütte nach diesem Besuch noch stehen würde. Aber ein Blick auf Elizabeth erweichte sein Herz. Sie war den Tränen nahe.

Kurz legte er seine Hand auf ihre Schulter und sagte: »Mach dir keine Sorgen, Elizabeth. Es ist kein großer Schaden entstanden, und zumindest ist dir und Jacko nichts passiert.«

Unter der Last ihrer Schuldgefühle sah sie zu ihm auf. »Nach allem, was du für mich getan hast … es tut mir wirklich leid.«

Während sie miteinander redeten, trat Jacko zum Herd und hob den Deckel vom Topf. Mit einem Holzlöffel rührte er um. Dann schöpfte er etwas von der Mischung und pustete auf die dampfende Flüssigkeit. Noah und Elizabeth sahen schweigend zu, wie er seine Augen schloss und den Punsch probierte. Er grinste und nickte. »Perfekt!« Er zwinkerte Elizabeth zu. »Ich denke, wir müssen das Rezept um ein bisschen Kerosin ergänzen.«

* * *

20. Dezember 1886

Verehrte Mrs. Rhodes,

mit großer Freude kann ich Ihnen mitteilen, dass es einen Durchbruch in unserem Fall gibt. Die Frau vom New York Waisenheim, mit der ich korrespondierte, Beatrice Timbale, kam heute in mein Büro. Elizabeth war auf jeden Fall dort. Nachdem unsere Ermittlungen bekannt geworden waren, wurde Elizabeth offenbar weggebracht. Miss Timbale wurde entlassen und man zahlte ihr einen Geldbetrag, damit sie verschwinden sollte. Sie sagt, sie konnte nicht mehr schlafen, sie hat kein Auge mehr zugetan, seit sie das Waisenhaus verließ, und schließlich beschloss sie, das restliche Geld zu verwenden, um mich ausfindig zu machen. Ganz zufällig hörte sie, wie der Aufseher und seine Frau davon sprachen, Elizabeth in ein Waisenhaus nach Illinois zu bringen. Sie konnte den Namen der Einrichtung nicht herausfinden, aber ich werde sofort anfangen, entsprechende Anfragen zu verschicken.

Ich bleibe Ihr ergebener Diener.

Hochachtungsvoll,
Jeremiah Hoglesby
Privatdetektiv zu Ihren Diensten

8

Der Blick aus dem oberen Fenster des Handelspostens zeigte eine mit weiß überzogene Stadt, deren Straßen als lange graubraune Linien zu sehen waren. Zwei Frauen eilten vorbei, ihre Röcke flatterten um ihre Beine, sie hielten die Köpfe gegen den Wind gesenkt, und mit den Händen umklammerten sie die Schnüre ihrer Hüte. Juneau hätte eine beliebige verschneite Stadt im Norden sein können, wäre da nicht diese Aussicht gewesen. Durch die Bucht auf der einen Seite und die Berge, die die restlichen drei Seiten einschlossen, hatte Elizabeth das Gefühl, umfangen und geschützt zu sein und eher auf einer Insel als im Inland zu leben.

Die Fensterscheiben klapperten und gaben leise pfeifende Geräusche von sich, als der Wind durch die Ritzen zog. Er warf sich in Böen gegen die Seitenwände des Hauses und Elizabeth war froh, dass sie hier untergekommen war. Es war gut, dass Noah sie hergebracht hatte und dass sie nicht durch die kalten Straßen wandern und sich Arbeit suchen musste. Sie drückte ihre Stirn gegen die Scheibe und atmete erleichtert auf. Will und Cara Collins hatten sich bereit erklärt, sie als Verkäuferin einzustellen. Mit Noahs Hundeschlitten hatte die Rückreise nach Juneau nur ungefähr drei Stunden gedauert. Ihr kam es vor, als würde sie aus ihrer und Noahs eigener Welt erwachen und in die Realität zurückkehren. Gleichzeitig stieg auch wieder die Angst in ihr auf, obwohl sie sich einzureden versuchte, es würde alles gut werden.

Will und Cara waren genau so, wie Noah sie beschrieben hatte – freundlich und besorgt um sie und gern bereit, ihr eine Arbeitsstelle zu geben. Cara war sehr daran gelegen, eine weitere Frau um sich zu haben, besonders während ihrer Schwangerschaft. Will war bedächtig, gründlich, nachdenklich … der Umgang mit ihm würde vielleicht etwas schwieriger werden, aber er hatte Noah ohne Zögern vertraut und sie als Verkäuferin akzeptiert. Er hatte lediglich ein paar Fragen zu ihren bisherigen Erfahrungen im Arbeitsleben gestellt. Es gab keinen Grund zur Befürchtung, sie könnten die Sache mit Ross herausfinden, redete sie sich selbst gut zu. Sie verließ das Fenster und die Aussicht auf ihre neue Umgebung. Die Nacht senkte sich herab und draußen wurde es immer dunkler.

Elizabeth schlüpfte in das Nachthemd, das sie sich auf Caras Drängen von ihr ausgeliehen hatte. Sie würde morgen zu dem Saloon gehen müssen, in dem sie von Noah erfahren hatte, um ihren Koffer zu holen. Der Wirt hatte ihr erlaubt, ihn im Lagerraum abzustellen, damit sie ihn nicht den Berg hochschleppen musste. Dieser Koffer enthielt alles, was sie auf dieser Welt besaß – ein Arbeitskleid für die Goldgräberei, ein Alltagskleid, das so ähnlich aussah wie das, das sie getragen hatte, als Noah sie fand, und ein gutes Kleid für den Sonntag. Abgesehen von den Kleidern und der Unterwäsche besaß sie eine Bürste, ein paar Haarnadeln, Strümpfe, ein Täschchen fürs Handgelenk mit einigen wertvollen Münzen darin – dem Überbleibsel von dem Geld, das Ross ihr gegeben hatte – und eine winzige Halskette, die sie von einer ihrer Freundinnen im Waisenhaus bekommen hatte, als sie das Heim verließ.

Elizabeth stieg ins Bett und freute sich an den sauberen frischen Laken. Sie fiel in einen erschöpften Schlaf.

Es war stockdunkel, als der heulende Wind sie ein paar Stunden später weckte. Sie setzte sich auf und konnte nichts sehen außer ihrem dampfenden Atem. Das Zimmer war kalt. Cara Collins hatte ihr erzählt, dass es eines Tages das Kinderzimmer werden sollte, aber dafür war der Raum zu kalt. Elizabeth drehte sich auf die Seite, rollte sich noch enger zusammen und zog zitternd die Decke über ihren Kopf. Sie versuchte wieder einzuschlafen. Hier würde sich noch etwas ändern müssen, bevor ein Baby in diesem Zimmer schlafen konnte. Sie konnte eigentlich niemandem empfehlen, hier zu schlafen, auch für sie selbst war es unangenehm.

Die Minuten vergingen tickend, ohne dass es besser wurde. Elizabeth zitterte immer stärker. Sie döste ein, doch nur Momente später schrak sie auf, weil sie meinte, wieder mitten im Schneesturm zu sein. Dieser Albtraum machte ihr Angst, und sie beschloss, das Zimmer zu verlassen. Innerlich wappnete sie sich gegen die Kälte und setzte sich auf. Sie schwang die Beine über den Bettrand und ließ sie über dem eiskalten Boden hängen. Schnell legte sie sich die eine Decke, die sie besaß, um die Schultern, und schnappte sich ihr Kissen. Sie wollte im unteren Stockwerk neben dem Feuer weiterschlafen. Als ihre nackten Füße den Boden berührten, zuckte sie zusammen. Sie huschte zu dem Stuhl, auf dem sie ihre sorgfältig gefalteten Kleider abgelegt hatte, raffte sie an sich und floh aus dem Zimmer.

Leise schlich sie die Treppe hinunter, um niemanden aufzuwecken. Wenn sie sich auf den Stuhl vor dem Kamin setzte, würde es ihr wieder warm werden. Sie bewegte sich auf den Stuhl zu, die Augen auf die verheißungsvoll leuchtende Glut gerichtet … ein Schritt und noch einer … auf Zehenspitzen überquerte sie die blanken Holzdielen, die sich viel wärmer anfühlten als der Boden in ihrem Schlafzimmer.

Plötzlich lag sie mit dem Gesicht am Boden und etwas Großes bewegte sich unter ihr. Sie öffnete kreischend den Mund, doch der Schrei wurde durch eine große Hand gedämpft, die sich über ihren Mund legte.

»Elizabeth?«

Erleichtert entspannte sie sich beim Klang von Noahs vertrauter Stimme und nickte.

Sofort nahm er seine Hand weg. »Elizabeth? Was hast du vor?«

Sie kämpfte mit dem verhedderten Stoff ihres Nachthemds, um sich aufzusetzen und sah ihm schließlich ins verschlafene Gesicht, das sie gerade so erkennen konnte.

»Es war eiskalt in meinem Zimmer und ich konnte nicht schlafen«, flüsterte sie. »Ich dachte, es wäre besser, hier unten ans Feuer zu gehen.« Sie saß nur wenige Zentimeter von ihm entfernt. Mit dem Rücken zum niedrigen Feuer suchte sie ihre verstreuten Kleider zusammen und hielt sie vor ihre Brust gedrückt. »Ich wusste nicht, dass du hier schläfst.«

Jetzt, wo sich ihre Augen an die Dunkelheit gewöhnt hatten, konnte Elizabeth erkennen, dass Noah immer noch nicht ganz wach war. Er kämmte sich mit den Fingern durchs Haar, gähnte und erhob sich. Er trug nur seine Hose. Sie konnte den Blick nicht von ihm wenden, als er zu dem großen Kamin im Zimmer trat und etwas Holz nachlegte. Er stocherte mit einem Schürhaken in der Asche. Mit zusammengekniffenen Augen drehte er sich zu ihr um und fragte: »Wusstest du das wirklich nicht?«

»Natürlich nicht.«

»Was dachtest du denn, wo ich wäre?«

Elizabeth zuckte die Achseln. »Ich hatte keine Ahnung. Ich dachte, du würdest vielleicht bei Jacko übernachten … oder im Hotel. Ich wurde recht früh ins Bett geschickt, wie du weißt.«

»Ich schlafe immer hier, wenn ich in der Stadt bin.« Er schürte das Feuer und drehte sich plötzlich wieder zu ihr um. »Wenn du hier unten schlafen wolltest, warum hast du dann deine Kleider mitgebracht?« Auf seinen muskulösen Arm gestützt lehnte er sich an den Kaminsims. »Du hattest nicht vor abzuhauen, oder?«

»Warum sollte ich das tun?«, fragte Elizabeth verwirrt und ärgerlich. »Ich dachte nur, mir wird schneller warm, wenn ich mir meine Kleider anziehe, anstatt nur dieses dünne Nachthemd zu tragen.«

Noah nahm seinen Arm vom Kaminsims und schaute sie an. »Tut mir leid. Ich glaube, mein Verstand ist noch nicht richtig da.«

»Ich wollte nicht alle aufwecken, indem ich einen großen Wirbel veranstalte.« Zitternd stand sie auf.

Noah ging zu ihr hinüber. Er hob seine Hand, um ihre Wange zu berühren, doch plötzlich ließ er sie wieder sinken. Stattdessen zog er einen Stuhl näher zum Feuer. »Ich gehe nach nebenan, während du dich anziehst. Ich koche uns einen Kaffee.«

Elizabeth nickte nur und wandte ihr Gesicht dem warmen Feuer zu. Es bedrückte sie ein bisschen, dass Noah so distanziert wirkte. Will hatte sie mit Misstrauen betrachtet. Vermutlich hatten die beiden Männer über sie gesprochen, nachdem sie und Cara nach oben gegangen waren. Will musste ihm gesagt haben, was Elizabeth schon die ganze Zeit klar war – dass sie nicht gut genug für ihn war. Es stimmte. Und es war besser, wenn er das jetzt einsah.

Sie holte tief Luft und nickte. Es war besser so. Sie sollten auf Abstand gehen. Sie würde ihn vergessen. Im Frühling würde er kommen, um sie als Partnerin zu holen, und sie würde weg sein – unterwegs zu den Goldfeldern in Dawson City. Er würde sie hassen und dann wäre er bereit, sie zu vergessen.

Hastig schlüpfte sie aus dem Nachthemd und zog sich ihre Kleider über. Sobald sie vollständig angezogen war, trat sie näher ans Feuer und wärmte ihre Hände an der Glut. Beim Gedanken, Noah so zu täuschen, war ihr elend zumute, aber sie biss energisch die Zähne zusammen. Mit geschlossenen Augen dachte sie an ihre ursprünglichen Pläne zurück, die sie nach Alaska gebracht hatten. Sie hatte sich mehr schlecht als recht über Wasser gehalten, als sie die ersten Gerüchte von einem Goldfund in Alaska gehört hatte. Sie erinnerte sich noch gut an den Julitag, als die *Portland* in Seattle vor Anker gegangen war. Die Zeitungen behaupteten, eine Tonne Gold sei auf dem Schiff, und ganz Seattle geriet vor Aufregung aus dem

Häuschen. Es war die letzte goldene Möglichkeit und sie wünschte sich verzweifelt, daran teilzuhaben. Das einzige Problem war, dass sie das Geld für die Schiffsreise nicht zusammenkratzen konnte. Der Fahrpreis war über Nacht sprunghaft in die Höhe geschnellt. Niemand würde sich darauf einlassen, einer Frau die Reise zu finanzieren, um im Gegenzug an ihren Goldfunden beteiligt zu werden. Ihre Bemühungen, jemanden zu finden, der sie unterstützte, brachten ihr nur Ärger und Peinlichkeiten ein.

Als der Herbst sich dann näherte und es kühler wurde, fing ein junger Mann an, Interesse an Elizabeth zu zeigen. Elizabeth wusste, wie man die unerwünschte Aufmerksamkeit eines Mannes abwehren konnte; sie hatte ihr ganzes Leben lang mit Männern zu tun gehabt. Aber dieser Mann wirkte anders. Er war gut aussehend und gebildet. Sein glattes schwarzes Haar trug er nach hinten gekämmt und er hatte einen ordentlich gepflegten Oberlippenbart. Er war groß und schlank und hervorragend gekleidet. Sein Benehmen war tadellos und er behandelte sie wie eine Dame, was sie bislang nur selten erlebt hatte. Trotz ihrer Vorbehalte war sie von ihm fasziniert. Als er sie schließlich ansprach, tat er dies so formvollendet und charmant, dass es ihr vorkam, als wäre er eine frische Brise in ihrer muffigen Welt. Sie war hingerissen, obwohl sie sich darum bemühte, emotional unbeteiligt zu bleiben. Innerhalb eines Monats hatte er ihr Vertrauen gewonnen und sie erzählte ihm von ihrem Wunsch, nach Alaska zu gehen.

Selbst jetzt konnte sie es fast nicht glauben, wie er darauf reagiert hatte.

Ein paar Tage, nachdem sie mit ihm über Alaska gesprochen hatte, machte er ihr ein Angebot. Sie standen nach einem wunderbaren Abendessen auf der Straße vor ihrer Zimmertür, als er ihre Hand nahm und einen Kuss darauf drückte. Mit einem tiefen Blick in ihre Augen schnurrte er: »Es könnte sein, dass ich mir etwas ausgedacht habe, wie du dir deine Reise nach Alaska verdienen kannst, meine Liebe.«

Interessiert fragte sie leise: »Wie denn?«

Er kam näher, bis seine Hosenbeine ihren Rock streiften. Er führte ihre Hand zu seinem Gesicht und drückte sie streichelnd an seine Wange. »Wenn du bereit wärst, für eine Weile meine … sagen wir, meine Geliebte zu werden, könnte ich alles für dich arrangieren.«

Einen Moment lang stand sie da und war zu schockiert, um die Bedeutung seiner Worte zu verstehen. Als ihre Benommenheit nachließ, riss sie ihm ihre Hand weg, wich vor ihm zurück und schlug ihm mit aller

Kraft ins Gesicht. »Wie kannst du es wagen«, presste sie zwischen zusammengebissenen Zähnen hervor. »Niemals würde ich so etwas tun … niemals.«

Mit einem verstohlenen Glitzern in den Augen hielt er sich eine Hand ans Gesicht. Er verbeugte sich spöttisch vor ihr und erklärte: »Wir werden ja sehen, meine Liebe. Sag jetzt nichts. Offenbar stehst du unter Schock, weil du keine Ahnung hattest, was ich dir vorschlagen würde. Möglicherweise hast du einen anderen, ehrenhafteren Antrag erwartet?«

Er lachte und zog vielsagend die Augenbrauen hoch, als Elizabeth errötete. »Armes Ding, wie ich sehe, hast du tatsächlich darauf gewartet.« Mit plötzlicher Gehässigkeit fuhr er fort: »Ich würde niemals eine mittellose Frau heiraten, die mir nur das eine geben kann. Ich bin jedoch gern bereit, für dieses eine zu bezahlen, und hinterher muss sich keiner von uns um den anderen Gedanken machen. Lass dir Zeit, Liebling. Ich bin sicher, du wirst es dir noch überlegen.«

Als er sich zum Gehen wandte, schrie sie ihm nach: »Niemals!«

Er zeigte keine Regung, sondern ging einfach weiter die Straße hinunter.

Die nächsten zwei Tage waren eine Qual. Ihre Situation war so schlecht, dass sie etwas unternehmen musste. Von ihren mageren Einkünften konnte sie sich nicht ernähren, die Miete war lang fällig, und wenn sich nicht etwas änderte, wäre sie bald eine von den Obdachlosen am Strand, die dort nach essbaren Muscheln gruben. Zuerst war die Vorstellung, auf sein Angebot einzugehen, so abstoßend, dass sie nicht einmal darüber nachdenken wollte. Aber die langen Stunden, die sie über ihre Akkordarbeit gebeugt saß, gaben ihr reichlich Zeit, um sich mit der Sache zu beschäftigen. Nach und nach zerlegte ihr Verstand ihre Abwehr in annehmbare kleine Teile und rechtfertigte das Ergebnis. Sie wollte sich nicht eingestehen, zu was für einer Frau sie dieser Handel machte, und beschloss, keinen Gedanken daran zu verschwenden.

Sie schickte ihm eine Nachricht und war auf ihn vorbereitet, als er blasiert und von sich selbst überzeugt bei ihr ankam. Nichts hätte ihr mehr Spaß gemacht, als ihm die Tür vor der Nase zuzuschlagen, aber sie schluckte ihren Stolz herunter. Er blickte sie mit wissendem Lächeln an und war plötzlich wie eine hungrige Katze, die schon sehr lange keine Mahlzeit mehr bekommen hatte.

»Einmal«, stellte sie fest und sah ihm ungerührt in die Augen, »und du zahlst mir die Überfahrt nach Alaska.«

Er hob die Augenbrauen und bemerkte: »Du bist also von deinem hohen Ross abgestiegen, aber nicht bereit, hierzubleiben.«

»Entscheide dich!«

Sein glattes Benehmen ekelte sie jetzt an und sie fragte sich, was sie jemals an ihm gefunden hatte. Immer war sie so vorsichtig gewesen und doch wurde sie nun von ihrer schlimmsten Angst eingeholt. Sie hatte einem Menschen vertraut, hatte geglaubt, dass jemand sie lieben könnte – aber jetzt stellte sich heraus, dass das Ganze nur eine Falle gewesen war.

Wieder verbeugte er sich spöttisch, führte grüßend seine Finger zum Hut und streckte ihr dann seinen Arm hin: »Natürlich bin ich einverstanden.«

Steif nahm sie seinen Arm. So gingen sie Arm in Arm durch die Straßen von Seattle, als wären sie ein glückliches Paar, und niemand außer ihr merkte etwas von dem festen Griff an ihrem Unterarm, der wie eine Fessel war und sie zur Gefangenen machte. Niemand außer ihr hörte, dass ihr Herz so verängstigt klopfte, als wäre sie ein Lamm auf dem Weg zur Schlachtbank. Und so gingen sie – ein Bild der Harmonie, von dem sie weit entfernt waren – zu seinem Zimmer in einem der besten Hotels der Stadt. Sobald Elizabeth es betreten hatte, sobald sich die Tür hinter ihr schloss, wusste sie, dass sie diesen Plan nicht durchführen konnte. Lieber würde sie verhungern, als ihren Körper so zu opfern.

Sie drehte sich zu ihm, voller Panik, die in ihren Augen und ihrer Stimme zum Ausdruck kam. »Ich kann das nicht.«

Er sah sie spöttisch an. »Hast du deine Meinung geändert? Glaubst du, nach der ganzen mühsamen Arbeit, die ich hatte, um dich zu finden, lasse ich dich jetzt einfach gehen?« Er streckte die Hand nach ihr aus.

Elizabeth riss ihren Arm aus seinem Griff und versuchte, außerhalb seiner Reichweite zu gelangen. »Du wirst mich nicht anfassen.« Sie bewegte sich auf die Tür zu.

»Ach, das meinst du also? Gestatte mir, dir die neuen Regeln zu erklären.« Mit tödlicher Ruhe trat er ihr in den Weg und versperrte ihr den Ausgang. Er fasste sie fest an den Schultern, schubste sie nach hinten und aufs Bett. »Du kannst nicht gehen. Ich habe dich nicht nur aus dem naheliegenden Grund hergebracht. Du musst wissen, liebe Elizabeth, anders als du dachtest, bin ich dir nicht zufällig begegnet. Ich war beauftragt. Ich wurde angeheuert, um dich zu finden.«

»Von wem? Wer sollte mich schon finden wollen?«, fragte sie unwillkürlich, bevor sie sich zurückhalten konnte.

Er lachte süffisant: »In der Tat eine gute Frage. Aus mir unerfindlichen Gründen sind deine Adoptiveltern auf der Suche nach dir. Ein zwielichtigeres Paar ist mir selten untergekommen, das muss ich ehrlich sagen.« Er zuckte die Achseln, wie um sein Desinteresse zu bestätigen. »Aber ihr Gold hat mich überzeugt. Sie waren sehr dringend daran interessiert, dich wieder ...«, er grinste humorlos, »im Schoß der Familie zu haben.«

»Nein, das ist unmöglich«, sagte sie mehr zu sich selbst als zu ihm. Warum sollten die Dunnings tatsächlich Geld ausgeben, um sie zu finden? Sie dachte an den toten Goldgräber zurück und fühlte, wie ihr ein kalter Schauder über den Rücken lief. Ein Gedanke, der jede Hoffnung erstickte und sie in Verzweiflung stürzte, ergriff Besitz von ihr: *Sie haben mir die Schuld am Tod des Goldgräbers gegeben. Weiß Ross davon?* Sie kletterte vom Bett und brachte ein paar Schritte zwischen sich und Ross. Sie richtete sich kerzengerade auf, hob das Kinn und betrachtete den Mann, den sie zu lieben geglaubt hatte. Ihr wurde beinahe schlecht. Wie konnte sie sich so in ihm getäuscht haben? Sie musste sich lang genug zusammenreißen, um aus diesem Hotelzimmer zu kommen. »Ich gehe jetzt«, erklärte sie mit wilder Entschlossenheit.

Das widerliche Lächeln kehrte auf seine vollen Lippen zurück. Mit einer sorgfältig manikürten Hand strich er seinen Bart glatt und betrachtete sie mit glänzenden Augen. »Du gehst?« Er stieß ein raues Lachen aus. Plötzlich veränderte sich sein Auftreten und sein Zorn brodelte hervor. Er packte ihre Schulter mit eisernem Griff und stieß sie aufs Bett zurück. Bevor sie eine Bewegung machen konnte, war er über ihr. Sie schlug und trat wild um sich und es gelang ihr, ihm wehzutun – doch das hielt ihn nur für einen Moment auf. Er war stark, stärker als sie es aufgrund seines schmalen Körperbaus vermutet hatte. Es sah aus, als fiele es ihm leicht, sie mit einer Hand nach unten zu drücken.

Eine weiße Decke, an der ein Riss entlang lief ... gedämpfte Geräusche, die sie nicht identifizieren konnte und die aus ihrer eigenen Kehle kamen ... heftiger Atem in ihrem Gesicht ... *kann nicht atmen ... kann nicht atmen ... Hilfe ... kann nicht atmen.* Die Vergewaltigung dauerte nur ein paar

Minuten, aber jede Sekunde war so entsetzlich real, dass sie den Schmerz nur betäuben konnte, indem sie das Erlebnis ganz tief in sich vergrub, um nie mehr daran zu denken.

Ross atmete heftig in ihr Gesicht. Leise und abgehackt erklärte er ihr, was er schon die ganze Zeit geplant hatte. »Hör mir gut zu. Ich werde den Dunnings jetzt telegrafieren und ihnen mitteilen, dass ich ihre lang vermisste Tochter gefunden habe. Du wirst hier bei mir bleiben, bis sie eintreffen, um dich zu holen. Bis dahin gehörst du mir und ich mache mit dir, was ich will.«

Er packte ihr Handgelenk so fest, dass der Schmerz sie durchfuhr, grub ein Stück grob geflochtenes Seil aus seiner Hosentasche, drehte ihr mit einem Ruck die Hände auf den Rücken und band ihre Handgelenke so straff zusammen, dass ihre zarten Knochen gequetscht wurden. Er drückte sie auf der Matratze nach unten und fing an, ihre Füße zusammenzubinden. Ein Taschentuch diente als Knebel. Als hätte er plötzlich alle Zeit der Welt, brachte er schließlich mit lässigen Bewegungen seine Kleidung in Ordnung, wandte sich zur Tür und griff im Vorbeigehen nach einem eleganten grauen Flanellhut. Mit einem anzüglichen Grinsen schaute er über die Schulter zu ihr zurück.

Ihr ganzes Entsetzen lag in dem Blick, mit dem sie ihn anstarrte.

Er lachte und als er zur Tür hinausging, sagte er: »Du wirst schon noch lernen, es zu mögen, das verspreche ich dir. Am Ende der Woche wirst du darum betteln.«

Sie hörte, wie der Schlüssel von außen im Schloss gedreht wurde, und schaute verzweifelt im dunkler werdenden Zimmer umher. Mit einiger Anstrengung drehte sie sich auf den Bauch und drückte sich auf die Knie hoch. Sie musste hier raus, musste hier raus, musste hier raus – sie bestand nur noch aus diesem verzweifelten Willen. Sie wand und drehte ihre Hände und kämpfte hektisch gegen den Strick. Mit aller Kraft zog sie ihn auseinander und versuchte, etwas Platz zwischen ihren Handgelenken zu gewinnen. Es war unmöglich. Sie fühlte sich wie ein Tier in der Falle und dachte daran, wie manche Tiere sich ein Vorder- oder Hinterbein abbissen, um sich zu retten. Jetzt dämmerte ihr, warum sie das taten.

Mit erneuter Anstrengung zog sie erst auf der einen, dann auf der anderen Seite. Sie konnte den Gedanken nicht ertragen, was sie erwarten würde, wenn sie es nicht schaffte zu entkommen. Sie musste hier raus, egal, welchen Preis sie dafür zu zahlen hatte. Mit zusammengebissenen Zähnen und einem tiefen Knurren zog sie an einem Arm, so fest sie konnte. Die Stränge des Seils kerbten sich wie stumpfe Messer in ihre Handgelenke. Der Schweiß tropfte ihr von der Stirn, als das Seil ihr ins Fleisch schnitt. Sie machte schnelle Atemstöße und zog schonungslos weiter. Stete Blutstropfen beschmutzten das weiße Laken hinter ihr und vereinigten sich mit den anderen Spuren darauf, die ihr jungfräuliches Blut hinterlassen hatte – das Blut, das eigentlich ihrem Ehemann hätte gehören sollen.

Sie zog noch stärker und weinte und wimmerte vor Schmerz, aber das Seil gab immer noch nicht nach. Sie ließ sich aufs Bett fallen und ließ ihren Tränen freien Lauf. Alles war verloren. Er würde zurückkommen, und wie sollte sie das ertragen? Sie spürte in ihrem tiefsten Inneren, dass sie nicht zulassen konnte, dass er ihr dies noch einmal antat. Lieber würde sie sterben.

»Gott, hilf mir. Hilf mir.« Es war ein geflüsterter Schrei. Sie wagte es nie, Gott um etwas zu bitten – sie verdiente seine Hilfe nicht –, aber jetzt war ihre Angst so groß, dass sie keine Rücksicht mehr darauf nahm. Wenn er ihr für diese Bitte den Tod schickte, war das immer noch besser als alles, was Ross mit ihr anstellen würde.

Verzweifelt schaute sie nach oben und sah die flackernden Schatten der einzigen Lichtquelle im Zimmer an der Decke entlang tanzen. Mit einem Ruck richtete sie ihren Blick auf die brennende Kerze auf dem Nachtschränkchen. Lange Haarsträhnen, die ihr aus der Frisur gerutscht waren, hingen ihr ins Gesicht, aber ihre Augen waren erfüllt von eiserner Entschlossenheit. Für einen Augenblick schien sich alles in ihrem Inneren zu verlangsamen und zum Stillstand zu kommen, als sie sich fragte, wie mutig sie wirklich war. Dann dachte sie nicht mehr darüber nach.

Langsam rutschte sie zum Bettrand, schwang ihre Beine zum Boden, stand auf und fand ihr Gleichgewicht. Mit kleinen Hüpfern näherten sich ihre Beine der Kerze, die sie die ganze Zeit im Blick behielt. Als sie den Nachttisch erreicht hatte, wandte sie ihm den Rücken zu und streckte ihre Arme aus. Sie schaute sich über die Schulter und versuchte, das Seil über die Flamme zu halten. Ihre spontane Reaktion war, ihre Hände von der blauen Flamme wegzureißen.

Elizabeth weinte stille Tränen in dem stillen Zimmer, als sie tief Atem holte und spürte, wie eine seltsame Ruhe von ihr Besitz ergriff. Sie brachte ihre Hände wieder in Position. Ihr Atem wurde schneller und verwandelte sich in ein Keuchen, als die Flamme über die zarte Haut ihres Handgelenks tanzte. Sie biss sich auf die Unterlippe, bis sie ihr eigenes Blut schmecken konnte. Schweißperlen bildeten sich an ihren Schläfen, aber es gelang ihr, das Seil ruhig über die Flamme zu halten. Sie konnte das schmale Rauchband sehen, das von der Kerze aufstieg wie eine Schlange, die für ihren Beschwörer tanzte. Sie konnte riechen, wie das Seil und ihr eigenes Fleisch verbrannten. Sie zog mit ganzer Kraft in beide Richtungen und wartete ... wartete ... dass das Seil riss und sie aus diesem höllischen Albtraum befreit wurde.

Laut schluchzend, den Kopf zur Seite gelegt, die Augen fest zugedrückt, spürte sie, wie die Schnur schließlich nachgab. Ihre Arme hingen schlaff an ihrer Seite, ihre Handgelenke fühlten sich seltsam taub an. Sie zitterte am ganzen Körper und ihre Arme bebten, als sie die Hände vor sich erhob. Hässliche blutige Wunden zeigten sich an der Außenseite, doch viel schlimmer war das rohe Fleisch am Inneren ihrer Handgelenke, wo die Flamme sie verbrannt hatte. Ein Schwindel überwältigte sie. Mühsam setzte sie sich aufs Bett und legte den Kopf zwischen die Knie. Schon immer hatte sie zu Ohnmachten geneigt, aber sie wusste, dass ihr das jetzt nicht passieren durfte. Sie musste aus dem Hotel herauskommen, bevor Ross zurückkehrte.

Nachdem sie den Strick an ihren Beinen langsam gelöst hatte, suchte sie im Zimmer herum, bis sie ein leinenes Taschentuch fand. Sie riss es mit den Zähnen entzwei. Erneut rannen ihr die Tränen aus den Augen, als sie ihre Handgelenke damit verband und der Stoff an den blutigen Stellen haften blieb. Dann stürzte sie zur Tür. Tränen ließen ihre Sicht verschwimmen, als sie wieder und wieder panisch am Türknopf drehte. »Nein, nein, bitte nicht.«

Die Tür war verschlossen, daran hätte sie sich erinnern können. Sie wollte gegen die Tür schlagen und schreien, aber sie besann sich eines Besseren.

Stattdessen holte sie tief Luft, um sich zu beruhigen und ließ den Blick durchs Zimmer schweifen. Es gab keine Fenster, nichts, nur die verschlossene Tür. Sie marschierte einen Moment lang auf und ab und versuchte, nicht an Ross' Ankündigung zu denken und den brennenden Schmerz an ihren Handgelenken auszublenden. Sie bewegte sich zur Kommode hinüber und fing an, die Schubladen zu durchwühlen. Wahllos riss sie die Kleider heraus, ohne genau zu wissen, wonach sie suchte, aber es musste sich etwas finden lassen. Sie ließ eine Handvoll Socken zu Boden fallen und hob ruckartig den Kopf, als einer von ihnen beim Aufprall ein dumpfes Geräusch von sich gab. Sie ließ sich auf die Knie fallen und tastete hektisch den dunklen Boden ab, bis ihre Hände eine gefüllte Socke zu fassen bekamen. Mit zitternden Händen schüttelte sie den Inhalt heraus und keuchte auf. Ein dickes Bündel Geld lag neben einer glänzenden schwarzen Pistole.

Sie lächelte. Nun war es an ihr, siegessicher zu grinsen. Es war dumm von ihm gewesen, sie zu unterschätzen. Ihre Gedanken waren plötzlich kristallklar. Sie wusste genau, was zu tun war.

Zielstrebig stopfte sie die Geldscheine in die eine Tasche ihres Kleides und steckte die Pistole in die andere. Sie hob ihr weggeworfenes Täschchen auf und hängte es sich an den Unterarm, nahm den Wasserkrug aus Porzellan und blies die Kerze aus. Dunkelheit erfüllte das Zimmer. Wer immer die Tür öffnete und sich als ihr unschuldiger Retter erwies, sollte möglichst wenig von ihr erkennen.

Mit sicherem Schritt ging sie zur Tür und hämmerte laut dagegen. Der Schmerz flammte in ihrem Arm auf und setzte sich bis in die Schulter fort. »Hallo, hallo!«, rief sie, so fröhlich sie konnte. Dies war ein Hotel, und sie war davon überzeugt, dass jemand sie hören würde. Ihre einzige Sorge war nur, dass es vielleicht zu lang dauern würde. Sie hatte keine Ahnung, wie lang Ross noch weg sein würde, deshalb hatte sie sich mit dem Krug bewaffnet. Sie hätte ihn gern erschossen, aber das wäre nicht klug gewesen. Man würde den Schuss hören, und so sehr es ihr auch gefallen würde, ihm die Pistole an die Schläfe zu setzen und zuzuschauen, wie er sich wand, wollte sie ihren zahlreichen Problemen nicht auch noch einen Mord hinzufügen.

Es war ein Schreckensmoment, als sie hörte, wie sich ein Schlüssel im Schloss drehte. Sie hatte den Krug schon über ihren Kopf gehoben und hielt die Luft an, als eine Frauenstimme sagte: »Mr. Brandon?«

Elizabeth ließ den Krug sinken und wartete so reglos und angespannt wie eine Katze, die ihre Beute belauert, während die Frau am Türknopf drehte. Als sich die Tür öffnete, stieß Elizabeth der Frau den Krug gegen die Brust und stürzte in den erleuchteten Flur hinaus. Sie floh die Treppe hinunter, stolperte einmal, rannte dann zur Tür hinaus und über die staubige Straße zum holprigen Uferweg. Hinter sich hörte sie die Frau rufen: »Miss! Warten Sie, Miss!«

Die kühle Nachtluft hatte sich noch nie so gut angefühlt! Sie schien eine Brise der Freiheit zu sein und wehte sie in eine gute Richtung. Es kam ihr vor, als hätte sich eine Quelle der inneren Stärke in ihr aufgetan und das Kommando übernommen. Sie hatte keine Angst und spürte, dass sie alles im Griff hatte. Zurück in ihrem ärmlichen Zimmer verarztete sie sich die Handgelenke mit Salbe und einem richtigen Verband, packte eine kleine Tasche mit dem Lebensnotwendigsten und zog in ein entfernt liegendes Hotel. Dort nannte sie sich Elizabeth Smith. Diesen Namen hatte sie schon früher verwendet, als sie damals den Dunnings entkommen war, und von nun an sollte dies ihr neuer Name sein. Am nächsten Tag gelang es ihr problemlos, eine Überfahrt auf dem nächsten Schiff nach Alaska zu bekommen – jetzt, wo sie Geld hatte. Es würde jedoch nicht ganz so weit reichen, wie sie es erwartet hatte. Nachdem sie die Fahrkarte gekauft hatte, war nur ein kleiner Rest übrig. Aber sie musste so schnell wie möglich aus Seattle herauskommen. Sie wusste, dass Ross nach ihr suchen würde. Ob er verzweifelt genug war, um sie den ganzen Weg bis nach Alaska zu verfolgen, wusste sie nicht, aber wenn … dann gnade ihr Gott.

Es klappte alles wunderbar. Es war Mitte Oktober, aber sie war endlich unterwegs. Die Abenteuerlust pulsierte durch ihre Adern und die ganze Reise über war sie zuversichtlich und behielt ihre Gefühle eisern unter Kontrolle. Nach Juneau zu kommen war ein unerwarteter Abstecher, aber sie bedauerte ihn nicht. Juneau lag weiter entfernt von den ausgetretenen Pfaden und war deshalb sicherer. Elizabeths Gefühlswelt war eine unbezwingbare Festung gewesen, bis der Schneesturm gekommen war … und Noah. Bis dieses Sicherheitsnetz der Liebe sie umfangen hatte. Jetzt kehrten die Erinnerungen zurück. Sie waren unaufhaltsam, und heute Nacht stand ihr alles wieder vor Augen.

Sie schrak auf, als eine Hand ihre Schulter berührte. Sie drehte den Kopf und starrte ausdruckslos in Noahs fragendes Gesicht.

Noah war so schockiert, dass er die Hand fallen ließ. Elizabeths Haut fühlte sich eiskalt an, obwohl sie von der Hitze des Feuers gerötet war.

Ihre fein geschnittenen Gesichtszüge wirkten versteinert und ihre Augen waren wie tot. Sie war gefühllos und kalt wie ein Stück Granit. *Gott*, betete er im Stillen, als die Panik in ihm aufstieg, *hilf ihr. Ich weiß nicht, was ich tun soll.* Er wollte sie in den Arm nehmen, aber er hatte Angst. Sie sah aus, als würde sie in tausend kleine Teile zerspringen, wenn er sie berührte. Er quälte sich ab, bis ihm plötzlich der dampfende Kaffeebecher in seiner anderen Hand einfiel. Er hielt ihn ihr hin und sagte mit gleichmäßiger, ruhiger Stimme: »Trink das. Es wird dich wärmen.«

Steil nahm sie die Tasse in Empfang und er atmete erleichtert auf, als sie sich wieder zum Feuer drehte. Er schaute umher und sein Blick fiel auf die abgelegte Steppdecke, die er benutzt hatte. Er hob sie auf und breitete sie über Elizabeths Schultern. Sie hielt sich so gerade wie eine Königin, als er die Decke um ihren Rücken drapierte. Dabei musste er daran denken, dass die Patchworkdecke in all ihrer zusammengestückelten Einfachheit ein armseliger Ersatz für einen königlichen Umhang war. Noah rang um Worte. Er wollte das Richtige sagen. »Bleib hier eine Weile sitzen, Elizabeth. Ich richte dir ein Bett am Feuer, und wenn dir warm genug ist, kannst du dich schlafen legen.«

Sie nickte, antwortete aber nicht. Sie machte keine Bewegung und starrte in die tanzenden Flammen.

Noah suchte weitere Teile für ihr Lager zusammen und beschäftigte sich damit, die Decken auszubreiten. Er wünschte sich verzweifelt, er könnte die Gespenster vertreiben, die sie zu sehen schien. *Gott, wie kann ich ihr helfen?*, betete er in Gedanken, während er sich um das Bett kümmerte. Es erschreckte ihn plötzlich, dass er wirklich eine Antwort erwartete. Ihm wurde bewusst, dass er seit Wochen nicht mehr richtig mit Gott gesprochen hatte. Früher hatte er die ganze Zeit mit ihm geredet. Es war fast so natürlich wie das Atmen gewesen, eine ständige Unterhaltung mit einem Freund, der immer da war, der darauf wartete, gefragt und angehört zu werden, der ihn kannte und sich erkennen ließ. »Freund« war eigentlich nicht der richtige Ausdruck. Gott war mehr wie ein Vater, der alles über ihn wusste und ihn so bedingungslos liebte, dass er Noah erlaubte, vieles selbst herauszufinden. Wie eine allwissende Präsenz, die an den besten Tagen all seine Schritte lenkte. Seit Elizabeth zu ihm gekommen war, hatte sich manches verschoben. Er hatte angefangen, mehr Zeit mit ihr zu verbringen, mehr über sie nachzudenken und, dies wurde ihm plötzlich schmerzlich bewusst, mehr Liebe für sie zu empfinden. Mit Schneeflocken und Wind war sie in sein Leben getanzt und hatte seine Gefühle und sein Zuhause auf den Kopf gestellt. War das der Grund, warum Adam gesündigt und von der Frucht gegessen hatte? Noah hatte das nie verstanden, aber jetzt …

Während er unsichtbare Falten aus dem Laken glättete, sah Noah der alten Schwachheit des Menschen ins Auge. Wo es um Elizabeth ging, konnte er diese Schwäche auch bei sich erkennen – es war leichter und versprach unter Umständen mehr Erfüllung und Spannung, etwas Sichtbares, Berührbares zu lieben, als den unsichtbaren Gott. Wenn er keinen klaren Kurs mehr hatte, lief er Gefahr, sich von Elizabeth verzehren zu lassen.

Aber was sollte er jetzt tun?

Sing ihr ein Lied vor.

Er spürte sofort, wie es ihm leicht ums Herz wurde. Gott war noch da. *Danke*, sagte sein Herz klopfend. *Danke, danke.* Später würde er beten und mit seinem göttlichen Vater sprechen. Er würde sein Leben in Ordnung bringen.

Ihr ein Lied vorsingen, gut, das würde er tun. Er hütete sich davor, diesen Befehl anzufechten oder infrage zu stellen. Langsam und so leise, wie es seine tiefe Stimme erlaubte, begann er zu summen. Ein bisschen verlegen summte er ein Lied, das er schon Zeit seines Lebens kannte und das ihm so selbstverständlich erschien wie das Atmen. Er schaute Elizabeth nicht an. Ein Teil von ihm fürchtete sich davor, weil ihre Heftigkeit ihn so erschreckte. Schließlich legte er das Kissen an ein Ende des Lagers und schaute zu ihr hoch. Es erschütterte ihn zutiefst, als er die glitzernden Tränenspuren in ihrem reglosen Gesicht sah, und abrupt verstummte er.

Sie drehte sich zu ihm und ihr Gesicht sah wieder lebendig und normal aus. »Hör nicht auf«, flüsterte sie.

Noah ging zu ihr und zog sie in seine Arme. Ihr Gesicht schmiegte sich unterhalb seines Halses an ihn und ihr Körper war eng an seinen gedrückt. Er hielt sie fest, aber ihre dünnen Schultern wollten sich nicht entspannen, als wäre da noch etwas anderes außer Knochen und Muskeln, das sie so steif machte.

Er fing wieder an zu singen. Diesmal war es das Lied, das er in der Hütte gesungen hatte, als er das erste Mal für sie gekocht hatte. Genau wie damals löste das Lied etwas in ihr aus. Noah verstand nicht, wie ein einfaches Lied eine solche Macht haben konnte, aber er spürte, dass er es inbrünstiger sang als je zuvor. Es war intensiver und ernster als sonst, ruhig und gleichzeitig voller tiefer Gefühle. Es war kraftvoller als alles, wozu er fähig war, und ihm ging das Herz auf, als er erkannte, dass dieses Lied nicht von ihm kam. Es kam von Gott; er versuchte, Elizabeth durch die Musik zu erreichen. Er wollte ihr sagen, wie sehr er sie liebte.

Elizabeths Hände lagen zu kleinen Fäusten geballt an Noahs Brust. Zuerst zeigte sie keine Reaktion, blieb in ihrem Selbstschutz verschlossen und erstarrt. Dann fing sie langsam und gegen ihren Willen an, eine Faust gegen Noahs festen Brustkorb zu schlagen.

»Sprich mit mir«, sagte Noah sanft. »Was ist los, Elizabeth?«

Sie schüttelte nur den Kopf und weinte.

Es war, als wäre er ein winziges Boot, das vom Sturm ihrer Emotionen umhergetrieben wurde, und er musste um ihretwillen stark sein und durfte nicht zulassen, dass der Sturm sie einholte. Die überwältigende Tiefe und Intensität ihrer Qualen ergriff ihn. Er konnte den Zorn spüren ... den Schmerz und die messerscharfe Klinge der Schuld ... die Hoffnungslosigkeit. Sie war innerlich so allein.

»Du bist nicht allein«, hörte er sich selbst sagen. »Du bist nicht mehr allein. Du bist ganz und gar geliebt.«

Das Weinen löste sich schließlich in tiefe langsame Atemzüge auf. Ohne etwas zu sagen ließ Noah sich zusammen mit ihr auf das provisorische Bett sinken. Er hielt sie fest im Arm, summte ihr etwas vor, als wäre sie ein Kind, und streichelte ihren Kopf. Allmählich spürte er, wie sie sich entspannte und sich ihm überließ. Ihr leises Ein- und Ausatmen verriet ihm endlich, dass sie eingeschlafen war. Er hielt sie lange so im Arm, auch als seine Muskeln sich schmerzhaft verspannten und seine Kehle sich vom Singen ganz rau anfühlte. Er fragte nicht mehr nach der Ursache für ihre Not. Er hielt sie einfach fest und nahm ihr Leiden als sein eigenes an. Und jetzt wusste er es ganz sicher: Er liebte sie. Er würde sie immer lieben. Es war seine Lebensaufgabe, diese Frau zu lieben. Schließlich ließ er sie sanft auf die Decken gleiten und deckte sie bis zu den Schultern zu.

Statt sich auch hinzulegen, setzte er sich in den Schaukelstuhl, aber er konnte nicht schlafen. Die Luft schien lebendig zu sein und seine Nackenhaare stellten sich auf, als er angestrengt in die Dunkelheit spähte. Er hatte das Bedürfnis, an ihrer Seite Wache zu halten, als schleiche etwas sehr Böses durch den Raum, und nur er könne sie davor schützen.

* * *

12. September 1887

Verehrte Mrs. Rhodes,

nach Monaten der Korrespondenz mit verschiedenen Waisenhäusern, Schulen und sogar ein paar Nervenheilanstalten in Illinois freue ich mich, Ihnen mitteilen zu können, dass wir möglicherweise einen Schritt weitergekommen sind. Doch leider hat das Pech zugeschlagen. Aus Vorfreude, Ihnen gute Neuigkeiten bringen zu können, nahm ich mir vor, zu einem Waisenhaus in Illinois zu reisen und Elizabeth ausfindig zu machen, bevor ich Ihnen schrieb. Nach einigen Tagen Zugreise traf ich in der kleinen Stadt Normal ein (die nach meiner Erfahrung alles andere als das ist). Zu meinem Leidwesen wurde ich vom Fuhrwerk eines Bauern überfahren, als ich mein Hotel verließ und mich auf den Weg zum Waisenhaus machte. Anscheinend habe ich mir beide Beine gebrochen, und ich schreibe Ihnen dies, während ich in einer örtlichen Pension genese. Bitte beten Sie um Bewahrung für mich, Madam. Wie ich in einem vorherigen Brief schon andeutete, scheint etwas Dunkles unsere Bemühungen zu beobachten und zu behindern. Ich habe die Absicht, es zu überwinden.

Sie sollen wissen, dass ich selbst während meiner Genesungsphase für Ihre Sache arbeite. Ich befrage die Menschen in der Stadt und mache mich allgemein beliebt. Ich werde nicht denselben Fehler machen wie in New York. Diese Stadt wird meine wahren Absichten hier nie erfahren.

Ich werde Ihnen wieder schreiben, sobald ich Neues weiß.

Ich bleibe Ihr ergebener Diener.

Hochachtungsvoll,
Jeremiah Hoglesby
Privatdetektiv zu Ihren Diensten

9

»Elizabeth, könntest du schnell die Leiter hochsteigen und mir zwei Büchsen Cracker, vier Dosen Bohnen und etwas Tee von Mertles bringen?«, fragte Cara und legte sich stützend die Hand an den schmerzenden Rücken.

Elizabeth lächelte. »Nur wenn du mir versprichst, dich nach diesem Kunden eine Weile hinzusetzen.« Mit einem Flüstern fügte sie hinzu: »Du siehst aus, als wärst du wieder geschwollen.«

Cara nickte und war offensichtlich erleichtert. Die Stadt war voll mit Männern, die sich für die wahnsinnige Reise zum Klondike vorbereiteten, aber Elizabeth wusste, dass Cara alles zu viel war. Das Baby sollte in zwei Wochen kommen und Cara war rund wie ein Kürbis. Oft schwollen ihr die Füße und die Knöchel an. Gestern war der Arzt da gewesen und hatte ihr ernsthaft geraten, die Dinge langsamer anzugehen.

Elizabeth brachte die angeforderten Waren zur Theke. Sie verpackte sie in braunes Papier und verschnürte das Bündel geübt und schnell mit Zwirn, bevor sie es Cara reichte. Nachdem Cara das Geld von dem Kunden kassiert hatte, ging sie schwerfällig ins Hinterzimmer und ließ sich in den Schaukelstuhl fallen. Sie winkte Elizabeth zu und sagte: »Ich werde den neuen Versandhauskatalog durchblättern, aber wenn du mich brauchst, dann ruf einfach, okay?«

»Wir werden dich nicht brauchen«, sagten Elizabeth und Will gleichzeitig. Sie wechselten einen Blick und lächelten sich zu.

Sie kamen wirklich gut ohne Cara zurecht. Von einer Mitarbeiterin wie Elizabeth konnten die meisten Ladenbesitzer nur träumen, das hatte Will im Lauf der letzten fünf Monate jedenfalls auf seine bärbeißige Art gesagt. Sie lernte auf Anhieb, Waren gegen die unterschiedlichsten Felle, die vor allem von Indianern gebracht wurden, und gegen den allgegenwärtigen Goldstaub einzutauschen. Sie schnappte sogar etwas von der Tlingit-sprache auf, und sie wusste, dass Will mehr davon beeindruckt war, als er zugeben wollte. Will sprach nur selten ein Lob aus, und wenn er es einmal tat, bedeutete es Elizabeth besonders viel. Sie gab sich die größte Mühe, es ihm recht zu machen. Es war leicht gewesen, Caras Vertrauen und Freundschaft zu gewinnen, aber Will war vorsichtig, und er war ihr gegenüber lang verschlossen geblieben. Meistens war er ernst und wortkarg, und obwohl sie in seiner Achtung gestiegen war, wusste sie, dass er ihr nicht völlig vertraute. Manchmal ertappte sie ihn dabei, wie er sie mit nachdenklich gerunzelter Stirn beobachtete.

Er war ihr allerdings auch schon mehrmals zu Hilfe gekommen. Wie das eine Mal, als ein übereifriger Mann sie belästigen wollte, oder als ein Indianer die Absicht gezeigt hatte, Elizabeth zu kaufen. Einen Moment lang hatte sie voll Schrecken geglaubt, Will würde sie wirklich gegen ein paar Felle eintauschen, aber hinterher hatte sie festgestellt, dass er diese Gelegenheit, sich einen Spaß mit ihr zu erlauben, nicht ungenutzt lassen konnte. Vermutlich musste Elizabeth froh sein, dass er sie gern genug hatte, um sie zu necken, aber trotzdem floh sie jedes Mal ins Nebenzimmer, wenn der betreffende Indianer wieder auftauchte. Will lachte sie aus und es war ein Spaß geworden, den sie miteinander teilten.

Sie warf einen Blick zu Will hinüber und sah, dass er mit einem dunkelhäutigen Tlingit-Indianer redete. Sie waren in intensiver Verhandlung über einige dicke Pelze. Elizabeth wandte ihre Aufmerksamkeit dem Kunden zu, der gerade an die Theke trat.

»Kann ich Ihnen …«

Die Worte erstarben ihr auf der Zunge. Sie war sprachlos vor Entsetzen, als ihre Blicke sich begegneten.

Der Mann bedachte sie mit einem langsamen, höhnischen Lächeln, das seine gleichmäßigen weißen Zähne zeigte. Seine schwarzen Haare waren noch immer glatt nach hinten zurückgekämmt, und auch der dünne Oberlippenbart war noch da. Seine dunklen Augen musterten sie gelassen, bevor er eine Antwort gab. »Ich bin sicher, das kannst du«, schnurrte er mit öliger Stimme.

Ross hatte sie gefunden. Sie umklammerte die Kante der Theke und rang um Fassung. Ihr Herz klopfte, als wolle es ihr aus der Brust springen, und ihr wurde übel, der Raum schien zu kippen … Doch sie war entschlossen, sich nichts anmerken zu lassen. Mit erhobenem Kinn starrte sie Ross an.

Sein Lächeln verwandelte sich in ein boshaftes Grinsen. »Sie sehen besser aus als je zuvor, Miss *Smith*«, sagte er gekünstelt und herablassend. »So nennst du dich doch jetzt, nicht wahr?«

Das böse Lachen, das darauf folgte, jagte ihr Schauder über den Rücken.

»Ich merke, du bist überrascht, mich zu sehen. Du dachtest wohl nicht, ich würde diese weite Reise auf mich nehmen, um dich zurückzuholen, was? Du hast wohl geglaubt, du wärst … in Sicherheit?«

Er warf den Kopf zurück und lachte erneut. Verwundert sah Will zu ihnen herüber. Mit einer bedächtigen Bewegung zog Ross einen weißen, akkurat gefalteten Zettel aus seiner Tasche und schob ihn über die Theke. Er senkte den Kopf, hielt jedoch den Blick unter seinen geraden schwarzen Brauen verschwörerisch auf Elizabeth gerichtet. »Wenn du diese Bestellung Wort für Wort ausführst, wird es keinen Ärger geben.«

Sein lauerndes Grinsen zeigte sich wieder, als Elizabeth benommen nach dem Zettel griff und ihn mit zitternden Händen entfaltete. Oben standen drei normale Gegenstände und unten eine Anweisung: »Komm heute Abend um 8 Uhr in den Empfangsraum des Juneau City Hotels. Solltest du nicht auftauchen, werden deine neuen Freunde bald alles über dich wissen.«

Elizabeth ließ die Notiz auf die Theke fallen, als hätte sie sich daran verbrannt. Sie wandte sich hastig von Ross ab und holte seine Waren. Sie spürte, wie sein Blick sich in ihren Rücken bohrte, als sie vor dem Regal ihren Arm ausstreckte. In ihrer wachsenden Panik stieß sie gegen eine Dose mit Butterkeksen, deren Inhalt sich auf dem Boden verteilte. Will schaute stirnrunzelnd zu ihr hinüber.

»Tut mir leid«, sagte sie und hielt den Kopf gesenkt, damit er ihre Augen nicht sehen konnte.

Will bat seinen Kunden zu warten und beugte sich herab, um Elizabeth beim Aufsammeln der Kekse zu helfen. Leise fragte er: »Macht dieser Typ dir Ärger?«

Elizabeth schob die restlichen Kekse mit der Hand zusammen und stand auf, um einen anderen Artikel für Ross zu holen. »Nein, nein. Ich stelle mich heute nur ungeschickt an, das ist alles. Danke, Will.«

Will warf erst Ross und dann Elizabeth einen scharfen Blick zu. »Wenn du es sagst.« Er war nicht überzeugt, das wusste Elizabeth, aber erstmal musste sie so weitermachen, als wäre alles in Ordnung. Sie musste Ross dazu bringen, den Laden zu verlassen.

Schließlich war seine Bestellung verpackt. »Das macht einen Dollar und

30 Cents, bitte.« Sie blickte nicht von dem Päckchen auf und verschränkte die Hände hinter dem Rücken, um die Wunden an ihren Handgelenken zu verbergen.

»Was ist los, Schätzchen, willst du mich nicht deinem Freund vorstellen?«

Sie hätte ihm zu gern gesagt, dass er keine Sekunde von Wills Zeit verdiente. Sie hätte ihn am liebsten beschimpft, aber sie beherrschte sich. Als sie weder antwortete noch zu ihm aufblickte, fuhr er zischend fort: »Du hast doch nicht etwa Angst vor mir, oder?«

Sie hob den Kopf und sah ihm ins Gesicht. Für eine Sekunde blitzte die Verachtung, die sie für ihn empfand, aus ihren Augen. »Einen Dollar und 30 Cents, Sir.«

Er grinste sie an, schob ihr das Geld zu, griff nach seinen Einkäufen und wandte sich zum Gehen.

Elizabeth atmete tief auf, als sie beobachtete, wie seine schlanke Gestalt durch die Tür und auf die Straße trat. Sie blickte zu Will, der – wie inzwischen alle anderen Leute im Laden – die Szene verfolgte. Mit wackligen Beinen widmete Elizabeth ihre Aufmerksamkeit dem nächsten Mann, der darauf wartete, bedient zu werden. Mit einem tapferen Lächeln sah sie zu Will und dann zu ihrem Kunden und fragte: »Kann ich Ihnen helfen?«

Der große kräftige Mann, den Elizabeth als Stammkunden erkannte, schlug mit seiner fleischigen Hand auf die Theke. Mit einem breiten Lachen und einem scherzhaften Zwinkern sagte er: »Das können Sie ganz bestimmt, Miss Smith.« Er deutete mit dem Daumen Richtung Tür. »Hat dieser Stutzertyp Sie geärgert?«

»Äh, nein. Danke, dass Sie fragen, aber es geht mir gut.«

»Na gut. Aber wenn er Sie doch einmal ärgern sollte, kommen Sie einfach zu mir, dem alten Charlie, und ich und die Jungs werden uns um ihn kümmern. Haben Sie mich verstanden?«

Elizabeth lächelte ihn unsicher an. »Danke, Charlie. Ich habe Sie verstanden.« Ein Blick zu Will zeigte ihr dessen nickende Zustimmung, und sie fing an, sich um Charlies Bestellung zu kümmern. Irgendwie brachte sie den Rest des Nachmittags hinter sich, aber sobald es im Laden ruhiger wurde, meldete sie sich ab und zog sich in ihr Zimmer zurück.

Gott helfe ihr. Was sollte sie jetzt tun? Sie hatte nie wirklich damit gerechnet, dass Ross sie finden würde. Als er nicht direkt nach ihrer Flucht aufgetaucht war, hatte sie sich in falscher Sicherheit gewiegt. Dass er jetzt kommen würde, Monate später … an diese Möglichkeit hatte sie nicht einmal einen Gedanken verschwendet. Elizabeth ging in ihrem kleinen Zimmer auf und ab, die Arme schützend vor dem Bauch verschränkt. Sie rieb sich die vernarbte Haut an den Handgelenken, ohne sich dessen bewusst zu sein.

Aber Ross hatte sie gefunden und wenn es irgendwie möglich war, würde er sie nach Seattle und zu den Dunnings zurückbringen. Schlimmer noch, sie fürchtete, er hatte die Absicht, sich auf vernichtende Weise an ihr zu rächen. Sie konnte sich unmöglich mit ihm treffen, aber wenn sie es nicht tat, würde er sich zweifellos an Will wenden. Sie konnte den Gedanken nicht ertragen, dass Will und Cara alles erfuhren, was sie getan hatte. Sie waren ihre Freunde, ihre ersten echten Freunde, und sie bedeuteten ihr mehr, als ihr bis zu diesem Moment bewusst gewesen war.

Eines wusste sie sicher: Sie musste Ross hinhalten. Sie brauchte Zeit, um nachzudenken und einen Plan zu fassen. Sie suchte sich einen Zettel und schrieb eine kurze Nachricht: *Ich kann mich heute nicht mit dir treffen. Will wird außer Haus sein und ich kann Cara jetzt, wo das Baby jeden Moment kommen kann, nicht allein lassen. Es wäre zu verdächtig. Nach der Szene heute Nachmittag geht das nicht. Gib mir zwei Tage. Am Freitagmorgen bin ich immer in der Raleigh Bäckerei. Bis 10 Uhr werde ich da sein. Dann können wir uns unterhalten.*

Dass Will außer Haus sein würde, war eine Lüge, aber ihr fiel nichts anderes ein. Es musste klappen. Sie musste sich etwas Zeit für ihre Flucht erkaufen. Elizabeth nahm eine Münze aus der obersten Schreibtischschublade, wo sie ihre kleinen Ersparnisse hütete. Sie kannte einen Jungen, der Ross die Nachricht überbringen würde. Sie würde sich heute Abend hinausschleichen und ihm den Zettel geben.

Sie hielt den Beutel mit ihren Ersparnissen immer noch umklammert, als sie neben das Bett trat und sich daraufsinken ließ. Mit geschlossenen Augen versuchte sie, sich zu konzentrieren. Es gab wirklich nur eine Lösung: Sie musste so schnell wie möglich vor Ross Brandon fliehen. Wenn er bereit war, sie den ganzen Weg nach Alaska zu verfolgen, musste es wirklich finstere Gründe dafür geben. Vielleicht lag ihm gar nichts mehr daran, sie für die Dunnings ausfindig zu machen. Möglicherweise war es allein das Verlangen nach Rache, das ihn trieb.

»Es wird wieder Zeit wegzulaufen«, flüsterte sie.

In Gedanken sah sie Noahs Gesicht vor sich. Er hatte sie im Lauf des Winters und des beginnenden Frühjahrs einige Male besucht. Sie waren zusammen beim Eislaufen gewesen, er hatte ihr die Stadt gezeigt, sie zum Essen ausgeführt und sie seinen Freunden vorgestellt wie eine Kostbarkeit, die er gefunden hatte. An den Abenden verschwanden Will und Cara oft auf geheimnisvolle Weise nach dem Essen und ließen sie vor dem Feuer allein, wo sie sich Gedanken darüber machten, welche Ausrüstung sie für die Goldgräberei brauchten und wie sie im Frühling ihr Lager am besten aufschlagen konnten. Nach einer Weile vergaß Elizabeth, dass sie ihm nur etwas vormachen wollte, und ließ sich von seiner Begeisterung anstecken. Aber dabei dachte sie ausnahmsweise einmal nicht an das Gold, das sie vielleicht finden würden, sondern sie freute sich auf die Zeit mit ihm.

Wenn er ihre Hand nahm und sie schweigend festhielt, wurde sie von einem Gefühl überwältigt, das sie bisher in ihrem Leben nicht gekannt hatte und für das sie keinen Namen hatte, bis Cara eines Tages, direkt nach Noahs Aufbruch, eine Bemerkung machte: »Du scheinst von Frieden erfüllt zu sein, wenn Noah hier gewesen ist, Elizabeth.« Friede. Bisher hatte es keinen Frieden für sie gegeben.

Noah löste auch andere unbekannte Gefühle in ihr aus. Eines Tages waren sie zusammen spazieren gegangen, als ein starker Wind durch die Stadt fegte. Noah hatte sie in seine Umarmung gezogen. Er hatte seine Arme fest um sie gelegt und seinen Kopf über sie gesenkt, sodass auch ihr Kopf geschützt gewesen war. Dann hatte er sich so gedreht, dass der Wind auf seinen breiten Rücken traf, während sie nur seine Wärme spürte. So waren sie stehen geblieben, bis der Wind nachgelassen hatte. Dann waren sie Hand in Hand Richtung Handelsstation weitergegangen und hatten über den Wind gelacht. Noch wärmer waren die Momente, wenn er ihr in die Augen sah und sie sich heimlich wünschte, er würde sie noch einmal küssen.

Seltsamerweise empfand sie in seiner Gegenwart keine Frustration über sich selbst, und die rastlosen Träume, die er auslöste, waren nicht irritierend. Er gab ihr das Gefühl, ein Teil seines Lebens zu sein – ein Teil von ihm selbst. Und irgendwann hatte sie sich in ihn verliebt. Sie hatte zu glauben begonnen, sie könnte hier bleiben und in Noahs Flüssen mit ihm Gold suchen. Sie hatte gedacht, ihre Vergangenheit wäre in sicherer Entfernung von tausend Meilen vergraben und sie könnte neu anfangen, könnte für Noah und mit ihm ein besserer Mensch werden. Sie hatte sogar angefangen, manchmal zu beten – nicht formal und leblos, wie sie das Gebet früher verstanden hatte –, sondern sie hatte versucht, so mit Gott zu reden wie Noah, ihn an ihren Gefühlen und Gedanken teilhaben zu lassen, wirklich mit ihm zu rechnen und zu glauben, dass er sie liebte.

Sie hatte sich erlaubt, von einem normalen Leben zu träumen. Sie hätte es besser wissen müssen. All das würde sie niemals verdienen.

Sie holte tief Luft, wischte sich die Tränen ab, die ihr über die Wangen liefen, und richtete sich auf. Es wäre ermüdend und langweilig geworden, dieses einfache Leben, das Noah und sie zusammen gehabt hätten. Sie hatte vergessen, wer sie war, und es war Zeit aufzuwachen. Sie ballte die Faust, als sie daran dachte, wie viel Zeit sie schon verloren hatte. Goldgräbergruppen hatten sich seit Wochen in der Handelsstation mit Ausrüstung eingedeckt, und wie eine Närrin hatte sie stets eine Ausrede gefunden, warum sie sich ihnen nicht anschließen konnte. Es war fast Mai. Sie hätte schon weg sein können, hätte weg sein *müssen*, aber sie war es nicht, und das war ein verheerender Fehler gewesen. Jetzt hatte Ross sie gefunden – und er hatte die Wahrheit über sie mitgebracht. Mit dieser Wahrheit konnte sie niemals frei sein.

Charlie McKays lange Liste vom frühen Nachmittag kam ihr in den Sinn. Hatte er nicht erwähnt, dass er Vorbereitungen für eine Gruppe traf, die am Morgen aufbrechen würde? Und hatte er nicht gesagt, wenn sie Hilfe brauchte, solle sie sich einfach an ihn wenden? Warum war sie überhaupt nach Alaska gekommen? Um als Verkäuferin zu arbeiten? Nein, sie war hier, um sich auf den Weg zu den Reichtümern zu machen – um dem Trail nach Dawson City im großen Yukon-Territorium in Kanada zu folgen.

Mit geschlossenen Augen stellte sie sich das Gold vor. Sie sah die Klumpen in ihrer Fantasie, von außen schwarz, aber mit durchschimmerndem Gold – das Gold schimmerte immer durch. Und dieses Gold rief nach ihr und sagte ihr, dass es die einzige Rettung für sie war.

12. Februar 1888

Verehrte Mrs. Rhodes,

leider muss ich Ihnen, liebe Madam, mitteilen, dass ich krank bin. Die vielen Bedrängnisse, mit denen meine Suche nach Elizabeth verbunden war, haben mich niedergestreckt. Wenn Sie eine Beterin sind, treten Sie bitte für mich ein. Ich muss gestehen, dieser Fall hat so viel Raum in meinem Leben eingenommen, dass ich ihn manchmal am liebsten aufgeben würde … aber das kann ich nicht.

Ich werde Ihnen wieder schreiben, sobald ich weitere Ermittlungen anstelle.

Ich bleibe Ihr ergebener Diener.

Hochachtungsvoll,
Jeremiah Hoglesby
Privatdetektiv zu Ihren Diensten

10

In der stillen Dunkelheit ihres Zimmers faltete Elizabeth die Briefe sorgfältig zusammen und legte sie auf ihr Kissen. Sie waren kurz und drückten nur aus, dass sie weggehen musste, ohne eine echte Erklärung. Es tat ihr besonders leid, dass sie aufbrechen musste, bevor das Baby auf der Welt war. Sie schuldete Cara und Will so viel, und es bedrückte sie, dass sie die beiden gerade dann verlassen musste, wenn sie sie am nötigsten brauchten. Mit einem Seufzer griff sie nach dem Schlafsack, in den sie ihre Besitztümer gestopft hatte, und schlich leise zur Tür.

Sie hatte Kopfschmerzen vorgeschützt, nachdem sie heimlich den Botenjungen aufgesucht hatte, und war den Rest des Abends in ihrem Zimmer geblieben. Cara, aufmerksam und freundlich wie immer, hatte ihr das Abendessen auf einem Tablett gebracht und sich erkundigt, wie es ihr ging. Elizabeth wusste, dass Will ihr wahrscheinlich von der merkwürdigen Begebenheit mit Ross erzählt hatte, aber es war ihr gelungen, Cara davon zu überzeugen, dass sie sich einfach nicht wohlfühlte. Das hoffte sie jedenfalls. Nachdem Cara gegangen war, hatte Elizabeth die Abschiedsbriefe geschrieben und sich leise auf ihre Abreise vorbereitet. Wenn ihr Plan so funktionierte, wie sie es sich ausgedacht hatte, würde sie am frühen Morgen Juneau bereits hinter sich lassen. *Ich hoffe, auf den guten alten Charlie ist Verlass*, dachte sie.

Sie schlich die Treppe hinunter und ging leise zu der breiten Holztheke im Laden. Dort zündete sie eine einzelne Kerze in einem verzierten Ständer aus Zinn an. Vorsichtig ließ sie ihren vollgestopften Schlafsack zu Boden gleiten und duckte sich unter der halbhohen Schwingtür neben der Theke hindurch. Sie würde alle Werkzeuge eines Goldgräbers brauchen, und hier war sie am richtigen Ort, um sie zu bekommen. Sie zog die übliche Liste für die Goldgräber-Ausrüstung hervor und überflog sie. Es war eine schwindelerregende Liste – warme Kleider, Decken, Halstücher, Hüte, Stiefel, Fausthandschuhe und normale Handschuhe. Dann kam die Verpflegung – pfundweise Bohnen, Speck, Mehl, Haferflocken, Maisschrot, Tee, Kaffee, Zucker, Salz und vieles mehr. All die metallenen Werkzeuge, die sie brauchen würde, waren hier noch gar nicht berücksichtigt. Elizabeth seufzte tief auf. Mit einer solchen Last würde sie keine drei Schritte weit kommen. Um die kanadische Grenze überqueren zu dürfen, wurde von den Goldgräbern verlangt, dass sie Vorräte für ein ganzes Jahr mitbrachten. Manche sprachen von einer Tonne Vorräte. Diese Vorschrift bewahrte Tausende von Menschen vor dem Verhungern, wenn sie im Winter festsaßen und keine neuen Lebensmittel besorgen konnten. Jetzt war allerdings nicht der geeignete Zeitpunkt für Elizabeth, sich entsprechend einzudecken. Sie würde die zusätzlichen Vorräte später kaufen, wenn sie näher an der kanadischen Grenze war. Fürs Erste würde sie einfach so viele Gegenstände von der Liste mitnehmen, wie sie konnte. Sie griff nach oben in ein Regal und nahm eine braune Segeltuchtasche herunter. Schnell und so leise, wie es mit dem aneinanderstoßenden Metall möglich war, füllte sie die Tasche mit einer Pfanne zum Goldwaschen, einer Hacke, einem Hammer, einem Beutel aus Elchhaut (um das Gold darin aufzubewahren), Bohnen, gepökeltem Schweinefleisch, Zucker, Kaffee, Tee, Mehl, Reis, Backpulver, Salz, Kerzen, Streichhölzern, Kochgeschirr, Medikamenten wie Morphium und Kalomel*, Seife und Hygieneartikeln. Sie trat ans andere Ende der Theke und suchte sich die wärmste Decke heraus, die sie finden konnte, eine sehr begehrte Chilkatdecke aus Bergziegenwolle und Zedernrinde, die von den Tlingit-Indianern angefertigt wurde. Sie würde mehr dafür bezahlen müssen, aber sie wusste, dass diese Decke sie in den vor ihr liegenden kühlen Frühlingsnächten warm halten würde. In Gedanken versunken kaute sie auf der Innenseite ihrer Lippe und packte dann noch etwas Tabak und Getreidewhiskey ein. Beides nahm nicht viel Platz weg, eignete sich aber gut für den Tauschhandel.

»Elizabeth! Um Himmels Willen, was tust du da?«

Sie fuhr zusammen und schlug sich den Kopf an der Unterseite eines Regals an. Als sie sich hastig umdrehte, holte sie erschrocken Luft. Cara stand am Fuß der Treppe und starrte sie in ahnungsloser Verwirrung an. Elizabeth wusste nicht, was sie antworten sollte. Sie konnte Cara nicht ins Gesicht lügen. Aber wie sollte sie ihr erklären, was hier vorging? Eigentlich war es offensichtlich.

In dem darauffolgenden Schweigen kam Cara offenbar zur selben Schlussfolgerung. »Hast du vor, uns zu verlassen?«

---

* Quecksilberchlorid, wurde als Abführmittel und Antiseptikum verwendet.

Sie klang beunruhigt und auch etwas gekränkt. Oh, warum musste Cara so eine liebenswerte Person sein und ihr diesen Abschied so schwer machen? Warum konnte sie nicht niederträchtig, gemein und herzlos wie Margaret sein?

Elizabeth sah in Caras freundliche Augen und war drauf und dran, mit der ganzen Geschichte herauszuplatzen, aber sie hielt sich zurück. Sie schaute auf die Ausrüstungsgegenstände, die sie in der Hand hatte, zuckte die Achseln und zwang sich, möglichst unbekümmert zu wirken. »In letzter Zeit ist mir langweilig geworden. Ich wollte dir und Will nichts davon erzählen, weil ich wusste, ihr würdet versuchen, mir das auszureden, aber mir ist klargeworden, dass ich weiterziehen muss. Mich hat das Goldfieber wirklich schlimm erwischt, Cara, und wenn ich nicht bald gehe, wird kein Gold mehr für mich übrig sein.« Selbst in ihren eigenen Ohren hörte sich das wenig überzeugend an, aber sie warf Cara einen flehentlichen Blick zu und hoffte, sie würde diese Begründung akzeptieren.

»Ich verstehe.« Es war offensichtlich, dass sie nichts verstand. Elizabeth beobachtete, wie sie dastand und mit einer Vielzahl von Emotionen kämpfte. »Ich sollte wohl froh sein, dass dieses Kind mich immer wieder mitten in der Nacht weckt«, sagte Cara leise und strich mit der Hand über ihren runden Bauch. Aufschluchzend fuhr sie fort: »Oder ich hätte mich nicht von dir verabschieden können.« Mit dem Handrücken versuchte sie, die Tränen zurückzuhalten.

Elizabeth konnte es nicht ertragen, sie so zu sehen. Sie eilte zu ihr und fiel ihr direkt in die Arme, während sich ihre Augen ebenfalls mit Tränen füllten. »Oh Cara, es tut mir so leid. Ich konnte es einfach nicht ertragen, mich zu verabschieden. Ich kann es kaum ertragen, euch alle zu verlassen.«

Cara packte sie mit erstaunlicher Kraft an den Schultern und beugte sich nach hinten, um ihr direkt in die Augen zu sehen. »Warum musst du gehen? Es ist etwas vorgefallen, da bin ich mir sicher. Es hat mit dem Mann zu tun, der dich heute Nachmittag durcheinandergebracht hat, nicht wahr? Bitte, Elizabeth, egal, was es ist, erzähl es mir. Lass dir von uns helfen.«

Elizabeth befreite sich aus ihrem Griff und ging zur Theke. Sie musste Abstand gewinnen, um dieser Versuchung zu widerstehen. Sie legte ihre verschränkten Hände auf die Theke und stützte sich einen Moment lang darauf. Sie schwankte. »Ich kann dir nur sagen, dass ich gehen muss. Wohin und weshalb kann ich dir nicht verraten.« Sie drehte sich zu Cara um und sagte flehend: »Bitte, wenn dir wirklich etwas an mir liegt, dann tu einfach so, als hättest du mich niemals gesehen. Du musst mich unbedingt gehen lassen, Cara.«

»Was ist mit Noah? Ich weiß, dass du ihn liebst. Willst du dich einfach davonstehlen, ohne ihn jemals wiederzusehen?«

Elizabeth spürte die Wahrheit, die in Caras Worten steckte. Sie wusste, wie gewaltig die Entscheidung war, vor der sie stand. Cara würde es ihr nicht leicht machen, und damit bewies sie einmal mehr, wie groß ihre Zuneigung für Elizabeth war. Elizabeth ging zu ihrer besten Freundin zurück und fasste ihre Hände. Sanft und mit so viel Anschein von Ehrlichkeit, wie sie aufbringen konnte, entgegnete sie: »Noah ist ein guter Mann, Cara, und er hat sehr viel für mich getan. Ich stehe in seiner Schuld, ja, und ich bin ihm dankbar und mag ihn sehr. Aber ...« – sie schluckte und traf in diesem Moment ihre endgültige Entscheidung – »... ich liebe ihn nicht, und es kann niemals etwas aus uns werden.«

Sie drückte Caras Hände. »Ich habe zwei Briefe auf mein Kissen gelegt. Einer ist für dich und Will und einer für Noah. Bitte, ich flehe dich an, geh wieder ins Bett und vergiss, dass du mich heute Nacht hier gesehen hast. Finde die Briefe am Morgen, so spät wie möglich, und gib mir Zeit aufzubrechen. Ich will nicht, dass irgendjemand mir folgt.«

»Du verlangst sehr viel von mir. Wie kann ich sicher sein, dass du das tust, was das Beste für dich ist?«

Cara war wieder den Tränen nahe und Elizabeth umarmte sie. »Diese Sicherheit kann ich dir nicht geben. Aber du musst mir vertrauen. Wenn es eine andere Möglichkeit gäbe, würde ich sie wählen. Ich werde nicht in Gefahr sein, das verspreche ich. Bitte ... lass mich gehen.«

Nach einem Augenblick der Anspannung fühlte Elizabeth, wie Cara an ihrer Schulter nickte. Es fehlte nicht viel und sie hätte völlig die Fassung verloren, als Cara den Kopf hob und sagte: »Dann lass mich wenigstens beim Packen helfen.«

In gemeinsamem Schweigen vervollständigten sie Elizabeths Ausrüstung. Cara gab ihr alles, was sie brauchte, und weigerte sich, das Geld anzunehmen, das Elizabeth für die Waren hatte zurücklassen wollen. Sie umarmte Elizabeth mit aller Kraft und half ihr dann in den Mantel. Elizabeth wusste, dass ihre Abschiedsworte ihr immer als wertvoller Schatz im

Gedächtnis bleiben würden: »Du kannst jederzeit hierher zurückkommen, egal, was geschieht. Ich habe dich lieb, meine allerliebste Freundin.«

Elizabeth drehte sich um und stolperte in die kalte dunkle Nacht hinaus. Sie musste ihre widerspenstigen Füße zu jedem Schritt zwingen. Sie sammelte die traurigen Überreste ihrer vorherigen Entschlossenheit, warf sich ihr Gepäck über die Schulter und stapfte durch den matschigen Schnee zum Hawk Eye Saloon, wo sie Charlie McKay zu treffen hoffte.

Für Elizabeth hätte es nichts Besseres geben können als die Arbeit in der Handelsstation, um über die jüngsten Ereignisse in der Stadt informiert zu sein. Nachdem sie diesen Nachmittag eine große Bestellung für Charlie bearbeitet hatte, hatte er von seinem neusten Job erzählt. Sie hatte erfahren, dass man Charlie als Führer anheuern konnte und bei Bedarf sogar als Träger. Elizabeth konnte sich keine strapaziösere Arbeit vorstellen als die eines Trägers. Der Chilkoot Pass, eine der wenigen Routen über die Berge und ins Gebiet des Yukon-Territoriums, war in den meisten Wetterlagen für Hunde oder Pferde unpassierbar. Viele der Indianer und Männer wie Charlie vermieteten ihren Rücken, um das Gepäck der Goldgräber in mehreren Touren zum höchsten Punkt des Passes zu schleppen. Weiter unten am Trail, an den Ufern des Yukon Rivers, boten sich ganze Indianerfamilien für wenige Pennys pro Pfund Gepäck an, Vorräte über den Landweg zu transportieren, wenn jemand die Stromschnellen nicht riskieren wollte.

Charlie hatte erwähnt, dass vier Männer ihn angeheuert hatten, ihre Gruppe bis zum Chilkoot Pass zu bringen. Dort würde er bleiben und ihnen helfen, ihre Vorräte über den Berg zu bringen. Sobald sie den sehr gefährlichen und oft sogar tödlichen Pass wohlbehalten hinter sich gelassen hatten, würde Charlie sein Geld kassieren und sich vorübergehend im Sheep Camp niederlassen und dort das Gepäck anderer Goldgräber über den Pass tragen. Hin und her, immer wieder nach oben und über diesen Berg – Elizabeth konnte nicht verstehen, was jemanden dazu bewegen konnte, die ganze Reise und all die Härten des Trails auf sich zu nehmen, ohne jemals nach Gold zu suchen. Aber vermutlich hatte Jacko recht gehabt mit seiner Behauptung, dass es verschiedene Arten gab, reich zu werden. Als Träger zu arbeiten schien jedoch die anstrengendste Art zu sein.

Schließlich stand sie vor der rauen Holztür des Saloons. Musik, kreischende weibliche und tiefere männliche Stimmen vermischten sich und drangen unüberhörbar nach draußen. Saloons waren für Elizabeth nichts Unbekanntes. Sie hatte in so vielen Goldgräberstädten gelebt, dass sie kaum mehr etwas schockieren konnte, und Margaret hatte sie auf der Suche nach Henry oft in die Saloons mitgeschleppt. Sie wusste, wenn sie wie eine Dame auftrat, würde sie in der Regel auch so behandelt werden. Außerdem kannte sie fast jeden in der Stadt. Sie hoffte nur, jemand würde ihr Klopfen an der Hintertür hören. Den eigentlichen Saloon zu betreten gehörte nicht zu ihrem Plan. Je weniger Leute sie sahen und erfuhren, dass sie die Stadt verließ, desto besser. Es dauerte nicht lang, bis die Tür weit aufschwang und John Kingly, der Besitzer und Wirt, mürrisch vor ihr stand.

»Wer zum … Miss Smith? Sind Sie das?«

Elizabeth trat schnell in das schwach beleuchtete Hinterzimmer. »Ja, Mr. Kingly, ich bin es.«

»Kommt das Baby? Wenn Sie einen von den Ärzten suchen, die sind nicht hier.«

»Nein, es geht nicht um das Baby. Ich suche Charlie McKay. Wir konnten eine geschäftliche Angelegenheit in der Handelsstation nicht zu Ende bringen, und ich hoffe, ihn hier zu finden.«

John schien leicht verblüfft zu sein, aber er zuckte mit den Schultern und sagte: »Ja, Charlie ist hier. Wollen Sie, dass ich ihn herhole?«

»Ja, bitte. Und Mr. Kingly, lassen Sie bitte niemanden mithören, wenn Sie ihm sagen, wer ihn sprechen will. Ich würde hier nicht so auftauchen, wenn es nicht nötig wäre, aber sicher verstehen Sie, dass ich nicht will, dass es sich herumspricht.« Sie hob die Augenbrauen und wartete auf ein Zeichen, dass er ihr Anliegen begriffen hatte.

Er ließ seinen Blick einen Moment umher schweifen und nickte dann. »Oh ja, ich verstehe, was Sie meinen. Ich werde darauf achten, dass niemand etwas mitbekommt.«

»Danke, Mr. Kingly. Ich bleibe hier und warte.« Sie ging zu einem Barhocker im Vorratsraum und setzte sich auf den Rand.

Nur eine halbe Minute später kam Charlie in den Raum gestolpert. Elizabeth unterdrückte das Lächeln, das sich auf ihr Gesicht stehlen wollte. Charlie war ziemlich angetrunken, und sie hoffte, dies würde ihrer Sache nützen. Sie stand auf und ging ihm entgegen.

»Nanu, Miss Smith. Was für eine Überraschung!« Er schüttelte einen

Moment lang den Kopf, als versuche er, einen klaren Gedanken zu fassen, und fragte dann: »Was bringt Sie zu so später Stunde in den Saloon und zu mir? Was könnten Sie von mir wollen? Ist etwas in der Handelsstation passiert?«

Elizabeth führte ihn zu dem Stuhl hinüber und erklärte mit zuckersüßer Stimme: »Na so was, Mr. McKay, ich kann nicht glauben, dass Sie es schon wieder vergessen haben. Sagten Sie nicht, wenn ich Ärger hätte, könnte ich auf Sie zählen?«

»Ja, natürlich, Madam, aber ich habe nicht damit gerechnet, dass Sie mich so bald brauchen würden. Was gibt es für ein Problem?«

Elizabeth holte tief Luft. Wenn sie den nächsten Teil anständig hinter sich brachte, war sie schon so gut wie fort aus Juneau. »Charlie ... darf ich Sie so nennen?«

Er nickte verwirrt und sie fuhr fort: »Erinnern Sie sich an diesen eleganten, ziemlich gepflegt aussehenden Mann, der am Nachmittag im Laden war?«

»Dieser Pfau? Natürlich erinnere ich mich.« Er schlug sich betrübt auf den Schenkel. »Er hat Sie geärgert, ich weiß, dass er das getan hat, und alle, die dabei waren und ihn beobachtet haben, wussten es auch. Er ist ein nichtsnutziges, schmieriges Wiesel, wenn Sie mich fragen, Miss Smith. Mit dem wäre ich vorsichtig, jawohl ... denn ...«

Elizabeth unterbrach ihn. »Sie haben vollkommen recht, Charlie. Sie müssen ein ausgezeichneter Menschenkenner sein, um das so schnell zu merken. Wissen Sie, er ist ein entfernter Verwandter von mir und will mich überreden – mit ziemlich viel Überzeugungskraft und leider auch Gewalt –, mit ihm nach Seattle zurückzukehren. Charlie, ich muss Ihnen sagen, ich habe das Goldfieber. Ich wollte nur bis zum Frühling in der Handelsstation arbeiten und mich dann einer Gruppe anschließen und wie alle anderen zum Klondike gehen. Charlie, ich kann Alaska nicht verlassen!«

»Sie wollen zu den Goldfeldern im Yukon-Territorium? Aber Miss Smith, Männer, die doppelt so groß und so alt sind wie Sie haben Angst vor diesem Trail. Nur die besten und widerstandsfähigsten Männer schaffen es bis zum Klondike.«

Seine Beunruhigung schien eine ernüchternde Wirkung auf den großen Mann zu haben. Elizabeth sah sich um, entdeckte eine halb volle

Whiskeyflasche in einem Regal und brachte sie ihm, als hätte er eben darum gebeten. »Das alles ist mir klar, Charlie. Aber sehen Sie, ich habe etwas, das meinen Mangel an Größe ausgleicht: Erfahrung. Ich habe seit meinem vierzehnten Lebensjahr nach Gold gesucht. Ich kann wie ein Profi mit der Pfanne, der Waschrinne und der Wiege umgehen. Ich gebe zu, dass die Reise mir vielleicht etwas schwerfallen wird, und deshalb bin ich zu Ihnen gekommen. Wenn irgendjemand mich über diesen Pass und weg von diesem grässlichen Mann bringen kann, dann sind Sie es. Sie wissen, was das für ein Mann ist – er hätte nie den Mut, mir auf einem Trail wie diesem zu folgen. Bitte erlauben Sie mir, mich Ihrer Gruppe anzuschließen, die morgen aufbricht. Ich habe alles gepackt und bin bereit.«

Charlie nahm einen großen Schluck aus der Flasche und wischte sich mit dem Handrücken über den Mund. Er starrte eine Weile ins Leere und schien tief in Gedanken versunken zu sein. Schließlich versuchte Elizabeth, seine Aufmerksamkeit wieder auf sich zu lenken. »Charlie?«

»Hä?« Er zuckte zusammen und betrachtete sie einen Moment verwundert. Dann nickte er mit seinem struppigen Kopf. »Wenn Sie fest dazu entschlossen sind, kann ich vermutlich besser als die meisten dafür sorgen, dass Sie heil dort ankommen. Sie müssen aber das Gleiche zahlen wie die anderen, sonst gibt es Ärger mit den Männern. Es wird ihnen nicht gefallen, dass eine Frau in ihrer Gruppe dabei ist.«

»Natürlich bezahle ich Sie.« Sie griff in ihre Tasche, zog die notwendigen Geldscheine hervor und händigte sie ihm aus. Er nahm das Geld ungeschickt in Empfang und erhob sich von seinem Hocker. »Seien Sie pünktlich um sechs Uhr vor dem Saloon.«

Elizabeth sah ihm nach, wie er sich entfernte. In ihrem Innern mischten sich die Aufregung über ihren Erfolg und die Angst vor dem Unternehmen, das vor ihr lag. Nun brauchte sie erstmal einen Platz zum Übernachten. In einer Ecke entdeckte sie eine Hängematte und kletterte hinein. Dies war ein gutes Bett, sofern man sie hier in Ruhe ließ. Das Schaukeln entspannte sie, und so schlief sie zum lustigen Klimpern des Klaviers ein.

* * *

Noah richtete den Blick auf die Uhr und hoffte, dass sich die Zeiger, anders als die letzten beiden Male, um mehr als fünf Minuten bewegt hatten.

Schließlich beschloss er, dieses Elend zu beenden und aufzustehen. Es war Viertel vor vier und er fluchte leise vor sich hin. So ging das nicht. Er hatte seit Wochen keine Nacht mehr durchgeschlafen. Er stieg aus dem Bett, schlüpfte in seine Hose, zündete die Lampe an und warf einen abfälligen Blick auf sein Bett. Die Laken und die Steppdecke waren zu einem Knäuel zerwühlt und sahen aus, als würden sie jeden Moment herunterrutschen. Auf dem Fußboden neben dem Bett lagen Kleider verstreut, und als sein Blick auf die Küche fiel, trat ein finsterer Ausdruck in sein Gesicht. Ungespültes Geschirr stand in drei Eimern aufgestapelt, und große Mengen getrockneter Essensreste klebten daran. Seine Werkzeuge lagen überall herum, wo er sie zuletzt gebraucht hatte. Der ehemals goldfarbene Holzboden hatte ein schmutziges Braun angenommen. Überall lagen Bücher, die er zur momentanen Ablenkung aus dem Regal genommen und dann auf den Boden geworfen oder auf einem der zahlreichen Stapel auf dem Sofa abgelegt hatte. Seine Hütte war eine Katastrophe! Noch nie in seinem Leben hatte er etwas so derart vernachlässigt. Was war aus seiner Disziplin geworden, die er beinahe zur Wissenschaft erhoben hatte? Was war los mit ihm?

Er drehte sich um, ging zum Waschtisch und tunkte die Finger in die Schüssel, um sich das Gesicht nass zu spritzen. Seine Fingerspitzen trafen auf eine dünne festgefrorene Eisschicht am Boden der Schüssel, und er knurrte frustriert. Er hatte kein frisches Wasser aus dem Fass nachgefüllt, bevor er ins Bett gegangen war, und nun war der kleine Rest in der Schüssel gefroren. Verdrießlich packte er den Rand der Schüssel mit beiden Händen. Er hatte größte Lust, etwas zu zerschlagen. Hätten seine Finger nicht ohnehin schon wehgetan, hätte er mit den Fäusten gegen die Wand geboxt. Im ovalen Spiegel erhaschte er im Lampenlicht einen Blick auf sich selbst. In seinem Gesicht wuchs ein vier Wochen alter Bart. Er hatte bereits ab und zu einen Bart getragen, aber keiner hatte so schäbig ausgesehen. Seine Augen waren blutunterlaufen und verquollen, und sein Haar war noch nie so lang gewesen wie jetzt. Er konnte sich nicht erinnern, jemals so schlecht ausgesehen zu haben. Du liebe Güte, er hatte die gleiche Farbe wie sein eigener Sauerteig. Als er daran dachte, wie die wettergegerbten langjährigen Bewohner von Alaska aussahen, die man ebenfalls »Sauerteig« nannte, musste er fast lachen. Doch stattdessen warf er seinem Spiegelbild einen bösen Blick zu. Das passte besser zu seiner Stimmung.

Er ging zum Fenster, zupfte roh an seinem Bart herum und seufzte. Er kannte die Ursache seines Problems, und es war keine Lösung mehr, jeden Tag bis zur Erschöpfung zu arbeiten. Sein letzter Besuch lag kaum einen Monat zurück, aber er vermisste sie. Allein der Gedanke an ihr Gesicht erfüllte ihn mit Sehnsucht. Jetzt schmolzen die Eiszapfen schon tropfend von seinem Dach. Der Frühling stand vor der Tür. Wenn er noch ein bisschen wartete, nur ein paar Wochen, konnte er sie das nächste Mal nach Hause mitnehmen.

Er zog sich den Mantel über und brauchte fünf Minuten, um seine Axt zu finden. Nun trat er hinaus in die Dunkelheit. An zwei Wänden seiner Hütte entlang war ein riesiger Holzstapel bis zum Dach hoch aufgeschichtet. Er starrte trotzig darauf. Gut, er hatte so viel Holz, dass es ihm monatelang reichen würde. Und wenn schon, er würde trotzdem noch mehr hacken. Die zermürbende körperliche Anstrengung war seine einzige Hoffnung, später etwas Schlaf zu finden. Wenn es nötig sein sollte, würde er jeden einzelnen Baum auf seinem Land umhauen. Mit der Axt über der Schulter stiefelte er in den Wald.

Zwei Stunden später hatte Noah sich genügend abreagiert, um zur Hütte zurückzukehren. Wenn ihm auch sonst alles gleichgültig war, wusste er doch, dass er sich um die Tiere kümmern musste. Nachdem er die Vorräte und das Futter zusammengesucht hatte, ging er zur Scheune und beglückwünschte sich, dass er nicht mehr an *sie* gedacht hatte, seit er die Hütte in den frühen Morgenstunden verlassen hatte. Er schaute zu, wie die Hunde ihr Fleisch herunterschlangen und schüttelte den Kopf über sich selbst. Nun dachte er doch wieder an sie. Es gab keine Methode, die sehr lang funktionierte. Noah setzte sich zu seinen Schlittenhunden und merkte, wie ihre Ausgelassenheit ihn ein bisschen tröstete.

Als er das erste Mal zurückgekommen war, war es gar nicht so schlimm gewesen. Jacko war noch da gewesen und war ein paar weitere Tage geblieben. Er hatte Noah unbarmherzig wegen seiner Schwäche für Elizabeth aufgezogen, aber so war er wenigstens nicht einsam gewesen. Sobald Jacko aufgebrochen war, hatte sich eine tiefe Niedergeschlagenheit in ihm breitgemacht. Obwohl er schon so lang allein gewesen war, hatte er sich noch nie so einsam gefühlt wie in dieser Zeit. Er hatte keine Erklärung dafür. Sie war nur ein paar Wochen bei ihm gewesen, aber das hatte gereicht, um sein Leben zu zerstören. Denn genau das hatte sie getan, sie hatte seinen Frieden und die disziplinierte Routine, auf die er so stolz gewesen war, zerstört. Plötzlich erkannte er, dass er sich irgendwie den anderen Männern überlegen gefühlt hatte, die eine Frau zu ihrem Glück brauchten. Er hatte zwar vorgehabt, eines Tages zu heiraten, aber er war auch ohne Ehefrau gut zurechtgekommen.

Mit angezogenen Beinen saß er auf dem Boden und ließ den Kopf auf die verschränkten Arme sinken. Er musste der Wahrheit ins Auge sehen. Jetzt brachte er kaum mehr etwas zu essen herunter, weil er ständig an sie dachte. Er sehnte sich in jeder erdenklichen Art nach ihr. Er wollte sie als Freundin … Geliebte … Seelenverwandte bei sich haben. Es war ein Schmerz, der sich nicht vertreiben ließ und in jedem wachen Moment an ihm nagte. Er betete, er wetterte zu Gott, aber Gott blieb ungewohnt still. Was sollte er nun tun? Er konnte nicht so weitermachen. Er konnte nicht den Rest seines Lebens nur Holz hacken. Verflixt noch mal, diese Frau hatte ihn ruiniert. Ihr war es zu verdanken, dass sein Leben nur noch ein Scherbenhaufen war, und sie war nicht einmal da, um zu sehen, was sie angerichtet hatte. Shelby leckte an Noahs Kopf. Er blickte auf und strich seiner Leithündin liebevoll über die Schnauze.

»Was soll ich tun, liebes Mädchen?«

Shelby schaute ihn nur mit ihren hübschen blauen Augen an.

»Auf jeden Fall kann ich nicht so weitermachen«, sagte er. »Ich muss sie sehen.« Er verstand nicht, warum er sich so eng mit Elizabeth verbunden fühlte. Plötzlich erkannte er aber, dass er sie bei sich zu Hause haben wollte – für immer.

Nachdem diese Entscheidung getroffen war, hatte Noah das Gefühl, als sei eine Last von ihm abgefallen. Plötzlich hatte er wieder eine Perspektive und ein sinnvolles Ziel, und neue Energie durchströmte ihn. Später am Tag würde er die Ziege und die Hunde zur Aufbewahrung in ein Tlingit-Lager bringen, das nicht weit entfernt von seinem Land war. Dann würde er seinen mageren Stoß Felle einpacken und sich am nächsten Morgen auf den Weg nach Juneau machen. Und jetzt musste die Hütte gereinigt werden. Es konnte sein, dass er seine Frau mit nach Hause brachte, und da sollte alles makellos sein.

* * *

6. Oktober 1889

Verehrte Mrs. Rhodes,

ich möchte mich aufrichtig dafür entschuldigen, dass es mir nicht gelungen ist, weitere Informationen aufzutreiben. Nachdem meine Beine verheilt waren, zog ich mir eine Nahrungsmittelvergiftung zu und war eine Zeit lang furchtbar krank. Aus Angst um mein Leben zog ich in eine nahe gelegene Stadt, um meine Arbeit fortzusetzen. Zu meiner Freude kann ich berichten, dass ich eine sanftmütige Witwe mit vier Kindern kennengelernt habe und nun auch das Glück der ehelichen Institution genieße. Als neuer Vater bin ich sehr eingespannt, und auch die Geschäfte gehen erstaunlich gut. Seien Sie jedoch unbesorgt, Madam, mein größtes Anliegen, das mich nächtelang mit an die Decke gerichtetem Blick wachhält, ist Elizabeth. Ich werde nicht ruhen, bis ich sie gefunden habe.

Nächste Woche werde ich mich als Hausverwalter ausgeben und ein paar Wochen im Waisenheim arbeiten. Das sollte mir ausreichend Gelegenheit geben, Informationen über Ihr kostbares Kind zu erhalten.

Ich werde mich wieder melden, sobald ich Neues erfahren habe.

Ich bleibe Ihr ergebener Diener.

Hochachtungsvoll,
Jeremiah Hoglesby
Privatdetektiv zu Ihren Diensten

11

Es war immer noch dunkel am nächsten Morgen, als Elizabeth sich mühsam mit ihrer Tasche und ihrem Schlafsack zur Vorderseite des Saloons begab. Drei Männer standen dort. Sie hatten die Köpfe zusammengesteckt und unterhielten sich mit leiser Stimme. Sie blieb in kurzer Entfernung stehen, beobachtete sie und war unsicher, wie sie sich verhalten sollte. Erleichtert entdeckte sie Charlie, der die Straße herabkam und ein paar beladene Maultiere an roten Zügeln führte.

Es sah nicht so aus, als sei er durch den Genuss des Whiskeys am Vorabend sonderlich beeinträchtigt. Elizabeth hievte ihr Gepäck etwas näher an die Gruppe heran, setzte ein breites Lächeln auf und bereitete sich innerlich auf den Kampf vor.

Die Männer nahmen keine Notiz von ihr, als sie sich um Charlie scharten. Ihre aufgeregten Stimmen verrieten, dass sie tatsächlich zu der Gruppe gehörten, der sie sich angeschlossen hatte. Charlie sprach angeregt und gut gelaunt mit ihnen, bis sein Blick auf Elizabeth fiel. Sie sah, wie sein Lächeln erlosch und er die Stirn runzelte. *Oh nein, er erinnert sich nicht einmal an unsere Abmachung*, dachte sie in plötzlicher Panik. Sie straffte sich, ließ ihr Gepäck in den Schnee fallen und schritt beinahe großspurig zu den Männern hinüber.

»Guten Morgen Charlie. Möchten Sie mich nicht unseren Reisegefährten vorstellen? Ich bin auf jeden Fall gespannt, sie kennenzulernen.« Sie zeigte den gaffenden Gesichtern um sie herum ihr betörendstes Lächeln.

Charlie geriet ins Stottern. »Zum Kuckuck, Miss Smith, ich dachte, ich hätte das geträumt. Sie wollen nicht wirklich als Goldgräberin zum Yukon, oder?«

Elizabeth sah in sein breites, verwirrtes Gesicht. Mit seinem dunkelbraunen Haar, das unter einem Schlapphut hervorschaute, und seinem genauso schlaff herabhängenden Schnurrbart ähnelte er einem Jagdhund, fand Elizabeth.

»Oh doch, ich will zum Yukon und dort nach Gold suchen.«

Sie konnte nur mit Mühe dem Impuls widerstehen, mit ihrem kleinen gestiefelten Fuß aufzustampfen. »Die Entscheidung, ob ich mit oder ohne diese Männer hier gehe, überlasse ich Ihnen allen. Aber ich werde gehen, mit Ihnen oder ohne Sie.«

Sie starrte ihn durchdringend an wie eine Mutter, die ein widerspenstiges Kind vor sich hat. »Sie sagten, wenn ich Ihre Hilfe brauchen würde, könnte ich auf Sie zählen. So ungern ich diese Bitte ausspreche, denn ich bin genauso unabhängig wie jeder andere hier« – sie bedachte die Männer, die im Halbkreis um sie herumstanden, mit einem stolzen Blick –, »aber jetzt bitte ich Sie. Nehmen Sie Ihr Angebot zurück, sich von mir anheuern zu lassen? Soviel ich weiß, haben Sie mein Geld angenommen, und ich dachte, wir wären uns einig.«

Charlie räusperte sich und schaute unangenehm berührt auf seine Stiefel. »Gut, Madam, wie Sie wissen, hab ich gestern einiges getrunken, und da war ich nicht ganz so klar im Kopf wie sonst. Aber es ist nicht meine Art, ein Versprechen zurückzunehmen, egal, in welchem Zustand ich war, als ich es gab.« Er beäugte die Gruppe. »Sofern diese Jungs hier nichts dagegen haben, lasse ich Sie mitkommen.«

Wäre die Situation nicht so ernst gewesen, hätte Elizabeth über den erleichterten Ausdruck auf Charlies Gesicht gelacht, als er die Verantwortung an die anderen Männer in der Gruppe abgab. Sie unterdrückte den Impuls und begegnete stattdessen jedem Augenpaar mit einem kämpferischen Blick.

Während dieser Auseinandersetzung war ein fünfter Mann zu ihrer Gruppe gestoßen. Er war groß und dünn und ganz in Braun gekleidet, doch seine Kleidung war von guter Qualität und maßgeschneidert. Er bewegte sich mit einer Unbefangenheit, die fast etwas Beruhigendes an sich hatte. Mit ruhigen ernsten Augen erwiderte er forschend Elizabeths Blick, als versuche er, ihre Gefühle zu erkennen und einen Moment lang hinter die Fassade ihres großspurigen Auftretens zu schauen. Er wurde von Charlie als William Cleary, Prediger aus Colorado, vorgestellt. Elizabeth wandte die Augen schnell ab und bemerkte, wie zwei der anderen Männer sie anstarrten. Überrascht stellte sie fest, dass es eineiige Zwillinge waren. Sie hatte zwar davon gehört, dass es so etwas gab, aber sie war diesem Phänomen bisher nie begegnet. Sie waren beide weißblond, hatten unglaublich hellblaue Augen und zeigten das gleiche schiefe Grinsen. Sie sahen Elizabeth mit freundlicher Neugierde an und streckten ihr gleichzeitig die Hand zum Gruß entgegen. Sie schenkte ihnen ein strahlendes Lächeln, ergriff erst die Hand, die ihr am nächsten war, dann die des Bruders und dachte, die beiden würden sicher kein großes Aufhebens um ihre Gegenwart machen. Der letzte Mann war ein dunkelhäutiges Halbblut. Sie hatte ihn schon in der Handelsstation gesehen. Er machte sich nicht die Mühe, die Ablehnung in seinen Augen zu verschleiern. Elizabeth begegnete seinem verächtlichen Blick gelassen und hob ihr Kinn, bevor sie sich wieder Charlie zuwandte.

»Besprechen Sie es doch mit der Gruppe, Charlie. Rufen Sie mich, wenn Sie zu einer Entscheidung gelangt sind. Ich würde mich gern noch vor der Dämmerung in Bewegung setzen.« Sie warf den Kopf zurück, marschierte zu ihrer Ausrüstung und setzte sich hin.

Das Warten wäre der schlimmste Teil gewesen, doch sie konnte fast jedes Wort verstehen, das gewechselt wurde. *Diese Narren können nicht einmal flüstern*, dachte sie mit einem nervösen Lächeln. Charlie und das Halbblut wollten sie wegschicken. Sie konnte nur dem Himmel danken, falls es dort jemanden gab, der über ihr wachte, dass sie Charlie letzte Nacht erwischt hatte, als er nicht mehr nüchtern gewesen war. Andernfalls hätte sie es nicht einmal bis an diesen Punkt geschafft. Die Zwillinge waren ganz dafür, sie mitzunehmen, und setzten sich für sie ein. Sie erwähnten, wie angenehm es sein würde, eine Frau dabei zu haben, die für sie kochen konnte. Elizabeth unterdrückte ein Stöhnen. In dieser Hinsicht würden sie die Wahrheit schnell genug herausfinden. Nun stand es unentschieden und sie erwarteten alle von dem Prediger das entscheidende Votum. Elizabeth musste sich anstrengen und die Luft anhalten, um den leisen Tonfall des stattlichen Mannes zu hören. Soweit sie verstehen konnte, sagte er, er glaube ihrer Erklärung, sie würde mit ihnen oder ohne sie losziehen, und er meinte, es wäre besser, wenn die Gruppe sie gemeinsam unter ihre Fittiche nähme, als sie den Gefahren eines Alleingangs auszusetzen. Sie war dabei.

Ihre freudige Erregung war zu groß, um sich vor dem Weg zu fürchten, der vor ihr lag. Sie war stark, sie war schlau und sie hatte keine andere Wahl. Dies war schon früher ihre Rettung gewesen und würde es jetzt wieder sein. Sie konnte sich nichts anderes vorstellen.

Mit ein paar knappen Worten an Elizabeth warf Charlie ihr Gepäck zusammen mit dem der anderen auf eines der Maultiere. »Den Schlafsack werden Sie auf dem Rücken tragen müssen wie alle anderen auch«, sagte er unwirsch.

Elizabeth lachte zuversichtlich und übermütig, als sie sich den Beutel umschnallte. Nun ging es los mit einem Fußmarsch zum Dampfer, der sie bis Dyea bringen würde, und von dort begann der Aufstieg zum Chilkoot Pass. »Genau so will ich es haben«, versicherte sie Charlie. Sie hatten angenehme 15 Grad Temperatur und in ihren Adern pulsierte die Aufregung eines neuen Abenteuers. Sie würde nicht an die Vergangenheit denken, nicht an Cara oder Noah und auch nicht an Ross. Sie würde vorwärtsgehen und sich Gold für ihre Zukunft erkämpfen.

* * *

Der Weg war Noah noch nie so lang und zäh vorgekommen wie bei dieser Reise. Er dachte darüber nach, als er sein Pferd in die Scheune vor der Handelsstation führte. Hastig überprüfte er, ob der Wassertrog voll war, und holte etwas Heu von einem nahe gelegenen Haufen, um den Futtertrog zu füllen. Später würde er das Pferd abreiben und ihm besseres Futter bringen, aber jetzt hatte er keine Zeit dafür. Er konnte es nicht erwarten, Elizabeth zu sehen.

Mit reiner Willenskraft zwang er sich dazu, ganz ruhig auf die Tür des Handelspostens zuzugehen. Verwirrung machte sich auf seinem Gesicht breit und seine Schritte verlangsamten sich, als er nah genug war, um die Vorderseite der Station richtig zu sehen. Irgendetwas stimmte nicht. Das Haus war dunkel und wirkte verlassen. Unruhe erfasste ihn, als er die Tür verschlossen fand. Warum sollte Will den Posten mitten am Tag schließen? Unsicher stiefelte er einen Moment lang hin und her. Er sah zu den Fenstern im zweiten Stock hoch und runzelte die Stirn. Die Spitzengardinen waren zur Seite geschoben und durch das Viereck der Fensterscheibe konnte er den Pfosten von Wills und Caras Bett erkennen.

Plötzlich kam Noah ein Gedanke in den Sinn, der ihn veranlasste, auf dem Absatz kehrtzumachen und mit langen Schritten die Straße hinunterzueilen. Vielleicht hatte Cara das Baby zur Welt gebracht. Vielleicht feierte Will die Geburt mit einem Drink in seinem Lieblingssaloon, dem Hawk Eye Saloon.

Noah marschierte durch die schmale Straße. Er passierte armselige Buden und Schuppen, gut gebaute, aber schlecht gepflegte Hütten, Holzhäuser und die Geschäfte der Stadt, deren farbenprächtig bemalte Fassaden vom grellen Licht der Nachmittagssonne angestrahlt wurden. Der Wind war heute stürmisch und die Stadt war erfüllt von geschäftigen Geräuschen, die ihm nur deshalb angenehm erschienen, weil er sie so selten hörte. Seine Stiefel dröhnten laut auf den Holzbrettern, als er die Treppe zu den Flügeltüren des Saloons hochstieg. Blecherne Musik, die zu allen Tageszeiten erklang, sorgte für ausgelassene Stimmung, aber zu Noahs Enttäuschung war der Raum fast völlig leer. Er trat an die Bar und winkte den Wirt herbei.

»Was kann ich Ihnen bringen, Kumpel?« Der Wirt wirkte gelangweilt und war offenbar in gesprächiger Stimmung, als er seine Brille an einer weißen Schürze putzte.

Noah lächelte freundlich. »Eigentlich hatte ich gehofft, Will Collins hier zu finden. Ich dachte, er würde die Geburt seines ersten Kindes feiern. Ich war an der Handelsstation, und die ist zu. Keine Ahnung, wo er sonst noch sein könnte.«

Plötzlich nahm das Gesicht des Mannes einen lebhaften Ausdruck an. »Haben Sie denn nicht davon gehört? Diese hübsche kleine Frau, die in der Station gearbeitet hat, ist vorletzte Nacht verschwunden. Collins hat die halbe Stadt dazu gebracht, nach ihr zu suchen.«

Noah stand wie versteinert, die Fassungslosigkeit machte ihn ganz benommen. »Was wissen Sie sonst noch darüber?«

Der Mann zuckte die Achseln. »Viel mehr weiß ich nicht.« Er wollte sich abwenden, als Noah seinen Arm über die Theke streckte und ihn am Kragen packte. Er zog den Mann halb über die Theke, starrte ihm ins Gesicht, zeigte ihm die Zähne und befahl ihm in eindringlichem Ton: »Sag mir, was du sonst noch weißt. Alles!«

Das Gesicht des Mannes lief rot an. Er keuchte: »Okay, okay, lassen Sie mich runter. Ich … ich bekomme keine Luft mehr.«

Noah ließ ihn unvermittelt los und der Mann fiel auf die Theke. Schnell bewegte er sich rückwärts, um außerhalb von Noahs Reichweite zu gelangen. Er hielt sich die Hand an die Kehle, schnappte nach Luft und erklärte hastig: »Collins kam gegen 10 Uhr gestern Morgen hier vorbei und hat gefragt, ob ich etwas über Miss Smith weiß. Ich wusste nicht das Geringste. Dann fragte er mich nach einem anderen Typen, der im Laden mit ihr gesprochen hatte. Ich kann Ihnen sagen, ich war froh, dass ich ihn nicht kannte. Will sah aus, als wollte er es ihm heimzahlen. Auf jeden Fall, das Einzige, was ich weiß, ist, dass das Mädchen seit zwei Tagen weg ist und niemand weiß, wohin. Den Gerüchten nach muss ihr Verschwinden mit diesem Menschen zu tun haben, der ihr einen Besuch abgestattet hat.«

Wütend schob Noah seine Hände in die Taschen, damit sie ruhig blieben. Er sah den Mann durchdringend an und fragte: »Und Sie sind sicher, dass Sie nicht wissen, wie dieser Mensch heißt? Und dass Sie auch sonst nichts weiter wissen?«

Der Wirt wich noch weiter zurück. »Ja, da bin ich mir sicher. Hey, wie heißen Sie eigentlich, Mister? Wenn Will wieder herkommt, sage ich ihm, dass Sie da waren.«

Noah warf ihm einen schrägen Blick zu. »Ja, machen Sie das. Sagen Sie ihm, dass Noah Wesley ihn sucht.«

Er sah, wie der Mann blass wurde, als er nickte. Doch entweder war er tollkühn oder dumm, denn er besaß die Stirn, ihn in dieser Situation zu fragen: »Sind Sie nicht der Kerl, der oben auf dem Mount Juneau lebt? Ich hörte, vor ein paar Jahren haben Sie die Indianer in der Gegend gebändigt. Es ist mir wirklich eine Ehre, Sie kennenzulernen. Diese dreckigen Diebe haben der Stadt längst nicht so viel Ärger gemacht, wie sie es hätten tun können, wenn Sie nicht gewesen wären.«

Wütend entgegnete Noah: »Ich habe sie nicht ›gebändigt‹, wie Sie es ausdrücken, indem ich sie als dreckige Diebe angesehen habe. Sie sind Menschen und sie wissen schon wesentlich länger als wir, wie man in dieser Wildnis überleben kann. Sie verdienen unseren Respekt.« Mit unverhohlener Abscheu wandte Noah sich ab und verließ den Saloon mit schweren Schritten.

Als er wieder im Freien war, sank ihm der Mut. *Um Gottes Willen, wo ist sie?*

Elizabeth, seine Elizabeth, war weg. Irgendetwas Schlimmes war ihr zugestoßen und er war nicht früh genug hier gewesen, um ihr zu helfen. Er konnte seine Enttäuschung und seinen Zorn kaum beherrschen.

Plötzlich fegte ein starker Windstoß durch die Straße. *Ein Wirbelwind*, dachte Noah. Er klammerte sich mit der einen Hand an die dünne Säule des Saloons und hielt mit der anderen seinen Hut fest, als der Wind mit einer Stärke von 100 Stundenkilometern an ihm vorbeibrauste. Er erinnerte sich daran, wie er Elizabeth in einem solchen Wind festgehalten und sein Gesicht in ihr Haar gedrückt hatte, und wie er sie am liebsten nicht wieder losgelassen hätte, als der Wind sich gelegt hatte.

Der Wind rannte gegen ihn an, sodass es fast unmöglich war, zur Handelsstation zurückzugehen. Noah kam er wie eine böse Macht vor. Es war, als wolle der Wind verhindern, dass er Elizabeth fand. Er wusste nicht, ob er sich das einbildete oder nicht, auf jeden Fall rief er laut aus: »Du bekommst sie nicht.« Der Sturmwind brauste noch heftiger gegen ihn an, doch Noah blieb unerschütterlich stehen, und schließlich ließen die Böen langsam nach. Noah spürte, wie sein Kampfgeist erwachte.

* * *

10. Januar 1890

Verehrte Mrs. Rhodes,

bei meiner Arbeit im Waisenhaus habe ich einige Antworten gefunden. Es ist wohl so, dass Elizabeth hier war und sich einige Jahre hier aufgehalten hat. Ich bedaure, dass ich nicht in der Lage war, sie früher ausfindig zu machen, denn vor kurzer Zeit wurde sie adoptiert. Bis jetzt ist es mir nicht gelungen, die Namen der Adoptiveltern zu erfahren, aber ich werde es weiterversuchen. Im Waisenhaus halten sich alle sehr bedeckt, und es geht ziemlich kleinlich zu. Ich wurde beinahe erwischt, als ich die Akten durchsah, doch ich konnte mich hinter einer großen Topfpflanze verstecken und blieb unentdeckt. Als ich mich so verbarg, kam eine Frau, eine leibliche Mutter glaube ich, ins Büro und bat um Informationen über ihr Kind. Der Aufseher war zunächst äußerst unangenehm, hatte jedoch einen plötzlichen Sinneswandel, als die Frau ein fettes Bündel Geldscheine über seinen Schreibtisch schob (einige Blätter waren mir im Weg, aber ich bin so gut wie sicher). Ihre persönliche Fürsprache könnte dafür sorgen, dass das Blatt sich wendet … mit etwas finanzieller Unterstützung natürlich. Könnten Sie nach Illinois kommen und mir helfen?

Wir sind so nahe dran, Madam. Ich kann spüren, dass Elizabeth nicht weit weg ist.

Ich bleibe Ihr ergebener Diener.

Hochachtungsvoll,
Jeremiah Hoglesby
Privatdetektiv zu Ihren Diensten

12

Mit voller Wucht warf sich Noah gegen die Tür des Handelspostens und das Holz gab krachend nach. Er griff durch das entstandene Loch nach innen, entriegelte die Tür und stieß sie auf. Plötzlich hörte er gedämpfte Geräusche aus dem Obergeschoss. Er schnappt sich die Laterne, hastete die Treppen hoch und stürzte ins Schlafzimmer. Cara lag seitlich zusammengerollt auf dem Bett. Sie krümmte sich vor Schmerzen und presste die Hände auf ihren dicken Bauch. Noah eilte an ihre Seite und kniete sich hin. Sanft berührte er sie an der Schulter und sagte: »Cara, ich bin es, Noah. Was ist los? Ist das Baby unterwegs?«

Cara umklammerte seine Hand, drückte sie ein paar Minuten lang mit grimmiger Kraft und rang nach Luft. Als die Verkrampfung endlich nachließ, sah sie ihn mit einem schwachen Lächeln an. »Gott sei Dank, dass du da bist. Will ist gestern aufgebrochen, um nach Elizabeth zu suchen. Sie ist weg. Oh Noah, ich wusste nicht, was ich tun sollte. Ich hab sie gehen lassen. Sie war so verängstigt und ich konnte sie nicht bewegen, sich mir anzuvertrauen.«

»Wir reden später über Elizabeth. Warum hast du dir keine Hilfe geholt, als die Wehen anfingen? Warum hast du die Tür verriegelt?«

»Ich war müde und wollte ein Schläfchen machen. Es sollten keine Kunden hereinkommen, deshalb habe ich die Tür zugemacht. Die Wehen kamen so plötzlich. Und es ist noch früh – zuerst dachte ich, es wäre noch nicht der Ernstfall. Einmal hab ich versucht, nach unten zu gelangen, aber ich bin beinahe hingefallen, und dann hatte ich Angst. Ich wollte es später noch einmal versuchen, aber dann hörte ich etwas an der Tür … oh … oh … es fängt wieder an.«

Noah überließ ihr seine Hand, als Cara sich wieder auf dem Bett verkrampfte. Ihr Kopf wurde vor- und zurückgeworfen und ihr ganzer Körper spannte sich an, ihr Rücken wölbte sich zuerst und krümmte sich dann nach vorn. Noah starrte sie hilflos an. Er wusste nicht, was er tun sollte, um ihr beizustehen. Unbeholfen beugte er sich über sie und strich ihr die schweißverklebten Haare aus dem Gesicht. »Du machst das gut, Cara«, hörte er sich selbst sagen, und wenn das irgendeinen Sinn ergab, hatte er es seinem Vater zu verdanken. Er hatte ihm früher zugesehen, wenn er dabei half, ein Fohlen auf die Welt zu bringen. Noahs Vater hatte immer versucht, die Tiere so gut wie möglich zu beruhigen.

Schließlich entspannte sie sich und lehnte sich erschöpft zurück.

»Elizabeth. Du lieber Gott …«

»Nicht reden«, sagte er sanft. »Genaueres über Elizabeth kannst du mir später erzählen. Möchtest du einen Schluck Wasser?«

Sie lächelte kraftlos. »Ja, und ich brauche einen Arzt. Aber ich fürchte, dazu reicht die Zeit nicht und ich habe solche Angst. Du darfst mich nicht verlassen.« Sie holte tief Luft. »Noah, es würde dir doch nichts ausmachen, ein Baby zu entbinden, oder?«

Noahs Kehle war wie zugeschnürt, aber als er in ihre weit aufgerissenen, verängstigten Augen sah, schenkte er ihr sein zuversichtlichstes Lächeln. »Es wäre mir eine Ehre, der Erste zu sein, der Wills Kind sieht. Aber vermutlich wird es mir gelingen, einen Arzt aufzutreiben, ohne dich allein zu lassen. Da draußen treibt sich bestimmt jemand herum. Und wenn nicht, kommen wir gut allein zurecht. Ruh dich einfach zwischen den Wehen aus. Ich gehe nach unten und hole ein paar Sachen und schaue, ob ich jemanden finde, den ich als Boten schicken kann.« Als er die Angst in ihrem Blick sah, fügte er schnell hinzu: »Ich gehe nicht weg, ich verspreche es. Wenn du mich brauchst, ruf mich einfach.«

Sie nickte. Ihr Gesicht wirkte plötzlich entspannt. Die Augenlider fielen ihr zu. Noah stand vom Bett auf und eilte nach unten, um alles zu holen, was sie brauchten. Was das sein sollte, wusste er nicht genau, aber irgendwie erinnerte er sich an kochendes Wasser …

Zuerst ging er zu der malträtierten Tür, zog sie auf und schaute die Straßen rund um die Handelsstation hinauf und hinab. Er entdeckte einen ungefähr zehnjährigen Jungen und rief ihn zu sich. Er holte ein Geldstück aus der Tasche, drückte es dem Jungen in die Hand und sagte: »Lauf und hol einen von den Ärzten aus der Stadt. Mrs. Collins bekommt ihr Baby.« Der Junge schien keine Ahnung zu haben, was von ihm erwartet wurde, und Noah unterdrückte den Wunsch, ihn kräftig zu schütteln, damit er sich in Bewegung setzte. »Schau in ihren Quartieren und in den Saloons nach und beeile dich. Erzähl überall, warum du sie brauchst, und irgendjemand wird schon wissen, wo sie zu finden sind.«

Der Junge nickte und schien seinen Auftrag kapiert zu haben, denn seine Finger schlossen sich fest um die Münze und er rannte davon, so schnell er konnte. Noah kehrte in den Laden zurück und war zuversichtlich, dass er das Bestmögliche getan hatte. Als er das Keuchen von oben hörte, kratzte er verzweifelt seine schwachen Kenntnisse über die Geburt von Babys zusammen und beeilte sich, ein paar Sachen zusammenzusuchen. Verflixt noch mal, er wünschte, Will wäre hier. Es gab kaum etwas, das Will dazu bringen konnte, die Handelsstation und seine hochschwangere Frau alleinzulassen. Noah wusste, dass ihn nicht nur die Sorge um Elizabeth dazu bewegt hatte, sondern vor allem seine Freundschaft zu Noah. Die Treue seines Freundes beschämte ihn. Er konnte nur hoffen, er würde sich bei der Aufgabe, die vor ihm lag, als ebenso ehrenhaft und vertrauenswürdig erweisen.

Nach einigem Suchen fand er saubere Kleider, eine Porzellanschale und eine Schnur und eine Schere, um die Nabelschnur abzubinden. Er füllte die Schale mit frischem Wasser, schürte das Feuer und setzte einen Topf Wasser auf, um es zum Kochen zu bringen und die Werkzeuge damit zu sterilisieren.

Er bemühte sich um einen zuversichtlichen Gesichtsausdruck, als er ins Schlafzimmer zurückkehrte, doch das Herz schlug ihm bis zum Hals. Er erinnerte sich an eine Bemerkung seiner Mutter über ein Mittel, das ihr durch die Wehen geholfen hatte, und diese Hilfe wollte er Cara auch zur Verfügung stellen. Er nahm ein Tuch und band es am Bettpfosten in der Nähe von Caras Kopf fest. Am anderen Ende des Tuches machte er einen dicken Knoten und gab ihn Cara in die Hand. Er sagte ihr, sie solle sich daranklammern, wenn die Wehen kämen.

Die nächsten Stunden schleppten sich schwerfällig dahin. Noah war gezwungen, in vollkommener Hilflosigkeit untätig danebenzustehen, während die Frau seines besten Freundes sich damit abquälte, ein neues Leben auf die Welt zu bringen. Sie versuchte, tapfer zu sein. Sie versuchte, möglichst leise zu stöhnen, aber der Schmerz war stärker als ihr Wille, und am Ende kreischte sie und schrie ihn an, als wäre er der grausamste Mensch auf Erden. Noah war froh, dass Will nicht miterlebte, wie seine liebe Frau sich in eine wild gewordene Furie verwandelte und ihn mit wüsten Beschimpfungen bedachte.

Er machte sich langsam Sorgen, dass der Junge, den er auf die Suche nach einem Arzt geschickt hatte, seine Anweisungen nicht richtig verstanden hatte. Inzwischen hätte längst schon Hilfe da sein sollen. Im Zimmer war es heiß und stickig, und die Nachmittagssonne wich einer schummrigen Dämmerung. Gerade, als er nach draußen gehen wollte, um sich noch einmal um einen Arzt zu bemühen, sagte Cara in einer kurzen Wehenpause erschöpft: »Ich hoffe, der Junge findet Doktor Sanders, Noah. Der andere Arzt, Clem Barker, ist vermutlich zum Klondike aufgebrochen. Und wenn nicht, glaube ich trotzdem nicht, dass ich ihn hier haben will.« Sie war den Tränen nahe. »Für meinen Geschmack wäscht er sich die Hände nicht oft genug und … und er ist irgendwie unheimlich.« Als die nächste Wehe kam, fing sie an zu weinen. »Noah, ich hab meine Meinung geändert. Ich kann das nicht. Ich will dieses Baby nicht. Mach, dass der Schmerz aufhört! Du musst diese Schmerzen beenden!«

Es schien ihr voller Ernst zu sein. Noah hatte sie noch nie so energisch reden hören.

Verzweifelt und hektisch sah er sich um. Ihm fielen nur zwei Möglichkeiten ein, wie er ihre Schmerzen lindern konnte: mit einem linken Haken ans Kinn, der sie außer Gefecht setzen würde, oder mit etwas Whiskey. Ersteres war undenkbar, obwohl er den Eindruck hatte, in diesem Stadium hätte sie nichts dagegen gehabt, und das Zweite, nun, er würde eben darum beten, dass der Alkohol dem Baby nicht schadete. Er musste ihr auf jeden Fall etwas geben.

Er ging nach unten, direkt zu der Flasche, die Will im Schrank aufbewahrte, und füllte ein Glas sehr großzügig mit dem scharfen Getränk. Er starrte die Flasche einen Moment lang an und fragte sich, ob es wirklich das Richtige war, dann zuckte er mit den Schultern. Zumindest würde das Caras Schmerz etwas dämpfen und ihr helfen, sich ein wenig zu entspannen. Es war allerdings nötig, dass sie wach blieb – allein konnte er das Kind nicht zur Welt bringen.

Cara brauchte einige große Schlucke von dem feurigen Getränk, bis sie etwas gelöster schien. Noah war so erleichtert darüber, dass auch er seine angespannten Muskeln ein wenig lockerte. Neues Leben hervorzubringen war so ein langer Kampf. Bis jetzt war ihm nicht bewusst gewesen, wie anstrengend die Wehen für eine Frau waren. Es war ein Wunder, dass Frauen dies immer wieder durchlebten.

Als die Sonne schließlich in einem leuchtenden Aufgebot von violetten und purpurnen Farbtönen am Horizont verschwand, machte sich plötzlich eine Veränderung bei Cara bemerkbar. Mit neuer Kraft begann sie, die Brust zu den Knien hinzubewegen und zu pressen. Noah stellte sich zwischen ihre Beine, wobei ein Leintuch den größten Teil von ihr bedeckte, und wartete. Ihr ganzer Körper hob sich mit der Anstrengung, den Kopf herauszudrücken. Nach drei schweren Presswehen konnte er das Köpfchen mit den dunklen Haaren sehen, dann presste Cara noch einmal und das winzige Baby, ein Mädchen, glitt direkt in seine großen Hände.

Noah keuchte auf. Verwunderung und Staunen erfüllten ihn. Das Baby war so klein ... so perfekt ... ein winziger lebendiger Mensch! Es war wunderbarer als alles, was er sich jemals hätte vorstellen können. Als er das Baby so betrachtete, verzog es das kleine Gesicht und stieß einen schwachen Schrei aus.

Er stand einfach nur da und wagte nicht, sich zu bewegen. Rot und etwas runzelig mit vielen schwarzen Haaren wie ihr Vater zappelte Wills Tochter in seinen Händen und drehte ihren Kopf zu ihm hin. Er war wie gebannt und ging so in diesem Moment auf, dass er erst wieder an Cara dachte, als sie mit müder, aber glücklicher Stimme sagte: »Ich möchte mein Baby sehen.«

Schnell band Noah die Nabelschnur ab und durchtrennte sie. Er machte das Baby sauber, wobei ihm seine Hände riesig und ungeschickt vorkamen, und wickelte es in eine weiche Decke. Nie würde er den Ausdruck auf Caras Gesicht vergessen, als er ihr das Baby in die Arme legte.

Für einen Moment war er verblüfft, als er sah, dass Cara die Decke zur Seite schob. Dann wurde ihm bewusst, dass er vergessen hatte, ihr das Geschlecht zu sagen. »Es ist ein Mädchen, Cara. Das hast du wirklich gut gemacht.«

Cara lächelte ihn mit Tränen in den Augen an und sagte: »Sie ist so wunderschön, nicht wahr, Noah?« Er nickte und sie fügte hinzu: »Danke. Ich glaube nicht, dass ich es ohne dich geschafft hätte.«

Verlegen wandte Noah sich ab und fing an, sauber zu machen. Er stellte eine Schüssel warmes Wasser auf den Tisch und legte einen Waschlappen und ein frisches Nachthemd für Cara dazu. »Ich gehe eine Weile nach unten. Ruf mich, wenn ich das Baby in die Wiege legen soll, ja?«

Cara nickte. »Danke.«

Beladen mit schmutziger Bettwäsche und anderen Dingen war Noah gerade auf dem Weg ins Erdgeschoss, als er hörte, wie die demolierte Tür aufgeschoben wurde und aufgeregte Stimmen miteinander sprachen. Schnell senkte er sein Bündel und schaute ins Gesicht einer molligen, plappernden Frau. Will und Jacko waren direkt hinter ihr. »Du liebe Güte, kommen wir zu spät?«, fragte die Frau.

Noah lächelte und sah Will an. »Du darfst mir gratulieren, Will, ich habe gerade mein erstes Baby entbunden.« Er hatte Will noch nie so blass gesehen. Er äußerte sich nicht einmal zu der ruinierten Tür.

»Ist alles in Ordnung mit Cara? Geht es dem Baby gut? Was ist passiert?« Er war schon auf halber Höhe der Treppe, als er sich umdrehte und Noah ungläubig anstarrte: »*Du* hast das Baby entbunden?«

»Es geht beiden gut. Überzeug dich selbst«, erwiderte Noah lachend.

Die matronenhafte Frau nahm Noah die schmutzige Wäsche ab und erklärte: »Ich bin Mrs. Wolsey. Mir gehört eine Bäckerei zwei Straßen weiter. Als der Junge keinen Arzt auftreiben konnte, kam er zu mir. Es tut mir leid, dass ich nicht rechtzeitig da war, Mr. Wesley, aber mir scheint, Sie sind trotzdem gut zurechtgekommen.«

»Wir haben uns nach Kräften bemüht. Trotzdem bin ich sicher, dass Cara über Ihre Hilfe froh sein wird. Sie ist sehr erschöpft. Danke, dass Sie gekommen sind.« Seine Stimme klang so erleichtert, dass die ältere Frau lachte. Sie klopfte ihm auf die Schulter und sagte: »Sie sehen selbst etwas erschöpft aus, junger Mann. Sie können jetzt gehen und sich ausruhen, ich löse Sie ab.«

Noah drehte sich zu Jacko, sobald die Frau die Treppen hochgegangen war.

Jacko schüttelte den Kopf. »Es tut mir leid, wir haben Elizabeth nicht gefunden.«

»Wo wart ihr zwei denn?«

»Ich tauchte hier auf, als Will gerade aufbrechen wollte, um sie zu suchen, also kam ich mit. Er dachte, sie würde nach Sitka gehen, um den nächsten Dampfer zu nehmen, der Alaska verlässt, aber wir müssen uns getäuscht haben. Das nächste Schiff läuft erst in zwei Tagen aus und wir haben alle Passagiere überprüft, um sicherzugehen, dass sie keinen anderen Namen verwendet. Wir haben die Stadt durchkämmt, Noah. Sie war nicht da.«

»Ihr seid nach Sitka gegangen? Ich hätte euch sagen können, dass sie nicht dort sein würde. Wenn sie irgendwohin unterwegs ist, dann zu den

Goldfeldern in Dawson City. Warum seid ihr nicht zu mir gekommen?« Noah marschierte aufgeregt im Laden hin und her.

»Das hätten wir als Nächstes gemacht«, sagte Will, der mit dem Baby im Arm die Treppe herunter kam. »Ich dachte, wenn ich sie erwischen könnte, bevor sie auf einem Dampfer nach Seattle ist, würde uns das viel Zeit und Mühe sparen.« Er sah zärtlich auf seine kleine Tochter hinab und wackelte mit dem Finger, den sie umklammert hielt. »So wie es aussieht, ist es egal. Wenn sie zum Klondike unterwegs ist, wie du meinst, wäre die Zeit, die ich gebraucht hätte, um dich zu holen, genauso vergeudet gewesen wie jetzt, wo ich in Sitka war. Außerdem«, sagte er und lächelte Noah herzlich an, »glaube ich, dass du von uns beiden die bessere Hebamme bist. Cara hat mir erzählt, dass du vermutlich ihr Leben gerettet hast oder zumindest ihren Verstand. Noah, ich …« Er hielt einen Moment mit Tränen der Rührung inne, sodass Noah und Jacko ihn sprachlos anstarrten. »Ich weiß nicht, wie ich dir danken soll.«

Noah fuhr sich durchs Haar und murmelte: »Ich hab gar nicht viel gemacht. Cara hat die ganze Arbeit geleistet. Ich bin so erleichtert, dass es ihr und dem Kind gut geht. Ich fühle mich total mies, weil du Cara wegen Elizabeth alleinlassen musstest.«

Will blieb am Fuß der Treppe stehen und fragte in der ihm eigenen direkten Art: »Was hast du jetzt vor, Noah?«

»Ich muss ihr folgen. Ich muss herausfinden, vor was sie davonrennt.«

Mit vorsichtigen Schritten bewegte Will sich zum Schaukelstuhl, setzte sich hinein und lächelte auf das Baby herab. Er sah zu Noah hoch und fragte: »Bist du sicher, dass sie zum Klondike gehen würde?«

»Ganz sicher. Cara erwähnte, dass ein Mann aus dem Hawk Eye Saloon zum Laden kam und sagte, Elizabeth sei dort gewesen und habe nach Charlie McKay gefragt. Er und ein Dampfer voller Männer sind am nächsten Tag zum Klondike aufgebrochen. Wenn man das im Zusammenhang mit der Tatsache sieht, dass ich kaum jemanden kenne, der so sehr vom Goldfieber infiziert ist wie sie, bin ich sicher. Die Frage ist, warum ist sie so plötzlich weggegangen? Ich dachte wirklich, sie wäre einverstanden, auf meinem Land Gold zu suchen.«

»Ich weiß nicht, warum, aber ich weiß, dass es etwas mit dem Typen zu tun hat, der am Tag, bevor sie verschwand, mit ihr gesprochen hat. Cara hat versucht, es aus ihr herauszubekommen, aber Elizabeth wollte kein

Wort darüber sagen.« Will runzelte die Stirn und sah Noah in die Augen. »Was immer es ist, es ist garantiert etwas Hässliches. Bist du sicher, dass du die ganze Geschichte nicht einfach vergessen willst?«

Noah schüttelte den Kopf. »Das kann ich nicht.« Er seufzte und schaute ins Feuer. »Manchmal wünschte ich, ich könnte es, aber ich werde sie nicht aufgeben. Dieser Mann, wie sah er aus?«

Will zuckte die Achseln. »Ich nehme an, einige würden ihn gutaussehend nennen. Er war gut gekleidet und glatt rasiert, hatte schwarze Haare und eine helle Haut ...« Er runzelte die Stirn. »Jetzt im Nachhinein fällt mir auf, dass er Elizabeth ein bisschen ähnlich sah. So wie er sie anschaute, wäre ich nicht auf den Gedanken gekommen, aber er könnte vielleicht mit ihr verwandt sein.«

»Wie hat er sie angeschaut?«, fragte Noah scharf.

»Als würde er sie gern vernaschen ... gierig.«

Angewidert und ärgerlich wandte Noah sich ab. »Wenn wir wissen, wohin sie unterwegs ist, ist die Gefahr groß, dass er es auch weiß. Ich muss sie einholen, bevor er es tut.«

Will nickte. »Wenn es so ist, solltest du besser gleich anfangen zu packen. Sie hat jetzt schon zwei Tage Vorsprung vor dir. Der nächste Dampfer legt erst in einer Woche ab. Willst du auf ihn warten oder sollen wir jemand anheuern, der dich bis Skagway hochbringt?«

Jacko fiel ihm ins Wort. »Ich würde dich begleiten, Kumpel, aber ich werde noch diese Woche in Seattle zurückerwartet. Ich könnte es verschieben ...«

»Nein, ist schon in Ordnung, Jacko.« Noah wusste, dass Jacko und Will ihn bedingungslos unterstützten. Trotzdem tat es ihm gut, es direkt von ihnen zu hören. »Ich denke, ich komme allein zurecht, aber wenn ihr wisst, wo ich ein gutes Kanu ausleihen kann ...«

Jacko lachte und Will antwortete: »Sei kein Dickkopf, Noah. Du verlierst wertvolle Zeit und Kraft, wenn du dich mit dem Kanu auf den Weg nach Skagway machst. Ich mache ein kleines Dampfboot für dich ausfindig. Es gibt genügend Leute hier, die mir etwas schulden, und du bist in dieser Gegend kein Unbekannter. Es dürfte nicht allzu schwer sein, ein Boot aufzutreiben.«

Noah nickte. »Okay, ich nehme das Boot.«

Er ging zu Will hinüber und streckte seine Hände nach dem Baby aus.

Er nahm es vorsichtig in den Arm und betrachtete das winzige, unverdorbene neue Menschenkind, in dem so viele Möglichkeiten steckten. Dieses kleine Mädchen konnte sich glücklich schätzen, dass es so wunderbare Eltern hatte, die jetzt schon blind vor Liebe zu ihrer Tochter waren, dachte er. Was für eine Frau wäre Elizabeth heute, wenn sie all das gehabt hätte? Er wusste es nicht und es spielte auch keine Rolle für ihn. Er liebte sie einfach, und er dachte, sie hätte angefangen, seine Liebe zu erwidern. Von einem Mann aus ihrer Vergangenheit würde er sich nicht abhalten lassen, sie zu suchen, ihr Herz zu gewinnen und sie nach Hause zu bringen.

* * *

27. April 1890

Verehrte Mrs. Rhodes,

aufgrund Ihrer fehlenden Anwesenheit bleibt mir nichts anderes übrig, als meine Nachforschungen weiterhin allein zu verfolgen. Bis jetzt ist es mir nicht gelungen, den Namen der Adoptivfamilie in Erfahrung zu bringen. Ich erhielt Ihren Brief, in dem Sie die ausgesetzte Belohnung nannten. Das ist eine sehr großzügige Summe. Es könnte sein, dass dieser Ansatz etwas bewirkt, aber trotzdem frage ich mich, ob Sie nicht doch die Reise hierher auf sich nehmen könnten?

Ich bleibe Ihr ergebener Diener.

Hochachtungsvoll,
Jeremiah Hoglesby
Privatdetektiv zu Ihren Diensten

13

Die kalte Brise, die vom eisbedeckten Wasser des Gastineau Channel blies, stach Elizabeth in die Wangen. Sie stand an die Reling des Flussdampfers *The Stars and Stripes* gelehnt. Dunkle Wälder zogen vorbei, die sich stark vom weißen Hintergrund der Berge abhoben. Alles stand hier in so erstaunlichem Kontrast, die Farben des Landes und des Wassers waren so kräftig und gegensätzlich, als wetteiferten sie darum, sich zu übertreffen.

Elizabeth wandte die Augen vom Schauspiel der Natur ab und musterte die Passagiere an Deck. Sie sah zwei Männer aus ihrer Gruppe, die Zwillinge, wie sie eine Partie Poker auf einer umgedrehten Holzkiste spielten. Sie hatte gehofft, die beiden würden sich auf dem Schiff keinen Ärger einhandeln, denn sie war überzeugt, dass die beiden eine Gefahr nicht einmal riechen würden, wenn sie sie direkt vor der Nase hätten. Und das schien hier der Fall zu sein. Ihr Blick wanderte zu dem dunkelhaarigen Mann, der zwischen ihnen platziert war. Er besaß das träge Lächeln eines professionellen Spielers, und sein dünner Schnurrbart und die zwischen die Zähne geklemmte Zigarre passten genau ins Bild. Mit einem Seufzer wandte Elizabeth sich vom beeindruckenden Anblick des vereisten Wassers ab und schlenderte zu den Zwillingen hinüber.

Sie legte den Kopf zur Seite, senkte die Wimpern und imitierte gekonnt die affektierte Sprechweise einer Südstaatenschönheit: »Also, Jungs, ich weiß, dass einer von euch mir versprochen hat, mich übers Deck zu eskortieren. Ehrlich, ich komme mir total albern vor, wenn ich hier so allein herumstehe.« Sie ließ ihren Blick auf den schwarz gekleideten Mann fallen und sah, dass er sie nachdenklich betrachtete. Er zwinkerte. Schnell wandte sie ihre Aufmerksamkeit wieder den Zwillingen zu und sagte: »Los jetzt, raus mit der Sprache, wer von euch hat mir das Versprechen gegeben? Ihr wisst doch, dass ich euch nicht auseinanderhalten kann.«

Sie wartete geduldig mit hochgezogenen Augenbrauen, die Hände auf die Hüften gestützt, und klopfte mit einem Fuß auf den Boden, während die Zwillinge sich verständnislos ansahen. Als Josh etwas sagen wollte, hob sie eine Hand und schürzte die Lippen. »Ich weiß ja, dass ihr richtig beschäftigt seid mit diesem Kartenspiel, aber, Jungs«, sie beugte sich vor und flüsterte, »ich werde angestarrt, wenn ihr wisst, was ich meine. Wenn ich so allein herumstehe.« Sie musste fast lachen, wie schnell sie sich hochrappelten und aufstanden. »Nachdem ihr euch nicht entscheiden könnt, wer von euch mich begleitet, schlage ich vor, ihr kommt beide mit.« Sie warfen einen unsicheren Blick auf ihren Mitspieler. Elizabeth drehte sich zu dem Spieler um und lächelte gewinnend. »Ich bin sicher, Sie entschuldigen diese Gentlemen? Ich brauche ihre Unterstützung so dringend.«

Er legte seine Finger an den Rand seines schwarzen Hutes und antwortete gedehnt und spöttisch: »Aber sicher, Madam. Bestimmt schlafe ich heute Nacht besser, weil ich weiß, dass Sie in solch … zuverlässigen Händen sind.«

»Danke, Sir«, erwiderte sie in scharfem Ton. Wie die meisten Spieler wahrte er äußerst gerissen seine eigenen Interessen. Er hatte ihre List vielleicht durchschaut, aber die Zwillinge waren ahnungslos, und darauf kam es an. Männer ließen sich nicht gern von einer Frau retten. Die beiden wären entsetzt gewesen, wenn sie gewusst hätten, dass Elizabeth sie wahrscheinlich davor bewahrt hatte, ihre gesamten Ersparnisse zu verlieren. Sie hatte schon oft genug mit angesehen, wie eifrige, aber unerfahrene Goldgräber alles verloren, lang bevor sie die Goldfelder erreichten. Und diese jungen Männer waren wie reife Früchte, die einem Beutejäger geradezu in den Schoß fielen. Sie musste ein Auge auf sie haben. Abgesehen davon, dass sie sich über ihren plötzlichen Südstaatenakzent wunderten, waren die beiden begeistert, gebraucht zu werden. Die einzige Frau weit und breit zu sein hatte durchaus auch Vorteile. Sie hakte sich bei beiden unter und schlenderte mit ihnen zur Reling, um einen sicheren Abstand zu dem Spieler zu schaffen.

Als sie zu dritt dort standen, beobachtete Elizabeth, wie die Zwillinge von der Landschaft in ihren Bann gezogen wurden. Fast alle Passagiere waren an Deck und genossen die Aussicht. Die Luft war diesig und Elizabeth konnte das Eis ächzen hören. Manchmal brach in einiger Entfernung ein großer Brocken von einem Eisberg ab und stürzte mit gewaltigem Platschen ins Wasser, wobei der Schnee in Kaskaden herabfiel. Es sah zu schön aus, um gefährlich zu wirken, aber Elizabeth wusste es besser und zitterte, wenn sie daran dachte, wie sie beinahe im Schnee umgekommen wäre.

Der Dunst verzog sich und sie ließen die Bäume hinter sich zurück. Alle an Deck hielten überwältigt die Luft an, als vor ihnen ein mächtiger Eisberg auftauchte, der weit in den blassblauen Himmel ragte. Elizabeth hatte noch nie etwas Derartiges gesehen. Es war fantastisch … und blendend weiß. Das grelle Licht tat ihren Augen weh. Automatisch hob sie die Hand, wie viele andere auch, aber es nützte nichts. Das Einzige, was Erleichterung gebracht hätte, war, in eine andere Richtung zu sehen. Aber sie wollte den Anblick nicht versäumen.

Charlie schloss sich ihnen an der Reling an, gerade als Ben, einer der Zwillinge, aufgeregt auf eine Herde Alaska-Schneeschafe an einem Hang in der Ferne zeigte. Sekunden später raunte eine Gruppe von Menschen auf der anderen Seite des Schiffes vor ehrfürchtigem Staunen, als ein Buckelwal sich aus dem Wasser erhob und seinen Körper dabei drehte. Elizabeth konnte nur noch das darauffolgende Aufspritzen und die Gischt sehen.

»Ziemlich leichte Reise bis jetzt, stimmt's, Jungs?« Charlie starrte Elizabeth einen Moment lang intensiv an, dann legte er grüßend die Hand an die Krempe seines braunen Schlapphuts. »Madam.«

»Hallo, Charlie. Stimmt, bis jetzt gestaltet sich alles ganz angenehm.« Sie sah demonstrativ zu den Zwillingen, die ihnen den Rücken zudrehten, und murmelte: »Vielleicht ein bisschen zu angenehm.«

Charlie nickte zustimmend und wandte sich an die Zwillinge. »Ihr Jungs, nehmt euch in Acht vor den Glücksspielern. Sie nehmen euch euer Geld ab, bevor ihr überhaupt merkt, was los ist.«

Josh rümpfte die Nase. »Ach, komm schon, Charlie, so etwas Idiotisches würde uns nie passieren.«

Charlie blinzelte Elizabeth zu und sie spürte ein erstes Aufkeimen von Respekt auf seiner Seite. Innerlich seufzte sie erleichtert auf. Sie brauchte ihn auf ihrer Seite.

»Seid trotzdem vorsichtig. Und unterschätzt diese professionellen Typen nicht. Sie wissen, wie sie selbst die Besten von uns reinlegen können«, sagte er.

Um das Thema zu wechseln fragte sie: »Charlie, Sie sagten, wir sollten Dyea heute erreichen.« Sie sah auf die tief stehende Nachmittagssonne. »Glauben Sie, wir schaffen es vor Einbruch der Dunkelheit?«

»Ja, das glaube ich, Miss Smith. Und Sie können auch sehen, warum.« Charlie deutete nach vorn. »Wir haben gerade den Lynn Canal passiert, und Skagway liegt direkt rechts vor uns. Wenn Sie genau hinschauen, erkennen Sie den dunklen Fleck am Ufer. Das ist Skagway.«

Ben meldete sich zu Wort. »Warum haben Sie gesagt, dass wir in Skagway keinen Halt machen? Wir fahren direkt nach Dyea weiter, stimmt's?«

Josh stieß Ben den Ellbogen in die Seite. »Wegen Soapy Smith, oder, Charlie?«

Charlie lachte und wechselte einen Blick mit Elizabeth. »Soapy ist kein Mann, mit dem man sich einlassen sollte, aber das ist nicht der Grund, warum wir nicht nach Skagway gehen. Es gibt zwei Trails zur Auswahl, wenn man zum Lake Bennet und zum Yukon River will. Jeder Trail folgt einem anderen Pass über die Berge. Zu dieser Jahreszeit, wenn der Frühling gerade so richtig anfängt, ist der White Pass eine heimtückische Strecke. Und das ist der Weg, der in Skagway beginnt. Er verwandelt sich in einen Sumpf und in ein ungeheures Matschloch. Packpferde kommen nicht durch und Hunde kommen nicht durch.« Er schüttelte den Kopf und spuckte ein Stück Tabak über die Reling. »Im Winter ist das der bessere Trail, weil er nicht so steil ansteigt wie die Route, die wir nehmen, aber im Frühling ist er teuflisch. Nein, Jungs, ihr stellt euch lieber auf Dyea, Sheep Camp und den Chilkoot Pass ein.«

Von den Männern, die im Handelsposten verkehrten, hatte Elizabeth bereits Einzelheiten über die beiden Routen gehört, aber die Zwillinge waren aufgeregt und neugierig wie Kinder.

»Und wann erreichen wir Dyea nun?«, wollte Ben wissen.

»Und erzählen Sie uns von Soapy Smith«, verlangte Josh mit glänzenden Augen.

Charlie klopfte seinen Hut an seinem Oberschenkel aus und ließ ihn in einer Hand baumeln, während er sich mit der anderen am ergrauenden braunen Haarschopf kratzte. Mit zusammengekniffenen Augen blickte er in die Sonne, wobei in seinem gebräunten Gesicht tiefe Falten um die Augen sichtbar wurden. Er setzte sich den Hut wieder auf und begann: »Dyea liegt nur ungefähr fünf Kilometer um die Kurve von Skagway entfernt – wir sollten nicht länger als eine Stunde dafür brauchen.« Er wurde plötzlich ernst. »Was Soapy Smith angeht, ihm gehört beinahe ganz Skagway.« Er sah die Zwillinge streng an. »Er hätte ein paar Grünschnäbel wie euch in Minutenschnelle in seinen Fängen.« Sie wollten protestieren, doch Charlie fuhr fort: »Sie locken Männer, die gerade mit dem Dampfer gelandet sind, in ein Ausrüstungsgeschäft, und wenn man schließlich ›ausgerüstet‹ herauskommt, besitzt man keinen Cent mehr. Ihm gehören sogar die Docks. Wenn man zufällig sein Dock überquert, kostet das 50 Cent, und wenn man seine Tasche auf einer seiner Planken abstellt, muss man einen Dollar für ›Lagerung‹ bezahlen. So nennen sie das dann. Und das ist längst nicht alles. Ihm gehören die Bank, die Zeitung und jede Art von Gerichtsbarkeit, die es in dieser Stadt gibt. Wir tun gut daran, uns von Skagway fernzuhalten.«

Elizabeth grinste die Zwillinge an, die Charlie so erleichterte Blicke zuwarfen, als hätte er gerade ihr Leben gerettet. Elizabeth war ebenso froh über Charlie. »Es ist wirklich gut, dass wir Sie dabei haben, Charlie. Sie wissen, wie dankbar ich dafür bin.« Sie meinte es ernst. Ein sachkundiger Führer konnte das Leben einer Gruppe retten und in vielen Schwierigkeiten für einen Ausweg sorgen.

Charlie errötete ein wenig und blickte in die Ferne.

Als Elizabeth sich umdrehte, entdeckte sie die beiden anderen Mitglieder ihrer Gruppe hinter ihnen. Es wirkte seltsam, wie sie so zusammenstanden – der groß gewachsene Prediger William Cleary mit dem ordentlich gepflegten Bart und den hellbraunen Haaren, und daneben das zähe, gebräunte Halbblut Skookum Billy mit seinem langen schwarzen Haar und dem grimmigen Gesichtsausdruck. Sie ging Skookum aus dem Weg. Bis jetzt hatte er sie nur beobachtet, aber sie wusste, wenn jemand ihr in der Gruppe ernsthaft Probleme bereiten würde, dann er.

* * *

Die florierende Goldgräberstadt Dyea hatte keinen Landungssteg, deshalb ließen die meisten Passagiere ihre Habseligkeiten gegen Bezahlung in einem kleinen Boot an Land bringen. Einige jedoch sprangen ins eiskalte Wasser und kämpften sich brüllend und schreiend ans Ufer. Elizabeth bezahlte, um an Land gebracht zu werden. Es würde Stunden dauern, bis die Dummköpfe wieder trocken waren, und sie hatte nicht die Absicht, die ganze Nacht in nassen Röcken zu frieren. Was würde sie nicht alles für ein Paar Hosen geben!

Charlie versammelte ihre Gruppe am Ufer. Ihr Gepäck war um sie herum aufgestapelt, als wollten sie sich verbarrikadieren. »Jeder hat ein Zelt, ja?« Er schaute Elizabeth an und wirkte erleichtert, als sie nickte. »Gut. Es gibt oben auf dem Hügel einen Platz, an dem wir unser Lager aufschlagen können. Wir werden Wachen brauchen. Unsere Vorräte sind vor den anderen Goldgräbern wahrscheinlich sicher, aber nicht vor den Tieren. Wir sind sechs, das bedeutet, jeder übernimmt eine Zwei-Stunden-Schicht.« Wieder sah er mit zweifelndem Blick zu Elizabeth. »Können Sie ein Gewehr abfeuern, falls es nötig sein sollte?«

Wieder nickte sie.

»Gut. Das ist dann alles. Wir bauen unser Lager auf und essen etwas. Ich weiß nicht, wie es euch geht, Jungs, aber ich hab auf jeden Fall Hunger.« Er sah wieder zu Elizabeth und grinste. Er fragte nicht, ob sie kochen konnte.

Nachdem sie ihr eigenes Zelt aus weißem Segeltuch aufgebaut und es mit Pelzen und Decken gepolstert hatte, schaute Elizabeth verdrießlich auf die Kochzutaten, die auf dem Hügel um das Feuer herum verstreut lagen. Jeder hatte eine Ration für sich herausgesucht und ihr das Zubereiten überlassen. Sie tippte genervt mit dem Fuß auf den Boden, als sie die verschiedenen Mahlzeiten sah, die die Männer für sich gewählt hatten. Die Zwillinge hatten luftgetrocknetes Rindfleisch, Gott sei Dank, da gab es nichts zu verarbeiten und so wusste sie, dass sie nicht hungrig ins Bett gehen würden. Dazu hatten sie zwei rohe Kartoffeln hingelegt, eine kleine Menge sorgfältig abgewogenes Mehl in einem Lederbeutel und Sauerteigstarter in einem kleinen Tontopf. Was sollte sie damit anfangen?

Charlie hatte Bohnen und Mehl bereit gelegt und William Cleary geräuchertes Fleisch. Sie roch daran und rümpfte die Nase. Eine Art gesalzenes Schweinefleisch. Mr. Lynn – sie konnte sich immer noch nicht an seinen Vornamen Skookum gewöhnen – hatte zwei ganze Fische (die aussahen, als wären sie frisch gefangen, obwohl sie sich nicht vorstellen konnte, wann er das gemacht haben sollte) und etwas getrockneten Mais. Nun, das würde jedermanns Zähne herausfordern.

Seufzend schaute sie sich nach Wasser um und nach einem Gefäß, um es zu transportieren. Wenn sie von Noah irgendetwas übers Kochen gelernt hatte, dann das, dass offenbar zu allem Wasser benötigt wurde. Wenn sie es selbst holen musste, würde sie mit dieser Aufgabe nie fertig werden. Wo waren all die Männer hingegangen? Sie durchsuchte das Camp und spürte Zorn in ihr aufsteigen, als sie Charlie und William Cleary sah, die an zwei

Bäume gelehnt dasaßen, die Hüte übers Gesicht gezogen, und schnarchten. Die Zwillinge waren nicht da, vermutlich waren sie in Dyea, um die neuesten Nachrichten zu erfahren. Skookum war damit beschäftigt, eine Art Schmierfett aus einem kleinen Topf auf seinen Armen und in seinem Gesicht zu verteilen. Sie konnte es von ihrem Platz aus riechen. Sie räusperte sich laut und sagte zu den schnarchenden Männern hinüber: »Entschuldigung, aber ich könnte ein bisschen Hilfe mit dem Wasserholen gebrauchen. Hallo?« Als sie einfach weiterschliefen, marschierte Elizabeth zu ihnen hin und tippte auf ihre Hüte. Charlie ließ sich nicht stören, aber William wachte auf. »Es tut mir leid, Miss Smith. Sie brauchen Wasser? Ich werde sehen, was ich für Sie tun kann.«

Nachdem er weg war, kehrte Elizabeth zum Feuer zurück und starrte auf die Nahrungsmittel. Sie überlegte, wie schön es wäre, wenn das Essen aufspringen und sich selbst kochen würde, und bei diesem Gedanken musste sie lachen. Charlie hatte ein eisernes Dreibein aufgestellt, von dem ein großer schwarzer Kessel über das Feuer herabhing. William brachte ihr das Wasser. Sie goss einen Teil davon in den Kessel und fügte die Bohnen und den Mais hinzu. Charlie und Skookum würden das Essen eben teilen müssen. Die Kartoffeln schob sie unter ein glühendes Holzscheit und dann warf sie einen unsicheren Blick auf das Fleisch. Sie ging ein paar Schritte umher, bis sie einen Stock fand, der eine gute Spitze hatte. Mit abgewandtem Kopf und unter heftigem Blinzeln stach sie mit dem Stock nach den Fischen, bis sie sie an einem Ende aufgespießt hatte. Wie machten das Frauen jeden Tag? Das Kochen war das Einzige gewesen, was Margaret unbedingt allein hatte erledigen wollen. Sie hatte Elizabeth nie erlaubt, auch nur in die Nähe ihres Lebensmittellagers zu kommen und hatte die Vorräte gehortet wie ein knauseriger Geizhals.

Das geräucherte Schweinefleisch war schon gar, aber Elizabeth nahm an, dass sie irgendetwas damit machen sollte, da Mr. Cleary es ihr sonst wohl nicht anvertraut hätte. Mit einem Achselzucken schälte sie die Rinde vom anderen Ende des Stocks und spießte das Fleisch daran auf. Dann legte sie den Stock vorsichtig über den Topf. Nachdem jetzt alles erhitzt wurde, wandte sie sich dem Mehl zu. Sie vermischte es mit Wasser, bis es klebrig war und fügte aus ihrem kleinen Vorrat etwas Zucker hinzu. Alles, was Zucker enthielt, musste gut schmecken, dachte sie. Nach all der »Kocherei« war Elizabeth der Appetit vergangen.

Eine halbe Stunde später streiften die Männer wie hungrige Bären ums Feuer herum.

Skookum war der Erste, der sich äußerte. »Sie haben mein Essen ruiniert. Sie haben den Fisch unrein gekocht. Ich werde mir Ihr Essen nehmen.«

Er sah sie so vorwurfsvoll an, dass Elizabeth beinahe in Tränen ausgebrochen wäre, aber das wagte sie nicht. Stattdessen wurde sie wütend. »Dann hätten Sie Ihre Fische reinigen sollen, bevor Sie sie mir gaben. Ich hole keine Eingeweide aus einem Fisch. Und nachdem ich für mich nichts vorbereitet habe, werden Sie wohl hungrig bleiben.«

»Andere Frauen tun das. Warum tun Sie das nicht?«

Sein strenger Gesichtsausdruck jagte ihr Angst ein und sie traute sich fast nicht zu antworten. »Es … es ist widerlich. Außerdem haben Sie ja immer noch den Mais. Er ist in dem Topf mit Charlies Bohnen. Ich hatte nur einen Topf, also müssen Sie sich das Essen teilen.«

Charlie sah aus, als bliebe ihm die Luft weg, aber er sagte nichts. Elizabeth versuchte, die Kartoffeln aus dem Feuer zu holen, aber zuerst konnte sie sie nicht finden. Schließlich entdeckte sie zwei runde schwarze Dinger und rollte sie mit einem Stock heraus. Sie warf den Zwillingen einen bedauernden Blick zu. »Das Schwarze müsst ihr einfach abkratzen«, sagte sie gereizt, als die jungen Männer sie mit großen Augen anstarrten. Sie zogen es vor, auf ihrem getrockneten Fleisch herumzukauen und nicht zu antworten.

Der Prediger zog sein Fleisch vom Stock. Die Seite, die näher am Feuer gewesen war, war verbrannt. Hoffnungsvoll schaute er in die Pfanne, die in gefährlicher Schieflage auf einem Holzscheit stand. Elizabeth warf einen Blick auf das Brot in der Pfanne und atmete erleichtert auf. Zumindest eine Sache war ihr gelungen. Sie nahm ihren Rock zu Hilfe, um nach dem Griff der Pfanne zu fassen und sie aus dem Feuer zu ziehen. Der große weiße Pfannkuchen war auf einer Seite leicht gebräunt und sah wunderbar aus. Er roch sogar gut. Sie zog ihr Taschenmesser hervor – das sie Noah gestohlen hatte – und versuchte, das Brot wie einen Kuchen zu schneiden. Sie zog eine Grimasse. Es war ein bisschen härter, als es aussah. Entschlossen bearbeitete sie es noch einmal, bis sie vier große Stücke davon abgebrochen hatte. Mit ausdruckslosem Gesicht reichte sie das Brot herum und schaute zu, wie Charlie, die Zwillinge und William Cleary es zu kauen versuchten.

Es war zu viel. Die Tränen stiegen ihr in die Augen und sie floh den Hügel hinunter an den Stadtrand von Dyea. Das Letzte, was sie noch hörte, war, wie Charlie fragte: »Okay, Jungs, kann einer von euch kochen?«

* * *

2. Februar 1891

Verehrte Mrs. Rhodes,

ich habe in den Zeitungen der größeren Städte im Osten und mittleren Westen Anzeigen aufgegeben. Die Briefe, die ich daraufhin erhielt, sind äußerst fantasievoll, und das ist noch vorsichtig ausgedrückt. 20.000 Dollar bringen zwangsläufig die unterschiedlichsten Reaktionen hervor, aber leider muss ich Ihnen berichten, dass niemand den Nachnamen Greyson kennt. Es ist möglich, dass das Waisenheim Elizabeth einen neuen Namen gab. Unter diesem Gesichtspunkt bin ich einigen Briefen nachgegangen und habe deren Anspruch überprüft. Als ich in einer Stadt ankam, entdeckte ich fünf Mädchen mit dem Namen Elizabeth, drei davon in derselben Familie, denn jedes Mal wenn ich ein Mädchen ablehnte, wurde mir ein anderes vorgeführt. Es tut mir leid, dass ich bis jetzt nur auf Betrüger gestoßen bin. Wie bereits früher erwähnt, ist es möglich, dass diese Taktik zum Erfolg führt, aber wir, liebe Mrs. Rhodes, werden durch Felder der Spreu waten müssen, bis wir unser lang gesuchtes Weizenkorn finden.

Mein eigener Stiefsohn, Clyde, hat beschlossen zu lernen, wie man ein Automobil fährt. Eine technische Neuheit, die sein Arbeitgeber, der Bankier der Stadt, vor Kurzem erworben hat. Bitte beten Sie darum, dass meine Gliedmaßen intakt bleiben, denn er hat noch kein Gefühl dafür entwickelt, wie man es schaffen kann, auf der eigenen Straßenseite zu bleiben.

Ich bleibe Ihr ergebener Diener.

Hochachtungsvoll,
Jeremiah Hoglesby
Privatdetektiv zu Ihren Diensten

14

Ross Brandon starrte aus dem Fenster der Bäckerei. Sie hatte ihn hereingelegt. Er hätte wissen müssen, dass sie nicht auftauchen würde. Durch ein paar sorgfältig gestellte Fragen hatte er in Erfahrung gebracht, dass sie zwei Nächte vorher verschwunden war. Sein Herz klopfte heftig. Rasende Wut durchströmte seine Adern und er spürte ihr pulsierendes Pochen an der Schläfe. Es kostete ihn seine ganze Selbstbeherrschung, nicht seine elegant behandschuhte Hand auszustrecken und die einzige Scheibe des Geschäftes einzuschlagen. Er spürte das Verlangen, diese schwarzen Handschuhe an Elizabeths milchweiße Kehle zu legen und zuzudrücken. Die Vorstellung beruhigte ihn. Er setzte einen neutralen Gesichtsausdruck auf, drehte sich zu der stämmigen Frau hinter der Theke und fragte: »Madam, Sie sagten, sie arbeitete in der Handelsstation? Stand sie den Besitzern sehr nahe?«

Das Gesicht der Frau leuchtete auf. »Oh ja. Sie war wie eine Tochter für sie.« Sie dachte einen Moment nach und runzelte die Stirn. »Oder vielleicht eher wie eine jüngere Schwester. Will und Cara sind ja selbst junge Leute.« Sie legte den Kopf auf die Seite. »Obwohl, Will könnte jetzt Ende dreißig sein. Auf jeden Fall standen sie sich sehr nahe.«

»Und Sie haben keine Ahnung, warum sie weggegangen sein könnte?« Er machte eine Pause und fügte in einschmeichelndem Ton hinzu: »Oder wohin sie vielleicht gegangen ist?«

Die Frau schüttelte den Kopf. »Es tut mir leid, junger Mann. Ich weiß gar nichts … das heißt, warten Sie mal …« Sie blickte einen Moment lang nachdenklich zur Wand. »Sie hatte noch einen engen Freund, Noah Wesley. Er ist derjenige, der sie hierher gebracht hat. Er lebt außerhalb der Stadt, auf dem Berg. Ich glaube, er war einer der Ersten hier.« Sie lächelte. »Ich dachte, die beiden hätten zartere Bande geknüpft, aber jetzt bin ich mir nicht mehr so sicher. Es sieht ja nicht danach aus.«

Ross ballte die Hände zu Fäusten und versuchte, seine Ungeduld zu zügeln. »Könnte sie vielleicht zu diesem Wesley gegangen sein? Wissen Sie genauer, wo er wohnt?«

Sie schürzte die Lippen und schüttelte den Kopf, dass ihre braunen Locken hüpften. »Das weiß ich nicht genau, aber Will Collins kann es Ihnen sagen. Gehen Sie einfach zur Handelsstation hinüber, mein Lieber, sie können Ihnen dort all Ihre Fragen beantworten.«

»Danke, das werde ich tun.« Ross wandte sich zum Gehen. Er würde Elizabeth Greyson finden und dann würde sie teuer dafür bezahlen, dass sie ihn so zum Narren gehalten hatte. Kein Mensch hatte ihn je daran hindern können, seine Ziele zu erreichen, und dieses Püppchen von Frau würde keine Ausnahme darstellen. Elizabeth mochte noch so bezaubernd sein, er würde seine Rache bekommen, und sie würde so süß sein, dass sich seine Reise in diese gefrorene Hölle gelohnt hatte. Er wusste, dass ihre leibliche Mutter, Jane Greyson, auf der Suche nach ihrer lang vermissten Tochter war, und der Gedanke daran jagte ihm erregende Schauer durch die Adern. Kurz bevor er zusah, wie das Lebenslicht in Elizabeths Augen erlosch, würde sie erfahren, wer sie wirklich war, wie ihr echter Name lautete und dass sie niemals in die liebevollen Arme ihrer wahren Familie zurückkehren würde.

Es war gut, endlich unterwegs zu sein. Nachdem er den Wirt in dem Saloon befragt hatte, in dem Elizabeth zuletzt gesehen worden war, war Noah davon überzeugt, dass sie an Bord der *Stars and Stripes* gewesen war und sich jetzt in Skagway oder Dyea aufhielt. Er hätte gern gewusst, wie es ihr gelungen war, Charlie McKay zu überreden, dass er sie mitnahm, aber wenigstens war sie nicht allein. Er kannte Charlies Ruf und ging davon aus, dass er gut auf Elizabeth aufpassen würde.

Noahs Blick wanderte über die neuen Sägemühlen am Ufer, an denen sie vorbeifuhren, und mit einem Nicken in ihre Richtung sagte er beiläufig zu Mr. Kawatuk, dem Besitzer des Bootes: »Damit kann man jetzt gute Geschäfte machen.«

Der Indianer grinste und entblößte dabei seine großen Zähne. Er deutete nickend auf sein Boot und antwortete: »Damit kann man jetzt auch ziemlich gute Geschäfte machen.«

Noah stimmte ihm zu. Wenn es ihm gelänge, Will eine Botschaft zukommen zu lassen, könnte er vielleicht eine eigene Sägemühle bauen, die näher bei den Grabungen war. Er würde sein Geld ganz gern mit einer

Mühle oder einem ähnlichen Unternehmen verdienen. Gold zu waschen schien eine anstrengende, eintönige Arbeit zu sein, um an Geld zu kommen. Er wusste, dass Glücksritter größere Aussichten hatten, reich zu werden, indem sie die Goldgräberstädte mit Waren und Dienstleistungen versorgten, als durch die eigentliche Goldgräberei. Aber ein neues Unternehmen war auch immer mit einem Risiko verbunden. Er würde das Gebiet prüfen müssen, wenn er dort ankam. Ein Goldrausch war kurzlebig, und wer zuerst da war, profitierte normalerweise am meisten davon.

»Sollen wir erst in Skagway anlegen?«, unterbrach Mr. Kawatuk Noahs Überlegungen.

»Ja, aber vielleicht müssen wir danach noch weiter nach Dyea. Ich ziehe ein paar Erkundigungen in der Stadt ein und komme dann zum Boot zurück und gebe Ihnen Bescheid. Sie warten auf mich, in Ordnung?«

»Natürlich. Ich warte.«

Der Mann war die Fahrt über angenehm und ruhig gewesen, und Noah war froh darüber. Er war nicht in Stimmung für leeres Geschwätz.

Als Skagway in Sicht kam, lenkte Mr. Kawatuk das Boot so nah wie möglich ans Ufer. Ein kleines Kanu kam zu ihnen hinausgepaddelt und der Bootsmann fragte, ob sie gegen Bezahlung zu den Docks gebracht werden wollten. Noah nahm das Angebot an und Mr. Kawatuk machte es sich bequem, um auf Noahs Rückkehr zu warten.

Der Pier war heute ruhig. Es waren nur wenige Menschen zu sehen, aber Noah konnte die Geschäftigkeit hören, die in der Stadt herrschte. Laut ertönten seine Schritte auf den hölzernen Planken des Docks.

Ein städtisch wirkender Mann eilte auf Noah zu und sagte: »Mister, Sie haben gerade ein kostenpflichtiges Dock überquert. Das macht 50 Cents.«

Noah starrte den Mann ungläubig an. »Ein kostenpflichtiges Dock? Sie wollen mich wohl auf den Arm nehmen!«

»Nein. Soapy Smith, von dem Sie vielleicht schon gehört haben, ist der Eigentümer dieses Docks. Er hat es selbst gebaut und erwartet, dass jeder, der es benutzt, dafür bezahlt.«

»Ich habe von ihm gehört. Sagen Sie Mr. Smith, wenn er seine 50 Cents will, soll er zu mir kommen. Meiner Meinung nach gehören Docks der Öffentlichkeit.«

Der Mann lief rot an, aber er erwiderte nichts mehr, sondern beobachtete nur missgelaunt, wie Noah weiterging.

Die Stadt schmiegte sich in ein bewaldetes Tal. Hinter den Bäumen erhoben sich bläulich-purpurne Berge, deren felsige Oberflächen von schneegefüllten Spalten durchzogen waren. In Bodenhöhe verwandelte sich jedoch alles in Matsch. Die Straßen bestanden aus einer Mischung von Schnee, Eis und Schlamm und hatten so tiefe Furchen, dass sie kaum von einem Karren befahren werden konnten. Noah sah verwundert zu, wie sich ein Gespann mit vier Pferden auf der belebten Straße rutschend und schlitternd vorwärtsbewegte.

Er blieb stehen, nahm seinen Hut ab und fuhr sich mit den Fingern durchs Haar. Er betrachtete die Stadt und seufzte. Er wusste kaum, wo er mit seiner Suche anfangen sollte. Die besten Orte für Klatsch und Tratsch waren die Saloons, und allein an der Hauptstraße entlang gab es über 30 davon. Noah konnte sie gar nicht alle zählen.

Er setzte sich den Hut wieder auf und bewegte sich auf den nächstgelegenen Saloon zu. Laute Musik und ein widerlicher Geruch schlugen ihm entgegen, als er eintrat. Für einen Moment war er versucht, sich das Hemd vors Gesicht zu ziehen, als ihm die geballten Ausdünstungen ungewaschener Männer in die Nase stiegen. Stattdessen trat er an die lange Mahagonitheke. Das Lokal war gut ausgestattet. Es besaß einen riesigen Spiegel hinter der Bar. In schlanken Vitrinen mit ausgefallenen Verzierungen an den Glastüren standen bernsteinfarbene und dunkle Spirituosen aufgereiht. Der Hocker, auf dem Noah sich niederließ, war gepolstert, und es gab sogar eine eiserne Fußstütze, die sich über die gesamte Länge der Theke erstreckte. Der Barkeeper näherte sich. Mit seinem schwarzen Anzug, dem weißen Hemd und der schwarzen Krawattenschleife sah er makellos aus.

»Was darf ich Ihnen bringen?«, fragte er höflich.

Noah antwortete: »Ich suche jemanden, der ungefähr vor drei Tagen mit der *Stars and Stripes* hier angekommen ist. Eine Frau. Kennen Sie jemand, der auf dem Schiff war?«

Der Mann schüttelte den Kopf und zeigte eine strenge Miene. »Ich frage nichts und man erzählt mir nichts. Ich schenke hier nur die Getränke aus.«

Noah erkannte, dass dieser Mann ihm auch dann nicht helfen würde, wenn er es könnte, und fragte sich, ob dieser Saloon auch zu Soapy Smiths Besitz zählte. In dieser Organisation wurde Außenseitern nicht erlaubt, Fragen zu stellen.

Nachdem er in vier weiteren Saloons eine ähnliche Antwort erhalten hatte, war Noah der Verzweiflung nahe. Er beschloss, einen anderen Weg einzuschlagen und sich bei den Besuchern der Saloons zu erkundigen, statt bei den Angestellten. Im fünften Saloon traf er schließlich auf einen Mann, der an Bord des Dampfers gewesen war und angetrunken genug war, um sich auf ein Gespräch einzulassen.

»Na klar erinnere ich mich an die Dame. Sie war ein hübsches Ding. Jemand sagte, dass sie zu der Gruppe von Charlie McKay gehörte, aber ich erinnere mich nur daran, dass ich sie immer mit diesen beiden Zwillingen sah. Zwillinge sieht man nicht oft, sie fallen ziemlich auf.«

»Sind sie hier ausgestiegen oder weitergefahren nach Dyea?«

Der Mann ließ seinen Blick in die Ferne schweifen, als versuche er, sich auf die Frage zu konzentrieren. »Da bin ich nicht sicher, Mister. Aber ich hab nicht gesehen, dass sie das Schiff hier verlassen haben, und ich habe sie seither auch nicht mehr getroffen. Ich vermute, sie sind weitergefahren.« Er sah sich im Raum um und flüsterte dann: »Haben Sie vielleicht einen Dollar übrig, als Gegenleistung für diese Information, damit ich mir etwas zu essen kaufen kann?«

Noah griff in seine Tasche und gab dem Mann ein paar Geldscheine. »Geben Sie nicht alles für Alkohol aus«, riet er ihm. »Danke für das Gespräch.«

Der Mann lachte ihn breit an. »Ich danke Ihnen, Mister. Oh, fast hätte ich's vergessen. Jemand anderes war gestern hier und hat nach derselben Frau gefragt. Schwarzes Haar, Schnurrbart. Er schien es mächtig eilig zu haben, sie zu finden, genau wie Sie.«

Einen Tag Vorsprung! Noah rannte fast zu dem wartenden Boot. *Lieber Gott, bitte lass sie noch in Dyea sein und lass mich derjenige sein, der sie zuerst findet.*

Es war fast dunkel, als sie in Dyea eintrafen. Jetzt, wo es Frühling war, blieb die Sonne länger am Himmel, aber sie waren noch weit entfernt von den zwanzig Stunden Tageslicht, die man im Sommer genießen konnte. Noah verlor keine Zeit, das abgeholzte Flachland von Dyea näher zu besichtigen. Die Stadt hatte die gleiche behelfsmäßige Ausstrahlung wie Skagway, als wäre sie an einem Tag aus dem Boden gestampft worden; sie war nur etwas kleiner. Und wie Skagway war sie voller Männer. Noah hörte sich eine Weile lang um und stieß schließlich auf einen Mann, der gegen entsprechende Bezahlung bereit war, ihm von Elizabeth zu erzählen und ihn an den Ort zu bringen, wo sie übernachtet hatte. Eines war inzwischen deutlich geworden: Es war ziemlich einfach, eine hübsche Frau auf einem Trail voller Männer ausfindig zu machen. Das einzige Problem war, dass es für den Mann, vor dem sie davonzulaufen schien, ebenso leicht sein würde, ihre Spur zu verfolgen.

Nachdem Noah den Hügel abgesucht hatte, war er davon überzeugt, dass sie mit ihrer Gruppe Richtung Dyea Canyon und dann nach Sheep Camp gegangen war. Er holte seine Ausrüstung aus dem kleinen Dampfboot und errichtete sich dann ein provisorisches Lager am Rande der Stadt. Hatte sie vor wenigen Nächten auch hier geschlafen? War sie wirklich drauf und dran, den Chilkoot Pass in Angriff zu nehmen? Sie war eigensinnig genug, um es zu versuchen, aber er fürchtete, dass ihre Kondition nicht ausreichen würde. Es würde sehr anstrengend für sie werden. Sein Plan sah vor, jetzt ein paar Stunden zu schlafen und ihr dann zu folgen. Er hoffte, sie innerhalb von zwei Tagen einholen zu können, wenn er alles daran setzte. Da er allein war, könnte er es schaffen.

* * *

1. Juni 1893

Verehrte Mrs. Rhodes,

leider habe ich keine weiteren Hinweise, die mich zu Ihrer Tochter führen könnten. Die Briefe mit den Anfragen kommen nur noch tröpfchenweise. Ich habe die Bekanntgabe der ausgesetzten Belohnung auf alle Waisenhäuser und Schulen in etlichen umliegenden Staaten ausgeweitet und mich dabei auf die Ostküste konzentriert. Es wäre sehr wertvoll, wenn Sie mir weitere Anweisungen geben könnten. Ihre fehlende Reaktion seit der Aussetzung der Belohnung beunruhigt mich etwas und ich fürchte, Sie haben vielleicht die Hoffnung aufgegeben, liebe Madam, obwohl Ihre geschätzten Zahlungen immer prompt eintreffen. Bitte lassen Sie mich wissen, wie ich weiter vorgehen soll.

Ich bleibe Ihr ergebener Diener.

Hochachtungsvoll,
Jeremia Hoglesby
Privatdetektiv zu Ihren Diensten

15

Die ersten paar Kilometer von Dyea weg folgte der Trail einem Fahrweg durch den Wald und war trügerisch einfach. Die sechs Mitglieder der Gruppe waren alle schwer bepackt mit Ausrüstungsgegenständen, genau wie die drei Packpferde, die von Charlie, einem der Zwillinge und Skookum geführt wurden. Elizabeth trug den gleichen Anteil Gepäck wie die Männer. Der Rücken tat ihr weh und ihre Beine zitterten vor Müdigkeit, aber sie war entschlossen, sich nichts anmerken zu lassen.

Am Vormittag erreichten sie den Dyea Canyon. Er war ungefähr drei Kilometer lang und so schmal, dass sie hintereinander gehen und sich an den Felswänden entlangschieben mussten. An manchen Stellen war die Felsspalte fast völlig blockiert von Bäumen, hervorstehenden Wurzeln und Felsblöcken. Mühsam kämpften sie sich durch, fielen hin und standen wieder auf, und die drei Kilometer kamen ihnen vor wie eine Ewigkeit. Äste und Dornen verfingen sich in Elizabeths Röcken, bis sie zerrissen und ausgefranst waren. Ihre alten Halbstiefel fühlten sich so dünn an wie Papier; sie dachte, sie würden ihr jeden Moment von den Füßen fallen und sie würde nur noch in Socken dastehen. Der Mittag war lang vorbei, als sie das andere Ende erreichten.

Nach dem Canyon trotteten sie einen schmalen Pfad entlang. Auf jeder Seite stiegen die Berge steil in die Höhe. Wenn Elizabeth hinaufschaute, konnte sie ein kleines Stück blauen Himmel zwischen den Gipfeln sehen. Sie sog die klare, kühle Luft tief ein und fand, dass Alaska ein Land voll verborgener Schätze war. Mit seiner herben Schönheit versetzte es sie immer wieder in Erstaunen. Es forderte jedoch auch all ihre Kräfte heraus, wenngleich der Schneesturm ihre körperlichen Grenzen am meisten strapaziert hatte – bis jetzt. Alaska war wie eine lebendige, atmende Kraft, die zum Vorschein bringen wollte, aus welchem Holz ein Mensch geschnitzt war. Elizabeth war entschlossen, das Land zu bezwingen. Oder, das war wohl klüger, irgendwie in Frieden damit zu leben.

Schließlich ließ Charlie die Gruppe anhalten. Elizabeth sank dankbar zu Boden und warf den Schlafsack von sich. Sie schloss die Augen für einen Moment und entspannte den ganzen Körper.

»Sie sollten sich lieber beeilen und etwas essen, Elizabeth«, riet Josh ihr besorgt. »Charlie sagt, wir machen keine lange Pause. Er möchte noch vor Anbruch der Nacht in Sheep Camp ankommen.«

Elizabeth richtete sich zum Sitzen auf. »Danke, Josh. Das werde ich tun.«

Josh hockte sich neben sie auf die Fersen. »Ben und ich könnten Ihnen etwas von Ihrem Gepäck abnehmen, Elizabeth. Bitte verzeihen Sie, dass ich das sage, aber Sie sind zu klein, um diese ganze Last zu schleppen. Charlie muss ein Dummkopf sein, wenn er denkt, dass Sie so viel tragen können wie der Rest von uns.«

Elizabeth lächelte Josh müde an. »Es war nicht Charlie, der darauf bestanden hat, dass ich so viel trage, sondern ich selbst.« Nach der Katastrophe mit der Kocherei hatte Elizabeth unbedingt beweisen wollen, was in ihr steckte.

»Kommen Sie schon, Elizabeth«, drängte Josh. »Ben und ich können Ihnen leicht etwas abnehmen. Außer uns muss es keiner erfahren.«

Elizabeth sah seinen verständnisvollen Blick und seufzte. Es fiel ihr schwer, eine Niederlage einzugestehen, aber jetzt kam es darauf an, schlau und nicht starrköpfig zu sein. »Vielen Dank, Josh. Ich hoffe, ich kann Ihnen Ihre Freundlichkeit eines Tages vergelten.«

Josh legte den Kopf auf die Seite und grinste. »Das haben Sie doch schon unterwegs getan, auf dem Dampfer. Ben weiß vielleicht nicht, was sich da abgespielt hat, aber ich habe es kapiert. Wahrscheinlich wären wir jetzt gar nicht hier, wenn Sie nicht eingegriffen hätten.«

Sein Lob machte es ihr leichter, ihren Stolz hinunterzuschlucken. Elizabeth reichte ihm ein Stück Trockenfleisch und scherzte mit einem schiefen Lächeln: »Ich hab es nicht gekocht, ehrlich!«

Während sie in kameradschaftlichem Schweigen ihr Essen verzehrten, erreichte eine andere Reisegruppe die kleine Lichtung. »Schauen Sie«, sagte Josh und zeigte auf die Neuankömmlinge, »da ist auch eine Frau in der Gruppe.«

Elizabeth lächelte ironisch und verdrehte die Augen. »Man könnte meinen, wir wären eine exotische Tierart, wenn man beobachtet, wie ihr Männer euch aufführt, wenn ihr eine von uns seht.« Sie erhob sich und klopfte nach besten Kräften den Staub von ihrem schmutzigen grauen Rock. Es dauerte nicht lang, bis die neue Frau auf sie zukam. Sie war groß und wirkte robust und zugleich hübsch mit ihrem kastanienbraunen Haar und den großen grünen Augen.

»Hallo!«, sagte sie und streckte ihre Hand aus. »Ich bin Mary-Margaret Sinclair. Sie müssen Elizabeth Smith sein.«

Elizabeth riss die Augen weit auf. »Ja, das stimmt. Woher kennen Sie meinen Namen?«

Mary-Margaret zuckte die Achseln. »Es gibt nicht so viele von uns, Frauen, meine ich, also erfährt man ziemlich leicht von den anderen.« Sie runzelte die Stirn. »Tatsache ist, ich habe gehört, dass ein Mann nach Ihnen suchte. Er war in Dyea und hat Fragen nach Ihnen gestellt.«

Elizabeths Herz setzte einen Schlag lang aus. »Ach, wirklich? Wie sah er aus?« Sie versuchte, unter dem prüfenden Blick der Frau ruhig zu bleiben, doch Mary-Margaret gehörte zu den Frauen mit gesundem Menschenverstand und war nicht leicht zu täuschen.

Ihre scharfen Augen verengten sich. »Ich weiß es nicht. Ich habe ihn nicht gesehen. Mein neuer Ehemann …«, sie zeigte auf einen gut aussehenden schwarzhaarigen Mann mit einem lang herunterhängenden Schnurrbart, »…Pierre hat mir von ihm erzählt. Ich frage ihn, wenn Sie wollen.« Sie beugte sich zu Elizabeth vor und murmelte: »Er ist auf jeden Fall ein größerer Schwätzer, als ich es von einem Mann erwartet hätte.«

Elizabeth wusste nicht, was sie dazu sagen sollte, also zuckte sie mit den Schultern, lächelte und gab sich gelassen. »Ach nein, Sie müssen ihn nicht fragen. Es war wahrscheinlich niemand, den ich kenne.«

Mary-Margaret stützte die Hände auf die Hüften und warf ihr einen vielsagenden Blick zu. »Wenn Sie Hilfe brauchen, sagen Sie es mir. Wir Frauen müssen hier draußen zusammenhalten.« Sie musterte Elizabeth von oben bis unten. »Sie sind furchtbar klein. Was haben Sie überhaupt vor?«

Elizabeth ging in Abwehrhaltung. Sie war es langsam leid, dass jeder meinte, sich über ihre Größe äußern zu müssen. Mit blitzenden Augen antwortete sie: »Ich bin auf den Goldfeldern aufgewachsen und weiß, was ich tue. Ich werde mir ein Claim beschaffen und Gold suchen wie ihr alle.«

Mary-Margaret legte den Kopf auf die Seite und grinste. »Solange Sie fest dazu entschlossen sind, wird es schon klappen.«

Elizabeth beschloss plötzlich, dass sie Mary-Margaret eigentlich doch ganz gut leiden konnte. Charlie pfiff und sie sah, dass ihre Reisepartner sich zum Aufbruch sammelten. Sie drehte sich wieder zu Mary-Margaret um und sagte: »Ich muss gehen. Es war schön, Sie kennenzulernen. Wahrscheinlich sehen wir uns in Sheep Camp wieder.« Während sie sich zum Gehen wandte, schnallte sie sich ihr deutlich leichteres Gepäck auf den Rücken und schloss sich ihrer Gruppe als Nachhut an.

Die Last auf ihrem Rücken mochte leichter geworden sein, doch die Last auf ihrer Seele wog dafür umso schwerer. Sie hatte die Sorge, dass Ross ihr folgen könnte, bisher unterdrückt. Wenn er sie beobachtet hätte, wäre er auf demselben Dampfer wie sie gewesen, hatte sie gedacht. Sie hatte jedes Gesicht genau angeschaut und wusste deshalb, dass er nicht an Bord gewesen war. Jetzt war er ihr jedoch mit nur ein oder zwei Tagen Abstand auf den Fersen. Er würde nicht lange brauchen, um sie einzuholen, und was dann? Ihr stockte der Fuß, wenn sie nur daran dachte, was er möglicherweise alles mit ihr anstellen würde. Sie durfte diese Gedanken nicht weiter verfolgen, sonst würde sie den Trail niemals schaffen. Sie brauchte einen Plan.

Sheep Camp war eine Zeltstadt. Das Gelände war mit weißen Zelten übersät, die wie Schneereste im Frühling wirkten. Die Stadt versteckte sich in einem Tal, das einen knappen Kilometer breit war, und im Hintergrund erhob sich das Chilkoot Gebirge. In der Hauptstraße gab es die üblichen Saloons, Hotels, Wäschereien und Gasthäuser. Es herrschte die gleiche energiegeladene Atmosphäre wie in Dyea, aber Elizabeth hatte ihre Begeisterung verloren.

Sie hatte die Nachtwache zwischen zwei und vier. Es war nicht wirklich nötig, aber Charlie bestand darauf, dass es weiterhin eine Wache gab. Elizabeth nahm an, dass er die Zwillinge davon abhalten wollte, sich in den Saloons herumzutreiben und sich zu betrinken. Einem von ihnen wurde immer die Schicht von zehn bis Mitternacht zugeteilt, während der andere von Mitternacht bis zwei Uhr Dienst hatte. Die beiden hatten sich beschwert, aber Charlie hatte ihnen erzählt, er brauche sie unbedingt, weil sie so gute Schützen seien und dies die gefährlichste Zeit in der Nacht sei. Elizabeth wusste, dass in Wirklichkeit ihre Schicht die gefährlichste war, weil da die Männer in den unterschiedlichsten Stimmungen zu ihren Zelten zurücktaumelten. Sie hatte sich eine Hose geliehen und einen alten Schlapphut, unter dem sie ihre Haare versteckte, sodass sie aus der Ferne aussah wie ein Mann oder zumindest wie ein älterer Junge. William Cleary hatte am wenigsten eingesehen, dass es für sie wichtig war, Hosen zu tragen. Aber Charlie und sogar Skookum hatten ihr zugestimmt, dass es viel klüger war.

Aber würde diese Verkleidung ausreichen, um Ross zu täuschen? Wenn es ihm gelänge, Charlies Gruppe unter den Tausenden hoffnungsvoller Goldgräber auszumachen, würde er sie schnell erkennen. Sie hatte keine Lösung parat, außer möglichst ständig in Bewegung zu bleiben. Morgen würden sie zum Pass aufbrechen. Charlie hatte erzählt, dass der Anstieg sich steil in den Himmel erhob und dass sie auf 800 Meter Strecke 305 Höhenmeter zu überwinden hatten. Der Pass war nicht weit entfernt von ihnen, von Sheep Camp aus hatten sie gut 6 Kilometer zu marschieren, das hieß, sie konnten in ein bis zwei Stunden dort sein. Jetzt, wo sie wusste, wie hartnäckig Ross war, musste sie sich eingestehen, dass er sie sicher irgendwann finden würde. Sie konnte nicht die ganze Zeit davonlaufen. Ihre einzige Hoffnung war, dass sie im richtigen Moment einen Geistesblitz haben und irgendwie wissen würde, was sie sagen und tun sollte, wenn es schließlich so weit war.

Bis dahin musste sie es schaffen, ein gutes Claim zu bekommen und echtes Gold zu finden. Sie stellte sich die glänzenden Nuggets in ihrer Hand vor. Sie hatte gehört, dass manche Männer beim Goldwaschen in einem Durchgang Nuggets im Wert von 400 Dollar in ihrer Pfanne hatten. Und dabei war immer von einem Abbau an der Oberfläche die Rede gewesen, vom Goldwaschen. Diese Art des Schürfens konnte sie allein durchführen. Bis jetzt hatte niemand Goldadern im Felsgestein gefunden, und deshalb waren die großen, organisierten Unternehmen noch nicht bis dorthin gelangt. Sie nahm an, dass sie eines Tages auftauchen würden, aber momentan waren die Flussbetten voll mit Gold, das man einfach nur finden musste. Und sie wollte zu den Glücklichen gehören, die davon profitierten. Wenn es ihr nur gelänge, an ein goldenes Vermögen zu kommen, und sei es auch nur ein kleines Vermögen, dann würde sich alles zum Guten wenden. Davon war sie überzeugt.

* * *

Noah war müde. Er war in jedem Saloon in Sheep Camp gewesen und hatte keine Spur von Elizabeth entdeckt. Alle hüllten sich in Schweigen.

Er wusste nicht, warum sie es taten und wie es ihnen gelang, aber er hatte den Verdacht, dass sie Elizabeth schützen wollten. Auf der einen Seite ärgerte es ihn, dass sie ihm nicht vertrauten, auf der anderen Seite war er jedoch froh darüber. Wenn sie ihm nichts sagten, dann sagten sie auch Ross nichts. Ross Brandon – dank eines Mannes in Dyea konnte er dem Bild in seinem Kopf endlich auch einen Namen zuordnen.

Noah sah sich um und konnte nicht glauben, wo er war. Er hatte nie den geringsten Wunsch gehabt, diese entsetzliche Reise zu den Goldfeldern zu machen, und doch war er jetzt hier. Er war einer von Hunderten in einer Schlange von Menschen, die sich schwer beladen zum Gipfel des Chilkoot Passes hochkämpften. Es war ein steiler Berg und wenn man etwas zum Gipfel bringen wollte, musste man es auf dem eigenen Rücken schleppen. Pferde, Maultiere und Hundeschlitten schafften den Aufstieg nicht, vor allem nicht bei dieser rutschigen Mischung aus Schnee und Matsch im Frühlingstauwetter.

Im Winter hatten ein paar tatkräftige Männer eine Reihe von fast senkrechten Stufen in den stark verkrusteten Schnee geschnitten, aber im unteren Bereich war alles aufgeweicht. Die meisten Menschen brauchten einen Stock oder einen Stab, um Halt zu finden und ihr Gleichgewicht nicht zu verlieren. Weiter oben, wo die Luft kälter und der Boden noch gefroren war, waren die provisorischen Stufen in besserem Zustand. Auf halber Strecke sprangen die Männer von einer Stufe zur nächsten, bis sie oben waren. Wer gut war, schaffte die Strecke drei oder vier Mal am Tag hin und zurück, mit jeweils ungefähr 30 Kilogramm Gepäck auf dem Rücken, das dann oben verstaut wurde, bevor man den Berg hinunterrutschte, um die nächste Fuhre zu holen. Das musste er Elizabeth lassen, dachte Noah anerkennend – wenn sie diesen Pass bewältigte, konnte sie fast alles schaffen. Es war seine erste Reise nach oben und er spürte das Brennen in seinen Beinen und das Keuchen seiner Lunge. Er beneidete die Träger nicht, die diese Aufgabe gegen ein paar Cent Bezahlung für andere übernahmen. Noah fand, dass sie jeden Cent verdienten, den sie dafür erhielten.

Als er schließlich den Gipfel erreicht hatte, schaute er über die Kante auf den Abstieg und stöhnte. Es ging steil bergab und Noah war kein Freund von großen Höhen. Es gab Furchen, ja fast schon Tunnel im Schnee, in denen man nach unten rutschen konnte. Noah wandte sich ab und beobachtete die anderen Menschen auf dem Gipfel, während er wartete, bis er wieder richtig Luft bekam. Sie waren damit beschäftigt, ihr Gepäck zu einem Lager aufzuschichten und dies mit Stöcken, Steinen oder anderen greifbaren Materialien zu markieren. Noah hatte gehört, dass jeder, der dabei erwischt wurde, wie er etwas aus einem fremden Lager stahl, so gut wie tot war. Die Goldgräber hielten selbst Gericht, wenn es nötig war, und in diesen Verhältnissen war Diebstahl ein ebenso schweres Verbrechen wie Mord.

Ein junger Mann baute seinen Stapel dicht neben Noahs Füßen auf und grinste ihn schief an. »Nur noch 34 Mal die gleiche Tour. Ist aber eine sagenhafte Aussicht, oder nicht?«

Noah sah in die leuchtenden Augen des Mannes und nickte. Er atmete die kühle Luft tief ein. »Dieses Land nimmt dich gefangen und lässt dich nie mehr los, wenn du nicht aufpasst.«

Lachend nickte der junge Mann. »Ich stehe schon unter seinem Bann. Vielleicht bleibe ich nach dem Goldrausch einfach in der Gegend.«

Noah befreite sich von seinem Gepäck und fing an, es in der Nähe der Besitztümer des jungen Mannes abzulegen. »Was meinen Sie, wie Ihnen die Rutschpartie nach unten gefallen wird?«

Der Mann blinzelte in die Sonne und zeigte nach unten. »Ich hab den Weg schon ein paar Mal gemacht. Gegen Ende wird es etwas rau in diesem Schneematsch.«

Noah beobachtete grinsend, wie die Männer in den Tunneln den Abhang hinunterrutschten. Einer von ihnen hatte schon drei Viertel des Berges geschafft, als er zu einer kahlen Stelle kam und plötzlich gebremst wurde. Er wurde über den Pfad geschleudert und landete im Dreck. Erleichtert sah Noah, wie der Mann aufstand, sich abklopfte und hastig aus dem Weg ging, als von oben der Nächste angerutscht kam.

Der junge Mann lachte ebenfalls und sagte: »Haben Sie von der Lawine gehört, die letzten Monat abging?«

Noah schüttelte den Kopf. »Nein. Was ist passiert?«

»Ungefähr zehn Meter Schnee kamen den Chilkoot hinuntergekracht. An die 70 Männer wurden getötet.« Er schwieg einen Moment, sein Blick schweifte in die Ferne und dann schüttelte er bedauernd den Kopf. »Sie wurden lebendig begraben.«

Noah schlug sich seinen Hut gegen die Hüfte. Er schüttelte ebenfalls den Kopf und setzte sich den Hut wieder auf. »Es ist eine harte Strecke. Ich glaube, die meisten Leute haben keine Ahnung, was sie erwartet, wenn sie sich auf diesen Weg machen.«

»Aber bei Ihnen ist das anders, oder?«, fragte der junge Mann. »Sie leben hier schon eine Weile, nicht wahr?«

Noah lächelte. Sein Gesprächspartner gefiel ihm. Er streckte ihm die Hand hin und sagte: »Mein Name ist Noah Wesley. Ich komme von Juneau. Ich lebe seit elf Jahren in Alaska.« Er ließ den Blick über das Land schweifen. Die Aussicht vom Gipfel des Gebirgspasses war beeindruckend. So grandios wirkte Alaska immer. »Ich sage Ihnen, was ich von Alaska halte. Es ist weder der Himmel noch die Hölle, aber es macht einen zum Mann. Hier wird man geprüft und auf die Probe gestellt, und man merkt, was in einem steckt.« Er zuckte die Achseln. »Und wenn man denkt, das Land hätte einem alles weggenommen, was man besitzt, dann erhält man etwas zurück, was dies alles mehr als aufwiegt.« Er ließ seine Hand auf die Schulter des Mannes fallen. »Bleiben Sie in der Gegend und Sie werden sehen, was ich meine.«

Der junge Mann nickte und schien jedes Wort von Noah in sich aufzusaugen. »Das werde ich, Mr. Wesley, ja, das werde ich. Mein Name ist Jack. Jack London. Ich habe vor, über dieses Land und diese Menschen zu schreiben.«

»Ein lohnender Gegenstand«, erwiderte Noah. »Die Menschen werden sich bestimmt hundert Jahre oder noch länger an diese Jagd nach dem Gold erinnern.«

»Ich will dafür sorgen, dass sie es tun«, erklärte Jack nachdrücklich. Er nickte Noah noch einmal zu und schloss sich der Reihe von Männern an, die nach unten rutschten.

Noah drehte sich zu seinem Gepäck um, hob seinen Hut und fuhr sich seufzend mit den Fingern durchs Haar. Er hatte wirklich gehofft, Elizabeth viel früher zu finden und überhaupt nicht nach Kanada reisen zu müssen. An der kanadischen Grenze waren die Waagen der *North West Mounted Police* aufgestellt. Bedingung für die Einreise nach Kanada waren Vorräte und Ausrüstungsgegenstände für ein Jahr, was einem Gesamtgewicht von einer Tonne entsprach. Noah hatte zu Beginn der Reise weniger als die Hälfte dessen gehabt, was nötig war, und widerstrebend hatte er den Rest in Sheep Camp gekauft. Er hatte gehofft, er würde all das nicht brauchen, aber jetzt wusste er, dass er sich geirrt hatte. Wenn es nur möglich wäre, ein bisschen von dem Goldfieber zu erhaschen, das um ihn herum herrschte! Für ihn war der dreißigfache oder noch häufigere Weg auf diesen Berg hoch die reine Verschwendung von Zeit und Kraft. Er wollte in Dawson kein Gold suchen. Er wollte einfach nur Elizabeth finden.

* * *

Elizabeths Beine zitterten so stark, dass sie dachte, sie müsste aus der Reihe heraustreten und sich ausruhen. Sie hatte das schon einmal gemacht und hatte danach eine Stunde gebraucht, um sich wieder einzureihen. Niemand, nicht einmal eine Frau, bekam am Chilkoot Pass Unterstützung. Der Aufstieg war so anstrengend, dass jeder nur darauf achten konnte, es selbst zu schaffen. Keiner hatte Kraft übrig, um einem anderen zu helfen. Nun redete Elizabeth sich selbst gut zu. *Es ist nur noch ein kleines Stück. Nicht gucken! Man darf niemals gucken, wie weit es noch bis zum Gipfel ist.* Diese Lektion hatte sie bei den ersten beiden Reisen nach oben gelernt. Wenn sie ihre Augen direkt auf den Mann vor ihr gerichtet hielt und ohne nachzudenken einen Fuß vor den anderen setzte, konnte sie es schaffen. Sie trug nur 20 Kilogramm, im Gegensatz zu den Männern, die mit 30 Kilogramm beladen waren, aber selbst diese Last drückte sie zu Boden und es fiel ihr immer schwerer, die eisigen Stufen hochzusteigen. Sie hatte das Gefühl, ihre Lungen würden vor Anstrengung fast platzen.

Die Gruppe stieg den Pass insgesamt siebzehn Mal hoch und stapelte ihre Besitztümer an einer gekennzeichneten Stelle. Im so weit fortgeschrittenen Frühling konnten sie hoffen und beten, dass ihr Gepäck nicht von einem plötzlichen Schneefall begraben wurde. Dann rutschten sie den Berg hinunter, um den Weg erneut anzutreten. Nach dieser Strapaze würde ihnen die Arbeit des Goldwaschens wie ein Kinderspiel vorkommen. Charlie half Elizabeth mit ihrer Ausrüstung, da er in Sheep Camp bleiben und sich als Träger verdingen wollte. Elizabeth hatte eine ganz neue Hochachtung vor der Ausdauer, die man für eine solche Tätigkeit benötigte, und insgeheim hielt sie Charlie für verrückt.

* * *

Nach zwölf Tagen, in denen immer noch jede Spur von Elizabeth fehlte, hatte Noah mit seiner Ausrüstung die andere Seite des Passes erreicht und die Grenze nach Kanada überschritten. Hier sah man überall am Weg entlang die *North West Mounted Police*, die dem Strom von Goldsuchern bereitwillig half, zu den Bachbetten um Dawson City herum zu gelangen. Noah war froh über ihre Anwesenheit.

Die nächste Etappe bestand aus 15 Kilometern hügeligem Land bis Lake Lindeman, anschließend folgte ein baumloses, windiges Tal. Es war still hier. Bis auf das Geräusch der schwer beladenen Schlitten, deren Kufen durch den Schnee glitten, war nichts zu hören. Eine Stille hatte sich über die Gruppe von Männern gesenkt, mit denen Noah unterwegs war. Noahs sechster Sinn, der dank der Jahre, die er schon in der Wildnis lebte, sehr ausgeprägt war, sandte eine Warnung aus und Noah wurde wachsam. Er ließ seinen Blick über die Landschaft schweifen, doch da war nichts ... Plötzlich entdeckte er in der Erde nur wenige Meter entfernt die Fußspuren eines Bären. Zweifellos war das Tier gerade aus dem Winterschlaf erwacht und suchte nun Nahrung. Noah wünschte ihm alles Gute. Er war einmal mit einem Bären zusammengetroffen und würde seine Angst und Ehrfurcht bei dieser Begegnung nie vergessen. Er hatte sein Gewehr bereitgehalten, aber Mensch und Bär hatten sich nur gegenseitig angestarrt, beide überrascht und interessiert. Dann hatte der Bär schnüffelnd die Luft geprüft, sich umgedreht und war mit wackelndem Hinterteil abmarschiert, als wolle er damit ausdrücken: »Ich weiß nicht genau, was du bist, aber du riechst nicht gut genug zum Fressen.« Noah hatte leise in sich hineingekichert.

Als sie das Tal und den Bären hinter sich gelassen hatten, wurden Noahs Reisegefährten zunehmend laut und aufgeregt. Sie hatten ein Ziel vor Augen und konnten es kaum erwarten, endlich da zu sein. Noah schien der einzige Mensch weit und breit zu sein, der nicht am Goldfieber litt. Auch wenn seine Krankheit eine andere war, hatte es ihn kaum weniger schlimm erwischt. In gewisser Hinsicht war er froh, dass er ein so großes Ereignis miterlebte und sogar daran beteiligt war, es war lebendige Geschichte. Er hatte Spaß daran, durch dieses riesige Land zu wandern, Lager aufzuschlagen und für die eigene Ernährung zu sorgen. Trotzdem wusste er, dass er sich von den anderen Männern unterschied. Er teilte ihre Leidenschaft für das Gold nicht. Sie waren unbeirrbar in ihrer Gier, aber das schmälerte seine Hochachtung vor ihnen nicht. Sie trugen die Flamme der Hoffnung in ihren Herzen und folgten einem Traum, der ihnen den Weg vorgab – seit er Elizabeth begegnet war, konnte Noah diesen Traum besser verstehen.

Als sie den Lake Lindeman erreichten, tat es Noah seinen Mitreisenden nach und befestigte ein Segel an seinem Schlitten. Der See war immer noch vollständig gefroren, was den schwer beladenen Schlitten erlaubte, über die harte Oberfläche zu gleiten. Man nannte sie »Eisboote«. Wenn man eine Art Segel an einem beweglichen Mastbaum aufrichtete, konnte man die Kraft des starken Windes, der über den See fegte, nutzen, um den Schlitten zu lenken und sich mit großer Geschwindigkeit fortzubewegen. Nach einem weiteren kurzen Stück über Land erreichten die Goldgräber schließlich den Lake Bennett und warteten dort, bis er taute, falls er nicht bereits eisfrei sein sollte. Der Lake Bennett hatte einen Abfluss in den riesigen Yukon River, dessen Name nichts weiter hieß als »großer Fluss«. Von hier begann die ungefähr 800 Kilometer lange Reise auf dem Yukon nach Dawson City und zu den Goldfeldern.

Noah musste die Strecke zum Lake Bennett fünf Mal zurücklegen, bis er seine Ausrüstung vollständig dorthin transportiert hatte, aber es kam ihm vor, als wäre das der einfachste Abschnitt der gesamten Reise. Drei Wochen nach seinem Aufbruch von Juneau war er schließlich bereit, sein Lager am Ufer des Lake Bennett aufzuschlagen, im Bootsbaucamp, wie die Goldgräber es nannten.

Überall fällten die Männer Bäume. Sie benutzten lange Schrotsägen mit großen Zähnen. Manche beschäftigten sich bereits mit der nächsten Aufgabe. Noah beobachtete zwei Männer, die sich darüber stritten, wie man das Holz am besten zusammennagelte, um ein Boot zu bauen. Beiläufig ließ Noah seinen Blick über die Menge schweifen, wie er es immer tat. Unter den Tausenden von Männern an diesem Ort sollte eine Frau relativ leicht zu entdecken sein, dachte er und fragte sich, warum es ihm dann nicht gelang. Da bemerkte er aus dem Augenwinkel die schwingende Bewegung eines Rocks. Er nickte einem der Männer zu, mit denen er unterwegs war, und sagte: »Ich gucke mal dort drüben nach Holz.« Der Mann nickte zurück und Noah strebte der Stelle zu, an der er meinte, die Frau gesehen zu haben. Sein Herz klopfte schneller, als er an einem halbrunden Lager vorbeikam und auf eine Frau traf, die etwas in einem Topf rührte.

Sie drehte sich zu ihm um und Noah machte ein langes Gesicht. Es war nicht Elizabeth.

»Ich bin auch sehr erfreut, Sie kennenzulernen«, sagte die Frau scherzhaft. Sie legte den Kopf auf die Seite, lächelte ihn an und sagte: »Sie hatten gehofft, jemand anderes zu treffen?«

Noah nahm seinen Hut ab. »Ja, Madam.«

Er suchte verzweifelt nach Worten, um seine Situation zu erklären. Die Frau starrte ihn einfach nur auf sonderbare, direkte Art an, bis er rot wurde.

Sie streckte ihm eine Hand entgegen und sagte schnell: »Mein Name ist Mary-Margaret Sinclair.«

Er räusperte sich. »Noah Wesley.«

»Sind Sie ein Goldgräber?«

»Nein, ich meine, ja, in gewisser Weise. Ich bin unterwegs nach Dawson City wie alle anderen auch.«

Sie schaute sich um und lächelte. »Wenn Sie auf der Suche nach Holz sind, um ein Floß zu bauen, dann viel Glück! Ich glaube, die Jungs hier haben im Umkreis von 15 Kilometern so ungefähr jeden Baum gefällt.« Sie deutete auf einen wahllos aufgeschichteten Stapel Holz, der wie Feuerholz aussah, und bemerkte verächtlich: »Das ist alles, was mein Mann zusammengebracht hat. Nach dem Essen will ich losziehen und mein eigenes Holz sägen. Auf den Stöcken dort würden wir schon nach dem ersten Kilometer sinken.«

Noah bekundete nickend seine Zustimmung und sah sich auf der Lichtung um. Er hatte in seinem Leben noch nie so viele verschiedene selbst gebaute Boote gesehen. Manche sahen aus wie große Kästen aus Holz, andere sollten einem Kanu gleichen, und die meisten waren einfach nur wacklige Flöße aus zusammengebundenen Fichtenstämmen. Es war ein Wunder, wenn jemand mit so einem Gefährt heil durch die Stromschnellen kam. Er erinnerte sich daran, dass jemand sie »schwimmende Särge« genannt hatte.

»Ich würde Ihnen gern helfen. Ich habe mich bis jetzt keiner Gruppe angeschlossen, aber ich bin so etwas wie ein Schreiner und weiß, wie man ein gutes, sicheres Boot baut. Was meinen Sie, wäre Ihr Mann an Hilfe interessiert?«

Sie senkte die Stimme und stützte die Hände auf ihre üppigen Hüften.

»Mein Mann ist ein gut aussehender Kerl, aber die meiste Zeit betrunken. Ich vermute, er würde Sie nicht einmal wahrnehmen.«

Noah nickte. Mary-Margaret tat ihm leid. Sie war eine attraktive Frau, die eigentlich etwas Besseres verdient hätte, als sie offenbar bekommen hatte. »Dann gilt die Abmachung. Ich hole meine Sachen.«

Eine Woche später bestiegen die drei eines der schönsten Boote des ganzen Lagers. Mary-Margaret hatte Noah geholfen, das Holz zu sägen, aber sie hatte nicht viel Nützliches beitragen können, als es um seine Suche nach Elizabeth ging. Sie hatte ihm erzählt, dass sie Elizabeth einmal getroffen und dabei den Eindruck gehabt hatte, es gehe ihr gut. Da Noah keine große Wahl hatte, machte er es genauso wie die vielen hundert Männer um ihn her: Er grub ein Loch in den Boden und fing an, ein Gerüst für ein Boot zu errichten. Nachdem sie das Boot zusammengebaut hatten, dichteten sie es mit Teer ab. Innerhalb einer Woche besaßen sie ein gutes, wasserdichtes Floß, breit und flach mit viel Platz, um ihr Gepäck zu verstauen. Ein einfacher Aufbau bot Schutz vor den Elementen. Nun würden sie von hier bis Dawson City auf dem Wasser unterwegs sein.

Sie ließen den dunkelblauen Lake Bennett hinter sich zurück und reisten auf dem Yukon River weiter, der sich auf 3 120 Kilometern Länge von Britisch-Kolumbien bis zur Beringsee und zum nordpazifischen Ozean wand. Zahlreiche Seen, Ströme und Nebenflüsse zweigten von ihm ab. Noah und seine Begleiter würden länger als einen Monat unterwegs sein und einige Stromschnellen überwinden müssen, bevor sie Dawson erreichten.

Noah ließ den Anblick von Hunderten von Booten um ihn her auf sich wirken und lächelte. Hoffnung stieg in ihm auf. Es kam ihm vor, als wäre er Teil einer Expedition, ja sogar einer Flotte. So viele Männer, so viel Aufregung – man konnte es förmlich spüren. Ein kleines Boot, das Ähnlichkeit mit einer Schüssel hatte, zog an ihnen vorbei und die drei Männer, die darin saßen, winkten fröhlich. Die Luft war frisch, aber die Sonne schien und der Himmel war blau. Heute war es ein gutes Gefühl, lebendig zu sein.

»Schauen Sie nach vorne!«, rief Mary-Margaret eine Weile später mit glänzenden Augen und einem breiten Lächeln im Gesicht.

Noah folgte ihrem ausgestreckten Finger und seine Augen weiteten sich. Keinen Kilometer vor ihnen war der Miles Canyon. Die Wände der

Schlucht stiegen steil nach oben und verdeckten das Licht. Ein Schwall weiß schäumenden Wassers wurde durch den engen Eingang gepresst.

»Halten Sie sich fest!«, rief Noah warnend, während er Pierre wach schüttelte.

Mary-Margaret stieß aufgeregte Schreie aus, als das Boot mit dem schäumenden Wasser in die dunkle Schlucht stürzte. Wie ein totes Blatt wurden sie über Wurzeln, Felsnasen, Ansammlungen von Steinen aller Größen mitgerissen und standen in ständiger Gefahr, von einem Hindernis umgeworfen zu werden. Plötzlich schossen sie aus dem Canyon ins helle Tageslicht und auf die felsigen Squaw Rapids zu.

Noah hatte von den Stromschnellen gehört, die sie auf diesem Trail bewältigen mussten, aber er hatte keine Vorstellung davon gehabt, wie gefährlich sie sein würden. Die Wirklichkeit überfiel ihn wie ein Schock. Pierre klammerte sich ängstlich an den Rand des Bootes und schaute fassungslos zu, wie die Welt an ihnen vorbeiwirbelte. Mary-Margaret dagegen gab Noah mehr Grund zur Sorge durch ihre tollkühne Begeisterung.

Ein plötzliches Gefälle – eiskaltes Wasser schwappte über sie, und sie waren bis auf die Haut durchnässt. Noah hörte rechts von sich etwas krachen und konnte gerade noch sehen, wie die drei Männer in der Schüssel gegen einen kantigen Felsen geschleudert wurden. Das Boot zerbarst wie eine reife Melone. Das Letzte, was Noah erkennen konnte, bevor sie weitergerissen wurden, war, wie einer der Männer sich an einem Stück Treibholz festklammerte. Überall um sie herum wurden Holzstücke und zerfallende Bündel mit Ausrüstungsgegenständen durchs Wasser gewirbelt.

Gerade, als sie dachten, sie hätten es überstanden, schossen sie in die Whitehorse Rapids hinein. Pierre lag zusammengekrümmt am Boden des Bootes, sein schwarzes Haar war völlig durchnässt und in seinen dunklen Augen stand das blanke Entsetzen. Doch Mary-Margarets Gesicht glühte vor Abenteuerlust. Noah wusste nicht, ob er sie bewundern oder für verrückt halten sollte. Er stand hinten am Ruder und versuchte, das Boot irgendwie zu steuern, obwohl es sich fast völlig außer Kontrolle befand. Er würde erst wieder aufatmen können, wenn sie diese rasende Fahrt überstanden hatten. Ruckartig wurde er aus seinen Gedanken gerissen, als das Floß plötzlich nach rechts trieb. Sie stießen mit einem anderen Floß zusammen und zwei Stämme wurden ihnen abgerissen. Noah schaute zu Mary-Margaret, und sie war … verschwunden! Als er das Wasser absuchte, sah er, dass sie in der sprudelnden Gischt wie ein Korken auf- und abtanzte. Er hechtete zum Seil, formte schnell eine Schlinge und warf sie über den nächsten vorstehenden Felsen, an dem sie vorbeischossen.

»Pierre, um Gottes Willen, stehen Sie auf! Ihre Frau ist über Bord gegangen!«, brüllte er den zusammengekauerten Mann an. »Halten Sie das Seil! Versuchen Sie, uns ruhig zu halten, bis ich an sie herankomme.«

Mit einem Ruck setzte Pierre sich in Bewegung. Sein blasses Gesicht verzog sich vor Anstrengung, als er sich abmühte, das Floß gegen die Strömung zu halten, und sein gekräuselter Schnurrbart klebte ihm nass und unförmig im Gesicht. Noah warf ein zweites Seil in Mary-Margarets Richtung. Schon bald merkte er, dass sie es nicht schaffte, sich daran festzuhalten. Sie brauchte ihre gesamte Kraft, um auch nur ihren Kopf über Wasser zu halten. Als sie nicht mehr so weit von ihnen entfernt war, stürzte sich Noah ins Wasser. Mit seinen kräftigen Armen und Beinen konnte er sich halbwegs gegen die Strömung behaupten und er kämpfte sich bis zu Mary-Margaret durch. Als er sie erreicht hatte, sah er sie sinken. Ihr Körper war schlaff und leblos. Er umfasste ihre Taille und hielt nach dem Boot Ausschau. Es war in der wirbelnden Masse von Trümmern um ihn herum verschwunden.

Eine fremde Stimme rief ihm etwas zu. Jemand auf einem anderen Floß hatte ein Seil ausgeworfen. Noah kämpfte sich vorwärts, erreichte es und hielt sich verzweifelt daran fest. Sie wurden einige Minuten hinter dem Floß hergezogen, während ihre Retter darum rangen, sie zu sich her zu ziehen. In dem Moment, als Noah gerade dachte, er hätte zu viel Wasser geschluckt, um länger durchzuhalten, hob jemand Mary-Margaret aus seinem Arm. Auch er wurde an Bord gehievt und blieb vollkommen erschöpft auf der Seite liegen. Minutenlang würgte er Wasser hervor, während ihm jemand auf den Rücken klopfte. Als er sich aufrichtete, sah er Mary-Margarets Körper lang ausgestreckt neben sich liegen; ihre Augen starrten ausdruckslos in den Himmel. Ihr Gesicht war blass und wirkte vollgesogen mit Wasser. »Tut mir leid, Kumpel, sie hat's nicht geschafft.« Die Stimme klang wie aus weiter Ferne und Noah musste seinen Kopf schütteln, um festzustellen, ob seine Ohren verstopft waren.

Er rutschte zu der Frau hinüber und legte seine Hand auf ihre Brust. Da war nichts, kein Herzschlag, keine Atembewegung. Mit beiden Händen drückte er auf ihre Brust. Wasser strömte aus ihrem Mund. Ihre Lungen waren voll davon. Er drückte wieder und wieder auf ihre Brust, bis kein Wasser mehr kam. Er beugte sich zu ihr herunter und sagte: »Na los, Mary-Margaret, atme, atme.« Er versuchte es mehrmals, bis schließlich jemand nach seinem Arm griff und ihn von ihr wegzog.

»Sie haben alles getan, was Sie konnten«, erklärte jemand beruhigend.

Noah wandte sich ab. Ihm war übel. »Schließt ihr die Augen«, befahl er barsch. Er rieb sich mit den Händen übers Gesicht. Zorn überfiel ihn. Frauen gehörten nicht an einen solchen Ort. Niemand gehörte hierher. Wie kamen sie alle dazu, ihren dummen Hals in der Hoffnung auf ein bisschen Gold zu riskieren? Es war verrückt … und tödlich. Wenn eine Frau mit so viel Kraft und Ausdauer wie Mary-Margaret so plötzlich und so schnell dahingerafft werden konnte, wie sollte es dann seine zierliche Elizabeth schaffen?

Zum ersten Mal gestand er sich ein: *Vielleicht ist sie schon lange tot.* Er sollte sie inzwischen gefunden haben, sollte sie längst eingeholt haben. Die Vorstellung, dass sie in einem flachen namenlosen Grab liegen könnte, ergriff Besitz von ihm, bis er glaubte, es wäre tatsächlich so. Seine Schultern zuckten, als er unterdrückt zu schluchzen begann.

Jemand klopfte ihm auf die Schulter. »Es tut mir wirklich leid, Kumpel. War sie Ihre Frau?«

Noah richtete seinen verschwommenen Blick auf den Mann und blickte ihn eine ganze Zeit lang stumm an. »Nein, aber sie hätte es sein können. Sie hätte es wirklich sein können.«

* * *

1. Januar 1894

Verehrte Mrs. Rhodes,

die kontinuierliche Bezahlung meiner Dienste ist das einzige Anzeichen dafür, dass Sie meine Briefe erhalten. Ich fürchte, Sie haben die Hoffnung aufgegeben, Ihre Tochter zu finden, und richten sich nun auf ein Leben ohne sie ein. Ich weiß, dass es schwer ist, weiter zu hoffen, ohne einen echten Anhaltspunkt zu haben, dass wir sie jemals finden werden. Aber ich möchte Ihnen Mut machen, nicht aufzugeben.

Mein Sohn Clyde hat Zuneigung zu einem Mädchen hier im Ort gefasst, es ist ein gutes und nettes Mädchen, ganz bestimmt … aber er ist noch so jung.

Meine Tochter Tillie nennt ihre Lieblingspuppe Elizabeth. Sie ist ein Thema, das oft in unseren Gedanken und Herzen ist.

Ich bleibe Ihr ergebener Diener.

Hochachtungsvoll,
Jeremiah Hoglesby
Privatdetektiv zu Ihren Diensten

16

Elizabeth kletterte am Ufer des Lake Laberge an Land. Die geborgte Hose war nass und klebte ihr an den Beinen. Ihr Körper schmerzte vor Kälte und Anstrengung. Sie war völlig durchgefroren, nass bis auf die Knochen und hungrig. Die Regenjacke, die Charlie ihr vor ihrem Aufbruch gegeben hatte, hatte ihren Oberkörper etwas geschützt, aber an ihren Waden war die Hose kalt und nass. Sie waren zwei Tage und eine Nacht ununterbrochen auf dem Wasser gewesen. Ihr ganzes Leben lang hatte sie noch keine solche Fahrt mitgemacht. Sie hatten sich mit dem Schlafen abgewechselt, aber Elizabeth hatte keinen Sinn darin gesehen. Der Fluss riss sie mit, wie es ihm gefiel, und sie hatten wenig Einfluss darauf, bis sie das ruhige, kristallblaue Wasser des Lake Laberge erreichten.

Es war das erste Lager, das sie nach dem Bootsbaucamp aufschlugen, und es war ein gutes Gefühl, wieder an Land zu sein. Hunderte von Männern hatten hier am Ufer entlang ihre Zelte aufgeschlagen und waren mit Reparaturen beschäftigt. Es waren dieselben Männer, mit denen sie seit Dyea unterwegs war, doch jetzt wirkten ihre Gesichter ernüchtert und erschöpft. Ihre Begeisterung für das Unternehmen hatte durch die Anstrengungen des Trails durchaus gelitten, dabei hatten sie noch Hunderte von Kilometern vor sich. Elizabeth stand auf und dehnte ihre schmerzenden Muskeln, sie streckte sich weit Richtung Himmel aus.

»Hey, Elizabeth, wie geht es Ihnen?«, fragte Josh mit seinem jungenhaften Grinsen.

Elizabeth drehte sich um und verzog das Gesicht. »Mir ging es schon besser.« Sie lächelte. »Ein Feuer und ein warmes Essen würden mich richtig glücklich machen.«

»Ja, so geht's mir auch. Ben und ich kümmern uns um das Feuer, wenn Sie die Sachen auspacken. Vielleicht haben wir Glück und können Skookum überreden, für uns zu kochen.«

Mit gerunzelter Stirn antwortete Elizabeth: »Ich werde ihn nicht darum bitten.« Seit Charlie am Chilkoot-Pass geblieben war, um sich Geld damit zu verdienen, dass er anderen Leuten das Gepäck hinauf und hinunter brachte, gab es einen Machtkampf in der Gruppe. »Warten wir mal ab, was er tut.«

Die Zwillinge waren einverstanden und wanderten davon, um Holz zu suchen. Elizabeth sah sich im Lager nach Skookum um. Sie beobachtete, wie William Cleary sich Richtung Krankenzelt des Lagers bewegte. Er versuchte, immer dort zu sein, wo seine Dienste gebraucht wurden und man dankbar dafür war. Elizabeth glaubte nicht, dass er wirklich auf Goldsuche war; er besaß nicht einmal eine Pfanne. Sein ganzes Gepäck bestand aus Nahrungsmitteln, Medikamenten und Büchern. In einer seiner tiefen Manteltaschen hatte er immer eine Bibel zur Hand. Ihr Blick wanderte am Ufer entlang. Dort in der Ferne stand Skookum und unterhielt sich mit jemand … Er bewegte sich leicht zur Seite und Elizabeth keuchte auf.

Es war Ross.

Ross war hier und Skookum sprach mit ihm. Hektisch sah sie sich auf der Lichtung um. Panik stieg in ihr auf. Sie drehte sich um und marschierte zielstrebig und hastig zum Krankenzelt.

Das Licht im Zelt war dämmrig. In mehreren Reihen waren Liegen aufgestellt, die meisten von ihnen belegt. Sie entdeckte William Cleary und suchte sich zwischen den Betten einen Weg zu ihm. Mit geschlossenen Augen murmelte er etwas. Elizabeth schaute auf die Person hinunter, für die er betete. Das Laken war übers Gesicht gezogen.

Elizabeth fragte: »Wer war das? Kannten Sie ihn?«

William zog das Laken langsam herab, bis Mary-Margarets Gesicht zum Vorschein kam.

Elizabeth stockte der Atem vor Schreck.

»Oh nein … was ist passiert?«

Der Prediger schüttelte nur den Kopf. »Ein Mann hat sie hergebracht. Er sagte, er hätte versucht, sie zu retten, aber sie ertrank in den Stromschnellen. Sie fiel über Bord.«

»Wie schrecklich! War es ihr Ehemann, mit dem Sie gesprochen haben? Ein dunkelhäutiger Franzose?«

Wieder schüttelte William den Kopf. »Ein großer Typ hat sie hergebracht. Er war auf der Suche nach diesem Ehemann. Haben Sie sie gekannt?«

Sie starrte auf das weiße Gesicht hinunter und Übelkeit stieg in ihr auf. »Nein. Ich bin ihr nur einmal begegnet. Sie war freundlich zu mir.« Elizabeth richtete ihren Blick auf das Gesicht des Predigers und sagte mit hilfloser, leiser Stimme: »Sie wirkte so stark.«

Mr. Cleary legte einen Arm um Elizabeths Schulter. So blieben sie einen Moment zusammen stehen und betrachteten das regungslose Gesicht der toten Frau.

Elizabeth streckte die Hand aus, um sie zu berühren, zog sie jedoch wieder zurück. Mary-Margaret war so voller Leben gewesen, so entschlossen. Elizabeth konnte es kaum fassen, dass ihr so etwas passiert war. Es war ernüchternd, welche Opfer die Goldsuche forderte.

Beruhigend drückte William Elizabeths Arm. »Kommen Sie. Es gibt nichts mehr, was wir hier tun können.«

Elizabeth betrachtete William Cleary aus den Augenwinkeln, während sie zusammen weggingen. Ihr Gefühl sagte ihr, dass er ein vertrauenswürdiger Mann war, und seit ihrer ersten Begegnung hatte er ihr keinen Anlass gegeben, ihn anders einzuschätzen. Sie musste das Risiko eingehen. Die Zwillinge würden nur alles vermasseln. Sie senkte ihre Stimme. »Ich muss mit Ihnen reden. Es ist wichtig.«

Forschend sah er ihr ins Gesicht. »In Ordnung«, antwortete er leise. »Gehen wir ein Stück.«

Elizabeth lenkte ihre Schritte weg vom Ufer, wo sie Ross gesehen hatte. Während um sie herum geräuschvoll gehämmert und gesägt wurde, erklärte sie: »Vor wenigen Minuten habe ich Skookum gesehen, und er hat mit jemandem geredet ... jemand, den ich kenne.« Sie sah zu Boden. »Dieser Mann ... ich habe Grund zu der Annahme, dass er nicht wegen des Goldes hier ist. Er ist hinter mir her.«

Mit flehendem Blick sah sie Mr. Cleary in die Augen und hoffte, dass er als Mann Gottes nicht ein spezielles Gespür dafür hatte, dass sie nur einen Teil der Wahrheit sagte. »Ich kann nicht hier bleiben.« In ängstlicher Erregung sprach sie hastig weiter. »Ich muss allein nach Dawson weiterreisen. Aber ich brauche Ihre Hilfe.«

»Elizabeth, haben Sie etwas getan, wofür Sie um Vergebung bitten müssen?«

Sie ließ die Schultern hängen. Was sie brauchte, war praktische Hilfe, keine Predigt. »Ich fürchte, da gibt es eine ganze Menge. Und ich werde um Vergebung bitten, wenn das alles vorbei ist.« Sie lächelte ihn traurig an. »Leider ist es jetzt noch zu früh dafür.«

»Es ist nie zu früh, Elizabeth. Auch an unserem besten Tag, dem perfekten Tag, wenn wir denken, wir haben nichts falsch gemacht, stehen wir vor Gott nicht besser da als heute.«

Ein Teil von ihr hörte ihm zu und klammerte sich an die Hoffnung, die seine Worte weckten: Dass Gott sie immer liebte, egal, was sie tat. Ein anderer Teil von ihr kämpfte gleichzeitig innerlich darum, sich selbst zu retten. Sie biss die Zähne zusammen. »Zuerst muss ich diesen Ort verlassen. Helfen Sie mir?«

Er legte ihr eine Hand auf die Schulter. »Was soll ich tun?«

»Bitte suchen Sie so bald wie möglich mein Gepäck zusammen und bringen Sie es ... hinter das Krankenzelt. Verstauen Sie dort alles unter einer Decke, und sobald es dunkel wird, werde ich es abholen.«

William Cleary runzelte die Stirn. »Das kann ich machen, aber Elizabeth, Sie sollten nicht allein weiterreisen.« Er schwieg einen Moment. »Der Mann, der Mary-Margaret hergebracht hat, sagte, er würde aufbrechen, sobald er sein Gepäck gefunden und ein Boot gekauft hätte. Er schien ebenfalls in Eile zu sein. Ich denke, er würde Sie begleiten, wenn Sie unser Floß nehmen. Er war ein guter Mann. Ihm würde ich Sie anvertrauen.« Er warf Elizabeth einen strengen Blick zu. »Versuchen Sie aber nicht, sich als Junge auszugeben. Er würde ziemlich bald dahinterkommen, und für mich sah er aus wie jemand, der Wert auf Ehrlichkeit legt.«

Elizabeth zuckte die Achseln. »In Ordnung, aber was ist mit Ihnen und den anderen? Skookum wird wütend sein, wenn Sie mir das Floß geben. Wie wollen Sie die Reise fortsetzen?«

»Machen Sie sich um uns keine Gedanken. Wir finden schon eine Lösung. Ich habe zusätzliche finanzielle Mittel, und an jedem Lager kehren viele um. Es gibt immer Boote zu kaufen.« Er sah sich um. »Auf jeden Fall fühle ich, dass ich hier gebraucht werde.« Er zuckte mit den Schultern. »Es ist geheimnisvoll, wie Gott jeden von uns führt, Elizabeth.«

* * *

Ein paar Stunden später traf Elizabeth William Cleary hinter dem Krankenzelt. Er gab ihr ein Taschentuch, in das heiße Pfannkuchen eingewickelt waren. »Ihr Gepäck ist auf dem Floß verstaut. Bis jetzt hat alles problemlos geklappt. Die Zwillinge spielen irgendwo Karten und Skookum habe ich den ganzen Nachmittag noch nicht gesehen. Vielleicht ist er beim Fischen.«

»Was ist mit dem Mann, von dem Sie mir erzählt haben? Ist er einverstanden, mich mitzunehmen?«

William nickte und zeigte Richtung See. »Er wartet mit dem Floß hinter dieser Baumgruppe. Ich bringe Sie zu ihm.«

Das Floß lag versteckt zwischen hohem Gras, sodass man es nicht sofort erkennen konnte. Elizabeth hatte eigentlich keine Lust, wieder ein Boot zu betreten. Eine Nacht auf festem Boden zu schlafen wäre schön gewesen, aber sie hatte keine Wahl. Ein dunkler Schatten war hinter ihr her, und sie wusste nicht, wer oder was sie so jagte – war es Ross oder war es die Angst? Auf jeden Fall würde sie fliehen, solange sie konnte. Elizabeth reckte den Hals, um über die Gräser bis zum Wasser sehen zu können. Ein Mann stand dort gebückt und wickelte ein Seil um etwas … seine sicheren Bewegungen lösten das Gefühl aus, ihm irgendwo schon einmal begegnet zu sein. Er richtete sich auf und drehte sich um, als sie den Uferrand erreichten.

Noah … er war gekommen, um sie zu holen.

Tränen schossen ihr in die Augen. Gefühle von solcher Intensität stiegen in ihr auf, dass sie meinte, daran ersticken zu müssen. Die Welt fing an sich zu drehen, ihr wurde schwindelig, an den Rändern ihres Blickfeldes wurde es immer dunkler, bis ihr komplett schwarz vor Augen war. In ihrem Schock vergaß sie, den Kopf nach unten zwischen die Knie zu legen. Sie vergaß alles – außer Noah. Er war gekommen, was hatte das zu bedeuten? Als regloses Bündel sank sie zu Boden.

* * *

Noah hatte einen erschrockenen Ausruf gehört und den Zusammenbruch gesehen. Er kletterte zum Ufer hoch. »Was ist mit ihm passiert?«

William Cleary verzog das Gesicht. Er kauerte neben Elizabeth und sah zu Noah hoch. »Sie sollten es eigentlich nicht von mir erfahren, Mr. Wesley, aber er ist eine Sie. Und ich glaube, sie ist ohnmächtig geworden.«

Noah ging in die Hocke und sah der Frau ins Gesicht. Unwillkürlich streckte er die Hand aus, als sein Herz heftig zu pochen begann. Er wischte ihr den Schmutzfleck von der Stirn. Seine Kehle war wie zugeschnürt vor

Emotionen. Flüsternd brachte er hervor: »Elizabeth. Kein Wunder, dass ich dich nicht finden konnte.«

»Sie kennen Sie?«, fragte William in plötzlicher Besorgnis.

Noah ließ seinen Blick einen Moment auf Elizabeth ruhen, dann hob er den Kopf und sah den Prediger an. »Ja, ich kenne sie. Ich bin ihretwegen hier. Sie wird meine Frau werden.«

»Ihre Frau? Wissen Sie etwas über die Schwierigkeiten, in denen sie steckt?«

Noah kniff die Augen zusammen. »Ich weiß, dass ein Mann namens Ross nach ihr sucht. Ich weiß nicht warum, aber ich habe die Absicht, es herauszufinden. Was können Sie mir darüber sagen?«

William Cleary stand auf und klopfte Noah auf die Schulter. »Nur, dass sie jemanden wie Sie braucht. Sie wird schnell zu sich kommen, und falls sie Ihre Hilfe ablehnt, ist es vielleicht ganz gut, dass sie ohnmächtig geworden ist. Bringen wir sie schnell aufs Floß.«

Noah hob Elizabeth auf, trug sie aufs Floß und legte sie auf der im Schatten liegenden Seite auf eine Decke. Er wandte sich zu William um und sagte: »Das ist ein gutes Floß. Es gehört Ihnen, oder?«

»Es gehörte ihr gleichermaßen. Sie war ein wertvolles Mitglied unserer Gruppe.« Er lächelte. »Sie war diejenige, die darauf bestand, den schützenden Aufbau anzubringen. Und das war nur einer von vielen Bereichen, in denen wir von ihr profitiert haben.«

»Ich würde Ihnen gern Geld dafür geben.« Noah griff nach dem Beutel unter seinem Mantel.

William Cleary schüttelte den Kopf. »Ich habe Geld genug, falls wir ein Boot kaufen müssen. Ich denke, ich werde die Zwillinge darauf ansetzen, ein neues Boot zu bauen. Die Zeit kann ich nutzen, um diesen Ross aufzuhalten. Ich glaube, Gott will uns noch ein paar Tage hierbehalten.«

Noah widersprach nicht. Er nickte nur und schüttelte dem Mann die Hand. Er hatte den Eindruck, in ihm einen Freund gefunden zu haben, der die Situation verstand. Er nahm eine Holzstange und stieß sich vom Ufer ab, während der Prediger das Floß anschob. Es trieb auf den leuchtenden See hinaus. Noah traf Vorkehrungen, damit sie sich so schnell wie möglich flussabwärts bewegten. Er brachte es nicht über sich, Elizabeth noch einmal anzuschauen. Sie zu sehen löste etwas in ihm aus, das er nicht richtig einordnen konnte, deshalb konzentrierte er sich auf das Floß. Er stakte es den Fluss hinunter und in den langen Abschnitt hinein, der Thirty-Mile genannt wurde.

Ein kahlköpfiger Adler krächzte von seinem hoch gelegenen Beobachtungsposten auf einem Baum. Er breitete die Flügel aus. Während er im einen Moment noch saß, war er im nächsten schon in der Luft. Sein kraftvoller Abstoß ließ einen schwankenden Ast und fallende Blätter zurück. Noah beobachtete den großen Vogel, bis er nur noch ein schwarzer Fleck am Himmel war, als er die Höhe der Berggipfel erreicht hatte. *Was für eine Majestät*, dachte er und staunte ehrfürchtig vor dieser Anmut und Würde. »Du bist so großartig!«, flüsterte er seinem Schöpfer zu.

Obwohl es schon Abend war, war noch immer blasses Sonnenlicht zu sehen. Es war die Jahreszeit des Lichts, die Zeit, um aufzubleiben und die Strahlen der Sonne tief in Haut und Knochen eindringen zu lassen. So konnte man sich auf den nächsten unvermeidlich langen Winter vorbereiten. In Alaska war dies eine zauberhafte Zeit, wenn die Sonne aufging, dicht über dem Horizont blieb und am Himmel einen Bogen über ihnen zog. Es war eine Zeit der Erneuerung und alle – Pflanzen, Tiere und Menschen – blieben bei diesem Licht lange wach. Niemand wollte die Zeit vergeuden, um zu schlafen, denn die kalte Dunkelheit, die bald wieder bevorstand, konnte man nie ganz vergessen. Normalerweise ging Noah in dieser Jahreszeit bis spät nach Mitternacht auf die Jagd oder durchstreifte sein Land; nur am frühen Morgen gab es ein paar Stunden der Dunkelheit. Aber dieses Jahr war es anders. Dieses Jahr hatte er eine andere Mission. Er warf einen Blick auf Elizabeth, die immer noch schlief, und fragte sich, ob er sie wecken sollte. Aber irgendetwas sagte ihm, dass er es nicht tun sollte. Es war besser zu warten.

Dank der milden warmen Brise und der sanften Strömung um sie herum war es eine angenehme Fahrt. Die einzigen Hindernisse waren dann und wann ein Fels im Wasser oder ein Erdhügel, der umfahren werden musste. Noah betrachtete die Landschaft, die er nie zuvor gesehen hatte. Ihre Schönheit und Großartigkeit erstaunten ihn. Das stille Wasser wirkte beruhigend auf seine aufgewühlten Gefühle.

Er hatte sie gefunden! Ein Teil von ihm war zutiefst erfreut. Doch ein anderer Teil stellte sich die Frage, was ihn geritten hatte, diesem Püppchen von Frau bis hierher zu folgen. Natürlich kannte er die Antwort, aber er wusste nicht, ob sie richtig war. Er wusste lediglich, dass er den Freudenruf seines Herzens hören konnte, wenn er innerlich ganz still wurde: *Ich habe sie gefunden … sie gefunden … sie gefunden!*

»Noah, bist du das wirklich?«

Die Frage kam leise wie ein Flüstern, aber sie schreckte ihn so auf, als hätte ihm jemand einen Schlag versetzt. Aus seinen Gedanken gerissen drehte er sich zu Elizabeth und starrte sie an. Sie saß halb aufgerichtet da und rieb sich die Augen mit ihrer kleinen blassen Hand. Der Hut war ihr vom Kopf gefallen, sodass nun ihr dichtes lockiges Haar zu sehen war – dieses Haar, das sein Inneres vor Verlangen brennen ließ, wenn sie es offen trug. Sie stand auf und bewegte sich auf ihn zu. Sie sah wunderbar aus – so gut und so lieblich. Er musste sich zusammenreißen, um sie nicht in seine Arme zu ziehen.

»Wo ist dein Mantel?«, fragte er.

Elizabeth sah sich um. »Mir ist nicht kalt«, antwortete sie. »Noah, ich kann nicht glauben, dass du es bist. Warum bist du hier?«

Sie klang nicht sonderlich erfreut über das Wiedersehen. Vielleicht war sie froh gewesen, ihn los zu sein.

»Anscheinend tauche ich immer dann auf, wenn du mich am dringendsten brauchst.« Es klang sarkastisch, und als sie lächelte, weil so viel Wahrheit darin steckte, ärgerte er sich insgeheim über sich selbst.

»Das ist wahr. Niemand ist mir jemals so zum Retter geworden wie du.«

Ihr Blick war ganz weich und er spürte, wie es ihm in der Brust eng wurde.

»Ich kann nicht glauben, dass du diesen ganzen Weg auf dich genommen hast. Hat Cara dich geschickt? Wie geht es ihr?«

Sie kam vorsichtig an seine Seite, hielt sich an seinem Oberarm fest und sah ihm glücklich lächelnd in die Augen. Eine Woge von Gefühlen erfasste ihn.

»Nein, ich bin aus eigenem Antrieb gekommen, aber sie hat sich große Sorgen um dich gemacht. Beide, sie und Will, haben sich um dich gesorgt. Sie bekam ihr Baby einen Tag, nachdem du weg warst. Ein Mädchen.«

Elizabeth strahlte. »Oh, Will ist bestimmt sehr stolz. Geht es Cara gut? Hatte sie eine schwere Geburt?« Sie schüttelte den Kopf und hing immer noch an seinem Arm, sodass er sie am liebsten an seine Brust gezogen hätte. »Aber wahrscheinlich weißt du nichts über diese ganzen Einzelheiten.«

Er knirschte mit den Zähnen. »Tatsache ist«, erklärte er, »dass ich das Baby entbunden habe.«

»Wie bitte?«, fragte sie mit großen Augen.

Noah zuckte die Achseln. »Will war weg, auf der Suche nach dir. Wir konnten nicht rechtzeitig einen Arzt finden. Ich kam gerade an, um ... dich zu besuchen. Da war die Handelsstation geschlossen. Nachdem ich die Tür aufgebrochen hatte, traf ich auf Cara, die versuchte, das kleine Menschlein ganz allein auf die Welt zu bringen. Ich konnte nur noch dabei helfen.«

Sie ließ die Schultern hängen, als sie den Blick aufs Wasser richtete. »Es ist meine Schuld. Will wäre da gewesen, wenn ich nicht weggegangen wäre.«

Noah lachte. »Es war ganz gut, dass Will nicht da war. Wenn ich mich richtig erinnere, war sie in dem Moment nicht gut auf ihn zu sprechen.« Als er die Verwirrung auf Elizabeths Gesicht sah, wechselte er das Thema. »Elizabeth, warum bist du so plötzlich aufgebrochen?«

Sie wandte den Kopf ab. »Ich ... ich hatte die Möglichkeit, mich der Gruppe von Charlie McKay anzuschließen und musste die Chance nutzen. Du weißt doch, dass ich schon immer hierherkommen und ... dabei sein wollte.«

»Ja, aber ich dachte, wir hätten eine Vereinbarung getroffen. Ich dachte, wir würden gemeinsam auf meinem Land Gold suchen.« Er dachte an Mary-Margaret und sprach seinen nächsten Gedanken laut aus: »Dies ist kein Ort für eine Frau.«

Eigentlich hätte er damit rechnen müssen, doch ihre Entgegnung war wie ein Schwerthieb. Sie fauchte ihn an: »Ich habe das gleiche Recht, hier zu sein, wie jeder andere! Ich verdiene eine Chance!« Ihr Ton wurde schärfer und ihre Augen loderten. »Ich verdiene eine Chance!« Bebend vor Zorn sah sie nach unten, dann wieder zu ihm hoch. »Warum gibst du es nicht einfach zu – *du* willst nicht hier sein. Ich habe dich nicht darum gebeten, mir nachzukommen, Noah.«

Ihr Blick verfing sich in seinem. Er konnte nicht mehr ertragen, was er in ihren Augen las. Die ganzen unterdrückten Ängste und Enttäuschungen des vergangenen Monats entluden sich in seinem Inneren. Er streckte die Hand nach ihr aus, zog sie zu sich und beugte den Kopf zu ihr herunter. Durchdrungen von dem verzweifelten Wunsch, sie zu erreichen und ihr seine Gefühle zu zeigen, küsste er sie, wie er sie schon lang hatte küssen wollen. Noah vergaß den Fluss, das Floß, das Blinzeln der nächtlichen Sonne, die Berge, das Land – er vergaß alles außer der Frau in seinen Armen. Er wollte sie schmecken, fühlen, berühren, und verlor sich völlig in ihr. Es war wie eine Heimkehr – mit einer Explosion der Gefühle.

Als er schließlich seinen Kopf hob und ihr in die Augen sah, errötete sie und seufzte leise. »Oh.«

Noahs Stimme war fest. »Ich bringe dich nach Dawson City. Aber wenn du dann genug von dieser verflixten Goldsucherei hast, bringe ich dich nach Hause – als meine Frau.«

Sie sah ihn einen Moment verständnislos an. Die unterschiedlichsten Emotionen wechselten sich in ihren Zügen ab. Schließlich wurde ihr Gesicht hart. »Nein«, antwortete sie nur.

Noah war wie vor den Kopf gestoßen. »Nein? Einfach nur … nein?«

»Ich kann dich nicht heiraten, Noah.«

Er packte ihre Schultern und hielt sie fest, sodass sie zu ihm aufblicken musste. »Warum nicht? Sag es mir.« Sein Ton wurde weicher und flehender, als er sie aufforderte: »Sag mir, dass du mich nicht liebst.« Seine Kehle war wie zugeschnürt, als er ihren inneren Kampf beobachtete.

Sie schaute weg. »Ich bin … Noah, ich bin schon verheiratet.« Sie sah ihm wieder in die Augen, ihr Blick war nun hart. »Dieser Mann, Ross Brandon, der nach mir sucht – er ist mein Ehemann. Ich … ich habe gelogen, als ich sagte, mein Name sei Smith. Ich hatte schon viele Namen, aber Smith hieß ich nie.«

Keuchend strömte die Luft aus ihm heraus, als habe ihm jemand einen Schlag versetzt. Sein Magen krampfte sich zusammen, aber der Schmerz in seinem Inneren war schlimmer als alles andere. Er wünschte, es hätte ihn tatsächlich jemand geschlagen. Elizabeth – verheiratet! Er konnte es nicht glauben.

Übelkeit stieg in Elizabeth auf. Sie beobachtete, wie aschfahl Noahs Gesicht wurde, bevor er sie losließ und sich abwandte. Auch sie drehte sich weg und kämpfte mit den Tränen. Es war besser so. Er hatte das Recht auf jemand Besseren. Sie würde nicht zulassen, dass er durch sie zerstört wurde.

»Warum?«, stieß er krächzend hervor. »Warum hast du mir das nicht gesagt? Und warum bist du nicht bei ihm?«

Sie verbannte sämtliche Emotionen, und die Lügen gingen ihr leicht über die Lippen. »Ich bin auf der Flucht vor ihm. Er hat mich geschlagen … und da gab es noch andere Dinge. Ich dachte nicht, dass er mir hierher folgen würde.« Ihre Stimme senkte sich. »Aber genau das tut er.«

Noah wandte sich um. »Elizabeth, warum hast du mir all das nicht erzählt?«

»Warum sollte ich? Was kannst du schon tun? Du kannst mich dieses Mal nicht retten, Noah Wesley. Wenn er kommt, um mich zu holen – und das wird er tun, davon bin ich jetzt überzeugt –, wirst du nichts dagegen unternehmen können.« Sie drehte ihm den Rücken zu. Ihr war klar, dass sie in diesem Moment ihr Sicherheitsnetz verbrannte, aber einen anderen Weg gab es für sie nicht. Einmal im Leben tat sie etwas wirklich Anständiges. Sie würde Noah vor ihrer eigenen Person retten, und wenn es sie das Leben kostete. Und genau das würde möglicherweise geschehen.

Während die Nacht weiter fortschritt, wurde das Schweigen auf dem kleinen Floß erdrückend. Elizabeth wusste nicht, wie lange sie es ertragen konnte. Sie zitterte, rieb sich die Arme und veränderte ihre Sitzposition. Es war eine ruhige Etappe der Reise. Treibsand aus dem Teslin River rutschte beständig ins Wasser und verursachte ein leise zischendes Geräusch, das im Hintergrund zu hören war. Sie saßen in der Stille, eingetaucht in das lang andauernde Zwielicht, erfüllt von verzweifelter Sehnsucht nach einander. Es gab der Reise eine schaurige Atmosphäre, als würde das quälende Schweigen für immer andauern und der vereinte Schmerz in ihrem Inneren nie enden.

»Es wird kühl. Warum ziehst du dir nicht deinen Mantel an?«

Seine Stimme war so tief und berührte sie innerlich so sehr, dass sie ihre Augen schloss und tief einatmete, um sie in sich aufzunehmen. Schließlich gelang es ihr zu antworten: »Er ist nicht bei meinen Sachen. Ich muss ihn zurückgelassen haben.«

Sie hörte, dass er sich bewegte, und fühlte, wie eine Decke um ihre Schultern gelegt wurde. Sie drehte langsam ihren Kopf, um ihn anzusehen. Sie spürte solche Niedergeschlagenheit, und in seinen Augen war nichts als Traurigkeit zu lesen. Hastig sagte sie: »Wenn du zornig werden und mich anschreien würdest, würde es die Sache einfacher machen.«

»Ich *bin* zornig. Du hättest mir das sagen sollen, dann hätte ich vielleicht nicht …«

»Du hättest nicht was?«

Er schüttelte den Kopf. »Es spielt keine Rolle. Wahrscheinlich hätte es keinen Unterschied gemacht.« Er deutete zu dem schützenden Aufbau. »Leg dich ein bisschen hin. Wir sind jetzt in ruhigem Gewässer, aber es kommen sicher wieder Stromschnellen. Ich wecke dich dann.«

Elizabeth schüttelte den Kopf und sah in seine müden Augen. Sie erkannte, wie elend er sich fühlte. »Ich kann jetzt nicht schlafen. Aber du kannst dich doch etwas ausruhen, während ich Wache halte.«

Noah fuhr sich mit der Hand durchs Haar. »Bist du sicher?«

Sie nickte.

Nachdem er sich hingelegt hatte, sagte sie leise: »Noah?«

»Ja?«

»Vermutlich wirst du dich am ersten Camp, das wir erreichen, auf die Heimreise machen, oder?«

Er hob den Kopf und stützte ihn mit einer Hand ab. Er überlegte einen Moment und antwortete dann: »Zuerst begleite ich dich nach Dawson City. Ich möchte nicht, dass du allein reist.«

Sie wollte ihm sagen, wie dankbar sie war. Sie wollte sich umdrehen und ihm die Wahrheit sagen – die ganze Wahrheit. Stattdessen starrte sie nur auf das dunkle Wasser hinaus, spürte den dicken Kloß im Hals und kämpfte ihre Tränen hinunter.

* * *

20. Juli 1895

Verehrte Mrs. Rhodes,

bedauerlicherweise habe ich kaum Neuigkeiten bezüglich unserer Suche. Nichts hat sich in diesem Fall ergeben, das die Überzeugung in mir geweckt hätte, Elizabeth sei in New York, Illinois oder der Umgegend. Im Lauf der Jahre hatte ich viele Fälle und alle außer diesem einen sind gelöst worden. Manchmal glaube ich selbst nicht mehr daran, aber etwas an Ihrer Beschreibung in Ihrem ersten Brief, als Ihre Tochter noch so klein und noch bei Ihnen war, lässt mich nicht mehr los. Ich kann nicht aufgeben.

Heute Morgen spürte ich in einem Moment des Gebets ein Drängen, meine Suche auszuweiten. Sobald ich diesen Brief beendet habe, werde ich die Nachforschungen ausdehnen und Anzeigen in verschiedenen Zeitungen quer durchs Land aufgeben, vor allem Richtung Süden und weiter westlich. Ich werde außerdem weiterhin versuchen, den Namen der Adoptiveltern in Erfahrung zu bringen. Elizabeth muss jetzt fast 18 Jahre alt sein, und vielleicht hat sie ihr Zuhause verlassen und sich allein auf den Weg gemacht. Ich verspreche, in dieser letzten großen Bemühung, Ihnen zu dienen, nichts unversucht zu lassen.

Ich bleibe Ihr ergebener Diener.

Hochachtungsvoll,
Jeremiah Hoglesby
Privatdetektiv zu Ihren Diensten

17

Dawson City. Es lag zwischen bewaldeten Bergen und war die lauteste, schmutzigste und am meisten bevölkerte Stadt, die Noah je gesehen hatte. Im Hafengebiet wimmelte es von schwimmfähigen Objekten jeder Art; die meisten von ihnen standen zum Verkauf, da die Eigentümer ihr Ziel erreicht hatten. An den Stränden waren Hunderte von Zelten versammelt – Kennzeichen der Unglücklichen, die es nicht geschafft hatten, ein Claim zu ergattern.

Noah war sprachlos. Verwundert schüttelte er den Kopf über die Extreme, die hier anzutreffen waren. In den Straßen drängten sich Bettler ebenso wie modisch gekleidete, gut betuchte Neureiche. Ein Mann, der einen makellosen Anzug und eine Melone trug, marschierte durch die Menge und machte Werbung für *The Palace Grand*. Das Hotel sei so riesig, prahlte er, dass es 2 200 Menschen beherbergen könne, seine Unterkünfte seien so luxuriös, dass man die Strapazen der Reise schnell vergäße, seine Kissen so weich, dass man darauf garantiert nur vom Gold träume. Entlang der Hauswände luden Schilder zu einer Vielzahl von Vergnügungen ein, um die Einsamkeit zu vertreiben. Sie verführten die Goldgräber, ihr Gold schneller auszugeben, als sie es aus den eiskalten Flussbetten waschen konnten. Es gab Spielhallen und Tanzsäle, wie das *Monte Carlo*, wo Männer sich für einen Dollar einen Tanz kaufen konnten. Gewagtere Angebote fand man in einer Gegend, die sich *Paradise Alley* nannte. Hier waren Prostituierte in der sogenannten »Dawson Krippe« untergebracht. Noah würde darauf achten müssen, mit Elizabeth einen Bogen darum zu machen, sonst würde sie womöglich aufgrund der ihr eigenen Neugier darauf bestehen, einen genaueren Blick darauf zu werfen.

Dawson, auch als »Paris des Nordens« bezeichnet, war keine gewöhnliche Zeltstadt.

Noah wusste, dass einsame Männer sehr leicht von den simpleren Vergnügungen angelockt wurden. Wer einen Hang zum Wetten hatte, konnte sein Geld in Hunde-, Dachs- oder Preisboxkämpfen einsetzen. Wen das nicht reizte, hatte die Möglichkeit, sich einem Gesellschaftsclub anzuschließen oder viel Geld hinzublättern für eine Theatervorstellung oder eine musikalische Darbietung, die von einem der Hotels veranstaltet wurden. Dawson konnte sich eines gewissen kulturellen Angebots rühmen, doch all das hatte etwas Kerniges an sich. Dawson City war eine robuste Stadt. Die Männer und Frauen, die ihr Bild bestimmten, hatten den tödlichen Trail hinter sich, um hierherzugelangen.

»Hast du so etwas schon einmal gesehen?« Mit vor Begeisterung glänzenden Augen drehte sich Elizabeth zu Noah. Sie standen in einer langen Schlange vor der kanadischen Meldebehörde, um ein Claim für sie eintragen zu lassen. Noah spürte den vertrauten Schmerz in der Brust, wenn sie ihn so anlächelte. Sie hatten für die restliche Dauer der Reise einen verkrampften Waffenstillstand gepflegt und nicht mehr über Elizabeths Umstände gesprochen, aber Noah konnte kaum an etwas anderes denken. Er hoffte, er würde wieder leichter atmen können, wenn er sich erst einmal von ihr getrennt hatte und wieder zu Hause war. Und er hätte sie inzwischen verlassen können, ja, er hätte es tun sollen, aber er brachte es einfach nicht übers Herz, sie diesem Mann auszuliefern. Er wollte da sein, wenn Ross sie aufspürte – obwohl es ihm Sorgen machte, was er Ross vielleicht antun würde, sobald sie sich persönlich gegenüberstanden.

Nach einer langen Wartezeit erreichten sie den Schalter eines großen, dünnen Mannes mit spärlichem Haarwuchs und einer runden Brille, der seine Fragen an Noah richtete.

»Name?«

»Elizabeth Smith«, antwortete sie.

»Und der Name Ihres Mannes?«, fragte der Mann spitz.

»Er ist nicht mein Mann, und ich möchte gern ein Claim auf meinen Namen eintragen lassen, bitte. Auf Elizabeth Smith.«

»Na gut. Ich kann Ihnen nur sagen, was ich schon fünfzig Leuten vor Ihnen gesagt habe. Es sind keine Claims mehr zu vergeben, Miss.«

Noah sah, wie die Enttäuschung ihr Gesicht verschattete.

»Es gibt nichts mehr? Überhaupt nichts mehr?«

Dem Mann schien es aufrichtig leid für sie zu tun, als er seinen Kopf schüttelte. Seine weißen buschigen Augenbrauen hoben sich fast bis zum Haaransatz.

Sie schaute einen langen Moment auf ihre Hände hinunter und blickte dann wieder zu dem Beamten auf. Tränen glitzerten in ihren Augen, als sie ihn ansah, und mit erstickter Stimme murmelte sie: »Aber ich habe es so weit geschafft ... ich kann nicht einfach aufgeben. Bitte, wissen Sie nicht vielleicht irgendetwas für mich?«

Der Mann war offensichtlich sehr bekümmert und irgendwie spürte Noah, dass er sich jetzt nicht einmischen durfte. Er beobachtete, wie Elizabeth heftig die Augen zusammenkniff, als eine einzelne Träne ihre Wange hinunterkullerte. Der Mann lockerte seinen makellosen weißen Kragen, der ihm an der Kehle plötzlich zu eng zu sein schien. Elizabeth stand einfach nur wie angewurzelt da, den Blick stetig auf ihn gerichtet. Schließlich räusperte er sich und nestelte ein Taschentuch aus seiner Tasche. Er reichte es ihr, beugte sich vor und flüsterte: »Da gibt es ein Claim, das gerade frei geworden ist. Ich habe es selbst gekauft und wollte es an einen Freund von mir verkaufen. Es ist am Bonanza Creek, aber ... ich überlasse es Ihnen für 75 Dollar.«

Elizabeth schnappte nach Luft. »Bonanza Creek? Ist das nicht da, wo die Ersten reich geworden sind?«

»Ja, Madam. Es war einer der ersten Orte. Wie ich schon sagte, ich habe es für einen Freund von mir aufgehoben, und wahrscheinlich dreht er mir den Hals um, wenn er erfährt, dass ich es verkauft habe, aber ... wenn Sie das Geld haben, können Sie es in Besitz nehmen.«

Elizabeth lächelte den Mann durch ihre Tränen hindurch so freudestrahlend an, dass er rot wurde. Schnell zog sie die Banknoten hervor und zählte sie dem Beamten auf die Hand. Sie hatte 54 Dollar und noch etwas Kleingeld. Wortlos legte Noah den fehlenden Betrag dazu. Elizabeth händigte dem Mann das Geld aus und sagte: »Danke, Sir. Vielen Dank.«

Noah konnte nur den Kopf über sie schütteln. Er war überzeugt, dass der Mann beinahe alles für eine schöne, in Tränen aufgelöste Frau getan hätte. Er drehte Elizabeth sanft um, legte seine Hand auf ihre Schulter und führte sie weg. Sobald sie draußen waren, wandte er sich zu ihr und blickte in ihre funkelnden Augen. »Bist du jetzt glücklich?«, fragte er.

Mit freudiger Erregung im Blick lächelte sie zu ihm auf. »Ich habe ein Claim! Ist das zu fassen? Ich bin so glücklich, dass ich direkt hier auf der Straße einen Freudentanz machen könnte.« Sie umklammerte seinen Oberarm, drückte ihn und schlug vor: »Los, komm, wir schauen es uns an.«

»Es ist vielleicht nichts Großartiges«, warnte Noah.

»Es wird genau das Richtige sein«, erwiderte sie unerschütterlich.

Nichts, keine vernünftige Überlegung konnte ihre Begeisterung dämpfen. Sie war davon überzeugt, sie würde Reichtümer finden. Er seufzte. »In Ordnung, schauen wir uns die Sache an.«

Nummer 17 am Bonanza Creek hatte die Standardgröße von ungefähr 500 Metern und lag parallel zum Fluss. Das Claim sah aus, als wäre hier schon gegraben geworden, sogar mehr als einmal, und es waren an einigen Stellen Anfänge eines Schachtes zu sehen. Mehrere Anhäufungen schwarzer Erde warteten darauf, gewaschen zu werden, und oben auf der Anhöhe stand ein heruntergekommener Schuppen. Noah überlegte, dass er eine kleine Hütte mit einem Raum daraus machen konnte, sofern er Holz dafür fand. Die meisten Leute nahmen ihre Boote auseinander, um Holz zu haben, aber das wollte Noah nicht tun. Was würde er nicht darum geben, in dieser Stadt ein Sägewerk zu besitzen!

Elizabeth war mit Auspacken beschäftigt. »Ich weiß, ich weiß, es sieht nicht nach viel aus«, sagte sie über die Schulter, »aber wir haben wirklich Glück.« Sie zeigte auf das schlammige Wasser. »Siehst du die Sandbank dort?«

Noah ging hinüber an den Rand des grasbewachsenen Ufers und schaute auf das fließende Wasser, das vor ihm lag – es sah genauso aus wie tausend andere Gewässer, die er zuvor gesehen hatte, aber das sagte er nicht. »Ja, die sehe ich.«

Sie grinste gut gelaunt über seine mangelnde Begeisterung. »Gold sammelt sich an solchen Stellen. An Biegungen im Fluss, an niedrigen Schotterbänken. Das ist ein gutes Zeichen, sehr vielversprechend.«

Noah konnte nicht widerstehen, sie zu fragen: »Wenn es so ein gutes Claim ist, warum arbeitet dann nicht schon jemand anderes darauf?«

Sie zuckte unverzagt die Achseln. »Wer weiß? Wer auch immer dieses Claim vorher hatte, wusste anscheinend nicht, worauf es ankommt. Er konnte sich nicht entscheiden, wo er den Schacht graben sollte, und meiner Meinung nach hätte er sich auf das Flussbett konzentrieren sollen.«

»Vielleicht hat derjenige das anfangs getan, und als er nichts fand, entschied er sich, es weiter entfernt vom Ufer zu probieren.« Während er sprach, nahm er ihr einen Schlafsack ab, dessen Beutel prall gefüllt war, und trug ihn an die Stelle, an der er ihr Lager aufbauen wollte. Er war immer noch dabei, alles Mögliche auszupacken, als er sie kurze Zeit später aufkreischen hörte.

Er rannte zum Fluss hinunter und blieb plötzlich verwundert stehen. Sie hatte den hinteren Saum ihres Rocks zwischen ihren Beinen hochgezogen und vorne im Bund festgesteckt, sodass ihre weißen Waden zu sehen waren. Ihre kleinen schwarzen Stiefel standen völlig unter Wasser. In Gedanken nahm sich Noah vor, ihr ein Paar gute Eskimoschuhe zu kaufen – kniehohe, aus Robbenfell gefertigte wasserdichte Stiefel –, wenn er das nächste Mal in Dawson war. Sie wirbelte mit einer Goldpfanne herum. Ein dicker welliger Strang ihrer schwarzen Haare hing ihr ins Gesicht. Sie schaute hoch und rief: »Komm und schau dir das an! Ich habe ein Nugget gefunden.«

Noah schüttelte lächelnd den Kopf, als er in den Fluss watete. Er stellte sich neben sie und sah auf ihre geöffnete Handfläche. Dort lag ein kleiner gelblicher Stein. Er hob den Kopf und schaute in ihr aufgeregtes Gesicht. »Das ist es, ja?«, fragte er leise. »Das ist es, was du wirklich willst.« Zum ersten Mal wurde ihm richtig bewusst, wie viel ihr das bedeutete.

Ihre Hand schloss sich fest um den kleinen Klumpen. »Ja«, stieß sie heftig hervor, »das ist es, was ich will.«

Als er ihr leuchtendes Gesicht anstarrte, fühlte er, wie ihn das letzte Fünkchen Hoffnung verließ. Was machte er hier? Er wollte ihr eine Hütte bauen? Das waren alles nur Ausreden, um immer länger dazubleiben. Abrupt wandte er sich ab und marschierte den Hang hoch, um das Essen vorzubereiten. Er musste möglichst bald abreisen. Ross Brandon war ihr Ehemann, und es gab nichts, was er dagegen tun konnte.

* * *

Elizabeth sah ihm verwirrt nach. Er war so nett gewesen. Nach den ersten furchtbaren Stunden hatte er sich wie ein Freund verhalten, und sie hatte einen Freund nötig. Warum musste er ihr einen Vorwurf daraus machen, dass sie Gold wollte? Sie war bei Weitem nicht die Einzige. Seufzend wickelte sie das Nugget sorgfältig in ein Taschentuch und stopfte es in eine Tasche ihres Kleides. Sie beugte sich hinunter, schaufelte etwas Sand in ihre Pfanne und fing an, sie immer wieder herumzuwirbeln, ein kleines Stück ins Wasser eingetaucht, bis der ganze Sand und die leichteren Steine herausgewaschen waren. Die schwereren Steine blieben am Boden liegen. Sie stocherte in den Steinen und Ablagerungen am Boden der Pfanne herum und suchte nach Goldsplittern oder den weitaus begehrteren Nuggets. Das Goldwaschen war eine Kunst, und nun beherrschte sie sie wieder. Das kalte Wasser strömte über ihre geröteten Hände. Die flache niedrige Pfanne war so breit wie ihre Hüften, und sie wurde schwer. Sie spürte den vertrauten Schmerz im Rücken, an den Armen und am Hals, und sie wusste, dass ihr am Abend der ganze Körper weh tun würde. Wenigstens hatte sie noch einen Partner, der ihr ein anständiges Essen kochen konnte. Sie musste dringend lernen, selbst zu kochen.

Am Ende des Nachmittags war sie müde und fühlte sich ein bisschen geschlagen. Allein würde sie ein Jahr brauchen, um mit ihrer Pfanne den Sand und die Erde durchzusieben. Sie brauchte eine Waschrinne oder wenigstens eine Wiege, um den Prozess zu beschleunigen. Das einzige Problem war, dass sie sie nicht allein bedienen konnte. Vielleicht konnte sie Noah überreden, bei ihr zu bleiben, bis die Zwillinge eintrafen. Sie wussten nicht viel über die Goldgräberei und würden vermutlich froh sein, sich ein Claim mit ihr teilen zu können, nachdem sie allem Anschein nach das letzte bekommen hatte. Sie verzog das Gesicht beim Gedanken, dass sie die beiden dann zu Partnern machen musste, weil sie es sich nicht leisten konnte, den durchschnittlichen Tageslohn von einem Dollar für eine angeheuerte Kraft zu bezahlen. Hoffentlich würden sie auf genug Reichtum stoßen, damit sich das für sie alle bezahlt machte.

Es wurde dunkel, als sie sich schließlich zum Lager schleppte, das Noah errichtet hatte. Der Schuppen war repariert und all ihr Gepäck war dort verstaut. Ihr Schlafsack war ausgerollt und lag bereit zum Hineinschlüpfen. Noahs Schlafsack war in angemessener Entfernung auf der anderen Seite ausgebreitet. Neben beiden Schlafsäcken lagen hauchdünne Moskitonetze und zwei hohe geschnitzte Stäbe – einer fürs Fuß-, einer fürs Kopfende –, um ein schützendes Zelt daraus machen zu können. Ein lebhaftes Feuer brannte, und der Duft des gekochten Essens erinnerte ihren Magen daran, wie hungrig die Arbeit sie gemacht hatte. Noah ignorierte sie, nachdem er ihr einen Teller mit Bohnen, Speck und Brot gereicht hatte. Sie war jedoch zu müde, um den Versuch zu machen, seine düstere Stimmung zu vertreiben. Sobald sie fertig gegessen hatten, kroch Elizabeth in ihren Schlafsack und fiel in einen traumlosen Schlaf.

* * *

Sie erwachte beim ersten Anbruch des Tages und hörte, wie Noah packte. Panik überfiel sie. »Wohin … wohin gehst du?«

Er zuckte die Achseln und wich ihrem Blick aus. »Der Schuppen ist repariert. Du musst dir jemanden suchen, der dir eine Hütte baut, falls du vorhast, den ganzen Winter hierzubleiben. Für den Sommer wird dieser Unterschlupf ausreichen.«

Sie trat dichter an ihn heran und berührte ihn zögernd an der Schulter. Als er sich umdrehte und ihr ins Gesicht schaute, sah sie für einen Moment, wie der Schmerz in seinen Augen aufzuckte. Dann wurde sein Blick verschlossen und er erklärte mit fester Stimme: »Ich muss nach Hause.«

Sie ließ ihren Arm fallen. Was konnte sie sagen, um ihn zum Bleiben zu überreden? In seinen Augen war sie eine verheiratete Frau. Sie hielt sich vor Augen, warum es so sein musste und warum sie nicht zulassen durfte, dass er ihre wahren Gefühle erkannte. »Noah, ich …« Sie verstummte. Sie wollte ihn nicht anbetteln. »Ich weiß, du hast wenig Interesse an der Goldsuche, aber könntest du nicht hierbleiben, bis die Zwillinge da sind? Ich habe vor, ihnen eine Partnerschaft anzubieten, aber bis sie hier sind, könnte ich wirklich Hilfe gebrauchen.«

Noah schüttelte den Kopf. »Ich kann das nicht.«

Elizabeth konnte spüren, wie gern er Ja sagen würde. Sie redete weiter auf ihn ein und merkte, wie flehend ihr Ton war. »Es wäre nur für ein paar Tage. Ich bin sicher, sie sind dicht hinter uns. Und, Noah, du hast gesagt, du würdest gern lernen, wie man mit der Pfanne umgeht. Ich könnte es dir zeigen. Und wenn du dann nach Hause gehst, kannst du auf deinem Land Gold suchen.« Mit angehaltenem Atem wartete sie auf seine Antwort.

Er wirkte zerrissen und gequält. »Elizabeth, du weißt nicht, was du da von mir verlangst. Es bringt mich um … so in deiner Nähe zu sein.«

Der Schmerz in seinen Augen tat Elizabeth in der Seele weh. Sie konnte nicht zulassen, dass sie ihn in die Fehler hineinzog, die sie gemacht hatte. Entschlossen legte sie ihre beiden Hände an seine und drückte sie fest. Selbst jetzt, wo sie von so vielen Gefühlen hin und her gerissen wurde, bewirkte die Berührung mit seinen starken Händen, dass sie anders atmete. Sie zwang sich, so zu sprechen, dass er ihre Ernsthaftigkeit spürte. »Natürlich musst du gehen. Es war falsch von mir, dich hier so lange festzuhalten. Ich werde gut zurechtkommen.«

Er sah so unentschieden aus, so zerrissen.

Sie blickte in seine klaren blauen Augen, die jetzt nicht mehr so ruhig und friedlich waren wie bei ihrer ersten Begegnung, und sie wusste, dass sie die Ursache dafür war. »Es tut mir leid, Noah. Alles.« Sie hatte es nie so ernst gemeint wie jetzt, aber die Worte schienen es nicht genug zum Ausdruck zu bringen. Wie sagte man einem Menschen, dass er einem die Augen für eine neue Welt geöffnet hatte? Dass er ihr einen neuen Blick für die Menschheit gegeben hatte? Dass sie jetzt die Hoffnung auf das Gute in sich trug? Unwillkommene Tränen stiegen in ihr auf, und sie kämpfte dagegen an. Sie durfte jetzt nicht schwach werden, sondern musste fest und entschieden für sie beide sein.

Die Muskeln in seinem Kiefer spielten und in seinen leuchtenden Augen loderte der Zorn auf. »Was wirst du tun … wenn er kommt? Was wird *er* tun, Elizabeth? Wird er dich gegen deinen Willen in Besitz nehmen? Wird er dich dorthin verschleppen, von woher er kommt und dir ein Leben aufzwingen, das dich innerlich umbringt? Sag mir, Elizabeth … was wirst du tun, wenn ich weggehe?«

»Ich habe eine Pistole.« Die Worte brachen leise aus ihr hervor, und sie war sich ihres Plans gar nicht sicher gewesen, bis sie sie ausgesprochen hatte.

»Du würdest ihn also töten?«

»Wenn ich es muss. Ich werde nicht mit ihm zurückgehen.«

»Nein! Ich werde nicht zulassen, dass du zur Mörderin wirst. Du könntest nicht damit leben – nicht bei allem anderen, was du mit dir herumschleppst.«

Sie wusste nicht genau, was er meinte, aber sie spürte, dass er davon überzeugt war. »Ich kann damit leben. Es wäre Notwehr und gerechtfertigt.«

»Glaubst du, es ist so einfach, einen Menschen zu töten? Sei kein Dummkopf! Wahrscheinlich wäre es eher so, dass er dich tötet … oder Schlimmeres mit dir macht.« Er wandte sich von ihr ab und starrte in das fließende Wasser des Flusses. Das friedliche Plätschern wollte so gar nicht zu dieser Szene passen.

Er rang in der Stille mit sich. Dann blickte er zum Himmel und knurrte: »Du möchtest mich also gestreckt und gevierteilt sehen? Noch länger an diese Folterbank gekettet?« Er lachte hart auf und drehte sich zu Elizabeth um. »So soll es sein. Ich bleibe.« Schwungvoll wandte er sich ab und stapfte aus dem Lager.

Elizabeth sah ihm nach und fühlte sich elend. Aber sie konnte nichts sagen, sie war zu erleichtert über seine Entscheidung.

Nach drei Tagen, in denen Noah die meiste Zeit geschwiegen hatte, sagte sich Elizabeth, dass sie etwas unternehmen musste, um ihn wieder zum Sprechen zu bringen. Sie hatte ihm ein paar grundlegende Goldgräbertechniken gezeigt, aber er hatte kein großes Interesse daran. Lieber kümmerte er sich um den Schuppen, der langsam die Form einer Hütte annahm. Sie arbeitete den ganzen Tag mit der Pfanne, ohne nennenswerte Ergebnisse zu erzielen, und er beschäftigte sich mit Jagen, Bauen und Kochen.

An einem Abend stand sie nach dem Essen auf und reckte sich. »Ich glaube, ich nehme ein Bad.«

Noah machte ein finsteres Gesicht. »Nein, das tust du nicht.«

Elizabeth achtete nicht auf ihn und ging zum Schuppen, wo sie saubere Kleider und ein Stück Seife zusammensuchte.

Unwirsch erklärte er: »Du kannst in diesem schlammigen Fluss kein Bad nehmen mit all den Männern rundherum. Es ist verrückt. Und das Wasser ist zu kalt.«

Kokett warf Elizabeth ihm einen schrägen Blick zu. »Gut, dann bin ich eben verrückt. Aber ich hatte seit Wochen kein richtiges Bad mehr, und jetzt nehme ich eins.«

Sie dachte, wenn er sie noch ärgerlicher anstarren würde, würden ihm die Augen aus dem Kopf springen.

»Na gut. Aber schrei nicht nach mir, wenn du Hilfe brauchst. Ich habe dich gewarnt.«

»Ich würde nicht im Traum daran denken«, gab sie mit scharfer Zunge zurück.

Als sie ihre Zehen ins Wasser tauchte, schalt sie sich selbst den schlimmsten aller sturköpfigen Narren. Da die Sonne niemals schlief, sondern nur für ein paar Stunden schwächer wurde, war es viel zu hell, um der Sittsamkeit Genüge zu tun. Und das Wasser war tatsächlich eiskalt. Aber sie war fest entschlossen. Sie zog sich bis auf die Unterhose aus und watete schnell bis ins hüfthohe Wasser. Mit klappernden Zähnen fing sie an, sich einzuseifen. Sie verzog das Gesicht, als sie die Steine und den Schlamm am Grund des Flusses zwischen ihren Zehen spürte. Sie musste schlucken, als sie versuchte, nicht daran zu denken, was wohl unter Wasser alles um ihre

Beine herumschwamm. Es war erstaunlich, wie viel Bequemlichkeit und Sicherheit ein paar Stiefel schenken konnten. Sie beeilte sich noch mehr, beugte sich nach vorn, um ihr Haar nass zu machen und es mit Seifenschaum einzureiben. Etwas stieß gegen ihre Wade und sie fing an zu zittern. Sie wollte gerade aus dem eiskalten Fluss steigen, als sie es überdeutlich hörte: Das Lachen, das sie in ihren Albträumen verfolgte und ihr eine Gänsehaut nach der anderen verursachte.

»Du hast nicht wirklich geglaubt, ich würde einfach aufgeben, oder?«

Sie ließ sich ins Wasser zurücksinken und kreuzte schützend die Arme vor dem Oberkörper. Mit klappernden Zähnen befahl sie leise: »Geh von meinem Claim runter, Ross.«

Er lachte wieder, tief und bedrohlich. »Dem Claim, den du mit meinem Geld gekauft hast? Du unterliegst einem traurigen Irrtum, wenn du denkst, ich gehe hier weg, bevor ich das bekommen habe, was ich will, meine Liebe.«

Das kalte Wasser betäubte alles außer ihrer Angst und Wut. Sie wusste, dass die Wut in diesem Moment ihre Verbündete war und ließ ihr freien Lauf. »Du hast bekommen, was du wolltest. Was glaubst du, was mir noch übrig bleibt?«

»Ich will das, worauf ich ein Recht habe, Elizabeth. Du hast mich betrogen und du wirst dafür bezahlen.«

»Ich gebe dir dein Geld zurück, sobald das Claim sich auszahlt. Sonst habe ich dir nichts zu geben.« Sie zog sich weiter in den Fluss zurück, bis das Wasser ihren Hals erreichte.

»Oh doch, das hast du. Und wenn ich dieses Mal mit dir fertig bin, wird nichts mehr für diesen großen Kerl übrig sein, mit dem du zur Zeit zusammen bist.« Er starrte durchs Wasser auf ihren Körper. »Du hast wohl die Hure gespielt, was, Elizabeth? Ich muss mir etwas Besonderes ausdenken, um mich für diese gebrauchte Ware zu entschädigen.« Sein Gesicht wurde hart, und unter seinem Blick krampfte sich ihr Magen zusammen. Er hob ihre Bluse vom Boden auf und hielt sie in die Luft. »Komm raus.«

In panischer Angst schüttelte sie den Kopf. Lieber würde sie erfrieren, und angesichts der Taubheit in ihren Beinen war sie wahrscheinlich auf dem besten Weg dazu. »Ich biete dir ein Geschäft an«, platzte sie verzweifelt heraus. »Wenn du mich in Ruhe lässt, gebe ich dir die Hälfte von allem Gold, das ich finde.«

Sein Lachen war wie das Fauchen eines Wolfs. Seine Augen glitzerten schwarz und tödlich im blassen Licht. »Du glaubst nicht wirklich, dass ich wegen des Geldes diesen ganzen Weg auf mich genommen habe, oder? Du bist noch dümmer, als ich dachte, Elizabeth. Du und ich, wir haben mehr miteinander zu begleichen als das. Deine hastige Abreise hat alle meine sorgfältig zurechtgelegten Pläne ruiniert. Dafür wirst du bezahlen, glaub mir. Und jetzt komm raus.«

Gestärkt von ihrem Zorn und ihrem Hass bellte sie: »Du wirst mich nie wieder anfassen. Und jetzt verlass mein Claim.« Was hätte sie in diesem Moment nicht alles für ihre Pistole gegeben.

»Solche großen Töne von einer einsamen nackten Frau. Du denkst doch wohl nicht, dein Freund wird dich retten, oder?«

Sie hörte das Klicken eines Revolvers und sah das Funkeln der Waffe im blassen Licht, als er sie durch die Luft schwenkte. »Bitte, ruf doch deinen kostbaren Noah Wesley. Er wird angerannt kommen, um dich zu retten, und läuft mir damit direkt in die Hände.«

Er zuckte mit den Schultern. »Wenn er weiterhin nicht aufhört, so hartnäckig an diesem Ort herumzulungern, muss ich ihn irgendwann ohnehin aus dem Weg räumen. Warum also nicht gleich? Warum nicht hier und heute?« Er lächelte wieder. Er war so überzeugt von sich, so boshaft. Sie spürte, wie ihre Stärke sie verließ.

Er richtete die Waffe auf Elizabeth. »Komm raus. Wir können doch nicht zulassen, dass du dich zu Tode frierst und mir meinen ganzen Spaß verdirbst, oder?«

Ihre Brust pochte vor Angst. Sie trat einen Schritt vor.

»Halt!«

Erleichterung durchströmte Elizabeth, als sie Noahs Stimme erkannte. Er hielt ein langes Gewehr nur ein paar Zentimeter von Ross' Rücken entfernt. »Waffe fallen lassen!«

Elizabeth beobachtete, wie der Ausdruck auf Ross' Gesicht sich von widerlicher Vorfreude in gezügelte Wut verwandelte. Langsam nahm er den Revolver herunter.

»Auf den Boden damit.« Noahs Stimme war so ruhig und sicher wie das Wasser, das leise ans Ufer schlug. Als der Revolver am Boden lag, sagte er: »Und jetzt umdrehen und das Gesicht zu mir.«

Ross drehte sich um.

»Komm jetzt aus dem Wasser, Elizabeth, und zieh dich an. Geh direkt zum Feuer und bleib dort. Ich habe vor, dies ein für alle Mal zu regeln.«

In Elizabeths Ohren hörte sich das nicht gut an, aber sie gehorchte nur zu gern. Was würde er tun? So schnell ihre halb erfrorenen Glieder es zuließen, bewegte sie sich vorwärts. Sie erreichte das Ufer und ihre Kleider. Schnell schlang sie das Handtuch um ihren Körper und eilte durchs Gras. Am Feuer schlüpfte sie in ihre Kleider, rannte dann zu ihrem Schlafsack und tastete den Boden darunter hastig ab. Sie packte die Pistole mit festem Griff und eilte ans Ufer zurück. Im Schutz der hohen Gräser ging sie in die Hocke und lauschte angestrengt.

»… ich sage Ihnen jetzt, wenn Sie ihr etwas antun, werde ich dafür sorgen, dass Sie hinter Gitter kommen. Sie haben kein Recht, Elizabeth so zu behandeln, selbst wenn Sie mit ihr verheiratet sind.«

Ross lachte leise und furchtlos. »Mit ihr verheiratet, ja? Hat sie Ihnen das erzählt? Die kleine Betrügerin. Für wen hält sie Sie? Offenbar führt sie Sie ganz schön an der Nase herum. Ich habe auch nie gewusst, was ich ihr glauben konnte, aber verheiratet mit ihr? Das ist ein guter Witz.« Er lachte wieder.

»Machen Sie nicht so ein betrübtes Gesicht, Kumpel. Sie müssen das ideale Opfer für sie gewesen sein, so einsam wie Sie in der gefrorenen Wildnis leben. An Ihrer Stelle wäre ich vorsichtiger gewesen. Elizabeth und ich sind aus dem gleichen Holz geschnitzt, verstehen Sie? Hat sie Ihnen von uns erzählt? Wahrscheinlich nicht alles, und Sie möchten doch sicher gern alles wissen, nicht wahr? Ich will Ihnen verraten, was sie mir angetan hat.«

Elizabeths Herz pochte schneller, und Scham überflutete sie, als er schonungslos weitersprach. »Sie hat einen Handel mit mir vereinbart, dort in Seattle. Ohne Hintergedanken, eine rein geschäftliche Abmachung. Im Gegenzug für die Finanzierung ihres«, er streckte die Arme aus, um die große Weite zu verdeutlichen, »Urlaubs in Alaska, würde sie, nennen wir es mal ›mein Bett teilen‹, bis ich ihrer überdrüssig wäre. Dann beschloss sie, mich zu betrügen. Sie stahl mein ganzes Geld und machte sich ohne jeden Abschiedsgruß aus dem Staub. Ich denke, sie schuldet mir etwas. Und was die Behauptung angeht, ich sei ihr Ehemann … ha! Was müsste das für ein Narr sein, der eine lügende, berechnende kleine Diebin wie Elizabeth heiraten würde?«

In dem langen Schweigen, das nun folgte, drehte es Elizabeth das Herz im Leib um.

»Ich glaube Ihnen nicht«, erwiderte Noah, aber er klang nicht überzeugt.

»Wirklich nicht?«, kam die glatte Antwort. »Denken Sie darüber nach. Würde das nicht so manches erklären?«

Elizabeth biss die Zähne zusammen und wartete auf Noahs nächsten Satz. Sie schrak zusammen, als sie hörte, wie ein Schuss losging.

»Verschwinden Sie hier und lassen Sie sich nie mehr blicken. Ich werde Sie töten, wenn Sie in ihre Nähe kommen.«

Sie hörte eine Bewegung und dann Ross' Lachen in einiger Entfernung. »Tut mir leid, aber sie wird Sie niemals wollen. Ich habe, was sie will, und sie wird zu mir kommen, um es sich zu holen.« Es folgte eine kurze Pause, dann ein weiteres Lachen noch weiter weg, dann: »... Ich kenne ihren echten Namen.«

Elizabeth blieb lange zwischen den hohen Gräsern sitzen und wartete. Sie fühlte sich wie benommen.

»Ist es wahr?«

Seine Stimme war ganz nah. Sie konnte nicht antworten, sie konnte sich nicht einmal bewegen.

Plötzlich hatte er sie an den Schultern gepackt und kniete neben ihr. »Ist es wahr? War es eine Lüge, dass er dein Mann ist? Hast du dich auf einen solchen Handel mit ihm eingelassen und dir eine Fahrkarte nach Alaska gestohlen? Elizabeth, antworte mir.«

Sie schaute in seine Augen, die so voller Qual waren, und sah, wie tief der Schmerz war, den sie in sein Leben gebracht hatte. Ein Schluchzen brach aus ihr hervor.

»Ja, ja, es ist wahr. All das und noch viel mehr.«

Er zog sie zu sich heran und zwang sie, ihm in die Augen zu sehen. »Warum?«

Als sie nicht antwortete, nicht antworten konnte, sondern ihn nur anstarrte, ließ er sie los und wich vor ihr zurück, als hätte er etwas Unreines angefasst. Seine letzten Worte waren nur ein Flüstern, aber wie ein schweres Geschütz durchdrangen sie alle Schutzmauern, die sie um sich herum aufgebaut hatte, und trafen sie mitten ins Herz.

»Und wenn ich mir vorstelle, dass ich dich beinahe geheiratet hätte!«

Unter brennendem Schmerz sank sie in sich zusammen. »Und jetzt weißt du auch, warum ich es nicht zugelassen habe«, flüsterte sie.

* * *

Noah hastete zum Lager zurück. Er atmete schwer und keuchend. Was hatte er getan? Eine Fremde über einen halben Kontinent hinweg verfolgt? Ja, eine Fremde, das war sie. Er konnte seine Gefühle kaum beherrschen. Er blickte hoch zum Nachthimmel und schimpfte: »Warum? Wozu soll das Ganze gut gewesen sein?« Die Sterne funkelten auf ihn herab, so sicher und hell in ihrer Schöpfungsordnung.

Vergebung ist nicht für die Guten.

Er hatte die Stimme schon lang nicht mehr gehört und wollte sie jetzt eigentlich auch nicht hören. »Vergebung? Wofür? Dafür, jemand zu sein, der sie nicht ist? Dafür, mir vorzumachen, sie sei jemand, der sie nicht ist?« Er hätte am liebsten die Faust gereckt, aber stattdessen stützte er die Hände auf die Hüften und forderte Gott zu einer Antwort heraus.

Vielleicht hast du nur das gesehen, was du sehen wolltest?

Noah fühlte sich ins Mark getroffen. War er es, der Vergebung brauchte – von ihr? Ja, sie hatte ihn angelogen – sogar sein Herz gebrochen –, aber hatte er nicht krampfhaft an seiner Vorstellung festgehalten, wie Elizabeth sein sollte, anstatt sie so zu sehen, wie sie wirklich war: eine Überlebende furchtbarer Umstände?! Eine Frau mit Stärken, die er nur als Härte wahrgenommen hatte, als etwas, das verändert und in Ordnung gebracht werden konnte. Gerade diese Umstände hatten sie zu der gemacht, die sie war … und er liebte es, wie sie war. Ihre Heftigkeit … ihre Verletzlichkeit … ihr Lachen und ihr lachendes Gesicht. Ihre Entschlossenheit, stark zu sein … ihr Hochgefühl, wenn sie es schaffte … ihre Tränen, wenn sie schwach war, und ihre Bereitschaft, ihn ihre Schwäche sehen zu lassen … ihr ganzes Wesen. Elizabeth. Plötzlich wurde es ihm bewusst: Er liebte sie genau so, wie sie war.

Bevor er Zeit hatte, seine Meinung zu ändern oder auch nur darüber nachzudenken, hastete er zu dem hohen Gras, wo er sie zurückgelassen hatte.

Sie saß im Zwielicht, die Knie angezogen, den Kopf daraufgelegt, die Arme schützend um die Beine geschlungen. Sie sah so zerbrechlich aus, ihre zarten Schultern waren beladen mit Lasten, die sie nicht tragen sollte, und er hatte eine weitere Last daraufgelegt. Er fühlte, wie etwas in ihm zerbröckelte, es war, als würde ein Damm reißen, und ein Schwall von Barmherzigkeit für sie durchflutete ihn. Er kniete sich neben sie und berührte sie sanft an der Schulter. Seine Tränen bildeten kalte feuchte Spuren der Traurigkeit und Reue auf seinen Wangen.

Sie schrak zusammen und machte einen Satz zur Seite, weg von ihm. »Geh weg … geh zurück nach Juneau, wo du hingehörst.« Es waren kraftvolle Worte und er bewunderte die Stärke, die Elizabeth sich so hart errungen hatte. Sie war geschliffen wie eines Schwertes Schneide und besaß eine tödliche Schärfe. Ein trauriges und zugleich glückliches Lächeln stahl sich auf seine Lippen, als ihm bewusst wurde, dass diese Stärke ihn nicht mehr verletzen konnte, weil er ihren Ursprung kannte. Plötzlich erinnerte er sich daran, was sie vorhin über ihre Lüge, sie sei bereits verheiratet, kaum hörbar gesagt hatte: »Und jetzt weißt du auch, warum ich es nicht zugelassen habe.« Ihm wurde auf einmal klar, wie viel diese Lüge sie gekostet haben musste, falls sie ihn tatsächlich liebte.

»Elizabeth … es tut mir leid. Ich habe das nicht so sagen wollen. Es waren der Schock und meine eigene Schwäche. Ich wollte die Wahrheit genauso wenig sehen, wie du sie verraten wolltest.«

Die Verwirrung stand ihr ins Gesicht geschrieben, als sie ihre unergründlich tiefen dunkelbraunen Augen auf ihn richtete.

»Bitte hör mir zu«, sagte er, »es spielt alles keine Rolle. Weder Ross noch deine Vergangenheit noch sonst irgendetwas, das du mir sagen könntest. Elizabeth … ich liebe dich.«

Im nächsten Moment verwandelte sich Elizabeth in eine fauchende Katze, die ihn wütend kratzte und trat. »Hör auf! Sag nichts, was dir später nur leid tun wird!«

Er ließ sie einen Augenblick gewähren und zog sie dann beruhigend in seine starken Arme. »Es wird mir nicht leidtun.«

Ihr Körper wurde langsam ruhig, doch dann schlug sie mit einer besseren Waffe zu: »Du kennst nicht einmal die Hälfte der Wahrheit. Soll ich dir sagen, dass ich mit der Unehrlichkeit so vertraut bin wie du mit deinem Land? Liebende Großeltern gibt es nur im Märchen und rentable Höfe in Illinois sind nichts weiter als Hirngespinste. Es gibt eine finstere Leere in mir, wo stille Waisenhäuser und elterliche Sklavenhalter wohnen. Ich habe nicht nur Nahrungsmittel oder Geld oder andere Dinge gestohlen, die mir in die Finger kamen. Ich habe anderen den Mut gestohlen und die Frucht ihrer ehrlichen Arbeit. In bestimmten Situationen habe ich die Wahrheit gestohlen, um mir einen Vorteil zu verschaffen. Ich verstehe es meisterhaft, Menschen zu manipulieren, um das von ihnen zu bekommen, was ich will. Es ist mir zur zweiten Natur geworden, und ich habe es mit dir und Will und Cara und jeder lebendigen Seele gemacht, die mit mir zu tun hatte. Ross hat gesagt, dass wir aus einem Holz geschnitzt sind, und er hat recht. Mit mir zu leben würde bedeuten, dass ich dir das Blut aus den Adern saugen würde, bis du nichts mehr zu geben hättest.« Ihre Stimme senkte sich, bis sie nur noch ein barsches Flüstern war. »Ich würde dich benutzen, statt dich zu lieben.«

Wieder spürte er den durchdringenden Schmerz, der ihn trotzdem mit ihren Gefühlen verband. Es war ein überwältigender Schmerz. Mit neuen Tränen in den Augen antwortete er flüsternd: »Nimm mich. Nimm meine Liebe … selbst wenn ich daran zugrunde gehe. Nimm alles!«

Sie brach in heftiges Schluchzen aus. »Ich würde dich zerstören«, brachte sie hervor.

Er legte seine Hände an ihr Gesicht und sah ihr tief in die Augen. Es lag ihm so viel daran, dass sie ihm glaubte. »Nein … nein, das würdest du nicht. Meine Liebe ist stark genug für uns beide. Bitte lass dich von mir lieben … Elizabeth … lass mich die Frau lieben, die du gerade hier und jetzt bist. Wenn ich dein Leid wegnehmen könnte, würde ich es tun, aber das kann ich nicht. Ich kann nur mit dir leiden und dir helfen, deine Last zu tragen. Elizabeth, lass dich von mir lieben.«

Für einen langen Moment, der ihm wie eine Ewigkeit vorkam, hielt sie ihren Blick ungläubig auf ihn gerichtet. Eine kühle Brise kam herangeweht, trocknete ihre Tränen und verbreitete eine übernatürliche Ruhe. Elizabeths Atemzüge waren schwer und lang. »Noah … aber sag nicht, ich hätte dich nicht gewarnt.«

Sein Herz hüpfte und tanzte vor Erleichterung und er lachte lang und laut – ein Siegerlachen. Er streichelte ihr seidiges Haar und zog sie in seine Arme. »Es wird alles gut.« Er küsste sie auf den Kopf und drückte sie fest an sich. »Ich verspreche es.«

16. Januar 1896

Verehrte Mrs. Rhodes,

auf die vielen neuen Anzeigen, in denen eine Belohnung versprochen wird, habe ich einige Reaktionen erhalten, aber es ist nichts Vielversprechendes dabei. Wenn ich meine Berichte durchsehe, muss ich leider sagen, dass ich nicht das Gefühl habe, Ihre großzügigen Zahlungen zu verdienen. Möchten Sie gern, dass ich weitermache, verehrte Madam? Ich könnte Anzeigen in den ganz westlich gelegenen Zeitungen aufgeben. Es ist das einzige Gebiet, in dem wir es noch nicht versucht haben.

Mein Sohn Clyde heiratet dieses Jahr. Ich würde Ihnen wünschen, dass Sie ein solches Ereignis im Leben eines Kindes auch miterleben dürfen. Geben wir die Hoffnung nicht auf!

Ich bleibe Ihr ergebener Diener.

Hochachtungsvoll,
Jeremiah Hoglesby
Privatdetektiv zu Ihren Diensten

18

Der Raum war schwach beleuchtet und es stank nach Tabak, Schweiß und Whiskey. Noah marschierte zielstrebig zur Bar von *The Grand Dame Saloon*. Er hatte etwas Wichtiges zu erledigen. Die spöttische Bemerkung, die Ross zum Abschied gemacht hatte, er besäße eine geheime Kenntnis über Elizabeths echtem Namen, ließ ihn nicht mehr los. Er musste herausfinden, was Ross damit gemeint hatte. Er wollte sich gerade beim Wirt nach Ross erkundigen, als er dessen unverwechselbares Lachen hörte. Noah drehte sich um und entdeckte Ross an einem Tisch im hinteren Teil des Saloons. Er trug einen schwarzen Anzug, ein weißes Hemd und eine locker gebundene schwarze Fliege. Er saß mit dem Rücken zur Tür und hatte deshalb nicht bemerkt, wie Noah hereingekommen war. Obwohl Noah den größten Teil des Tages damit verbracht hatte, Ross aufzuspüren, war er doch überrascht, ihn tatsächlich zu finden. Mit schnellen Schritten ging er zu seinem Feind hinüber.

Ross schaute hoch, als Noahs laute Schritte an seinem Tisch zum Stehen kamen. Eine dünne Zigarre klemmte zwischen seinen Lippen, und wie immer machte er den Eindruck eines Mannes mit tadellosen Manieren. Sein Gesicht verfinsterte sich, als er Noah bemerkte, aber er blieb sitzen.

Noah warf den anderen Männern, die mit am Tisch saßen, einen Blick zu. »Entschuldigen Sie, Kameraden, aber ich muss mir einen Ihrer Mitspieler kurz ausleihen.« Er schaute Ross ins Gesicht. »Ich muss mit Ihnen sprechen, Ross. Gehen wir nach draußen.«

Ross lächelte. »Für wie dumm halten Sie mich, Wesley? Ich denke nicht daran, mit Ihnen nach draußen zu gehen!«

Noah war nicht in der Stimmung für irgendwelche Spielchen. Er klopfte vielsagend auf die Waffe, die an seiner Hüfte hing, und stieß zwischen zusammengebissenen Zähnen hervor: »Wir haben noch etwas zu klären. Gehen wir!«

Die anderen Männer am Tisch waren wie erstarrt und beobachteten die Szene interessiert. Ross lächelte nur geziert und erklärte: »Wenn Sie mich erschießen, werden Sie die Antwort auf Ihre Fragen nie bekommen.«

Langsam erhob er sich, um Noah gegenüberzutreten. »Ich sage Ihnen etwas, Kumpel. Elizabeth ist ein hübsches Ding, aber so viel von meiner Zeit ist sie auch wieder nicht wert. Ich habe genug von dieser Stadt und genug von Ihnen, also verraten Sie mir, was Sie wissen wollen.«

»Nicht hier. Wir machen das draußen.«

Einer der anderen Spieler fing schallend an zu lachen, aber als Noah ihn mit eiskaltem Blick anstarrte, verstummte er abrupt.

Ross zuckte die Schultern, als wäre ihm die Sache gleichgültig, und trat auf Noah zu. Noah wandte sich Richtung Tür. Er hätte darauf gefasst sein müssen: Plötzlich spürte er die Spitze eines Messers in seinem Rücken. Atemlos sagte Ross: »Ich würde Sie ungern vor all diesen Menschen töten, deshalb habe ich beschlossen, dass ich tatsächlich mit Ihnen nach draußen gehe. Setzen Sie sich in Bewegung!«

Noah machte scheinbar gehorsam einen Schritt vorwärts, doch dann beugte er sich ruckartig vor, um der Messerspitze zu entgehen, und trat gleichzeitig mit dem Fuß nach hinten. Er traf Ross am Knie, und Ross taumelte rückwärts. Blitzschnell drehte Noah sich um. Ross hatte sich wieder gefangen und ging mit dem Messer auf ihn los. Er war zwar kleiner als Noah, aber er war drahtig und reagierte schnell. Noah musste sich vor der Klinge in Acht nehmen, die dicht an seinem Gesicht vorbeizischte.

Inzwischen waren sie von einer Menge umringt. Die Zuschauer johlten, feuerten sie an, ergriffen Partei und schlossen Wetten ab. Ein Nebengefecht brach zwischen zwei Männern aus, die sich kurz darauf in einer anderen Ecke des Raumes prügelten. In der Absicht, einen Schuss in die Luft abzugeben, griff Noah gerade nach seiner Waffe, als ein großer Mann ihn anrempelte und der Revolver in hohem Bogen durch den Raum flog. Na großartig, jetzt musste er Ross auch noch entwaffnen. Noah hasste Messer. Er konzentrierte sich auf das glänzende Metall, machte einen Satz nach vorn, verpasste Ross einen harten Hieb auf die Schulter und schlug ihm gleichzeitig das Messer aus der Hand. Für einen Moment sah es aus, als hätte er die Oberhand gewonnen, doch da stiegen zwei andere Männer in den Kampf ein. Dem einen gab Noah einen Stoß, sodass er auf einem Tisch landete, der im selben Moment krachend unter ihm zerbrach. Der andere Mann wurde gegen einen billigen Spiegel geschleudert, und die Scherben rieselten zu Boden.

Das Klirren wirkte wie ein Signal, dass die Arena nun für alle freigegeben war. Sämtliche Männer im Saloon stürzten sich in den Kampf und bald flogen Flaschen, Möbel und Gläser durch die Luft. In dem ganzen Getümmel verlor Noah Ross aus dem Blickfeld. Auf der Suche nach ihm schob, boxte und drängelte er sich durch die Männer, aber Ross war verschwunden. Schließlich gelang es Noah, sich bis zur Tür durchzukämpfen und er trat ins helle Sonnenlicht. Er schüttelte seinen Kopf, um die Benommenheit zu vertreiben, und fragte sich, ob sein Gesicht größere Schnittwunden abbekommen hatte. Er fühlte, wie das Blut aus einer Verletzung an der Augenbraue herablief. Sein rechtes Auge schwoll zunehmend an und er hatte einen Riss an der Unterlippe. Abgesehen davon schien alles in Ordnung mit ihm zu sein. Schwerfällig ging er den Fußweg entlang und hielt Ausschau nach Ross. Als er an einer Seitengasse vorbeikam, warf er einen kurzen Blick hinein. Er wollte gerade weitergehen, als er den kalten Stahl einer Mündung im Rücken spürte.

»Dieses Mal bringen wir die Sache zu Ende«, zischte eine Stimme.

Der Revolver – sein eigener, wie er vermutete – wurde ihm in den Rücken gedrückt und für einen Augenblick dachte Noah, jetzt wäre alles aus.

»Dreh dich langsam um und beweg dich auf das Wäldchen außerhalb der Stadt zu. Keine Tricks diesmal, Wesley. Bei der kleinsten verdächtigen Bewegung jage ich dir vor allen Menschen hier eine Kugel durch den Leib. Los jetzt!«

Noah setzte sich in Bewegung. Als Ross ihn weiter von der Stadt weg und tiefer ins Gebüsch lenkte, versuchte Noah, sich einen Plan zurechtzulegen. Dieser Mann mit dem gepflegten Äußeren und dem attraktiven Gesicht war so kalt wie eine Schlange. Noah wusste, dass er auf alles gefasst sein musste. Ihm waren schon Männer von Ross' Typ begegnet. Leute, die mit Vergnügen zusahen, wie ein anderes Lebewesen litt, egal ob Tier oder Mensch, Freund oder Feind. Noah spürte, dass Ross eine perverse Befriedigung daraus zog, anderen Menschen Angst einzujagen oder ihnen Schmerz zuzufügen. Fürs Erste schob er seine düsteren Vorahnungen jedoch beiseite und versuchte, sich so unbekümmert zu geben wie sein Freund Jacko. Jacko war auf ganz andere Art abgebrüht. Er schien überhaupt keine Vernunft zu besitzen, so kam es Noah jedenfalls manchmal vor. Er nahm es lachend mit jeder Gefahr auf und hatte nur Hohn und Spott für den Tod bereit. Er hätte nicht einmal geahnt, wie finster es in

Ross' Seele aussah, und hätte deshalb eine unerhörte Selbstsicherheit an den Tag gelegt.

Noah lächelte sachte vor sich hin, als er durch die immer dichter werdende Vegetation trottete. Er wollte sich ein bisschen vom draufgängerischen Verhalten seines Freundes abschauen. »Da Sie mich ohnehin erschießen werden, könnten Sie mir doch erzählen, was Sie über Elizabeth wissen, Ross.«

Ross stieß ihm die Waffe in den Rücken. »Gehen Sie weiter. Und machen Sie sich keine Gedanken um Ihre teure Elizabeth. Sie wird in guten Händen sein.«

Noah schluckte. »Was haben Sie mit ihr vor?«

Ross lachte boshaft. »Ich dachte, ich hätte das schon deutlich zu verstehen gegeben.« Er machte eine Pause. »Aber wenn Sie ein paar Einzelheiten mit ins Grab nehmen wollen, kann ich gern damit dienen.« Er lachte wieder und Noah spürte, wie sich seine Nackenhaare aufrichteten.

Mit einem Schulterzucken antwortete Noah: »Sicher, wenn Sie wollen, aber das meinte ich eigentlich gar nicht. Ich weiß, dass Sie intelligent sind, Ross, und ein intelligenter Mann verfolgt eine Frau nicht über Tausende von Kilometern nur wegen Sex. Sie verschweigen mir etwas. Was haben Sie sonst noch mit Elizabeth vor?«

Ross lachte in sich hinein. Er stieß Noah zu einem umgestürzten Baum hin und gab ihm ein Zeichen, dass er sich setzen sollte. Während er den Revolver weiterhin stetig auf Noah gerichtet hielt, fummelte Ross eine Zigarre aus der Tasche und zündete sie an. Er zog ein paar Mal daran, bis sie richtig glühte, und musterte Noah ausgiebig. »Sie armes Schwein. Elizabeth hat Ihnen den Verstand geraubt, seit Sie sie das erste Mal gesehen haben, nicht wahr?« Er wartete keine Antwort ab. »Ich erinnere mich, wie ich sie das erste Mal sah. Sie kam aus einem kleinen Kleidergeschäft und wirkte so geschniegelt und gestriegelt. Was für ein hübsches kleines Ding sie war!« Er grinste. »Wenn Sie diese furchtbaren Leute gesehen hätten, bei denen sie aufwuchs, würden Sie verstehen, warum mich das überrascht hat.« Mit elegant abgewinkelten Fingern nahm er einen weiteren Zug aus seiner Zigarre. »Es waren grässliche, rückständige Leute. Auf jeden Fall habe ich meinen ganzen Charme spielen lassen und mich bemüht, Elizabeth um den Finger zu wickeln. Als ich die Ermittlung übernahm, hatte ich nicht geplant, sie zu verführen, aber nachdem ich sie gesehen hatte –«, vielsagend ließ er zwei Mal die Augenbrauen hochschnellen, »nun, ich bin sicher, gerade Sie werden verstehen, warum ich beschloss, meine Pläne zu ändern. Sie ist so entzückend.« Er ging ein paar Schritte auf und ab und sein Griff um den Revolver lockerte sich, als er sich zunehmend für das Thema erwärmte. »Das wirklich Witzige ist, dass sie es mir so einfach machte. Unter diesem sittsamen Kleid schlug das waghalsige Herz einer Träumerin. Sie wollte nach Alaska gehen«, er streckte die Arme einen Moment lang weit nach oben, »und bei dem großen Goldrausch dabei sein, der sich hier ereignet. Sie hatte kaum genug zum Leben und war dem Verhungern nahe, sie war so dünn. Sie hätten sehen sollen, wie sie vom Gold träumte, wie sie geradezu leuchtete, sobald sie davon sprach. Sie war ganz gebannt davon. Also nahm die Verführung eine geschäftliche Wende. Sie hatte kein Interesse an Schmeichelei und feinen Manieren wie die meisten Mädchen. Sie war auch nicht kokett oder schüchtern. Sie brauchte einen Fahrschein nach Alaska und ich bot ihn ihr an. Nicht umsonst natürlich, aber ich habe Ihnen ja bereits gesagt, welche Gegenleistung sie bringen sollte.«

Noah achtete nicht auf seine Gefühle und sagte mit tödlicher Ruhe: »Sie hatten jedoch niemals vor, ihr das Geld zu geben, nicht wahr? Egal, wie viele Male sie …«

Ross entblößte seine weißen geraden Zähne, die so vollkommen waren wie der Rest seiner Erscheinung. »Später dann. Ich wurde von ihren Eltern Margaret und Henry Dunning angeheuert. Ich hätte ihnen telegrafiert, sobald ich ihrer überdrüssig geworden wäre, und hätte mein Honorar in Empfang genommen, was erstaunlicherweise eine beträchtliche Summe ist, wenn man bedenkt, wie diese Leute aussehen.«

Noah warf ihm einen finsteren Blick zu. »Elizabeths Eltern sind tot.«

Ross legte den Kopf auf die Seite und grinste ihn an. »Ach ja? Glauben Sie alles, was Elizabeth ihnen erzählt hat? Sie armer liebestrunkener Narr.« Er schnippte die Asche von der Zigarre und fuhr genüsslich fort. »Elizabeth wuchs als Waise auf, bevor die bereits erwähnten Dunnings sie adoptierten.« Wieder zeigte er seine Zähne. »Sie hatte es im Waisenhaus besser als bei ihren neuen Eltern, das kann ich Ihnen versichern.«

Noah versuchte, seine aufgewühlten Emotionen unter Kontrolle zu halten. Er holte tief Luft und fragte mit gefasster Stimme: »Und was wollen ihre Eltern jetzt von ihr?«

Ross lächelte und kam näher. »Das ist der größte Witz an der Sache. Elizabeth hat entsetzliche Angst vor ihnen, wahrscheinlich wegen der Sache mit dem gestohlenen Claim, aber das ist nicht der Grund, warum die Dunnings nach ihr suchen. Wenn Elizabeth die Wahrheit wüsste, wäre sie nie in dieses gottverlassene Land gekommen.«

Ross beugte sich zu ihm. Seine Arme hingen lässig an seiner Seite, die Waffe baumelte unbeachtet in Kniehöhe an seinen Fingerspitzen – er schien sie für einen Moment vergessen zu haben. So gern Noah weitergefragt hätte und so dringend er erfahren wollte, was die Dunnings mit seiner zukünftigen Frau vorhatten, wusste er doch, dass es keinen günstigeren Moment geben würde. Ross konnte sich jeden Augenblick wieder entfernen, und dann wäre die Gelegenheit dahin. Mit einer blitzartigen Bewegung trat er Ross den Revolver aus der Hand und warf sich auf den Boden. Beide Männer rauften darum, die Waffe im überwucherten Untergrund in die Finger zu bekommen. Ross erreichte sie zuerst, spannte den Hahn und richtete den Lauf auf Noah, der sich auf ihn geworfen hatte. Sie wälzten sich hin und her und kämpften darum, die Kontrolle über die Waffe zu erringen.

Noah war weitaus größer, doch Ross besaß eine teuflische Kraft. Mit einem Ruck konnte Ross den Revolver zur Seite reißen, rutschte unter Noah hervor und stand auf. Schwer atmend zielte er hastig auf Noah. Sein Gesicht war verzerrt vor Wut.

Noah richtete sich auf und schnellte zur Seite, als der Schuss losging. Im Geiste suchte er eine schmerzende Stelle an sich, aber da war nichts. Ross hielt die Waffe wieder auf ihn gerichtet.

»Daneben«, sagte Noah einfach nur, als er nach dem Arm hechtete, der den Revolver hielt, und Ross erneut zu Boden riss. Wieder löste sich ein Schuss, dann rutschte die Waffe ins Gras. Noah legte Ross die Hände um den Hals und keuchte: »Sag's mir. Sag mir alles.«

Ross starrte ihn mit ausdruckslosen Augen an. In fassungslosem Schweigen beobachtete Noah, wie der dünne Mann aufhörte zu atmen. Er kletterte von Ross herunter und bemerkte erst jetzt den großen roten Fleck, der sich auf dem weißen Hemd ausbreitete. Irgendwie … war Ross getroffen worden. Noah hatte den Abzug nicht gedrückt.

Jetzt würde er womöglich nie erfahren, warum Elizabeths Adoptiveltern nach ihr suchten. Nun würde er sie finden müssen.

»Noah Wesley?«, rief eine Stimme.

Er hatte gerade das Hauptquartier der kanadischen Polizei verlassen, wo er einem grimmigen Beamten den Hergang des Unfalls in allen Einzelheiten geschildert hatte. Er drehte sich um und hielt schützend die Hand über die Augen, als er in die Sonne schaute. Er sah William Cleary und die Zwillinge auf der Hauptstraße herankommen.

»Das sind Sie doch, oder?«

Noah blieb stehen und wartete, bis sie ihn erreicht hatten. Mit einem Nicken streckte er die Hand aus und sagte: »Pastor Cleary, es ist schön, Sie zu sehen.« Er richtete den Blick auf die Zwillinge und musterte sie. »Sie müssen Ben und Josh sein. Elizabeth hat mir von Ihnen erzählt. Sie wird sich freuen, Sie zu sehen.«

»Hat sie ein Claim bekommen?«, fragte Ben aufgeregt.

»Ist sie auf Gold gestoßen?«, fiel Josh ein.

Noah grinste unwillkürlich. Das Goldfieber hatte sie genauso erwischt wie Elizabeth. »Ja, sie hat es geschafft, ein Claim zu bekommen. Wenn ihr Jungs nachher mit mir zurückgehen wollt, könnt ihr sie treffen und euch das Claim anschauen. Und was das Gold angeht – sicher ist sie jetzt gerade bei der Arbeit, und wer weiß, was sie uns zu zeigen hat, wenn wir dort hinkommen.«

Begeistert erklärten sich die Zwillinge einverstanden und machten sich auf den Weg zum Meldebüro, um zu erkunden, ob neue Claims freigegeben worden waren. William Cleary ging neben Noah her zu Noahs Floß.

»Wir haben nicht mehr das Geringste von diesem Ross gesehen, seit ihr beiden uns verlassen habt. Sind Sie ihm begegnet?«

Noah nickte ernst. »Ja, ich bin ihm begegnet.«

William sah ihn besorgt an. »Ihrem Gesicht nach zu urteilen war es kein erfreuliches Treffen. Wissen Sie, was er von Elizabeth will?«

Noah zuckte die Achseln und wich Clearys Blick aus. »Er kam gestern Abend zu unserem Lager und hat Elizabeth mit vorgehaltenem Revolver bedroht. Ich … ich hatte gerade eine Auseinandersetzung mit ihm.« Noah sah dem Prediger in die Augen und seufzte tief auf. »Er wollte mich umbringen, und als ich versuchte, ihm die Waffe abzunehmen, wurde er von einem Schuss getroffen. Er ist tot.«

Cleary atmete zischend aus und schaute zum Himmel. »Weiß Elizabeth es schon?«

»Noch nicht. Ich werde es ihr sagen, wenn wir wieder im Lager sind. Könnten Sie auch mitkommen? Ich glaube, sie würde sich freuen, Sie zu sehen.«

»Natürlich. Die Zwillinge und ich haben uns große Sorgen um sie gemacht. Das mit Ross ist furchtbar, aber zumindest sitzt ihr jetzt nicht mehr diese Bedrohung im Nacken.« Er seufzte und sah Noah in die Augen. »Es gibt jedoch noch andere Bedrohungen, oder?«

Noah nickte nur und zeigte dem Prediger den Weg zum Floß.

* * *

22. April 1898

Verehrte Mrs. Rhodes,

zu meiner großen Freude kann ich Ihnen heute den beigefügten Brief von Margaret und Henry Dunning schicken. Im Lauf der Jahre haben mich viele Briefe aufgrund der Anzeigen erreicht, aber ich habe das Gefühl, dass dies nun endlich die Mitteilung ist, auf die wir gewartet haben. Ich glaube, liebe Madam, dass wir Ihre Tochter weit im Westen gefunden haben. Ich werde auf weitere Anweisungen von Ihnen warten. Bitte schreiben oder telegrafieren Sie mir bald.

Ich bleibe Ihr ergebener Diener.

Hochachtungsvoll,
Jeremiah Hoglesby
Privatdetektiv zu Ihren Diensten

19

New York City

Kalter Nieselregen tröpfelte auf die schwarzen Schirme um die Grabstelle herum. Jane Rhodes hielt ihren Schirmgriff mit schmaler Hand umklammert, während sie zuschaute, wie ihr Vater in die Erde hinuntergelassen wurde. Sie achtete nicht auf Worte des Priesters, dessen monotone Sprechweise ihren Vater jeden Sonntag in einen Dämmerschlaf versetzt hatte. Stattdessen fühlte sie das erste Mal seit vielen Jahren das Bedürfnis, über Howard Greyson als Mensch nachzudenken.

Sie hatte ihm nie verziehen, dass er sie gezwungen hatte, Elizabeth wegzugeben. Es tat immer noch weh, wenn sie an ihre kleine Tochter dachte, obwohl der Schmerz jetzt nicht mehr so scharf war; er raubte ihr nicht mehr den Atem wie früher. Er war nur noch ein dumpfes Brennen, das niemals ganz zu verschwinden schien. Sie betrachtete den edlen Rosenholzsarg mit den glänzenden Messingverzierungen, den ihr Vater schon vor Jahren für sich ausgesucht hatte. Mit leichtem Erstaunen nahm sie wahr, dass sie einen Anflug von Traurigkeit darüber empfand, dass er nun nicht mehr da war. Es fühlte sich an, als wäre ein kleines Stück von ihr abgetrennt worden, und sie wunderte sich darüber, dass sein Tod diese Empfindung auslöste.

Howard Greyson war ein harter und zielstrebiger Mann gewesen. Sie konnte sich nicht erinnern, dass er jemals Angst oder Unsicherheit gezeigt hätte. Er war ein Mann der Tat gewesen, und sie vermutete, dass sie diesen Charakterzug von ihm geerbt hatte. Nachdem man ihr Elizabeth weggenommen hatte, hatte sie sich in einen Wirbel von Aktivitäten gestürzt.

Was ihr Vater ihr angetan hatte, war falsch gewesen. Wenn ihre Mutter noch am Leben gewesen wäre – und wie viele Male hatte Jane sich das sehnlichst gewünscht –, wäre alles anders gekommen. Aber Jane wusste, dass ihr Vater wirklich geglaubt hatte, zu ihrem Besten zu handeln. Ihre Gefühle hatten dabei keine Rolle gespielt. Für ihn war Glück gleichbedeutend mit finanziellem und gesellschaftlichem Erfolg. Sein Ansehen bedeutete ihm alles, und sie hatte es beinahe zerstört, als sie schwanger geworden war, ohne verheiratet zu sein. Er hatte getan, was aus seiner Sicht getan werden musste, um die Sache in Ordnung zu bringen. Das Baby wegzugeben und Jane mit einem achtbaren aufsteigenden Rechtsanwalt zu verheiraten war für ihn die einzige Lösung gewesen, auch wenn seine Tochter dabei innerlich zerbrach.

Sie merkte, dass ihr der Schirm aus der Hand genommen wurde, und blickte zu ihrem Mann Benjamin Rhodes auf. Sie lächelte ihn liebevoll an und staunte wieder einmal über die Ironie des Schicksals. Es gab kaum einen Mann, der weniger Ehrgeiz besaß als Benjamin. Er war genau das Gegenteil von allem, was sie bis zu ihrer Eheschließung erlebt hatte – er war offen und großzügig, äußerst intelligent, aber bescheiden, und er hatte keine großen Ambitionen. Vor allem hatte er viel Geduld an den Tag gelegt, während er darauf wartete, dass sie ihn als Person wahrnahm und ihm ihre Liebe schenkte. Ihr Vater hatte Benjamin nach dem Ansehen seiner Familie beurteilt und hatte keinen Blick dafür gehabt, wie er wirklich war. Dafür war Jane unendlich dankbar.

Ihre Gedanken wanderten zu dem Mann, den sie selbst gewählt hätte, dem Vater von Elizabeth. Wenn sie durch den Dunst der vergangenen Zeiten an ihn zurückdachte, hatte sie das Bild eines ausgesprochen gut aussehenden jungen Mannes vor sich, der aus einem weniger vornehmen Teil der Stadt stammte und den brennenden Wunsch in sich trug, seinen Stand zu verbessern. Heute erkannte sie verblüfft, wie ähnlich er ihrem Vater gewesen war. Er war auf Macht, Reichtum und Anerkennung aus gewesen. Sie wusste jetzt, dass sie nur unglücklich mit ihm geworden wäre. Trotzdem tat es immer noch weh, wenn sie daran dachte, wie furchtbar es anfangs mit Ben gewesen war. Es hatte sie so viel gekostet, eine Beziehung zu ihm aufzubauen.

Sie drückte Bens Hand, die ihre eigene so vollkommen umschloss, als wäre sie speziell zu diesem Zweck geformt worden. Er war ihr fremd gewesen, als sie geheiratet hatten. Verletzt und verängstigt wie ein verwundetes Tier war sie wild entschlossen gewesen, nie wieder ein menschliches Wesen zu lieben. In ihren Augen war Ben nur ein weiterer Feind gewesen. Das erste Jahr hatte sie ihm nicht erlaubt, sie zu berühren. Aber als sie dann sah, wie er aufgab, seine Mahlzeiten schweigend allein einnahm und sich in seine Arbeit vergrub, fing sie an, sich unbehaglich zu fühlen, weil sie ihn so vernachlässigte. Sie bedauerte es, dass sie nur gestelzte Gespräche miteinander führten und einander nicht in die Augen sahen. Schließlich war ihr Herz bereit, dem Verstand recht zu geben, dass Ben nicht die Ursache für ihr Elend war. Sie sah, dass er nur ihretwegen litt, dass er nur den Schatten einer Frau geheiratet hatte und dass sie sich ihm gegenüber unfair verhielt.

Von da an bemühte sie sich um ihre Ehe. Sie schenkte Ben ihren Körper, wenn auch anfangs nicht ihr Herz. Und lange Zeit reichte das aus. Er liebte sie. Vom ersten Moment an, als er sie in ihrem verlogenen weißen Hochzeitskleid gesehen hatte, das ihr verhasst gewesen war, hatte er nur ihre Schönheit gesehen und sich rettungslos in sie verliebt. Als sie sich ihm zuwandte, brachte er sie zum Lachen – und manchmal vergaß sie sogar, was gewesen war.

Er band sie an sich und schenkte ihr ein paar flüchtige Glücksmomente. Noch immer erlebten sie Ebbe und Flut in ihrer Beziehung, auch wenn die Gegensätze im Lauf der Zeit geringer wurden. Inzwischen war Ben ihr bester Freund und ihr einziger Trost im Leben. Abgesehen von Elizabeth waren sie kinderlos.

Sie hatte sofort angefangen, nach Elizabeth zu suchen. Erst hatte sie ihren eigenen Schmuck und dann die Erbstücke ihrer Mutter verkauft, um einen Privatdetektiv anzuheuern. Nach ihrer Eheschließung hatte Ben sie darin unterstützt, und dies war der einzige Punkt, an dem sie Hilfe von ihm angenommen hatte. Sie war wie besessen gewesen und hätte fast ihre Gesundheit ruiniert, um ihre verlorene Tochter zu finden. Sie gab jeden Cent aus, den Ben verdiente, und er ließ sie großzügig gewähren. An dem Tag, als Elizabeth zehn Jahre alt geworden wäre, zog sie jeden Fetzen Papier hervor, den sie im Lauf der Jahre hatte sammeln können, und brach dann an ihrem Esszimmertisch zusammen – eine lebendige Tote auf den Scherben ihrer Existenz. Sie lebten wie Mittellose, hatten so gut wie keine Freunde, und ihr Vater dachte, sie hätte den Verstand verloren. Er weigerte sich sogar, sie zu besuchen, aber das war ihr damals gleichgültig.

In den Jahren der Suche nach Elizabeth hatten sie nur einen echten Anhaltspunkt – den Namen des Waisenhauses in New York, in das Elizabeth anfangs gebracht worden war. Es frustrierte Jane, dass es dem Privatdetektiv nicht gelang, ihre Tochter dort zu finden. Dann schrieb er, Elizabeth sei einfach verschwunden, und obwohl er weiter nach ihr forschen würde, sähe es doch so aus, als gäbe es keine Spur mehr von ihr. Dies war der letzte Brief, den Jane von ihm bekommen hatte, und das lag nun schon so viele Jahre zurück.

Aber an jenem Tag, an Elizabeths zehntem Geburtstag, umgeben von den kahlen Wänden ihres schmucklosen Esszimmers, beschloss Jane, dass sie nicht so weitermachen konnte. Es wurde Zeit, zu den Lebenden zurückzukehren. Sie gab die Hoffnung nicht auf – niemals. Sie hörte nicht auf, jedes dunkelhaarige Mädchen, das ihr über den Weg lief, in der Hoffnung anzuschauen, Elizabeths Gesicht zu sehen. Aber sie ließ die Last los, die sie sich auferlegt hatte. Sie ging einkaufen, zeigte allmählich Interesse an ihrer Kleidung und an ihrer Einrichtung. Sie freundete sich mit anderen Menschen an, zuerst steif und unbehaglich, dann mit wachsendem Erfolg. Das Allerwichtigste war, dass sie sich selbst wieder entdeckte. Sie lernte, sich selbst zu mögen, und es war schön, endlich wieder lebendig zu sein.

Jetzt, als sie zuschaute, wie der Verursacher all ihres Leids in der nassen Erde begraben wurde, fand sie es etwas überraschend, dass so etwas wie Vergebung in ihr aufstieg. Sie verstand ihren Vater nicht, aber sie konnte ihn nicht mehr hassen. Sie konnte sogar annehmen, dass er sie vielleicht auf seine Art geliebt hatte. Die Menge um sie her löste sich langsam auf, erst das machte ihr bewusst, dass die Zeremonie vorbei war. Sie schaute in die grünbraunen Augen ihres Mannes und sagte: »Bitte lass mich einen Moment mit ihm allein.«

Er küsste sie auf die Stirn und strich ihr tröstend über den Kopf, als er ihr den Regenschirm gab. Sie sah ihm nach, wie er hoch aufgerichtet zur Kutsche schritt. Der Regen tropfte an seiner Hutkrempe herunter. Sie drehte sich um und stellte sich an den frisch aufgeworfenen Erdhügel. Dann hockte sie sich hin, um seiner letzten Ruhestätte möglichst nah zu sein, und strich mit ihren behandschuhten Fingern leicht über die lockere Erde. Die Luft roch nach nasser Erde und den Blumen, die rundherum abgelegt worden waren. Sie hatte nur einen kleinen Strauß Vergissmeinnicht mitgebracht, der es mit den protzigen Gestecken seiner reichen Freunde nicht aufnehmen konnte, aber sie hatte den Eindruck gehabt, dies sei genau das Richtige.

Sie legte die Blumen auf die dunkle Erde und murmelte: »Es tut mir leid, dass es für uns beide so schwer war.« Die ersten Tränen seit seinem Tod schossen ihr in die Augen. Ihre Kehle war wie zugeschnürt und ihre Stimme klang verzerrt. »Es tut mir leid, dass ich nicht perfekt war und dass du nicht perfekt warst … und wir beide haben es so furchtbar vermasselt.« Sie schluckte heftig. »Ich wünschte … ich wünschte, wir hätten einmal miteinander reden können, aber«, sie lächelte unter Tränen, »wir waren beide so verbohrt und viel zu stolz. Es wäre nicht gut gegangen.« Sie stieß ein unsicheres, halb schluchzendes Lachen aus. »Also, wenn du mich jetzt hören kannst … es tut mir leid. Und … ich vergebe dir.« Schniefend stand sie auf und glättete ihre Röcke. Sie wollte nicht zulassen, dass das unterdrückte Schluchzen aus ihr herausbrach. Sie holte tief Luft und spürte, wie die Beherrschung, die sie durch viel Kummer gelernt hatte, sie aufrechthielt. Sie legte den Kopf auf die Seite und sagte mit einem verhaltenen Lächeln: »Ich werde mir Mühe geben, mein Erbe für etwas Großartiges auszugeben. Dir zuliebe.«

Sie drehte sich um, hob ihre Röcke mit der freien Hand und folgte Ben. Er wartete mit offenen Armen und einem liebevollen Lächeln in der Kutsche auf sie. An seiner breiten Brust konnte sie sich anlehnen.

* * *

Als sie nach dem Essen, das zu Ehren ihres Vaters abgehalten wurde, nach Hause kamen, fand Jane einen Karton mit den Papieren ihres Vaters auf dem Tisch in der Eingangshalle vor. Sie öffnete ihn und sah oberflächlich durch die Dokumente, während sie mit den Zähnen einen Handschuh von den Fingern zog. Die Schachtel enthielt eine Kopie vom Testament ihres Vaters, das sie bereits gesehen hatten, einige Urkunden und Kontenabrechnungen, und ganz unten lagen Briefe. Es war ein ganzes Bündel Briefe, mit einer Schnur zusammengehalten, und sie waren an Jane gerichtet. Sie erstarrte und ihr weißer Handschuh fiel zu Boden, als sie die Absenderadresse las. Sie kamen von dem Privatdetektiv, den sie damals beauftragt hatte, Informationen über Elizabeth herauszufinden – Jeremiah Hoglesby. Sie hatte jahrelang nichts mehr von ihm gehört. Sie öffnete den obersten Brief mit zitternden Fingern, überflog die klare Handschrift und las den Namen Dunning. Margaret und Henry Dunning. Ein kleiner gefalteter Zettel war beigefügt. Sie sah zu Ben hoch, der gerade hereingekommen war. Ihr Gesicht hatte plötzlich alle Farbe verloren und ihr Mund war zu einer schmalen Linie zusammengepresst.

Ben legte seinen Hut auf den Tisch und fragte beunruhigt: »Was ist los, Jane? Du bist leichenblass!«

Zitternd streckte sie ihm die Briefe hin. »Lies du sie. Ich kann das nicht ... warum waren sie im Besitz meines Vaters?«

Ben warf einen Blick auf den Absender. »Sind sie von dem Privatdetektiv, den du angeheuert hast?«

Jane nickte und sah Ben an. »Er muss sie vor mir versteckt haben. Was hat das zu bedeuten?«

Ben wühlte in der Schachtel auf der Suche nach weiteren Briefen und fand noch einen Stapel, beinahe unberührt, jeder Brief war sorgfältig in den geöffneten Umschlag zurückgesteckt. Er sah die Briefe durch und las die Adressen. »Das ist merkwürdig. Das sind Berichte, die jedes Jahr geschickt wurden ... an dich ... eine ganze Menge. Hast du in dieser Zeit irgendwelche Berichte von ihm erhalten?«

»Anfangs ja, ein paar wenige. Ich ... ich verstehe das nicht. In allen stand das Gleiche: ›Noch kein Erfolg. Ich werde mich weiter bemühen.‹ Ich habe vor Jahren aufgehört, ihn zu bezahlen.« Sie sah Ben an. »Was hat mein Vater getan?«

Ben griff mit einer Hand nach den Briefen und schob Jane mit der anderen sanft in den Salon. »Bring mir die Briefe, die du erhalten hast.«

Jane nickte benommen. Sie spürte, wie sich in ihrem Inneren ein Loch auftat, ein riesiges Loch, in das sie hineingerissen werden könnte. Dann würde nur noch die Hülle einer Frau übrig bleiben, eine stammelnde Idiotin, wie sie es fast geworden wäre, bevor sie dem Haus ihres Vaters entkommen war. Sie zwang sich, zu ihrem eleganten Schreibtisch zu gehen, und kramte in der obersten Schublade nach dem schmalen Schlüssel, den sie so gut kannte. Sein Gefühl zwischen den Fingern war ihr so vertraut, weil sie ihn so oft in der Hand gehabt hatte. Als nächstes holte sie eine Schatulle aus einer anderen, tiefer liegenden Seitenschublade. Sie schloss sie auf und griff nach den wenigen Briefen, die darinlagen. Es waren ihre Schätze und sie hatte sie so oft gelesen, dass das Papier ganz dünn geworden war. Ihre Hände wirkten weiß und dünn, als sie die Briefe herausnahm, die blauen Venen traten deutlich hervor. Sie kehrte zu Ben zurück und streckte ihm das Bündel entgegen. Sie kannte jede Zeile auswendig.

Ben öffnete den ersten Brief, den ältesten. Er nahm einen von Janes Briefen und entfaltete ihn, hielt die beiden Bögen nebeneinander und verglich die Handschrift. Der Brief aus Howards Karton war in kleiner, ordentlicher Schrift verfasst, als stecke ein analytischer Verstand dahinter. Der Brief aus Janes Schreibtisch sah völlig anders aus, es waren fließende lange Schriftzüge wie die von einer Frau. Er überflog sie beide. Janes Brief war kurz, bündig und sachlich, und als Ben ihn laut vorlas, fiel ihnen zum ersten Mal die unterschwellige Gehässigkeit auf, die verächtliche Wortwahl, die eine Schadenfreude darüber zum Ausdruck brachte, dass der Verfasser keine guten Nachrichten hatte. Auf einen Satz mit hoffnungsvollem Unsinn folgte eine Zeile, die jede Hoffnung raubte, und am Schluss stand das Versprechen, es weiter zu versuchen. Die Briefe des anderen, echten Detektivs waren ausführliche Berichte, wohin er gegangen war und was er im Einzelnen herausgefunden hatte. Da und dort nannte er einige kleine Spuren, die sich aufgetan hatten, und all das in einem Ton der festen Gewissheit, dass Jeremiah Hoglesby mit genug Zeit und Hartnäckigkeit Elizabeth eines Tages finden würde.

»Um Gottes willen, ich bekomme keine Luft mehr.« Jane sank auf das weiß-rosa gestreifte Sofa, die Hand auf die Brust gedrückt.

Bens Gesicht war vor Zorn verzerrt.

»Wie konnte ich nur so dumm sein?«, stöhnte Jane. »Ich hätte wissen müssen, dass er so etwas tun würde.«

»Nein.« Ben stand auf und brachte Jane ein Glas Wasser. Wütend zerknüllte er den gefälschten Brief in seiner Hand. »*Ich* hätte es wissen müssen. Ich habe ihn nicht genau genug beobachtet.« Er schaute seine Frau an. »Jane, ich wusste, wozu er fähig war. Ich habe ihn im Gerichtssaal erlebt. Er war der gefürchtetste Richter der Stadt, weil er keine Gnade zeigte.« Er senkte den Blick, runzelte die Stirn und stellte bedauernd fest: »Ich wollte es nicht wahrhaben.«

Jane schüttelte den Kopf. »Lies die anderen Briefe. Lies sie alle.«

Ben ließ das zerknüllte Blatt zu Boden fallen. »Ich weiß nicht, ob ich jetzt dazu in der Lage bin. Wenn er nicht schon tot wäre … ich glaube, ich würde ihn umbringen!«

Jane ging zu ihm hinüber und nahm den Stapel Briefe. Sie zog den nächsten aus dem Umschlag und las ihn laut vor. Ihre Hände zitterten so, dass sie die Worte kaum erkennen konnte. Es war der gleiche zuversichtliche Ton. Der Detektiv klang aufgeregt, weil er das Waisenhaus in New York ausfindig gemacht hatte, in das Elizabeth gebracht worden war. »Ich habe einen ähnlichen Brief bekommen, erinnerst du dich noch? Ich schrieb an das Waisenheim, bekam aber keine Antwort.« Sie legte den Brief aufs Sofa und öffnete den nächsten. Jeremiah hatte mit einer Frau vom Waisenheim gesprochen. Ja, Elizabeth war seit zwei Jahren dort; sie war jetzt vier. Er plante, dorthin zu reisen. Er war sicher, dass er sie finden würde. Der Brief, den Jane in dieser Zeit erhalten hatte, sagte, dass niemand im Waisenhaus von einer Elizabeth Greyson wusste und dass diese Spur eine Sackgasse war. Es war der letzte Brief, den sie von ihrem Ermittler erhalten hatte.

Der nächste Brief von Jeremiah klang enttäuscht. Er war im Waisenheim angekommen, aber die Frau, mit der er korrespondiert hatte, war nicht mehr da und die anderen Angestellten behaupteten, nie von ihr gehört zu haben.

Auch über Elizabeth war nichts zu erfahren – sämtliche Hinweise und Akten, die mit ihr zu tun hatten, waren verschwunden. Es folgten zwei weitere Briefe und dann gab es eine neue Spur. Die Frau hatte wieder Kontakt zu ihm aufgenommen und sie hatte gehört, wohin Elizabeth gebracht worden war. Es war ein Waisenhaus in Illinois. Er würde sie bald finden. Als Jane diese Zeilen las, brach sie in Tränen aus. Sie hielt Ben den Stapel hin, damit er weiterlesen konnte.

Auch Ben war erschüttert und so wütend, wie Jane ihn noch nie erlebt hatte. »Lies sie«, rief sie. »Lies den Rest.«

Ben faltete das nächste Schreiben auseinander. Es hatte einen Unfall gegeben. Jeremiah war in einer Stadt in Illinois auf der Straße von einer Kutsche angefahren worden, als er unterwegs zur Schule war. Seine Beine waren gebrochen. In einem weiteren Brief erzählte er von einer Lebensmittelvergiftung, die ihn zwang, in eine kleine Stadt in der Nähe umzuziehen. Jane warf Ben einen entsetzten Blick zu. »Glaubst du, mein Vater hat versucht, ihn umzubringen?«

Ben schüttelte den Kopf und griff nach dem nächsten Umschlag. »Ich traue ihm jetzt alles zu. Dein Vater muss Jeremiah bezahlt und seine und unsere Briefe irgendwie abgefangen haben. Dir hat er dann diese gefälschten Mitteilungen zukommen lassen. Er hat uns alle die ganze Zeit in die Irre geführt und jeden unserer Schritte kontrolliert.«

»Aber warum?«

Ben sah sie hilflos und betrübt an. »Ich weiß es nicht … um euch dauerhaft voneinander zu trennen. Er hat unser ganzes Leben kontrolliert, Jane.«

Jane ließ den Kopf hängen und kreuzte die Arme schützend vor ihrem Körper.

Langsam faltete Ben den nächsten Brief auseinander. Jeremiah entschuldigte sich vielmals. Er gab niemandem die Schuld an dem Unfall. Er wirkte wie ein Schutzengel, dem man die Flügel abgeschnitten hatte, der von bösen Mächten in die Irre geführt und getäuscht wurde und der trotzdem völlig unbeirrt blieb. Offenbar hatte er während seiner Genesungszeit eine Frau kennengelernt, eine Witwe mit vier Kindern, und hatte sie geheiratet. Er lebte jetzt in Illinois und legte seine neue Adresse bei, von der Jane nie erfahren hatte. Er war bereit, die Suche nach Elizabeth neu in Angriff zu nehmen, und sein Eifer ging sogar so weit, dass er sich als Hausmeister ausgab, um an Insiderinformationen zu kommen. Erschüttert presste Jane die Lippen zusammen und konnte nur noch den Kopf ungläubig hin und her wiegen.

Der nächste Brief erklärte, dass Elizabeth in der Schule gewesen und vor Kurzem adoptiert worden war. Jeremiah fragte, ob Jane herkommen und sich selbst nach dem Namen der Adoptiveltern erkundigen könnte.

Janes Augen füllten sich mit Tränen. »Ich hätte hinreisen können. Sie muss damals zwölf oder dreizehn gewesen sein, und ich hätte sie zurückbekommen können.«

Ben sah sie einfach nur an. Er war ebenso schockiert und empört wie seine Frau. Er schaute die übrigen Briefe durch und hielt es nicht mehr aus … er griff nach dem letzten, den Jane bereits geöffnet, aber nicht gelesen hatte. Er überflog ihn schweigend, weil er wusste, dass er sie vor einem weiteren Verrat schützen musste. Eine tiefe Erschütterung ging durch seinen Körper, als er die Zeilen las. Den Kopf zur Seite gelegt sah er in Janes verzweifelte Augen, und auch sein eigener Blick war tränenverschleiert. »Jane, er sagt hier, dass er sie ausfindig gemacht hat. Der beigelegte Brief erklärt offenbar alles.«

Zitternd holte Jane Luft. »Wann war das? Ist es schon zu spät?«

Ben schüttelte den Kopf. »Er wurde erst vor einem Monat geschrieben und kommt aus dem Staat Washington.« Er öffnete das kleine schmuddelige Schriftstück, das dem sorgfältig gefalteten Brief von Jeremiah beigelegt worden war. Ben räusperte sich und las laut vor:

Verehrter Mr. Hoglesby,

wir haben hier in einer Zeitung gelesen, dass Sie eine Belohnung von 20.000 Dollar versprechen, falls jemand Ihnen helfen kann, ein Mädchen namens Elizabeth zu finden. Mein Mann Henry und ich haben im Frühling 1889 ein Mädchen vom staatlichen Waisenheim Illinois adoptiert. Der Nachname des Kindes wurde uns nicht genannt, aber ich sah einmal ein Dokument, auf dem der Name Elizabeth Greyson stand.

Ben wollte die Stimme versagen, aber er las schnell weiter:

Wenn Sie meinen, das könnte das Mädchen sein, nach dem Sie suchen, telegrafieren Sie uns im Sweet's Hotel in Seattle, Washington.

Er richtete den Blick auf Jane. »Der Brief ist unterschrieben mit Margaret Dunning.«

Jane klammerte sich mit einer Hand an die Sofakante und drückte sich die andere vor den Mund. »Kann das wirklich wahr sein? Nach so langer Zeit?«

»Ich weiß es nicht.« Er studierte den Brief und schaute wieder zu seiner Frau. »Nach allem, was dein Vater getan hat, fürchte ich, dass dies auch nur ein Trick ist. Vielleicht ist all das«, er machte eine Armbewegung zu den Briefen hin, »nur ein großer Plan, um dich zu zerstören? Vielleicht hat er Elizabeth längst ausgelöscht?«

Mit weit aufgerissenen Augen starrte Jane ihn an. »Du liebe Güte.« Sie holte tief Luft. »Vielleicht hat er sie getötet und schickt uns auf eine Jagd, die uns am Ende nur zu einem Grab führt?«

Jane rutschte vom Sofa auf den glänzend polierten Boden. Mit verschwommenem Blick starrte sie auf die Holzmaserung und entdeckte in ihrem Muster ein teuflisches Gesicht. Sie spürte, wie sie von einer Böswilligkeit angegriffen wurde, als wäre ihr Vater noch am Leben, als wäre er hier in diesem Haus bei ihnen, würde leise atmen und sie beobachten.

»Und ich hatte ihm gerade vergeben«, flüsterte sie in den Raum.

20

»Wir müssen sofort auf den Brief der Dunnings antworten. Ein Telegramm schicken. Und Jeremiah Hoglesby, wir müssen ihm schreiben und ihm alles erzählen.« Ben stand auf. Wut und Entschlossenheit erfüllten ihn, als er zum Sofa trat und seiner Frau vom Boden half. *Er* würde Howard Greyson diese abscheuliche Tat nicht verzeihen. Niemals.

»Wenn sie am Leben ist, werden wir sie finden«, sagte Jane. »Wir werden sie finden, nicht wahr, Ben.« Es war keine Frage.

Ben sah seiner Frau forschend in die Augen. Eine Zeit lang hatte er fast die Hoffnung aufgegeben, jemals ihr Herz zu gewinnen. Und jetzt, Jahre später, als sie zu einem stillen Glück gefunden hatten, schien all das vor seinen Augen zu Staub zu zerfallen. Sie würden sich nie etwas Eigenes aufbauen können, solange die Boshaftigkeit von Janes Vater ihr Leben beherrschte. Das musste aufhören, die Sache musste ein für alle Mal geklärt werden. Dies war jetzt mehr denn je zu seinem persönlichen Kampf geworden, und er würde dafür sorgen, dass Howard Greysons höhnischer Blick nicht länger über ihrem Leben wachte. Genauso wie sein Körper, der tot und begraben in der Erde lag, sollten alle Schatten seines höhnischen Wirkens aus ihrer Welt verschwinden. Ben wusste nicht, wie die Sache ausgehen würde, aber er würde ihr ein Ende machen. Sie würden keinen Tag länger warten. Seine Geduld war erschöpft.

»Wir werden sie finden.«

Er trat zum Schreibtisch seiner Frau. In seiner Eleganz passte das Möbelstück gar nicht zu ihm, aber er liebte es, weil es zu den ersten Gegenständen gehörte, die Jane ausgesucht hatte, nachdem sie beschlossen hatte, nach vorn zu schauen und wieder zu leben. Er setzte sich in den filigranen Stuhl, bewunderte die elegante Rundung der Rückenlehne und erinnerte sich daran, mit welch freudiger Erregung Jane ihn nach Hause gebracht hatte. Ihm blieb beinahe die Luft weg, als er wieder das Bild vor Augen hatte, wie in jenem Moment der Schatten aus ihrem Blick gewichen war. Seine Kehle fühlte sich wie zugeschnürt an, als er den Füllfederhalter in die Hand nahm, dann schluckte er, kniff die Augen zusammen und stellte sich innerlich auf den Kampf ein, der vor ihnen lag. »Den Dunnings schreiben wir … Sind interessiert. Stopp. Kommen mit dem nächsten Zug nach Seattle. Stopp. …«

Jane unterbrach ihn. »Fahren wir selbst hin? Zusammen?«

Ben nickte kurz. »Ja. Selbst wenn es uns jeden Cent kostet, den dein Vater dir hinterlassen hat, werden wir uns auf den Weg machen, um sie zu finden. Wir werden nicht aufgeben, bist du vor ihr stehst.«

Jane fing an zu weinen. »Gott helfe uns«, sagte sie schluchzend an Ben und an den Himmel gewandt.

»Ja, Gott helfe uns.«

»Hast du so etwas schon einmal gesehen?«, fragte Jane atemlos, als sie in den Bahnhof von Seattle einfuhren. Sie hatte den gleichen Satz schon viele Male gesagt, seit sie das Land durchquerten. Die Züge Richtung Westen quollen über vor Männern, die alle von der gleichen Krankheit befallen zu sein schienen – dem Goldfieber.

»Ich glaube, etwas Ähnliches habe ich nur damals erlebt, als Gloria Parker uns für einen Penny einen Blick auf ihre Unterhosen erlaubte«, antwortete Ben gedehnt und quietschte dann auf, als Jane ihm ihren spitzen Ellbogen in die Rippen stieß.

»Das war bestimmt nichts im Vergleich zu den glänzenden Augen der Männer hier. Ich habe noch nie etwas Derartiges gesehen. Glaubst du, dass manche von ihnen tatsächlich auf Gold stoßen?«

Ben zuckte die Achseln und erhob sich, als der Zug zum Stehen kam. »Die Chancen sind gering. Nur eine kleine Schar wird wirklich reich bei so einem Goldrausch, aber die Männer hier denken alle, dass sie dazugehören. Wer kann es also wissen?« Er musterte seine Frau und fügte hinzu: »Ich sehe das Funkeln in deinen Augen, Jane. Komm nur nicht auf dumme Gedanken. Wir werden langsam zu alt, um vereiste Berge zu erklimmen.«

Jane ging ihm voraus. Sie folgte einem jungen Mann in Goldgräberausrüstung, der sich mit einer vollgestopften Segeltuchtasche scheppernd durch den schmalen Gang kämpfte, und flüsternd antwortete sie Ben: »Sprich für dich selbst, Ben Rhodes.«

Ben lachte und musste ihr recht geben. Sie würde es vermutlich schaffen, einen Berg zu bezwingen, wenn ihre Tochter auf der anderen Seite war. Sie wirkte jeden Tag jünger. Die Möglichkeit, ihr Ziel so aktiv zu verfolgen, erfüllte ihr Gesicht und ihren Körper mit Lebenskraft und Energie. Sie hätten sich schon vor Jahren auf den Weg machen sollen.

Als sie die Tür erreichten, hielten sie an und schauten auf die Stadt hinaus. Jede Stadt, in der sie gestoppt hatten, strahlte eine andere Atmosphäre aus, als besäße sie eine eigene Persönlichkeit. Seattle machte einen faszinierenden, kultivierten Eindruck. Es unterschied sich stark von den letzten paar staubigen Städten im Westen, in denen sie gehalten hatten und die fast alle so wirkten, als seien sie in kürzester Zeit und nur provisorisch zusammengebastelt worden. Hier in Seattle spürte man etwas von Dauerhaftigkeit.

»Riech nur mal diese Luft, Ben. Sie ist so sauber. Riecht es hier nicht nach Kiefern und Meer?« Sie atmete tief ein, während sie die Stufen des Zuges hinabging und den breiten Bahnsteig betrat, auf dem sie ihr Gepäck einsammelten. »Ich nehme an, wir sollten uns nach einem Hotel umsehen und etwas essen«, sagte sie bedauernd.

Ben lächelte. Er verstand gut, was in ihr vorging; er hatte sich schon immer gut in sie einfühlen können. »Ja, das sollten wir. Wir suchen die Dunnings gleich morgen früh auf. Ich für meinen Teil würde gern ein Bad nehmen. Ich habe das Gefühl, als hätte ich schon tagelang keins mehr gehabt.«

Jane erwiderte sein Lächeln. »Das liegt vermutlich daran, dass du keins hattest.« Mit einem Kopfschütteln erklärte sie: »Ich bin einfach so aufgeregt. Ich werde heut Nacht kein Auge zumachen.«

Ben legte den Arm um sie und führte sie zu der wartenden Droschke. »Ich werde mein Bestes tun, um dich während deiner Schlaflosigkeit zu beschäftigen«, flüsterte er ihr ins Ohr.

Am nächsten Morgen regnete es; böiger Wind fegte durch die Straßen. In lange schwarze Mäntel gekleidet, den schwarzen Regenschirm über ihre Köpfe erhoben, folgten Ben und Jane der Beschreibung, die sie von der Rezeption erhalten hatten, und suchten sich ihren Weg durch die Nebenstraßen zum *Sweet's Hotel*. Sie entdeckten den richtigen Straßennamen, bogen dort ein und folgten einer windgepeitschten schmalen Gasse bis zum blauen Schild des Hotels.

»Ben, bist du sicher, dass wir hier richtig sind? Das wirkt hier alles so …«

»Heruntergekommen? Ja, das stimmt. Aber wie es scheint, haben wir das Hotel gefunden, also werden wir wohl richtig sein.« Sie stiegen die Holztreppe hoch und traten durch die Tür. Die Eingangshalle schien nur ein kleiner Salon zu sein, der in grellem Rot eingerichtet war – ein verblichener, fleckiger roter Teppich, rote Gardinen und dunkel getäfelte Wände bildeten den Rahmen. Die Möbel bestanden aus dunklem Mahagoni und waren mit rotgoldenem Damast bezogen. Jane kannte eine ähnliche Ausstattung aus dem Haus ihrer Großtante Eulalie. Die Besuche dort waren ihr verhasst gewesen, weil es nach alten Menschen roch und nach der Essig-Zitronenöl-Mischung, mit der ihre Großtante alles reinigte. Dieser Raum stank nach Tabak und etwas anderem Widerlichen, das Jane nicht richtig identifizieren konnte. Ben fasste Jane fest am Ellbogen, zog sie weiter vorwärts und räusperte sich.

Eine blonde Frau erschien auf der Bildfläche. Ihr Körper war in ein enges pinkfarbenes Abendkleid aus Chiffon gezwängt, das gefährlich auf und ab rutschte, als sie näher kam. »Ja?«, fragte sie gedehnt. »Hätten Sie gern ein Zimmer?« Sie starrte Ben anzüglich an.

Jane räusperte sich, um die Aufmerksamkeit der Frau auf sich zu ziehen, doch dies gelang nur kurz. »Wir sind Mr. und Mrs. Rhodes aus New York City und möchten gern zu Margaret und Henry Dunning. Sie haben uns telegrafiert, dass sie hier wohnen. Sind sie noch da?«

Die Frau musterte Jane und Ben noch einmal und schürzte die Lippen. »Klar, sie sind da.« Sie strich sich übers Haar und legte den Kopf zur Seite. »Sind Sie Freunde von Henry?« Erneut wandte sie sich an Ben.

»Nein, so kann man es nicht sagen, Mrs. …?«

»Oh, Miss Hart. Nennen Sie mich doch einfach Bess.«

Jane kämpfte gegen das Bedürfnis, mit den Zähnen zu knirschen. »Miss Hart, sind Sie hier angestellt?«

Irritiert schwenkte die Frau für einen Moment ihren Blick zu Jane. Sie zuckte mit einer unbedeckten molligen Schulter und antwortete ungnädig: »Ja, schon. Soll ich Henry sagen, dass Sie hier sind?«

»Ja, bitte, sagen Sie es ihm und seiner Frau. Wir würden gern mit beiden sprechen«, erklärte Ben in Respekt einflößendem Ton.

Mit einer einladenden Geste zu den Stühlen hin sagte Bess: »Machen Sie es sich bequem, und ich schaue nach, ob sie wach sind … das heißt, ob sie bereit sind, Sie zu treffen.« Sie ließ die Hüften schwungvoll wackeln, als sie sich die Treppe hinaufbewegte. Sie wäre enttäuscht gewesen, wenn sie gewusst hätte, dass Ben ihre Bemühungen nicht würdigte, weil er damit beschäftigt war, einen der Stühle vom Staub zu befreien.

Jane nahm unbehaglich auf dem Stuhl daneben Platz und bat ihren Mann: »Sag mir bitte, dass dies kein Bordell ist, Ben.«

Ben hob die Augenbrauen und sah sich um. »Der Einrichtung nach zu urteilen könnte es früher mal eins gewesen sein. Aber jetzt ist es nur noch ein heruntergekommenes Hotel. Ich hätte dich nie hierhergebracht, wenn ich es für ein Bordell gehalten hätte.«

»Um die Dunnings zu treffen, wäre ich überall hingegangen«, murmelte Jane.

»Daran zweifle ich keinen Moment.«

Sie starrten in nervösem Schweigen vor sich hin. Nur das laute Ticken einer Uhr war zu hören, während sie warteten. Es schien eine Ewigkeit zu dauern, bis Bess wieder auf der Bildfläche erschien und ihnen verkündete: »Sie sind bereit. Folgen Sie mir.«

Ben nickte und sie folgten Bess durch einen schmalen Flur in ein kleines Zimmer im hinteren Teil des Gebäudes. Jane seufzte vor Erleichterung über die spärliche Möblierung und die schlichte Dekoration. Sie hatte befürchtet, der Bordellcharakter des Hauses würde sich verschlimmern, je weiter sie darin vordrangen. Sie ließ sich auf einen Stuhl sinken und setzte ein Lächeln auf. »Miss Hart, könnten wir einen Kaffee haben, während wir warten?«

Nach ihrem Besuch bei den Dunnings schien Bess mehr Liebenswürdigkeit an den Tag zu legen. »Natürlich, Madam. Und ein paar Törtchen, wenn Sie möchten. Frisch gebacken, Apfel oder Blaubeere.«

Jane warf Ben einen Blick zu und schüttelte den Kopf. »Nein, vielen Dank, Miss Hart. Einfach nur Kaffee reicht uns schon.«

Die Tür hatte sich gerade geschlossen, als sie wieder geöffnet wurde. Ein großer, hagerer Mann trat ein, das Gesicht pockennarbig, das Haar dünn und grau. Neben ihm stand eine magere Frau, die einen unbarmherzigen, harten Eindruck machte. Ihr Gesicht war von Bitterkeit gezeichnet. Jane spürte, wie sich ihr das Herz im Leib zusammenzog. Sie unterdrückte das

Gefühl der Verzweiflung und der Unfähigkeit, diese beiden im Zusammenhang mit ihrer geliebten Tochter zu sehen. Mühsam rang sie sich ein Lächeln ab und stellte sich neben ihren Mann. Ben gewann als Erster die Fassung zurück und streckte in der ihm eigenen freundlichen Art die Hand aus. »Sie sind die Dunnings, nehme ich an.«

Henry trat von einem Fuß auf den anderen, fasste sich an die Krempe seines Hutes und nickte ruckartig, während seine Augen nervös umherhuschten. Margaret musterte sie mit einem stechenden Blick und einem habgierigen Glitzern in den Augen. »Ja, das sind wir. Sie sprechen mit Margaret und Henry Dunning.«

Jane hatte das Gefühl, dass diesen glänzenden Augen nichts entging, und sie erschauerte. Ben schob sie nach vorn und steif streckte sie den Arm aus, um den beiden die Hände zu schütteln. »Dies ist meine Frau Jane, und ich bin Ben Rhodes. Bitte setzen Sie sich. Der Kaffee wird jeden Moment hier sein.«

Nachdem sie alle Platz genommen hatten, begann Ben mit seiner Befragung. »Aus Ihrem Brief geht hervor, dass Sie ein Mädchen aus dem staatlichen Waisenhaus von Illinois adoptiert haben.«

Margaret nickte schnell. »Ja, so war es, Sir. Sie war ungefähr zwölf, als wir sie bekamen. Ein hübsches Ding, nicht wahr, Henry?«

Henry zuckte zusammen und wandte ihr seine Aufmerksamkeit zu. Er blickte finster. Nun machte er zum ersten Mal den Mund auf und sagte laut: »Wir haben sie so gut wie möglich behandelt. Es waren schwere Zeiten und vielleicht musste sie manchmal ein bisschen viel arbeiten, aber es ging ihr gut.«

Unwillkürlich griff Jane nach Bens Hand, um sich zu vergewissern, dass sie nicht allein war. Sie musste einen Moment lang die Augen schließen, bevor sie sprechen konnte. »Sie sagten, Ihr Name war Elizabeth. Können Sie mir beschreiben, wie sie aussah?«

Margarets Antwort kam wie aus der Pistole geschossen. »Sie war Ihnen wie aus dem Gesicht geschnitten, Madam. Höchstens noch ein bisschen hübscher, wenn ich das sagen darf, Madam.« Als sie lächelte, wurden ihre verfaulten Zähne sichtbar.

Mit der stummen Bitte um seine Hilfe wandte Jane ihr Gesicht zu Ben. Sie hatte nicht damit gerechnet, dass diese Begegnung so schwierig sein würde.

Ben drückte ihre Hand. »Sie sagen, sie sieht aus wie meine Frau. Können Sie das noch etwas genauer ausdrücken?«

Margaret zuckte die Achseln. »Sie hatte schwarzes lockiges Haar. Es war dick und widerspenstig. Zarte, milchweiße Haut. Ich hab nie kapiert, wie ihre Haut so weiß bleiben konnte, wo wir doch ständig auf den Goldfeldern waren … aber sie verlangte immer einen großen Hut. Meistens trug sie einen alten von Henry.«

»Sie verdienten Ihren Lebensunterhalt mit der Goldgräberei?«, fragte Ben ungläubig.

Henry raffte sich zu einer Antwort auf. »Vom Ackerbau konnten wir ja nicht mehr leben. Wir mussten uns was anderes einfallen lassen.«

Janes Augen funkelten, als sie leise fragte: »Wenn Sie nicht genug zum Leben hatten, warum haben Sie dann ein Kind adoptiert? Damit hatten Sie doch noch eine Person mehr zu versorgen?«

Margaret sprang für ihren Mann ein. »Hören Sie mal, es ging dem Mädchen gut bei uns. Es wurde nicht misshandelt.«

Wieder drückte Ben Janes Hand und übernahm die nächste Frage. »In Ihrem Brief hieß es außerdem, Sie hätten ein Dokument mit dem Namen Elizabeth Greyson gesehen. Können Sie uns mehr darüber sagen?«

»Na ja, an dem Tag, als wir sie vom Waisenhaus abholten, mussten wir eine Weile im Büro warten«, erklärte Margaret. »Und auf dem Schreibtisch lagen ihre Papiere.« Sie zuckte die Achseln. »Ich war neugierig, was darin stand, und Henry wollte es auch wissen. Er kann ja nicht lesen, also hab ich einen Blick darauf geworfen. Ich konnte nur den Namen Elizabeth Greyson erkennen, dann hörte ich, wie jemand kam, und setzte mich wieder hin. Im Waisenhaus hat man uns gesagt, ihr Name wäre Elizabeth Smith – bevor wir sie zu einer Dunning machten, natürlich. Sagt Ihnen der Name Greyson etwas?«

Margaret hatte einen hoffnungsvollen Ausdruck im Gesicht, und obwohl Jane ihr keine Bestätigung geben wollte, tat sie es doch. Sie konnte nicht anders. »Greyson ist mein Mädchenname und der Name, den Elizabeth bei ihrer Geburt erhielt.«

In Margarets Augen glitzerte es wieder. »Nun, ich denke, dann kann ich sagen, dass Sie sie gefunden haben.«

»Wir haben sie gefunden«, wiederholte Jane leise und sagte es vor allem zu sich selbst.

Ben beugte sich vor und sagte eindringlich: »Nicht ganz, Mrs. Dunning. Wo *ist* Elizabeth?«

Margaret und Henry wechselten einen Blick. »Also, gucken Sie mal«, warf Henry ein, »uns hat man gesagt, es gibt eine große Belohnung für diese Information. Wir wollen gern etwas von dem Geld sehen, bevor wir alles sagen, was wir wissen.«

Jane spürte, wie Bens Muskeln sich anspannten, als er sich innerlich kampfbereit machte. Sie fasste neue Zuversicht. Ihr Mann war einer der besten juristischen Köpfe weit und breit. Er konnte es mit den Dunnings aufnehmen.

»Es gibt tatsächlich eine … Belohnung«, sagte Ben gleichmütig, »aber nur für die unversehrte Rückkehr von Elizabeth Greyson.« Er sah Henry unverwandt an. »Nicht für Informationen.«

Dies rief Margaret auf den Plan. »Also, Sie werden sie ohne Informationen nicht finden. Und wir werden nicht verraten, wo die Kleine ist, solange wir das Geld nicht in den Fingern haben.«

Henry warf ihr einen düsteren Blick zu.

Ben starrte sie einfach nur an. Gelassen erklärte er ihr: »Wir sind natürlich daran interessiert, die junge Frau zu finden, die laut Ihrer Aussage Elizabeth Greyson ist, und wir wollen ihren Aufenthaltsort gern in Erfahrung bringen. Auf der anderen Seite haben Sie keinen Beweis für Ihre Behauptungen und könnten die Tatsachen falsch darstellen, um sich persönlich zu bereichern. Nachdem dies wahrscheinlich der Fall ist, müssen wir uns vergewissern, dass das infrage kommende Mädchen tatsächlich Elizabeth Greyson ist, bevor Sie die ausgesetzte Belohnung erhalten. Habe ich mich klar ausgedrückt?«

Beide nickten widerspruchslos. Henry zögerte und wagte dann einen Vorstoß: »Aber, Sir, ohne Geld können wir nicht in diesem Hotel bleiben. Wir leben hier auf Pump, weil wir darauf gehofft haben, das Geld bald zu bekommen. Könnten Sie uns nicht mit einer kleinen Summe über die Runden helfen?«

Ben sah den Mann nachdenklich an. »Ich gebe Ihnen 300 Dollar für die Information, wo wir diese junge Frau finden. Danach werden Sie warten müssen, bis ihre Identität bestätigt ist.«

Margaret zog ein zerknittertes Blatt Papier aus ihrer Tasche und reichte es Ben. »Ich denke, das wird uns genügen, bis Sie die Kleine finden. Das hier ist das Telegramm, das wir von dem Detektiv bekommen haben, der Elizabeth für uns finden sollte.«

Ben überflog die Nachricht und gab sie an Jane weiter. »Das ist über einen Monat alt. Haben Sie sonst nichts?«

Margaret grinste und offenbarte eine Zahnlücke. »Das reicht, Sir. Ich kenne Elizabeth gut genug, um zu wissen, wohin sie unterwegs ist. Dieses Telegramm von Juneau beweist es.«

Jane hielt das Papier fest in den Händen. »Wohin?«

Margaret gackerte vor Vergnügen. »Zu den Goldfeldern am Yukon. Dieses Mädchen hat das Goldfieber schlimmer gepackt als alle Männer, die ich kenne. Sie hat immer gesagt, dass sie eines Tages reich sein würde. Also, ich denke mir, dass sie unterwegs ist, um ihr Glück zu machen.«

Jane spürte, wie ihr der Zettel aus den Fingern glitt. Sie legte entsetzt ihre Hand an den Mund. Ben griff ein. »Und das ist alles?«, wetterte er los. »Sollen wir jetzt das ganze Yukon-Territorium nach ihr absuchen?«

Henry nahm sich zusammen und erwiderte: »Sie wird irgendwo zwischen Juneau und Dawson City sein. Die Spur einer Frau wird auf den Goldfeldern leicht zu verfolgen sein.« Verächtlich kräuselte er die Lippen. »Selbst solche Stadtmenschen wie Sie sollten es schaffen, sie zu finden.«

Margaret warf ihm einen strengen Blick zu und sagte schnell: »Wir würden gern anbieten, Sie zu begleiten und Ihnen bei der Suche zu helfen, aber Henry fühlt sich in letzter Zeit nicht so wohl. Stimmt doch, Henry, oder?«

Henry betrachtete seine Hände und schüttelte den Kopf.

Ben erhob sich und zog einige Geldscheine aus der Tasche. Er händigte sie Margaret aus und forderte sie auf: »Bleiben Sie hier, wenn Sie die Belohnung wollen. Wir werden uns wieder melden.«

Als sich die Tür hinter den Rhodes geschlossen hatte, wedelte Margaret vergnügt mit den Geldscheinen umher. »Wir hatten wirklich Glück, dass wir von der Belohnung gehört haben, als wir in Utah vor der Polizei geflohen sind. Letzten Endes profitieren wir davon, dass die kleine Göre abgehauen ist.«

Als Henry nach den Scheinen greifen wollte, zog sie sie schnell weg und krähte: »Du hast letztes Mal unsere Chancen auf ein Vermögen ruiniert, weil du den Schwanz eingezogen hast und davongelaufen bist. Ich werde dir das Geld nicht aushändigen, sonst tust du noch einmal das Gleiche.«

Henry kniff die Augen zusammen, als er so an die Vergangenheit erinnert wurde. »Wir sind nur knapp mit dem Leben davongekommen, nachdem ich den Goldgräber umgebracht hatte. Wir hatten wirklich keine andere Wahl, Weib!«

Schnaubend erwiderte Margaret: »Du kannst von Glück reden, dass du noch lebst. Es war idiotisch, was du da gemacht hast.«

Henry trat dicht an sie heran und starrte in ihr schmales Gesicht. »Das hättest du nicht gesagt, wenn wir das Gold bekommen hätten. Wie auch immer, wir können das Geld nicht behalten. Ich würde es zwar gern, aber wir müssen Billy das Gold bezahlen, das wir uns geliehen haben, um den Ermittler anzuheuern, und außerdem müssen wir unsere Hotelrechnung begleichen.«

Die beiden stritten immer noch herum, als Ben und Jane das Etablissement durch die Vordertür verließen.

* * *

Ben führte Jane zu ihrem Hotel zurück. Beide fühlten sich wie benommen und unfähig, ein Wort zu sagen. Jane konnte nicht reden, sie konnte nicht einmal nachdenken, auf jeden Fall nicht hier draußen auf der Straße vor aller Welt. Sobald sie in ihrem Zimmer waren, warf sie sich in Bens Arme und vergrub ihr Gesicht in seinem Hemd. »Ich hoffe, sie ist es … und nach der Begegnung mit diesen grässlichen Leuten hoffe ich gleichzeitig, sie ist es nicht«, keuchte sie.

Ben drückte einen Kuss auf ihr schwarzes Haar. »Ich weiß, ich weiß«, stimmte er düster zu. Er lehnte sich ein Stück zurück, nahm Janes Gesicht in seine Hände und drehte es sanft, bis sie zu ihm aufsah. Nun wischte er ihr mit den Daumen behutsam die Tränen von den Wangen. »Jane, wenn es wirklich Elizabeth ist, darfst du nicht zu viel erwarten. Ein hartes Leben kann etwas ganz anderes aus ihr gemacht haben, als du dir vorstellst. Verstehst du, was ich meine?«

Jane nickte. »Ja, das verstehe ich. Ich versuche, keinerlei Erwartungen zu haben, aber das ist fast unmöglich.« Sie drehte sich von ihm weg, ging zum Waschtisch und ließ frisches Wasser über ein Handtuch laufen. Dann legte sie sich aufs Bett, bedeckte die Augen mit dem Handtuch und fragte: »Was machen wir als Nächstes?«

Ben ließ sich neben ihr nieder und starrte in das dunkle Zimmer. »Wir gehen nach Juneau in Alaska. Ich buche eine Überfahrt auf dem nächstmöglichen Dampfschiff, wobei das wahrscheinlich nicht so einfach ist, wenn so viele Goldgräber in dieselbe Richtung unterwegs sind. In Juneau schauen wir dann, was wir herausfinden können.« Er seufzte. »Bete darum, dass wir sie dort finden, meine Liebe. Nach allem, was ich gehört habe, ist der Yukon Trail nichts für Leute mit schwachen Nerven.«

Jane entfernte das Handtuch und blickte ihn starr an. »Wenn sie nicht in Juneau ist, heuern wir ein Dutzend Männer an, um sie zu finden. Ich will sie nicht noch einmal verlieren. Dieses Mal nicht.«

21

Elizabeth war so müde, als ihr Dampfschiff den Kai von Juneau erreichte, dass sie kaum noch ein Lächeln zustande brachte, um auf Noahs Hochstimmung zu reagieren. Sie hatten die gesamte Rückreise auf dem Wasser zurückgelegt, in verschiedenen Arten von Booten und Schiffen, die meiste Zeit jedoch auf einem überfüllten Dampfer. Elizabeth wollte für den Rest ihres Lebens kein Boot mehr sehen. Jetzt, drei Wochen, nachdem sie sich mit Noah ausgesprochen hatte, war sie wieder im kleinen Juneau.

So viel war passiert. Ross war tot. Sie hatte ihr Claim an die Zwillinge abgetreten. Sie hatte die Goldsuche am Yukon komplett aufgegeben. *Ross war tot.* Noah hatte alle weiteren Pläne gemacht und sie davon überzeugt, dass eine Hochzeit in Juneau, bei der Will und Cara anwesend waren, viel besser war als in einer Goldgräberstadt voller fremder Menschen. *Ross war tot.* Alle würden sich so sehr mit ihnen freuen. *Ross war tot.*

Es war alles so schwer zu fassen. Sie war frei! Aber ... sie fühlte sich nicht frei. Sie spürte eine Beklemmung in der Brust und Panik beim Atmen – vor allem, wenn sie an die Hochzeit dachte.

Sie kletterten in ein kleines Ruderboot, das zum Dampfer geschickt worden war, um Passagiere abzuholen. An Noahs Armen traten die kräftigen Muskeln hervor, als er mit starkem, stetigem Schlag beim Rudern half. Ab und zu sah er zu Elizabeth hinüber und sie spürte, wie groß seine Vorfreude war. Er schlang ein Seil um einen der Pfosten am Hafenbecken und sagte leise: »Wir haben es geschafft. Komm, ich helfe dir beim Aussteigen.«

Seine Berührung war sanft, als er sie aus dem Boot hob und an Land absetzte. Sie kämpfte verzweifelt gegen den Wunsch zu fliehen ... wegzurennen, soweit ihre Füße sie trugen. Was war los mit ihr? Jede Frau wäre froh, einen Mann wie Noah zu haben. Und sie wollte Noah auch wirklich, sie sehnte sich auf eine Art nach ihm, die sie selbst nicht verstand. Und trotzdem hatte sie schreckliche Angst. Jetzt waren sie hier und standen kurz davor, Will und Cara mit ihrer Ankunft zu überraschen, aber Elizabeth war den Tränen nahe. Sie sehnte sich danach, ihre alten Freunde wiederzusehen, doch es war so viel passiert. Wie würden sie sie aufnehmen? Waren sie vielleicht ärgerlich auf sie? Besorgt runzelte sie die Stirn, als sie sich ihr Gepäck umschnallten und in Richtung Handelsstation losmarschierten.

Elizabeth ließ ihren Blick über die Stadt gleiten, als sie vor ihnen lag. Sie wirkte eigentlich unverändert, jedoch still und fast friedlich im Vergleich zu dem Lärm und dem Gewimmel in den anderen Goldgräberstädten.

Sie verlangsamte ihre Schritte und fragte: »Was meinst du, werden sie überrascht sein, uns zu sehen?«

Noah drehte sich halb zu ihr um und warf ihr einen verständnisvollen Blick zu. »Wenn du meinst, ob sie überrascht sein werden, dich zu sehen, dann denke ich, wohl kaum. Sie wussten ja, mit welcher Absicht ich dir hinterhergereist bin.«

Natürlich wussten sie das, und Noah war ein Mann, der normalerweise alles erreichte, was er sich vorgenommen hatte.

Die Handelsstation kam langsam in ihren Blick, und in gleicher Weise sah Elizabeth die Zukunft vor ihrem inneren Auge. Sanftes Licht fiel aus den Fenstern, und für einen Moment vergaß Elizabeth ihre Befürchtungen. Sie bereitete sich auf Wills und Caras Begrüßung vor.

Nachdem Noah geklopft hatte, schwang die Tür auf und gab den Blick auf Wills erstauntes Gesicht frei.

»Noah! Und Elizabeth?« Er öffnete die Tür weit und forderte sie mit einer Handbewegung zum Eintreten auf. »Ihr seid zurück!« Mit einem breiten Grinsen packte er Noahs Arm. Er drehte sich zu Elizabeth, nahm ihre beiden Hände in seine und sagte aufrichtig: »Ich bin froh, dass es dir gut geht, Elizabeth. Du hast uns einen mächtigen Schrecken eingejagt, aber wie ich sehe, hast du keinen Schaden genommen.« Er wandte den Kopf und rief laut: »Cara, komm schnell! Du wirst es nicht glauben, wer hier ist!«

Kurz darauf erschien Cara oben an der Treppe. Als sie Elizabeth sah, quietschte sie wie ein Schulmädchen, hastete die Treppe hinunter, rannte auf Elizabeth zu und schloss sie fest in die Arme. »Oh, meine Liebe, ich kann kaum glauben, dass du es bist. Lass dich anschauen.« Sie umfasste Elizabeths Gesicht mit beiden Händen und sagte: »Ein bisschen dünn bist du geworden, aber das ändert sich schnell wieder, wenn ich für dich koche.« Sie blickte über Elizabeths Kopf hinweg zu Noah und hob fragend die Augenbrauen. Als er nicht darauf reagierte, sah sie wieder zu Elizabeth und fragte sanft: »Hast du gefunden, wonach du gesucht hast, meine Liebe?«

Elizabeth senkte den Blick und erwiderte stockend: »Ich, äh ...«

Cara wollte gerade die nächste Frage stellen, aber Noah schnitt ihr das Wort ab. »Ich erzähle dir gern die ganze Geschichte, Cara, aber zuerst brauche ich etwas zu trinken. Kannst du uns einen Kaffee machen?«

Cara lächelte. »Natürlich. Bitte mach's dir bequem, und ich setze gleich das Wasser auf.« Sie hakte sich bei Elizabeth ein und sagte: »Und du begleitest mich. Dich lasse ich so bald nicht mehr aus den Augen.«

Kaum waren sie in der Küche, stellte Cara die Frage, die ihr auf dem Herzen brannte: »Elizabeth, das muss ich einfach erfahren – sind du und Noah ...?«

Sie ließ die Frage in der Luft hängen, aber Elizabeth wusste, was sie meinte. Sie holte tief Luft. »Ja, Cara. Ich bin zurückgekommen, um ihn zu heiraten. Wir hoffen, dass wir uns hier möglichst bald trauen lassen können.«

Caras Gesicht leuchtete vor Freude auf. Doch als sie in Elizabeths Augen sah, erlosch ihr Lächeln. »Aber das ist doch herrlich ... was ist los?« Als Elizabeth keine Antwort gab, fuhr sie fort: »Ich weiß, ich sollte nicht bohren, aber Will und ich mögen euch beide so sehr und wünschen uns, dass ihr glücklich werdet. Bitte sag mir, was los ist.«

Elizabeth spielte mit den Löffeln in ihrer Hand und sah auf den Küchentisch. »Nichts ist los. Ich ... ich hoffe nur, er macht keinen Fehler.« Den letzten Satz hatte sie hastig hervorgestoßen, und nun wünschte sie, sie könnte ihn zurücknehmen. Er klang so erbärmlich.

Cara lachte kurz auf. »Ha! Er macht einen Fehler, wenn er dich heiratet? Er wusste, was er wollte, seit er dich das erste Mal gesehen hat.« Sie drückte Elizabeths Hand fest. »Es ist nicht zu übersehen, dass er dich liebt. Bist du vielleicht nicht sicher, ob du seine Liebe erwiderst?«

»Wie könnte ich ihn nicht lieben? Aber ihn heiraten ... was ist, wenn ich das nicht kann?«

Cara lächelte ein bisschen traurig. »Wenn die Alternative wäre, ihn gehen zu lassen, könntest du es dann? Erschreckt dich der Gedanke an die Ehe mehr als der Gedanke an eine Zukunft ohne ihn?«

Wenn sie es so betrachtete, konnte Elizabeth nur den Kopf schütteln. Sie konnte nicht leugnen, dass ein Teil von ihr die Flucht ergreifen und in der sicheren Zone der Unabhängigkeit bleiben wollte. Aber ein anderer Teil von ihr wollte nichts lieber, als bei Noah zu sein.

Cara lachte, aber es klang nicht unfreundlich. »Du siehst so elend aus. Was du brauchst, mein Mädchen, ist eine Portion der guten alten Entschlossenheit, die wir von Elizabeth kennen. Es ist die Angst, gegen die du hier kämpfst … du hast es schon früher mit ihr aufgenommen und weißt, wie du sie bewältigen kannst, oder nicht?«

Elizabeth konnte nur nicken. Sie verdiente es nicht, eine so gute Freundin zu haben, aber sie war sehr dankbar dafür.

»Mein liebes Mädchen, du hast schon viel steilere Berge bezwungen, als den, der jetzt vor dir liegt. Ich bin vollkommen davon überzeugt, dass du dich wundern wirst, wogegen du eigentlich angekämpft hast, sobald du dich an dein Leben mit ihm gewöhnt hast und ihr gemeinsam in eurem eigenen Heim seid. Die Ehe ist ein Geschenk. Und mit Noah wird sie ein Schatz sein.«

Elizabeth spürte eine erste Hoffnung in sich aufkeimen. »Denkst du das wirklich?«

Mit funkelnden Augen umfasste Cara Elizabeths Hände. »Ja, und ich habe genau das richtige Geschenk für dich. Du folgst mir jetzt mit dem Kaffee und dann gehen wir nach oben in mein Schlafzimmer, unter dem Vorwand, wir wollten Rebecca anschauen.«

Elizabeth packte Cara am Arm. »Oh, das Baby! Ich möchte es so gern sehen! Danke, Cara. Ich … ich war nicht sicher, ob ihr, Will und du, mich jemals wiedersehen wolltet, nachdem ich mich damals so davongeschlichen habe. Und das auch noch, als ihr mich wirklich gebraucht hättet. Das verzeihe ich mir nie.«

Cara schüttelte den Kopf. »Da gibt es nichts zu verzeihen. Du warst in einer schlimmeren Notlage als ich. Wir sind gut zurechtgekommen.«

Sie verließ die Küche mit einem Tablett mit Käse, geräucherter Wurst, Essiggurken und salzigen Keksen und Elizabeth folgte ihr mit einem weiteren Tablett, auf dem Kaffee, Tassen und ein frischer Apfelkuchen standen. Sie setzten beides auf einem niedrigen runden Tisch bei den Männern ab und entschuldigten sich für einen Moment.

Die Wiege stand neben Wills und Caras Bett, klein, bunt und mit einer rosa Rüschendecke aus Baumwolle. Elizabeth beugte sich darüber und lächelte, weil das Ganze so süß aussah. Rebecca lag auf dem Bauch und drehte ihnen ihr Gesicht entgegen. Im Licht der Kerze, die Cara in der Hand hielt, beobachtete Elizabeth, wie die Kleine die runden Backen zusammendrückte, sodass ihr Mund wie eine kleine Rosenknospe aussah. Vorsichtig streckte sie die Hand aus, streichelte mit dem Fingerrücken die Wange des Babys und flüsterte: »Sie ist wunderschön.«

»Ja, Will und ich finden das auch. Sie ist außerdem ganz lieb und brav. Du solltest sehen, wie Will mit ihr herumstolziert.«

Elizabeth lächelte ihre Freundin an und folgte ihr dann zu einer Zederntruhe auf der anderen Seite des Zimmers. Cara schlug den Deckel auf und beide knieten sich davor. Vorsichtig zog Cara ein paar Gegenstände heraus, bis sie auf ein kleines Bündel stieß, das in Seidenpapier eingewickelt war. »Das hab ich von meiner Mutter bekommen, als ich Will heiratete. Ich trug es bei unserer Hochzeit.« Sie reichte es Elizabeth und lächelte.

Langsam faltete Elizabeth das Papier auseinander und enthüllte das prächtigste Kleid, das sie je gesehen hatte. Ihr stockte der Atem, als sie es im Kerzenlicht hoch hielt. Schimmernd warf es das Licht zurück, sodass es fast lebendig wirkte. Der blassblaue Stoff war von silbernen Fäden durchzogen – ein wunderbares Gewebe. Der runde Halsausschnitt wurde von einem Satinband in etwas dunklerem Blau gesäumt und die hoch angesetzte, geraffte Taille hatte ein breites Satinband, das im Rücken zu binden war.

»So etwas habe ich noch nie gesehen. Ich kann unmöglich …«

»Natürlich kannst du«, widersprach Cara resolut. »Du wirst wie eine Prinzessin darin aussehen.« Aufgeregt fuhr sie fort: »Morgen ist Samstag. Pastor Sullivan ist möglicherweise verfügbar und vielleicht können wir die Hochzeit schon am Nachmittag feiern.«

Mitgerissen von einer Welle, die über sie hinwegzuschwappen schien, konnte Elizabeth nur zustimmend nicken.

Noah stand mit Will im vorderen Teil der Kirche und befand sich gewissermaßen im Schockzustand. Er konnte es nicht fassen, dass hier und jetzt tatsächlich seine Hochzeit sein sollte. Sobald Cara von der Absicht der beiden erfahren hatte, hatte sie sich begeistert in die Vorbereitungen gestürzt. Seine Beteiligung hatte sich darauf beschränkt, sich hinzusetzen und erstaunt zuzusehen. Sie hatte sich um alles gekümmert – angefangen von der Trauung in der Kirche mit Blumen und allem Drum und Dran bis hin zur Feier, die hinterher in der Handelsstation stattfinden würde.

Elizabeth hatte er seit dem späten Vorabend nicht mehr zu sehen bekommen. Es hatte viel Hin- und Hergerenne gegeben und manchmal hatte er gehört, wie im oberen Stockwerk gekichert wurde. Er hatte nicht die geringste Gelegenheit gehabt, ein Wort mit ihr zu wechseln. Eigentlich hatte er sich erkundigen wollen, ob alles in Ordnung bei ihr war, ob sie sich wegen der Hochzeit sicher war. Vielleicht war es auf der anderen Seite gut, dass er keine Möglichkeit dazu hatte. Wenn er schon so nervös war, war es schwer zu sagen, wie Elizabeth sich wohl fühlen mochte.

Die Orgel begann zu spielen und Noah schluckte mehrmals, um den Kloß in seinem Hals loszuwerden.

Dann sah er sie … und plötzlich erfüllte ihn nur noch ein Gefühl: Staunen.

Sie betrat die Kirche durch den Nebeneingang und sah strahlend aus in ihrem blassen blau-silbrigen Kleid. Ihr dunkles Haar war kunstvoll gekräuselt und in einem bezaubernden Knoten hochgesteckt. Ihr Gesicht leuchtete, ihre Haut war milchweiß, ihre dunklen Augen glänzten und funkelten. Noah spürte, wie sein Körper nach ihr verlangte, und er konnte den Moment kaum abwarten, in dem er sie endlich berühren durfte. Sein Herz sehnte sich nach ihr, voller Vorfreude, bald mit seiner anderen Hälfte vereint zu sein. Seine Seele jubelte, die Freude stieg wie eine Welle in ihm auf, immer höher, bis er fast davon überwältigt wurde.

Als sie ihn erreichte, hielt sie den Kopf gesenkt. Er beobachtete, wie sie die Augen langsam zu seinem Gesicht hob. Er las Unsicherheit und noch etwas anderes darin, etwas, das er noch nie in ihnen bemerkt hatte. War es Hoffnung? Er hätte am liebsten die Hand ausgestreckt und sie berührt, um sich zu vergewissern, dass sie wirklich da war und er nicht träumte – aber er war unfähig, sich zu bewegen. Atmen war das Einzige, was er noch tun konnte.

Benommen nahm er wahr, dass die Trauung begann. Deutlich und ernst sprach der Pastor von dem Eheversprechen und dem Bund, in den sie nun einträten. Noah versuchte sich auf die Worte zu konzentrieren, aber er verlor sich völlig in Elizabeths großen dunklen Augen. Sie hatten ihren Bund schon vor Wochen geschlossen, in jenem bewegenden Moment der Wahrheit am Fluss. Dies hier schien nur die offizielle Bestätigung zu sein.

»Ich will.«

Er hörte, wie sie die Worte sanft aussprach, und empfand sie als unendlich kostbar. Es war so schwer gewesen, sie zu erringen. Sein eigenes »Ich will« war triumphierend, fast jubelnd. Er hatte das Gefühl, als sei eine Schlacht gewonnen und er werde nun zum Sieger gekrönt. Und dann sagte man ihm, er dürfe sie küssen. Das keusche Küsschen auf die Wange war nicht die Art, wie er sie küssen wollte. Aber dieser Kuss musste noch ein bisschen warten, und dann würde er für den Rest ihres Lebens andauern.

* * *

Halb aufgeregt, halb ängstlich schlüpfte Elizabeth aus ihrem Hochzeitskleid und nutzte den Schwamm und den Wasserkrug auf der Kommode neben dem Bett, um sich schnell zu waschen. Sie hatte sich gerade das Nachthemd über den Kopf gezogen und angefangen, die Reihe kleiner Knöpfe zu schließen, als ein leises Klopfen an der Tür zu hören war. *Oh nein. Noch nicht!* Sie blieb reglos stehen, als eine Stimme sagte: »Elizabeth, mach auf. Ich bin's, Cara.«

Erleichterung durchströmte sie, als sie zur Tür eilte und sie öffnete. »Was hast du vor? Er kann jede Minute hier sein.« Die Hochzeitsfeier war vor einer halben Stunde zu Ende gegangen, und Noah war unten geblieben, um mit Will zu sprechen und ihr etwas Zeit zu geben, damit sie sich bereitmachen konnte.

Cara schlüpfte durch den Türspalt und flüsterte: »Wir haben noch ein paar Minuten Zeit und ich wollte dir helfen.« Sie begann, sich an den Knöpfen zu schaffen zu machen, während sie sprach. »Jetzt halt still!«

Elizabeths Inneres schien nur noch aus einer Ansammlung flatternder Nerven zu bestehen.

»Du zitterst ja wie Espenlaub. Jetzt entspann dich, dann klappt es besser.«

Elizabeth lachte nervös auf. »Oh Cara, muss ich da durch?«

Cara machte ein mitleidiges Gesicht. »Morgen wirst du dich fragen, warum du jemals so etwas gesagt hast.«

Caras Zuversicht trug viel dazu bei, Elizabeth zu beruhigen. Sobald das Nachthemd zugeknöpft war, zogen sie die Nadeln aus ihrem Haar. Cara kämmte die Stränge nach unten und bürstete sie aus. Das Haar war inzwischen lang geworden und fiel in kräftigen dunklen Locken um Elizabeths schmale Schultern.

Cara drehte Elizabeth um, um sie anzusehen, legte die Bürste auf die Kommode und lächelte ermutigend. »Schau nicht so besorgt, meine Liebe. Es wird alles prima sein.«

»Ich hoffe, du hast recht, Cara. Ja, das hoffe ich wirklich.«

»Und womit soll sie recht haben?«, erklang eine tiefe Stimme von der Tür her.

Erschrocken zuckten die beiden zusammen. Cara hatte sich als Erste wieder gefangen und ging schweigend auf Noah zu. An der Tür wechselte sie einen Blick mit ihm und drückte ihm die Bürste in die Hand. Seinen Gesichtsausdruck konnte Elizabeth in der Dunkelheit nicht erkennen. Starr wie eine Statue blieb sie stehen und wartete auf ihn.

Noah betrat das Zimmer und schloss die Tür hinter sich, ohne den Blick von Elizabeth abzuwenden. Es kam ihr wie eine Ewigkeit vor, bis er sich in Bewegung setzte und ganz dicht an sie heran trat. Sie konnte seinen Atem in ihrem Haar spüren. »Was machst du, Elizabeth?«

Er klang etwas angespannt. Sie legte den Kopf in den Nacken, schloss die Augen und sagte mit belegter Stimme: »Ich mache gar nichts.«

Die Sekunden tickten dahin, endlos, wie es schien, aber sie wollte und konnte ihre Augen nicht öffnen.

Schließlich spürte sie seine Hand an ihrer Wange und schmiegte sich in sie hinein. Als sie hörte, wie er schwer ausatmete, öffnete sie blinzelnd die Augenlider. Er sah ihr tief in die Augen und sagte mit bebender Stimme: »Ich möchte dich küssen.«

Sie spürte den inneren Kampf der Angst gegen die Liebe und wusste, dass sie eine Entscheidung treffen musste. Noah war nicht Ross. Er war keiner der Männer, die ihr wehgetan hatten. Noah war ihr Mann und er liebte sie mehr, als sie sich je hätte vorstellen können, von einem Mann geliebt zu werden. Wie könnte sie ihm etwas vorenthalten? Er verdiente ihr ganzes Herz. Elizabeth hob die Hände, legte sie flach an seine Brust, fühlte den gleichmäßigen Rhythmus seines beschleunigten Herzschlags, ließ ihre Hände zu seinen Schultern hinaufgleiten und hob ihren Blick bis zu seinem Hals. Sie fühlte seinen schnellen Atem an ihrem Gesicht und schließlich richtete sie mutig ihre Augen auf seine.

Sie schnappte nach Luft und Tränen schossen ihr in die Augen. Sie hatte erwartet, Verlangen in seinem Blick zu sehen, wie sie es schon Hunderte Male im Blick von Männern beobachtet hatte, und sie war bereit gewesen, sich seiner Lust zu opfern. Stattdessen stand lauter Liebe in sein Gesicht geschrieben. Schenkende, heilende Liebe. Stürmisch, echt und männlich.

Und diese Liebe galt ihr. *Er* gehörte ihr.

Sie spürte, wie sich der Knoten in ihrem Inneren löste, wie die Starre aus ihrem Körper wich. Auf Zehenspitzen schlang sie ihre Arme um seinen Hals. *Danke, Gott, ich liebe ihn!*

* * *

Am nächsten Morgen nahm Will Noah zur Seite und sagte leise: »Ich hatte gestern keine Gelegenheit, es dir zu sagen, aber hier ist ein interessantes Telegramm angekommen, während ihr beiden weg wart.«

Noah hob die Augenbrauen. »Um was ging es? Von wem war es?«

»Es war von einer Margaret Dunning. Sie gab an, sie sei auf der Suche nach Elizabeth.«

Noah runzelte die Stirn und beugte sich in seinem Stuhl vor. »Das ist die Adoptivmutter von Elizabeth. Sie war diejenige, die Ross angeheuert hat. Was wollte sie?«

»Noah, sie schreibt, dass Elizabeths echte Mutter auf dem Weg nach Juneau ist. Sie sucht nach Elizabeth.«

Zischend stieß Noah die Luft aus. »Ihre Mutter lebt also …«

»So sieht es zumindest aus. Vielleicht hat man ihr im Waisenhaus gesagt, dass ihre Mutter tot ist. Das ist nichts Ungewöhnliches.«

»Das könnte sein«, antwortete Noah leise. Er war nicht sicher, was er mit dieser Information anfangen sollte. Er wusste nur, dass er plötzlich das dringende Bedürfnis hatte, Elizabeth nach Hause zu bringen. »Danke, dass du mir das gesagt hast, Will. Nach allem, was ich gehört habe, sind ihre Adoptiveltern nicht besonders vertrauenswürdig. Erzähl Elizabeth nichts davon. Ich möchte nicht, dass sie durcheinandergebracht wird.«

Will nickte verständnisvoll.

»Wenn Elizabeths echte Mutter auftaucht, woran ich meine Zweifel habe, dann werden wir es ihr sagen.«

22

Jane hielt sich am Hafenbecken von Juneau zum Schutz vor der Sonne die Hand über die Augen und betrachtete die Berge. »Oh Ben, es ist so wunderschön.«

»Atemberaubend«, stimmte er zu, aber er schaute nicht auf die Berge.

Sie errötete, als sie begriff, was er meinte. »Du musst damit aufhören.«

»Womit?«

»Mich so anzuschauen, als hättest du mich noch nie gesehen.«

Er fasste nach ihrer Hand, führte sie zu seinen Lippen und streifte ihre Finger mit einem gehauchten Kuss. »Ich *habe* dich noch nie so gesehen.«

Sie schaute ihm tief in die Augen, wie es lang verheiratete Paare nur noch selten tun, und lächelte. Sie sah aus, als wäre sie den Tränen nahe, darum lachte er tief und glücklich und küsste sie vor all den Fremden direkt auf den Mund. Lachend wich sie einen Schritt zurück und schalt ihn: »Das gehört sich aber nicht, Ben Rhodes!«

Sie hatte recht. Dennoch war sie jetzt fast vierzig und hatte noch nie so lebendig und glücklich gewirkt. Der Dampfer war überfüllt gewesen, ihre private Kabine hatte eine Menge gekostet … und für sie waren diese Tage die Flitterwochen gewesen, die sie damals nicht gehabt hatten.

Sie wandten sich wieder Richtung Stadt und er beobachtete Jane, wie sie die Bergluft tief einatmete und lächelte und Ausflüchte suchte für sein Kompliment. »Bei dieser Luft fühlt sich jeder großartig. Ist es nicht unglaublich, wie sauber und frisch hier alles wirkt?«

Er grinste, als sie in die Kutsche stiegen. Er fühlte sich wieder jung und hatte den Eindruck, dass dieser grenzenlose Himmel von Alaska ihnen einen neuen Horizont schenkte.

»Wohin soll's gehen?«, wollte der Fahrer wissen.

»Oh, bringen Sie uns zum besten Hotel der Stadt.«

»Wird gemacht, Sir. Das ist dann das *Grand Hotel*.«

Mit einem Ruck setzte sich die Kutsche in Bewegung. Jane, die keine Einzelheit verpassen wollte, schaute eifrig aus dem Fenster, und die Biegung ihres Halses war ein hübscher Anblick. Ihre Augen glänzten vor Aufregung, als sie sich plötzlich zu Ben umdrehte und sagte: »Guck dir diese

Holzkirche an, ist die nicht süß? Und sie hat sogar einen Glockenturm aus Holz. Mir kommt es vor, als wären wir in die Vergangenheit gereist.«

Hier waren sie weit weg von den hohen Gebäuden New Yorks, von den Menschenmassen und der städtischen Geschäftigkeit. Hier erlebten sie das wahre Amerika, dessen äußerstes Grenzland Alaska war. Als sie den Handelsposten von Juneau passierten, zeigte Jane auf ein ungewöhnliches Paar, das gerade aus der Tür trat. Der Mann war sehr groß und breitschultrig und die Frau im Gegensatz dazu klein und schmal. Sie hatte dunkles Haar und große Augen ... Jane packte Ben plötzlich am Arm. »Ben, hast du diese junge Frau gesehen?«

Er nickte, aber die beiden waren in eine Straße eingebogen und aus ihrem Blickfeld verschwunden. Jane umklammerte seinen Arm noch fester.

»Was ist los, Jane?«

»Diese ... diese junge Frau, die gerade aus der Handelsstation gekommen ist – Ben, es war Elizabeth, das weiß ich. Wir müssen wenden und zurückfahren!« Sie zog an seinem Ärmel. »Sag dem Fahrer, er soll wenden.«

Ben sah in ihr flehendes Gesicht und in ihre aufgeregten Augen. »In Ordnung, Jane, wir fahren zurück. Aber du musst dich beruhigen. Vielleicht war es nicht Elizabeth. Du hast sie nur so kurz gesehen und kannst dir nicht sicher sein.«

»Ben ... ich kann es nicht erklären, aber es war Elizabeth. Seit Jahren schaue ich in die Gesichter der Menschen und suche nach etwas, das mir vertraut ist. Es war sie!«

Ben klopfte an das vordere Fenster der Kutsche, aber der Fahrer schien es nicht zu hören. Kurz darauf hielten sie vor dem *Grand Hotel*. Jane stolperte aus der Kutsche und rief dem Fahrer laut zu: »Wir müssen zu dieser Handelsstation zurückfahren!«

Ben griff nach ihrer Hand, um ihre Aufmerksamkeit zu gewinnen. »Ich melde uns nur schnell an und lasse unser Gepäck aufs Zimmer bringen. Du wartest hier, und dann lassen wir uns von der Kutsche zur Handelsstation hinüberfahren.«

Jane nickte. »Beeil dich! Sie war gerade dabei abzureisen. Was ist, wenn sie schon weg ist? Und was machen wir, wenn wir sie nicht finden?«

Ben legte seine Hände beruhigend auf Janes Schultern. »Wir finden sie, das verspreche ich. Vorher gehen wir nicht nach Hause. Jetzt beruhige dich und warte in der Kutsche, ja?«

Sie nickte erneut und stieg wieder in die Kutsche, während Ben dem Fahrer und dem Hotelpersonal einige eilige Anweisungen gab. Zehn Minuten später waren sie unterwegs zur Handelsstation. Als sie das Haus erreicht hatten, wurde Jane plötzlich unsicher. »Und wenn sie jetzt nicht da ist? Aber vielleicht ist sie da, und was sage ich dann zu ihr?«

Ben half ihr aus der Kutsche. »Du sagst ihr, dass du sie liebst. Alles wird gut. Jetzt komm.«

Sie betraten die Handelsstation und eine Glocke läutete über der Tür. Eine ältere Frau kam aus dem Hinterzimmer und strich ihre Röcke glatt. »Kann ich Ihnen irgendwie helfen?«, erkundigte sie sich freundlich.

Jane lächelte und holte tief Luft. »Guten Tag, Madam. Mein Name ist Jane und das ist mein Mann Ben. Wir suchen eine junge Frau namens Elizabeth und, na ja, ich dachte, ich hätte sie vielleicht vorhin gesehen. Kennen Sie jemand, der so heißt?«

Die Frau schüttelte den Kopf. »Ich hüte nur den Laden. Die jungen Leute sind alle weggegangen, um ein neues Haus anzuschauen, das einer von ihnen gekauft hat. Und danach wollten sie zum Essen gehen. Aber ich meine, ich hätte gehört, dass eine Frau Elizabeth hieß. Ich bin allerdings nicht ganz sicher. Wissen Sie, meine Ohren sind nicht mehr das, was sie mal waren. Aber Sie können in ein paar Stunden wiederkommen. Dann werden Will und Cara Collins da sein, und sie können Ihnen Ihre Frage sicher beantworten.«

Jane spürte eine Mischung aus Erleichterung und Enttäuschung, als die Spannung aus ihrem Körper wich. »Ja, gut, vielen Dank. Wir kommen später wieder.«

Ben drückte ermutigend ihre Hand, als sie zur Kutsche zurückkehrten. »Es ist besser so. Dann sind wir nicht mehr so durcheinander. Wir sind besser darauf vorbereitet, wenn wir Elizabeth morgen treffen.«

Seufzend stützte Jane sich auf seinen Arm. Sie sah plötzlich müde aus. »Ja, du hast recht. Gehen wir.«

Am nächsten Morgen frühstückten Ben und Jane früh im Speiseraum des Hotels. Danach schlenderten sie in die Eingangshalle. Am Empfang wurde Ben gesagt, er habe ein Telegramm erhalten. Er öffnete es direkt an der Theke, während Jane nachdenklich neben ihm stand, und überflog den Inhalt. Dann las er ihn noch einmal.

»Was gibt es?«, fragte Jane.

»Es ist von meinem Partner, Herbert. Bevor wir aus New York abreisten, gab ich ihm die Namen von Henry und Margaret und bat ihn, zu schauen, ob er etwas über sie herausfinden könnte.« Er fasste Jane am Ellbogen, führte sie zum Fenster hinüber und senkte die Stimme. »Er schreibt hier, dass Henry wegen Mordes an einem Goldgräber in Utah gesucht wird. Die Polizei ist schon seit über drei Jahren hinter den beiden her.«

Jane schnappte nach Luft. »Was sollen wir tun?«

Ben wiegte seinen Kopf hin und her. »Ich denke, ich werde Herbert telegrafieren und ihm die Adresse der Dunnings weitergeben. Sie sind sicher noch dort, weil sie ja auf die restliche Belohnung von uns warten.«

Jane warf ihm einen besorgten Blick zu. »Aber … was ist, wenn wir sie noch brauchen oder …« Plötzlich kam ihr ein Gedanke: »Du glaubst doch nicht, dass Elizabeth darin verwickelt ist, oder?«

Bens Gesichtsausdruck war grimmig. »Die Antwort darauf erfahren wir erst, wenn wir sie gefunden haben.«

»Sollten wir nicht lieber warten, bevor wir es jemand sagen? Vielleicht sind wir noch darauf angewiesen, dass die Dunnings sich kooperativ zeigen, und wenn sie herausfinden, dass wir sie angezeigt haben … dann sagen sie uns gar nichts«, überlegte Jane aufgeregt.

Ben schüttelte den Kopf und zog die Brauen über seinen grünen Augen dicht zusammen. »Mach dir keine Gedanken, Jane. Wir finden Elizabeth auf jeden Fall ohne weitere Hilfe von ihnen. Wir müssen der Polizei ihren Aufenthaltsort melden.«

Jane nickte zustimmend und seufzte. »Ja, natürlich. Du hast recht.« Sie hob den Kopf und sah ihm ins Gesicht. »Wenn ich daran denke, dass meine kleine Tochter von einem … einem Mörder adoptiert wurde … das ist unerträglich.«

Er legte eine Hand an ihr Kinn und sah ihr unverwandt in die Augen, um neuen Mut in ihr zu wecken. »Wir wissen, dass sie lebt und wir werden sie finden. Das ist alles, was jetzt zählt.«

Nachdem er sie auf diese Weise beruhigt hatte, eilten sie aus dem Hotel und machten sich zu Fuß auf den Weg zur Handelsstation. Mit gerunzelter Stirn warf Ben seiner Frau einen besorgten Blick zu, wie er es an diesem Morgen schon unzählige Male getan hatte. »Bist du sicher, dass du dieser Sache im Moment gewachsen bist? Du siehst so blass aus, Jane.«

Mit einem Kopfnicken erklärte sie: »Ich bin nicht den weiten Weg gereist, um jetzt umzukehren. Mir geht es gut.«

Bis zur Handelsstation war es nur eine kurze Strecke und Ben nickte ihr aufmunternd zu, als sie vor der Tür standen. Sie blieben einen Moment stehen, den Blick auf die Tür gerichtet, durch die sie gestern getreten waren, und beide hatten das Gefühl, dass gleich etwas Entscheidendes geschehen würde. Jane holte tief Luft und machte einen Schritt vorwärts.

Die Glocke läutete, als Ben die Tür öffnete und Jane eintreten ließ. Das Geschäft war gut beleuchtet, übersichtlich sortiert und sauber. Es hatte etwas Heimeliges an sich, und das gefiel Jane. Sie atmete tief ein und straffte die Schultern. Gemeinsam schritten Ben und sie zu der langen hölzernen Theke, machten dort halt und erwiderten das Lächeln eines Mannes Mitte dreißig, der einen geschäftsmäßigen Eindruck machte.

»Wie kann ich Ihnen heute dienen?«, erkundigte er sich hilfsbereit.

Ben wollte etwas sagen, aber Jane hob ihre behandschuhte Hand. »Sir, mein Name ist Jane und das ist mein Mann Benjamin. Wir haben einen weiten Weg hinter uns gebracht, um jemanden zu suchen, genau genommen eine junge Frau.« Sie unterbrach sich, um gegen die aufsteigenden Tränen zu kämpfen, legte dann den Kopf auf die Seite und lächelte unsicher. »Ich dachte … ich meine … kennen Sie vielleicht zufällig eine Elizabeth Dunning?«

Sofort zeigte Wills Gesicht eine Reaktion, und mit angehaltenem Atem wartete Jane auf seine Antwort. »Nun ja, Madam, es könnte sein, dass ich eine Frau mit diesem Namen kenne, aber Sie müssen mir genau sagen, was Sie von ihr wollen, bevor ich Ihnen mehr verrate.«

Jane gefiel diese Antwort und sie fasste auf der Stelle Vertrauen zu ihm. »Sie müssen wissen, ich bin ihre Mutter. Und ich bin schon sehr … sehr lang auf der Suche nach ihr.«

Mit einem erstaunten Gesichtsausdruck sah Will abwechselnd zu Ben und Jane und schüttelte den Kopf. »Madam, darf ich sagen, dass Sie ihr so ähnlich sehen, dass mir nichts anderes übrig bleibt, als Ihnen zu glauben?«

Jane atmete auf, legte ihre zitternde Hand an ihren Mund und warf Ben einen Blick zu.

Er drückte Jane an sich und fragte Will: »Können Sie uns sagen, wo sie ist?«

Will stieß einen leisen Pfiff aus. »Sie haben sie gerade verpasst. Sie ist auf ihrem Weg nach Hause. Sie ist heute Morgen ganz früh aufgebrochen.«

»Nach Hause? Und wo ist das?«

Will gab ihnen ein Zeichen, ihm ans Fenster zu folgen. »Sehen Sie dort im Osten den Gebirgszug? Elizabeth lebt ungefähr ein Viertel der Strecke unterhalb des mittleren Bergs, zusammen mit ihrem Mann Noah Wesley.«

Jane fühlte, wie ein neuer Schrecken sie durchfuhr. »Mit ihrem Mann? Daran habe ich überhaupt noch nicht gedacht.« Sie hatte nicht einmal die Möglichkeit in Betracht gezogen, dass ihre Tochter verheiratet sein könnte. Verblüfft wurde ihr bewusst, dass Elizabeth immer noch ein kleines Mädchen für sie war.

Will lachte leise in sich hinein. »Nun, das ist eine lange Geschichte, Madam. Aber er ist ein guter Kerl, da können Sie ganz beruhigt sein. Ein feiner Mensch und außerdem einer meiner besten Freunde.« Er deutete auf die Sitzgelegenheit vor dem Kamin und fragte: »Wollen Sie sich nicht setzen? Ich hole meine Frau. Sie wird sich freuen, Sie kennenzulernen. Elizabeth ist wie eine kleine Schwester für sie.« Will führte sie zum warmen Feuer, aber sie ignorierten die Stühle und den eleganten Schaukelstuhl. Sie waren beide zu aufgeregt, um sich hinzusetzen.

Kurz darauf betrat eine hübsche blonde Frau den Raum. Sie trug ein Baby auf der Hüfte. Sie ging zu Jane und streckte ihr die Hand hin. Ihr Lächeln war aufrichtig und brachte auch ihre Augen zum Strahlen. »Jane? Ich bin Cara Collins. Wills Frau.« Nach einer kurzen Pause fuhr sie fort: »Will hat mir gesagt, Sie … sind Elizabeths Mutter?« Sie ließ ihren Blick über Janes Gesicht wandern und ihre Augen füllten sich mit Tränen. Doch sie presste die Lippen zusammen und lächelte. »Sie sieht Ihnen so ähnlich.«

Jane wollte die Hand dieser Frau, die ihre Tochter kannte, am liebsten nicht mehr loslassen. Mit zitternder Stimme antwortete sie: »Ich hoffe, das werde ich bald mit eigenen Augen sehen. Ich suche schon so lange nach ihr. Ich kann es kaum glauben, dass ich sie fast gefunden habe.« Die kleine Rebecca krähte vor Vergnügen und deutete auf die bunten Federn, mit denen Janes Hut geschmückt war. Eifrig reckte sie sich, um eine von ihnen zu erhaschen, drehte und wendete sich in Caras Armen und brachte Cara und sogar Jane zum Lachen.

»Die arme Kleine, sie kommt nicht an sie heran«, bemerkte Jane. Sie nahm den Hut vom Kopf, zog eine Feder aus der Krempe und hielt sie dem Kind hin.

Lachend sagte Cara: »Wenn Sie ihr die Feder geben, wird sie nur versuchen, sie zu essen. Sie kaut auf allem herum, was sie zu fassen bekommt.«

Jane schaute das Kind so liebevoll an, dass Cara ihr anbot: »Ihr Name ist Rebecca. Möchten Sie sie gern halten, während ich uns allen eine Tasse Tee hole?«

Jane nickte und war froh, auf diese Weise ein Ventil für ihre Gefühle zu haben, wenn auch nur kurzfristig. Rebecca plapperte und versuchte den Stiel der Feder abzubeißen. Jane nahm sie ihr aus der Hand und kitzelte mit dem flauschigen Ende Wangen und Nase des Babys. Beide lachten laut auf. Als Jane zu Ben hinüberschaute, hatte er einen schmerzlichen Ausdruck im Gesicht und er tat ihr leid. Wenn es ihnen nur vergönnt gewesen wäre, eigene Kinder zu haben … aber dies war nicht der Moment, um über solche Dinge nachzudenken. Dies war ein fröhlicher Moment, den nichts verderben sollte.

Cara kehrte zurück und alle setzten sich um den niedrigen Tisch am Feuer. Cara sah Ben an und sagte: »Entschuldigen Sie die Frage, aber Sie sind nicht Elizabeths Vater, oder?«

Ben schüttelte den Kopf. »Nein, wir haben seinen Werdegang eine Weile verfolgt, falls Elizabeth ihn treffen wollte, wenn wir sie gefunden hätten, aber er kam vor ein paar Jahren bei einem Eisenbahnunglück ums Leben.«

Cara runzelte die Stirn. »Das tut mir leid. Elizabeth hat uns erzählt, ihre Eltern seien tot.«

Jane senkte den Blick auf ihren Schoß. »Sie wuchs in einem Waisenhaus auf, Mrs. Collins. Ich weiß nicht, was man ihr dort gesagt hat, aber es ist gut möglich, dass sie die Information erhielt, wir wären nicht mehr am Leben.«

»Und Sie haben sie all die Jahre gesucht«, stellte Cara mit weicher Stimme fest. »Es ist erstaunlich, dass Sie sie hier gefunden haben, so weit entfernt vom Rest der Welt.«

Jane nickte. »Ich hatte schon aufgegeben … aber dann erhielt ich ein

Telegramm von Henry und Margaret Dunning. Sie behaupteten, sie hätten Elizabeth vor Jahren adoptiert. Natürlich nahmen wir den nächsten Zug nach Seattle, um sie zu treffen. Sie schickten uns hierher – aufgrund des Telegramms von einem Detektiv, der in ihrem Auftrag nach Elizabeth gesucht hat. Wissen Sie etwas über diesen Teil der Geschichte?«

Cara und Will wechselten einen Blick. Schließlich nickte Will. »Ja, es war ein Mann hier, der Elizabeth gesucht hat. Er muss dieser Detektiv gewesen sein. Aber ich muss Ihnen sagen, dass sie große Angst vor ihm hatte. Und auch vor ihren Adoptiveltern. Ich glaube nicht, dass sie sie jemals wiedersehen wollte.«

»Nach der Begegnung mit ihnen kann ich das sehr gut verstehen«, antwortete Ben grimmig. »Sie waren weit schlimmer, als wir gedacht hatten. Wir können Ihnen nicht sagen, wie erleichtert wir darüber sind, dass Elizabeth es geschafft hat, von diesen Leuten wegzukommen.«

Cara beugte sich vor und beteuerte aufrichtig: »Machen Sie sich keine Sorgen. Sie könnten sich keine bessere Tochter als Elizabeth wünschen. Sie hat es vielleicht nicht immer leicht gehabt im Leben. Ich weiß, dass sie vieles durchlitten hat, aber all diese Schwierigkeiten haben sie zu einer tapferen, mutigen und außerordentlichen jungen Frau gemacht. Für mich ist es ein Geschenk, ihr begegnet zu sein, und ich bin sicher, es wird ihr viel bedeuten, Sie beide kennenzulernen.«

Jane sah Ben an und lächelte. »Es sieht so aus, als würden wir doch noch ein paar Berge besteigen.«

Mit einem jungenhaften Grinsen gab Ben zurück: »Um nichts in der Welt würde ich das verpassen wollen, meine Liebe. Um nichts in der Welt.«

23

Noah hatte es eilig, seine Braut heimzuführen. Sie waren nur lange genug geblieben, um dafür zu sorgen, dass die Handelsstation nach der Hochzeitsfeier wieder sauber und ordentlich war, bevor sie Noahs und das für Elizabeth neu gekaufte Pferd beluden und sich auf die Heimreise machten. Er sagte sich immer wieder, dass es richtig war, was er tat. Es würde Elizabeth nur durcheinanderbringen, wenn sie von dem Telegramm wüsste.

Als sie eine Biegung umrundeten, trieb Noah sein Reittier für den letzten Aufstieg der Reise an. Er warf einen Blick zurück auf Elizabeths Pferd und überprüfte das Gepäck. Sie hatten beide Tiere mit Vorräten und sämtlichen Habseligkeiten von Elizabeth schwer beladen. Noahs Hütte würde von nun an ihr gemeinsames Zuhause sein. »Wir sind fast da!«, rief er ihr glücklich zu.

Sie antwortete ihm mit einem Nicken und weil sie Noah einholen wollte, tippte sie das Pferd mit den Fersen an, um es zu einer schnelleren Gangart anzuspornen. Sie passierten die Wasserfälle über dem oberen Rand des Beckens und kamen zu einer Wiese, auf der die Wildblumen im leichten Wind tanzten – von aller Welt unbemerkt, allein für ihren Schöpfer, und jetzt ein atemberaubend schöner Anblick für Noah und Elizabeth. Noah freute sich schon darauf, Elizabeth all ihre Namen zu lehren; das Land um seine Hütte herum war übersät von purpurnem Bergsteinbrech, blauen Glockenblumen, gelbem Hahnenfuß, Heidekraut, Wildrosen und blühenden Beerensträuchern.

Aber das hatte Zeit. Noah sog den süßen heimatlichen Duft ein und zügelte sein Pferd, um auf Elizabeth zu warten. Sie hielt neben ihm an und folgte mit den Augen seiner ausgestreckten Hand.

»Wir sind schon da«, bemerkte sie erstaunt. »Ich dachte, wir würden viel länger brauchen.«

»Im Sommer dauert die Reise nicht so lang, wenn man mit Pferden unterwegs ist.«

Elizabeth holte tief Luft und lächelte glücklich. »Es sieht alles so ganz anders aus ohne den Schnee.«

»Du hast mich gefragt, ob wir Blumen haben, und ich glaube, ich hab dir damals keine Antwort gegeben, aber im Sommer ist der ganze Berg mit Wildblumen bewachsen. Gefallen sie dir?«

Elizabeth ließ ihren Blick über die Wiese schweifen. »Mir gefällt es, dass wir Blumen haben«, antwortete sie leise und staunend. »Sie sind wie ein Regenbogen auf der Erde.« Sie schaute Noah an und in ihren Augen stand ein neuer Glanz, den er bisher nicht darin gesehen hatte. »Es ist wunderbar, dass du es so sagst, als würden wir dies alles von nun an teilen.«

Noah beugte sich zu ihr hinüber und küsste sie. »Das tun wir ja auch. Was mein ist, ist dein.« Er lächelte schelmisch und fügte hinzu: »Und was dein ist, ist mein.«

»Aber ich habe doch gar nichts!«

»Oh doch, das hast du!« Er wusste, dass sie ihn verstanden hatte, als ihre Wangen von einem verräterischen Rot überzogen wurden. Lachend gab er ihr ein Zeichen, ihm zu folgen, und trieb sein Pferd zu einem Galopp an. Er liebte wirklich alles an ihr. Noah lächelte und dankte Gott im Stillen. Es war so gut, wieder zu seinem Land zurückzukehren, gerade jetzt, wo es auf dem Höhepunkt seiner sommerlichen Pracht stand, und dies alles mit der Frau zu teilen, die er liebte.

* * *

Am Nachmittag des nächsten Tages war Noah auf dem Rückweg zur Hütte, um etwas zu essen, nachdem er die letzten Stunden damit verbracht hatte, seine Fallen zu kontrollieren. Er versuchte die Unruhe abzuschütteln, die ihn immer wieder überfiel. Er hatte den Eindruck, dass irgendetwas mit seiner Frau und seiner Ehe nicht ganz stimmte. Ihre gemeinsamen Nächte waren erfüllt von Leidenschaft, und tagsüber sah alles so aus, als würden sie sich gut an das gemeinsame Leben gewöhnen, aber Elizabeth … er konnte es nicht benennen, was los war, aber irgendwie spürte er, dass in ihrem Inneren etwas vorging, was sie nicht aussprach. Sie hielt etwas zurück. Manchmal kam es ihm vor, als täte sie alles, um es ihm recht zu machen, egal, wie sie sich selbst dabei fühlte. Fest entschlossen, die Verhältnisse zu klären und Elizabeth zu mehr Vertrauen zu ermutigen, streckte er die Hand nach dem Türknauf aus. Gerade als er daran drehte, hörte er das Geräusch näher kommender Pferde. Er wandte sich um, hielt sich schützend die Hand gegen die blendende Sonne über die Augen und sah überrascht, dass Will Collins und zwei städtisch wirkende Leute auf dem Weg zu ihm waren. Sie schienen in Eile zu sein und die Pferde machten einen müden Eindruck. Noah hatte ein ungutes Gefühl im Magen, als er einen Schritt nach vorne trat und beobachtete, wie die unerwarteten Besucher näher kamen.

Will saß als Erster vom Pferd ab und marschierte mit einem breiten Lächeln auf Noah zu. Er griff nach Noahs Hand, schüttelte sie fest und klopfte ihm auf die Schulter. »Du wirst nie erraten, wen ich hier bringe, Noah. Ist Elizabeth in der Nähe?«

Noah spürte, wie ihm noch unbehaglicher zumute wurde. Eine innere Stimme sagte ihm, dass die nächsten Momente sein Leben verändern würden. »Sie ist in der Hütte. Wer sind diese Leute, Will?«

Der Mann half der Dame abzusteigen. Noah sah ihnen entgegen, als sie in seine Richtung kamen. Der Mann war ein schlanker, vornehm wirkender Herr mit dunklem Haar, das an den Schläfen leicht ergraut war. Er war tadellos und kostspielig gekleidet. Mit warmherzigem, freundlichem Blick streckte er seine Hand aus, und Noah drückte sie fest. Will stellte sie einander vor.

»Noah, das ist Ben Rhodes. Er ist ein Anwalt aus New York City.«

Will bewegte sich zur Seite, damit die Frau vortreten konnte. Sie hielt ihm lächelnd ihre kleine Hand hin. »Hallo, ich bin Jane Rhodes.«

Noahs Herz setzte einen Schlag lang aus. Sein Atem ging schneller, als er ihr seine große Hand entgegen streckte. Bei so viel Eleganz kam er sich ungelenk und tölpelhaft vor.

Er wusste, wer diese Frau war.

Sie schüttelten einander gerade die Hände, als sich die Tür der Hütte öffnete und Elizabeth herauskam.

»Noah, bist du …?«

Sie verstummte, als sie die Besucher sah.

Alle drehten sich um und richteten den Blick auf Elizabeth. Noah hörte ein gedämpftes Geräusch von der Frau hinter ihm. Er sah zwischen seiner Frau und dieser Fremden, deren Aussehen ihm jedoch so vertraut war, hin und her. Wie in Zeitlupe erstarrten sie alle und blickten gebannt auf die beiden Frauen, die sich so unglaublich ähnlich sahen. Noah beobachtete, wie Jane langsam auf Elizabeth zuging. Ihr eleganter Rock streifte übers

Gras. Sie blieb so dicht vor Elizabeth stehen, dass ihre Röcke sich fast berührten.

Sie standen beide im hellen Licht der Spätnachmittagssonne, als sie einander betrachteten, und keine Spur eines Schattens fiel auf die bewegende Szene. Es war die Wahrheit, die endlich ans Licht kam.

Schließlich begann Jane stockend und leise zu sprechen. »Elizabeth … du bist es wirklich.« Für einen Moment legte sie eine Hand an den Mund, während sie wie angewurzelt und völlig verzückt dastand. Nun streckte sie die Hand erst zögernd, dann mit mehr Entschlossenheit nach Elizabeth aus und berührte sie an der Schulter. »Ich habe dein Gesicht wieder vor mir«, flüsterte sie. »Endlich habe ich dich gefunden.«

* * *

In der selbstvergessenen Gegenwart dieser Frau, deren Ähnlichkeit so erschreckend war, kämpfte Elizabeth darum, die Fassung nicht zu verlieren. Ein Teil von ihr wollte jede Zurückhaltung aufgeben und sich für die Tatsache öffnen, dass sie eine Mutter besaß, wollte den Gefühlen Einlass gewähren, die in ihrem Inneren anklopften. Doch ein anderer Teil von ihr hielt an den bestehenden Schutzwällen fest. Ein Happy End konnte es nur im Märchen geben und daran hatte sie noch nie geglaubt!

Die Frau trat noch einen Schritt näher und erforschte Elizabeths Gesicht mit den Augen, beinahe so, wie Gott sich mit allen Einzelheiten von Adams Gesicht vertraut gemacht hatte, als er es aus dem Staub erschuf. Die glühende Liebe in ihrem Blick hielt Elizabeth davon ab, wegzuschauen oder diese Begegnung als etwas Unwirkliches abzutun. Und als sie den Blick erwiderte, wurde ihr bewusst, dass ihr hier sozusagen ein Spiegel der Zukunft vorgehalten wurde. Während ihre Haut jung und frisch war, war die der Frau dünner geworden, ihre Gesichtszüge traten deutlicher hervor, aber sie waren immer noch hübsch. Beide Frauen besaßen die gleiche Hautfarbe, die gleichen Wangenknochen, die gleichen Lippen, die gleichen Augenbrauen und die gleichen Augen – dunkelbraune Augen, deren Iris fast nicht von den schwarzen Pupillen zu unterscheiden waren. Diese dunklen Augen besaßen die Gabe, sich undurchdringlich zu zeigen, aber die Augen, in die Elizabeth jetzt sah, waren alles andere als das – es waren unverkennbar die Augen einer Mutter, die endlich den Moment erlebte, nach dem sie sich ihr Leben lang gesehnt hatte. Elizabeth konnte sich nichts vorlügen – in diesen Augen stand die reine Wahrheit: Liebe.

Dann spürte Elizabeth, wie die Frau sie berührte und mit den Fingern die Rundung ihrer Wange und die Neigung ihrer Brauen nachzeichnete. Ihre Hand hing unsicher in der Luft wie die eines Blinden, sie wollte ihr Gegenüber ertasten, aber sie zögerte, weil ein anderer Mensch an diesem kostbaren Moment beteiligt war, und sie brauchte dessen Einverständnis. Sie entschied sich zu sprechen. »Endlich habe ich dich gefunden … du bist meine Elizabeth.«

Die Stimme versagte ihr, und Elizabeth schossen Tränen in die Augen. *Was hat sie gefunden? Was hat sie gefunden?*, fragte eine Stimme in ihrem Kopf.

Sie starrte Jane an, unfähig, ihren Ohren völlig zu trauen. Und doch stieg eine Gewissheit in ihr auf. Irgendetwas sagte ihr, dass diese Fremde die Frau war, die sie zur Welt gebracht hatte und für kurze Zeit ihre Mutter gewesen war.

Unwillkürlich stieg heftiger Zorn in ihr auf. Warum das alles? Warum war ihr diese Frau vorenthalten worden? Sie wurde überschwemmt von Erinnerungen an ihre Vergangenheit mit vielen unrühmlichen Einzelheiten.

»Wer sind Sie?«, hörte sie sich selbst mit hoher, abgehackter Stimme flüstern, und gleichzeitig wünschte sie, sämtliche Zuschauer würden verschwinden.

»Elizabeth … ich bin deine Mutter«, erklärte die schöne, vornehme Frau. »Ich bin deine Mutter.« Sie schüttelte den Kopf und Tränen rollten ihr über die Wangen.

Plötzlich kehrte eine Erinnerung zurück: Jemand hatte sie auf den Knien geschaukelt und ihr vorgesungen – das Lied, das Noah am ersten Tag, den sie mit ihm erlebt hatte, gesungen hatte. Nun spürte sie immer mehr Gewissheit. Elizabeth schaute zu Noah und sah sein fassungsloses Staunen. Ihr Blick wanderte zu Will, dem man nichts vormachen konnte, und er nickte zustimmend. Und schließlich richtete sie ihre Augen auf den fremden Mann, der zusammen mit der Frau gekommen war, und sah … oh Gott … sie sah so viel Hoffnung in seinem Gesicht. Er liebte diese Frau so sehr. Er wollte unbedingt, dass Elizabeth sie akzeptierte. Sie wandte sich wieder der dunkeläugigen Frau zu und ihre widerstreitenden Gefühle verwirrten sie – sie spürte Wärme und eine innere Rührung in ihrer Brust und gleichzeitig eine tiefe Ablehnung und großen Zorn. Konnte sie es beweisen? »Das Lied. Erinnerst du dich an das Lied, das du mir immer vorgesungen hast?«

Jane lächelte unter Tränen. »Du erinnerst dich daran? Oh Elizabeth, erinnerst du dich an mich?« Sie lachte. Es klang nicht wie das Lachen, das man von so einer zerbrechlichen Person erwartet hätte, sondern es war ein schwer erkämpftes, redliches Lachen, voll Gewissheit und Stärke, und es stieg bis zum Himmel auf.

Jane fing laut an, das Lied zu singen, während alle Blicke auf sie gerichtet waren. Eine sanfte Sommerbrise wehte den Duft von Noahs Blumen zu ihnen herüber. Jane hielt Elizabeths Hand fest umklammert und sang mit ganzer Kraft.

Ein Sieges-, Schlaf- und Loblied.

Jane hielt nichts zurück, und während sie sang, ließ sie ihren Blick wie einen Sonnenstrahl über jede Rundung und Neigung von Elizabeths Gesicht wandern, und ihre Augen waren erfüllt von Leben, Wärme und Aufrichtigkeit. So erreichte sie Elizabeth, erreichte die Tiefen ihres zweifelnden, ängstlichen Herzens, mit diesem Lied und diesem Blick, bis beiden Frauen die Tränen über die Wangen liefen.

Als das Lied zu Ende war, herrschte einen Moment lang erschütterte Stille. Es war, als trauten sich nicht einmal die Vögel, ihre Stimme in diesem feierlichen Augenblick zu erheben.

Jane durchbrach das Schweigen mit einer tief empfundenen Erklärung: »Ich habe dich nicht freiwillig weggegeben, Elizabeth.« Sie bestätigte dies mit einem festen Händedruck. »Mein ganzes Leben lang habe ich nach dir gesucht. Mein ganzes Leben lang habe ich auf diesen Moment gewartet. Ich wollte dich zurückhaben.«

Elizabeth konnte nur den Kopf schütteln. Sie verstand immer noch nicht ganz, was hier geschah.

Jane zog Elizabeths Blick und ihre gesamte Aufmerksamkeit auf sich. Ihre Augen glühten noch immer, als sie eindringlich weitesprach. »Ich liebe dich. Ich habe dich immer geliebt. Ich habe dich nicht freiwillig in dieses Waisenhaus gegeben. Du bist meine Tochter. *Du gehörst mir.*«

Erschüttert kämpfte Elizabeth gegen die Tränen und gegen dieses Gefühl, einzuknicken und jede Selbstbeherrschung aufzugeben. Wie konnte sie den Worten dieser schönen Frau glauben? So schüttelte sie wieder und wieder den Kopf, aber sie schaffte es nicht, die Tränen aufzuhalten, die ihr aus den Augen flossen.

»Es ist wahr«, betonte Jane. »Ich weiß, es muss schwer für dich sein, es zu glauben. Du liebe Güte, ich kann nur ahnen, was du alles durchgemacht hast, und ich finde es schrecklich, aber jetzt sind wir hier, Elizabeth.« Sie verstummte und atmete tief ein. Überwältigende Freude stand ihr ins Gesicht geschrieben. »Ich habe dich gefunden!«

Sie drückte Elizabeths Hand so fest, dass es wehtat, aber Elizabeth begrüßte diesen Schmerz als etwas Wirkliches in dieser unwirklichen Szene.

»Ich werde dich nie wieder gehen lassen. Nie wieder.«

Wieder war da diese glühende Entschlossenheit, und Elizabeth erkannte sich darin. Stärker als die körperliche Ähnlichkeit, stärker als die verschwommenen Erinnerungen überzeugte Elizabeth diese heftige Verbissenheit – ihr war es zu verdanken, dass sie die vergangenen zwanzig Jahre am Leben geblieben war. Diese Frau war ihre Mutter … und ihr blieb nichts übrig, als jeden vernünftigen Gedanken aufzugeben und ihre Liebe zu erwidern.

* * *

Das Feuer war heruntergebrannt, aber alle waren von den großen Gefühlen zu erschöpft, um aufzustehen und neues Holz aufzulegen. Elizabeth schaute zum hundertsten Mal in dieser letzten Stunde auf ihre Hand hinunter, um zu sehen, dass ihre Mutter sie umklammert hielt. Dann schaute sie hoch, um das Gesicht dieser Frau zu sehen, die ihr mit einem so liebevollen Blick zulächelte, dass sie wieder anfangen musste zu weinen. Es hatte den ganzen Abend gedauert, aber sie hatte ihnen alles erzählt. Sie hatte so weit vorn angefangen, wie ihre Erinnerungen reichten, mit ihrer Zeit im Waisenhaus, und hatte von allem berichtet, was ihr noch im Gedächtnis war. Sie hatte von ihrer Adoption erzählt und von Henry und Margaret, ohne jedes Selbstmitleid, sie hatte einfach nur die nackten Tatsachen auf den Tisch gelegt. Sie hatte nichts ausgelassen, nicht den Mord, nicht ihre Flucht, nicht ihren Kampf ums Überleben.

Und dann hatte sie ihnen von Ross erzählt. Dabei hatte ihre Mutter ihre Hand so fest gedrückt, dass Elizabeth erst zusammenzucken musste, bis Jane merkte, was sie da tat. Niemand verdammte sie, sondern alle sagten ihr, wie sehr sie ihren Mut bewunderten. Ben und Jane berichteten, was sie von Margaret und Henry Dunning über Ross erfahren hatten, und wie sie gezwungen gewesen waren, die Dunnings an die Polizei auszuliefern. Ben versicherte Elizabeth, dass sie in Zukunft keinerlei Ärger mehr mit den Dunnings oder mit den Behörden haben würde.

Nachdem Elizabeth davon gesprochen hatte, wie sie die Überfahrt nach Alaska gebucht hatte, füllte Noah die Lücken. Er erzählte, wie er sie auf seiner Türschwelle gefunden und in dieser Nacht am Leben gehalten hatte, indem er ihr sein Leben einhauchte. Als sie diese Geschichte von ihm hörte, erglühte Elizabeths Liebe zu ihm von Neuem.

Sie hatte keine einzige Lüge erzählt und die Wahrheit in keiner Weise ausgeschmückt. Sie hatte ihr Inneres vor ihnen offengelegt und das war gut so. Nun fühlte sie sich geheilt und gereinigt.

* * *

Am nächsten Morgen fragten Jane und Ben, ob sie eine Weile dableiben könnten. Jane packte Noah nach dem Frühstück am Arm und sagte mit einem Zwinkern in ihren dunkelbraunen Augen: »Ich weiß, ihr beide seid frisch verheiratet, Noah, aber du musst unsere Gesellschaft noch eine Weile ertragen. Ich habe viel länger auf Elizabeth gewartet als du.«

Noah lächelte auf sie herunter und dachte, dass Elizabeth eines Tages genauso aussehen würde, wenn sie älter war. »Ihr seid herzlich eingeladen, bei uns einzuziehen. Du hast sie verwandelt. Sie hat dich schon so lange gebraucht.«

Jane lachte. »Ich glaube nicht, dass du das nach ein paar Wochen immer noch sagen wirst, aber wir werden sehen. Warten wir's ab.«

Sie gewöhnten sich schnell an das gemeinsame Leben. Ben interessierte sich für Noahs sämtliche Aktivitäten und beriet ihn in Bezug auf Investitionen und zukünftige Entwicklungsmöglichkeiten. Jane verbrachte jede wache Minute mit Elizabeth. Sie redeten und lachten, nähten und kochten zusammen. Noah war erfreut, dass Jane Elizabeth einige Grundkenntnisse im Kochen beibrachte. Manchmal, wenn sie beschäftigt waren, beobachtete Noah, wie Jane innehielt und Elizabeths Gesicht anstarrte, als wolle sie jede Einzelheit in ihr Gedächtnis aufnehmen. Noah war sich bewusst, dass er den Schmerz, den die Trennung beiden verursacht hatte, nicht ausloten konnte. Aber es machte ihn froh, dass er an ihrer Freude, wieder vereint zu sein, Anteil hatte. Es war ihm klar, dass es für ihn und Elizabeth sehr schwer, wenn nicht gar unerträglich sein würde, wenn die Rhodes sie wieder verließen.

Eines Abends, drei Wochen nach ihrer Ankunft, saßen sie alle am Tisch und genossen ihren Kaffee nach dem Essen, als Jane ihre Serviette hinschmiss und herausplatzte: »New York ist einfach zu weit weg.« Sie blickte zu Ben und biss sich auf die Lippe, genau wie Elizabeth es tat, wenn sie versuchte, nicht zu weinen.

Ben beugte sich vor und drückte ihre Hand, die auf dem Tisch lag. »Wir lassen uns etwas einfallen, Jane. Mach dir keine Sorgen.«

Jane sah erst Ben und dann Noah an. Noah spürte ein ungutes Gefühl im Magen. »Noah, ich weiß, es ist unfair, darum zu bitten, aber ich muss es tun. Wenn Elizabeth einverstanden ist, darf ich sie dann nach New York mitnehmen? Ich möchte ihr gern zeigen, wo sie geboren wurde und wo ihr Großvater gelebt hat. Ich möchte Einkaufsbummel mit ihr machen und Sachen für sie kaufen. Ich möchte sie all meinen Freundinnen vorstellen. Und da ist noch Jeremiah Hoglesby ... der Privatdetektiv, der den Auftrag hatte, Elizabeth zu finden. Er liebt sie fast genauso sehr wie wir. Wir müssen auf dem Heimweg in Illinois Halt machen und ihn besuchen. Noah, bitte, ich habe so viel nachzuholen. Bitte erlaube mir, sie noch ein kleines bisschen länger bei mir zu haben.«

Noah schaute Elizabeth an, aber ihr Gesicht war undurchdringlich. Sie erwiderte einfach nur seinen Blick, und er hatte keine Ahnung, was in ihr vorging.

»Du kannst natürlich gern mitkommen, Noah«, sagte Ben freundlich und bedachte seine Frau mit einem mahnenden Blick.

»Oh, natürlich. Bitte verzeih mir, Noah. Du musst mitkommen«, fügte Jane schnell hinzu.

Noah bewegte seine Füße unter dem Tisch unruhig hin und her und starrte Jane an. Er wusste, welche Entscheidung hier von ihm gefordert war. Er hatte geahnt, dass so etwas kommen würde, aber er hatte nicht gewusst, dass es ihm so schwerfallen würde.

Mit einem kurzen Nicken antwortete er ruhig: »Ich kann mein Land nicht so lang alleinlassen, es sei denn, ich würde es verkaufen. Alaska ist mein Zuhause. Ich … ich kann hier nicht weg. Aber Elizabeth sollte euch natürlich begleiten.«

Jane ließ ihre Hände aufgeregt durch die Luft flattern und lachte. »Oh, es wird wunderbar. Einfach wunderbar!« Sie zögerte und schenkte ihrem Mann dann ein zaghaftes Lächeln. »Wir haben noch etwas zu verkünden.« Sie legte die Hände auf ihren Bauch. »Ich glaube, ich bin guter Hoffnung – nach all diesen Jahren.« Sie lächelte so glücklich und so schüchtern, dass ihnen allen warm ums Herz wurde. Elizabeth eilte zu ihr und umarmte sie fest und Noah schüttelte Ben die Hand.

»Im mittleren Alter fangen wir nochmal an«, sagte Ben und sein Gesicht leuchtete vor Glück.

Sie lachten alle und schließlich fragte Noah: »Wann wollt ihr nach New York aufbrechen?«

Jane biss sich wieder auf die Lippe und schaute Noah verlegen an. »Oh, ich verlange so viel, nicht wahr? Ich werde es dir vergelten, das verspreche ich.«

Ben beantwortete seine Frage. »Wir hoffen, wir können uns in ein paar Tagen auf den Weg machen. Sobald Elizabeth bereit ist.«

Alle Blicke richteten sich auf Elizabeth und sie zuckte die Achseln. »Ich könnte schon morgen zum Aufbruch fertig sein, da ich mir ja in New York neue Kleider kaufen werde. Es wird komisch sein, so viel Geld zu haben, dass ich mir alles kaufen kann, was ich haben möchte.«

Noah runzelte die Stirn. »Wie meinst du das?«

Jane verzog das Gesicht. »Es tut mir leid, Noah. Ich hätte es euch beiden gemeinsam sagen sollen. Ich gebe das gesamte Erbe, das ich von meinem Vater erhalten habe, an Elizabeth weiter. Es ist ein beträchtliches Vermögen.«

Noah sank das Herz noch tiefer, als ihm klar wurde, was das bedeutete. Nun brauchte Elizabeth ihn wirklich nicht mehr. Alles, was sie sich jemals wünschen würde, konnten diese netten, liebevollen Menschen, die an seinem Tisch saßen, ihr geben.

Sie würde seine Fürsorge und seinen Beistand nie wieder benötigen.

24

Noah schaute traurig zu, wie Elizabeth ihre Sachen packte. Sie war in den vergangenen zwei Tagen ungewöhnlich still gewesen, und er vermutete, dass sie nicht wusste, was sie zu ihm sagen sollte. Er wusste auch nicht, was er zu ihr sagen sollte. Es tat ihm weh, wenn er sie nur ansah. Er machte sich Gedanken darüber, ob er sie je wiedersehen würde, wenn sie jetzt mit Jane und Ben abreiste. Die kleine Stimme in seinem Inneren, die ihm sagte, dass sie ihn nur geheiratet hatte, weil er ihr Sicherheit geben konnte, wurde immer lauter und fing an, ihn zu quälen. Ihr neues Leben als reiche Erbin würde Elizabeth ganz ausfüllen. Aus Wochen würden schnell Monate werden und aus Monaten Jahre, bis er nichts anderes mehr für sie war als eine ferne Erinnerung in Alaska. Schon in letzter Zeit war sie so sehr mit ihrer Familie beschäftigt gewesen, dass es ihm manchmal vorkam, als wären sie gar nicht wirklich verheiratet. Aber vielleicht war es so das Beste?

Alle Vorbereitungen waren getroffen. Noah hatte einen befreundeten Tlingit als Führer angeheuert, der die drei Reisenden nach Juneau bringen sollte. Er selbst wollte auf seinem eigenen Land Abschied nehmen. Er wusste, dass er es nicht in Juneau ertragen würde, wenn so viele andere Menschen dabei waren.

Jetzt war es bald Zeit zum Aufbruch, und sie hatten die Pferde mit den Satteltaschen bepackt. Noah gab Elizabeth einen Beutel mit Reiseproviant und ihre Feldflasche, die mit dem kalten, klaren Wasser dieses Landes gefüllt war. Ihre Blicke verfingen sich, aber sie sagten beide kein Wort. Es war einfach zu schwer.

Aus naheliegenden Gründen hatten Jane und Ben sie in der Hütte allein gelassen und liefen nun draußen wartend hin und her. Schließlich hielt Noah es nicht mehr aus. Er nahm Elizabeth das Bündel aus der Hand, legte es auf den Tisch und zog seine Frau an den Schultern zu sich her. Mit einer Tapferkeit, die von ganz tief innen kam, gab er ihr einen sanften, unendlich zärtlichen Kuss. Dann sagte er: »Du musst gehen. Ich hoffe, du gewinnst ein kleines bisschen von dem zurück, was du verloren hast. Jane und Ben brauchen dich jetzt … und du brauchst sie.«

Sie schaute forschend zu ihm hoch und fragte leise: »Aber was ist mit dir, Noah? Was brauchst du?«

Warum machte sie es ihm so schwer? Er hätte sie am liebsten geschüttelt. Wusste sie nicht, dass dieser Abschied ihn umbrachte? Er atmete tief ein und beteuerte ein letztes Mal: »Ich liebe dich, und was ich brauche, ist, dass es dir gut geht. Und jetzt musst du dich auf den Weg machen.«

Sie zögerte einen Moment. Schließlich schnappte sie sich ihren Beutel, drückte einen letzten schnellen Kuss auf Noahs zusammengepresste Lippen und ging zur Tür. Sie drehte sich noch einmal um und schaute ihn einen langen Moment lang an. Der Schatten über ihrem Gesicht machte es unmöglich, den Ausdruck darauf zu erkennen, während ein Strahl der späten Nachmittagssonne auf Noah fiel und sein schmerzerfülltes Gesicht beleuchtete. Langsam und leise schloss sich schließlich die Tür hinter Elizabeth.

Noah kämpfte gegen den Impuls an, ans Fenster zu stürzen. Stattdessen legte er beide Hände weit voneinander auf den Tisch und stützte sich mit seinem ganzen Gewicht darauf. Er ließ den Kopf nach unten fallen und stöhnte laut: »Oh Gott!«

Er hörte das Geräusch von trappelnden Hufen, die sich von seiner Hütte entfernten, und erstarrte. Sie waren weg. Elizabeth war weg. Einige Momente blieb er reglos stehen, dann fuhr er sich mit der Hand durchs Haar, stieß zischend die Luft aus und griff nach seiner Axt.

Im Wald hallte es von seinen Axthieben wider, mit denen er versuchte, den Schmerz auszuschalten, doch es schien kein Entkommen zu geben. Die übliche Strategie funktionierte diesmal nicht. Er kehrte zur Hütte zurück und schnallte sich sein Gewehr um. Er marschierte über sein Land. Langsam bekam er wieder ein Gefühl dafür, für seine Ausmaße, für die Bäume und Flüsse, die Felsen und Tiere, die geheimen Orte, die nur er kannte. Orte, die wahrscheinlich kein menschliches Wesen je zuvor betreten hatte. Orte, die er liebte. Er hielt sich wieder vor Augen, warum er dieses Land liebte und wie kostbar es für ihn war. Er hätte es nicht verlassen können. In einer Stadt wie New York zu leben hätte alles zerstört, was ihn als Mensch ausmachte. Er hatte die richtige Entscheidung getroffen und der Schmerz würde mit der Zeit nachlassen. Irgendwann würde es ihm gelingen, an Elizabeth zurückzudenken und sich lächelnd daran zu erinnern, welche Freude sie in sein Leben gebracht hatte. Mit der Zeit …

Die Nacht war kalt. Der Herbst streckte seine Hände nach dem Land aus und dicht auf seinen Fersen würde ein weiterer bitterkalter Winter folgen. Die meisten Männer und Frauen schraken vor solchen Herausforderungen zurück, aber die Sorte Mensch, zu der er und ja auch Elizabeth gehörten, blühte darin auf. Er würde nie wieder einer solchen Frau begegnen, selbst wenn er hundert Jahre alt würde, dessen war er gewiss.

Nach einem kalten Abendessen zog sich Noah einen dicken Pullover über und trat wieder ins Freie. Es zog ihn hinaus, und die Nacht entsprach genau seiner Stimmung. Er ging auf seinem Hof hin und her und beobachtete, wie die Sterne am Himmel sichtbar wurden. Sie traten klar und funkelnd und in so großer Zahl hervor, dass man sie nicht zählen konnte. Die Luft war elektrisch aufgeladen und knisterte, als erwarte sie, dass der Mond heute Großes vollbringen würde. Noah marschierte nach hier und dort, manchmal langsam und manchmal mit neuem Schwung, um auf diese Weise dem Schmerz in seiner Brust zu entkommen.

Die Atmosphäre wurde immer gespenstischer und in Noahs Nacken sträubten sich die feinen Härchen. Sein Blick ging forschend über das Land und wandte sich dann nach oben. Plötzlich begann weit hinten am Himmel, in nördlicher Richtung, ein jadegrünes Glühen. Es stieg langsam höher, als würde es einzelne Stufen erklimmen, und trug in sich ein Rosa, das so auf der Erde nicht vorkam.

Noah lächelte. Das Polarlicht.

Wie Ströme geschmolzener Jade wogte ein Neongrün über den Himmel, stieg und fiel … schwoll an und zog sich zurück. Es wirkte wie eine lebendige, atmende Kraft und Noah konnte nur darüber staunen. Die Linien flackerten und zogen umher, sie wanden sich umeinander und übereinander. Sie bewegten sich mit faszinierender Anmut, sie waren wie ein Puls des Lebens, berührten sich, schwankten, neckten sich gegenseitig. Ihre Farben leuchteten auf, verblassten und gewannen wieder an Intensität.

Plötzlich öffnete sich in einer Explosion von Helligkeit ein silbriger Strudel über ihm. Mit einer fast schmerzhaft lieblichen, langsamen Bewegung brachte er einen Ring des silbrigen Lichts nach dem anderen hervor, als hätte ein Himmelskind einen Stein geworfen, der nun Kreise zog. Die Bewegung hörte nicht auf, sie wirkte hypnotisierend in ihrer scheinbaren Unendlichkeit, sie setzte sich fort, Ring um Ring, jeder Einzelne strahlend in seiner silbrigen Tönung ... überirdisch ... fantastisch. Der zentrale Ausgangspunkt des Lichts wurde sogar noch aktiver, als die Zeit verstrich. Dann fing die innere Scheibe an zu verblassen, die Ringe wurden langsamer, das Licht erlosch, und an seiner Stelle konnte er nun zwei lange grüne Flüsse sehen, die sich von Horizont zu Horizont erstreckten und sich mit sinnlicher Anmut sehr langsam vor und zurück bewegten.

Er vergaß beinahe zu atmen, so überwältigend war dieser Anblick. In all den Jahren, die er nun schon hier lebte, hatte er noch nie etwas so Großartiges gesehen. Es war das Produkt unvergleichlicher Fantasie und unermesslicher Kreativität.

Für dich, mein Sohn.

Freude überströmte ihn, und Trost hüllte ihn ein. In einer plötzlichen Erkenntnis sah er sich als derjenige, der er wirklich war – ein geliebter Sohn des Schöpfers.

Und dann sah er auch ein Bild von Elizabeth. Er sah sie als diejenige, die sie wirklich war. Er war nie rechtschaffener gewesen als sie – vor dem Schöpfer waren sie gleich.

Als sein Bewusstsein wieder zur Erde zurückkehrte, erreichte ein leises Rufen seine Ohren. Mit einem Ruck drehte er seinen Kopf in Richtung des Geräuschs. Dort, am Rand des Hangs, kniete jemand mit zum Himmel gewandtem Gesicht auf der Erde. Noah atmete schneller, als er unwillkürlich auf die Gestalt zuging.

Elizabeth richtete ihr nasses Gesicht auf ihn und blickte ihn an. Sein Herz machte einen Satz. Es war, als könne er in ihr Innerstes blicken. Mit einem Flüstern, das fast zu leise für einen Menschen klang, sagte sie: »Wie atemberaubend dieses Land ist! Es lässt mein Herz höher schlagen und weckt Gefühle in mir, die ich nicht mit Worten ausdrücken kann.«

Er brachte keinen Ton heraus, starrte sie einfach nur ungläubig an. Er hielt sie für einen Geist. Sie stand auf. Ihr blasses Kleid flatterte um sie her und sie schien auf ihn zuzuschweben. Als sie sehr nahe an ihn herangekommen war, streckte sie einen Arm aus und legte ihre Handfläche auf sein Herz. Sehnsüchtig und sanft murmelte sie: »Ich bin nach Hause gekommen, Noah. Ich konnte dich und dieses Land nicht verlassen, nicht einmal für kurze Zeit. Ich will nichts weiter als deine Frau sein und dich lieben … für immer.«

Sie war der Blitz, der in seinem Herzen und in seinen Träumen aufflackerte. Sie war der Schnee-Engel, den er auf seiner Türschwelle gefunden hatte. Dabei war sie weder Blitz noch Engel – sie war seine Frau. Seine Frau! Er streckte die Hand aus und berührte sie an der Schulter. Sie war wirklich da. Sie war zu ihm zurückgekommen. Mit geschlossenen Augen drückte er sie fest an sich und strich ihr mit den Händen über Rücken und Arme. Wieder und wieder sagte er sich, dass seine Elizabeth wirklich da war und ihn liebte. Er sah auf ihr Gesicht hinunter. Tränenspuren glitzerten im Mondlicht. Er umfasste ihr Gesicht mit beiden Händen. Wer außer Gott hätte so eine Frau wie sie erschaffen und ihm schenken können, Bein von seinem Bein und Fleisch von seinem Fleisch?

Langsam, noch immer verzaubert von seinem Land und für alle Zeiten verzaubert von ihr, beugte er sich zu ihr hinunter und küsste sie, wie ein Ehemann seine Frau küsst, die verloren gewesen und wiedergefunden war, die innerlich tot gewesen und wieder lebendig geworden war, die zu ihm gehörte … für immer.

Der Goldrausch am Klondike

Wer um die Hintergründe des Goldrausches in Alaska weiß, kann der bewegenden Geschichte von Elizabeth und Noah leichter folgen. Deswegen seien den deutschen Leserinnen und Lesern kurz die geschichtlichen Hintergründe skizziert.

In Alaska ereignete sich am Ende des 19. Jahrhunderts der wohl größte und folgenreichste Goldrausch der Geschichte. Schon im Jahr 1872 wurde dort Gold gefunden, die Gründung der Städte Juneau und Dawson City folgte. Im August 1896 fanden vermutlich Skookum Jim Mason und seine Schwester Kate Gold am Rabbit Creek, einem Seitenarm des Klondike River. Bis die Nachricht per Schiff die amerikanische Westküste erreichte, verging ein Jahr. In dieser Zeit konnten die vergleichsweise wenigen Goldsucher, die sich bereits in der Gegend befanden, ihr Glück machen.

Dann legten die Dampfschiffe *Excelsior* in San Francisco und *Portland* in Seattle mit den ersten reich gewordenen Männern an. Mehr als 100.000 Menschen, unter ihnen wenige Frauen, machten sich auf den Weg nach Kanada – nur ca. 40.000 erreichten ihr Ziel. Zunächst kamen die Goldsucher vorrangig aus Kalifornien und der umliegenden Westküste, später kamen auch Einwanderer aus Europa und Asien hinzu.

Die meisten der als »Stampedes« bezeichneten Goldsucher fuhren zunächst mit dem Schiff nach Skagway oder Dyea in Alaska. Zu Fuß ging es weiter zum Lake Bennett oder Lake Lindemann, entweder über den Chilkoot oder den White Pass. Auf den Passhöhen verlief die Grenze zwischen Alaska und Kanada. Die kanadische Polizei ließ dort nur diejenigen Goldsucher durch, die über ausreichend Nahrung und Ausrüstung verfügten – insgesamt eine Tonne Gepäck. Als Träger arbeiteten die Männer der umliegenden Stämme und verdienten eine Menge Geld.

Auf dem beschwerlichen Weg über die Pässe kamen viele der Abenteurer um oder brachen ihre Reise ab. Auch bittere Kälte, Bären und Wölfe setzten den Menschen zu. Wer die Seen erreichte, musste sich ein Floß bauen, um darauf die nächsten 800 Kilometer auf dem Yukon River nach Dawson City zu bewältigen. Dieser Abschnitt dauerte ca. drei Wochen und nicht wenige Menschen ließen in den eiskalten Fluten ihr Leben.

Als schließlich die ersten Massen von Goldsuchern ihr Ziel, Dawson City, erreichten, waren fast alle Schürfgebiete (engl. »claims«) bereits besetzt; nur noch Wenige machten große Funde.

Es wird vermutet, dass die Summe Geldes, die zur Erwerbung der Ausrüstung und Nahrung sowie für Reisekosten von den Goldsuchern aufgewendet wurde, in etwa der Summe des geschürften Goldes der ersten fünf Jahre entspricht (ca. 50 Millionen Dollar).